violets

바
이
올
렛

violets

신경숙
장편소설

문학동네

차례

1. 미나리 군락지

조그만 여자애.

장맛비가 후둑이는 칠월의 어느 날, 문이 닫힌 집, 어두운 방 안에서 갓 태어나 할머니 손에 들려진 이 여자애를 그녀의 어머니는 보려 하지 않고 눈을 질끈 감아버린다. 이 아이가 태어난 이후 이 집에서 생겨날 일을 벌써 알고나 있는 듯이. 축복받지 못한 여자애. 이미 양수 속에서 자신의 처지를 파악한 듯 보드라운 손길 대신 눈을 감아버리는 어머니의 태도를 수납하며 커다랗게 울지도 않는 갓 태어난 여자애. 칠월의 빗소리만이 집안에 가득하다. 빗물이 들이치는 마루 밑에 개가 다리를 옹송그리고 엎드려 있다. 마당에 떨어지는 빗소리를 듣기는 하는지. 할머니 손에 들려진 갓난애는 잠이 들려 한다. 밤에 그녀의 아버지가 갓난애의 얼굴을 잠깐 들여다봤을 뿐.

산모의 우울증은 오래간다. 바랜 장미꽃이 수놓인 포대기가 산모의 꿈을 대신하고 있는 것 같다. 도시 생활. 하이힐, 유리문을 젖히고 들어가게 되어 있는 빌딩 속의 식당, 엘리베이터, 반짝이는 진열장의 향수나 진주, 색색의 옷감들. 만삭이었을 때 그녀는 도시로 나가 살림을 꾸리고 싶은 꿈을 접으며 마루 끝에 앉아 태어난 아이가 몸을 누일 포대기에 바랜 장미꽃 수를 놓았다. 지금 갓난애는 그 포대기에 뉘어진 채 제 손을 빨고 있다. 산모가 갓난애를 곁에 두고 두문불출하는 사이 장마가 그치고 태풍이 지나간다. 담장 밑 화단의 분꽃이 여물고 세잎국화가 노랗게 피어 정취를 이룬다. 산모는 가을꽃을 보고 나서야 몸을 일으킨다. 꽃이 마음을 다스려준 것처럼.

마을은 아주 오래전부터 이씨 성을 가진 사람들이 집성촌을 이루며 살고 있다. 그들은 마을 주변의 농지나 임야의 소유주들이다. 오래전부터 여기에 정착해온 이들의 권세는 당당하다. 이씨가 아닌 사람이 마을의 중심을 이루는 안마을에 사는 경우란 없다. 그들은 서로 고모이고 작은어머니이며 당숙이다. 멀어도 아저씨뻘이다. 타지에서 흘러들어온 사람들은 안마을에서 오십여 미터 떨어진 새터에 모여 산다. 얼핏 보기에 한마을 같지만 안마을 사람과 새터 사람이 갈린다. 새터 사람들은 대부분 안마을 사람들의 호의 아래 혹은 묵인 아래 집을 짓고 산다. 전쟁 끝에 어디에도 정착할 수 없었던 사람들, 읍내에서 장사에 실패한 사람들, 스스로 뜨내기임을 인정하는 사람들. 잊혀져도 좋을 이 이야기의 시작은 그녀 어머니가 새터로 시집오면서부터 시작된다. 새터에 모여든 사람들은 대부분 소농이거나 이씨들 소유의 농지를 경작하거나 아니면 아예 이씨 집 일을 종일 봐주며 지내는데 그녀의 아버지는 특이하게도 마을에서 버스를 타고 한 시간은 가야 하는 J시에서 신발 공장에 관여하고 있다. 그녀의 아버지가 직공이었는지 경영자였는지는 알 수 없는 일이다. 그녀의 할머니는 그녀의 아버지를 두고 사람들이 뭐 하느냐고 물으면 신발 공장을 한다고도 했고 신발 공장에 다닌다고도 대답했다. 그녀의 아버지가 직공을 두고 신발 공장을 한다는 것인지, 직공의 신분으로 신발 공장에 다닌다는 것인지 누구도 정확히 구분해 들은 사람이 없다. 좌우지간 그녀의 아버지가 대부분의 마을 사람들의 생업인 논이나 밭과 관련 있는 사람이 아니라는 건 분명하다. 지금이라면 모르겠지만 그 시절 헬멧을 쓰고 오토바이를 타고 다니며 농사를 짓는 사람은 없었다. 아마 지금 마을 사람들은 드세었던 그녀의 할머니나 어머니 그리고 그녀의 존재는 까마득히 잊었어도 짙은 눈썹에 훤칠한 키의 그녀의 아버지가 새벽마다 신발 공장에 가느라 정적을 뚫고 신작로를 가로질러가며 내던 오토바이 소리는 기억해낼 것이다. 깊은 밤, 귀가하느라 칠흑 같은 어둠을 가르며 야생 짐승처럼 불빛을 반짝이며 마을로 질주해 들어오던 그 이질적인 소리를 어떻게 잊었겠는가. 이씨들은 요란한 기계음을 내며 안마을을 관통해 지나가는 오토바이가 지독하게 못마땅했지만 그녀의 아버지로 하여금 오토바이를 타지 못하게 할 방법이 없었다. 다른 새터 사람들처럼 그들의 영향력 안에서 일하는 사람이 아니어서 제재를 가할 수도 없고, 마을 사람들의 눈이나 입을 무서워하는 사람도 아니어서 말 꺼낸 사람만 무색하게 되는 사이 차츰 오토바이 소리에 익숙해지고 말았을 것이다. 외려 그가 머리에 바르고 다니는 포마드, 혹은 가죽으로 만든 장갑이나 겨울이면 입고 다니는 가죽점퍼 따위를 은근히 봐두었다가 비슷한 걸 사 입는 경우가 생기곤 했다. 새터의 이 가족에 대한 관심은 그녀 아버지가 몰고 다니는 오토바이뿐 아니라 그녀 어머니를 향한 것이기도 했을 것이다. 외부와 얼마간 폐쇄된 듯한 이 마을에서는 보기 드문 미인이었으므로. 그녀 어머니의 갸름한 얼굴과 흰 피부는 이 지방의 어디에서나 눈에 띄었다. 검은 머리는 햇살 아래 부드럽게 반짝였으며, 조그만 얼굴 속에 담긴 눈, 코, 입의 윤곽은 보는 사람으로 하여금 미소 짓게 했다. 콧날과 목, 허리를 지나 다리에 이르기까지 전체적으로 흐르는 듯한 선이 조화를 이루고 있는 여인들이 공통적으로 지니고 있는 애처로움을 그녀의 어머니도 고스란히 지니고 있었다. 그것은 외모뿐 아니라 생에 있어서도 그러했다. 그녀 어머니의 조상은 대대로 천 평 가까이 되는 사과 과수원을 경작하였으나 도박에 빠져든 아버지가 과수원을 빚에 내놓고 하루아침에 남의 집 재실齋室을 얻어 산골로 들어가야 하는 상황에 놓여 그녀 어머니는 막 입학한 중학교를 중퇴해야 했다.

여학교 선생이 되려 했던 그녀 어머니가 그 재실에서 성년이 될 때까지 기운 가세는 회복되지 않았고, 절약에 절약을 해도 그 산골을 빠져나갈 방법이 없었다. 그녀 어머니에겐 결혼만이 유일한 출구였다. 그녀의 아버지도 그녀 어머니를 처음 보았을 때는 결코 소홀히 대할 생각이 아니었을 것이다. 그때의 마음은 그녀의 어머니가 누군지 모를 타인의 아이를 배고 있다고 해도 상관이 없었을 만큼 한눈에 반했으나 지금, 산이라 지칭된 그녀가 태어난 후 무슨 이유에선지 그녀 아버지는 그녀 어머니를 멀리하기 시작한다. 이런 인생이 낯선 것인가? 아니다. 수 세대에 걸쳐 이유도 없이 존엄성을 무시당한 여인들이 떳떳지 못한 대우로 고통받다가 낯선 방에서 죽어가는 일은 허다했다. 마당을 어지럽히던 꽃이 다 졌을 무렵의 아침에 여느 날과 마찬가지로 오토바이를 타고 J시로 간 그녀의 아버지는 이후 구 년이 지나도록 돌아오지 않는다. 그것으로 마을의 유일한 낯선 소리였던 오토바이 소리도 끊긴다. 영문을 모른 채로 버림받은 그녀 어머니에게 남아 있는 건 갓난애와 그 갓난애를 받아낸 아이의 할머니다. 단 백 평의 농지도 없었으므로 그녀 어머니는 시어머니와 어린 딸을 부양하기 위해 읍내에 나가 미용술을 배운다. 어디서나 눈에 띄는 용모였던 그녀 어머니에게서 파마약 냄새가 풍기기 시작한 건 그때부터다. 자본금이 없어 미용실을 차리지 못한 그녀 어머니는 파마 도구며 고데 도구, 여러 개의 가위와 가늘거나 굵은 빗 따위를 가방에 넣어 다니며 싼값으로 파마를 해주거나 고데를 해주거나 머리를 잘라준다. 그녀 어머니의 불행은 보따리를 싸가지고 다니면서 치르는 노동으로 물질을 얻어내야 하는 것보다도 그녀 할머니와의 원만치 못한 관계에 있다. 어린 그녀는 파마약 냄새를 풍기는 어머니와 할머니가 우물이나 평상이나 마루나 부엌에서 싸우는 소리를 자장가처럼 들으며 성장한다. 어느 날부터인가 어린 그녀는 어머니와 할머니로 지칭되는 두 여자가 서로를 비방하는 목소리를 들으며 홀로 대문을 나서 남애를 찾아간다. 둘은 함께 다니며 방바닥의 장판 사이를 기어다니는 개미를 쓸어모아 불에 태우거나, 긴 장대를 들고 담장에 올라가 다른 집 마당 빨랫줄에 널려 있는 흰 빨래를 걷어내 흙바닥에 떨어뜨리며 논다.

마을의 남쪽 도랑둑을 중심으로 펼쳐져 있는 건 야생 미나리 군락지이다.

푸른 미나리 군락지는 외부를 향해서 폐쇄적일 것만 같은 이마을의 이미지를 걷어간다. 어쩌면 마을보다도 더 먼저 생겼을지도 모를 야생 미나리 군락지는 드넓다. 봄이 되어 야생 미나리가 진흙 속에서 푸른 줄기를 돋워내기 시작하면 마을은 마치 초원을 끌어안고 있는 것 같다. 칠팔월에 흰 꽃이 필 무렵까지 미나리지는 단조로운 마을에 활력을 불어넣는 상징이 되곤 한다. 미나리가 살이 찔 무렵이면 타지 사람들도 장화를 신고 마을로 건너와 미나리 줄기를 꺾어간다. 간혹 거머리가 붙어 있어도 사람들은 즐거이 미나리를 꺾어간다. 초파일이 되면 인근의 절에서도 절밥을 만들기 위하여 마을로 사람이 내려와 미나리를 뜯어간다. 이 마을에서 태어나 첫돌을 맞이한 아이들의 돌상에 이 군락지의 미나리는 수명이 길라는 뜻을 품고 길게 데쳐져서 오른다. 그녀의 어머니는 생미나리를 뜯어다 김치에 넣는다. 한번은 그녀가 하굣길에 비를 맞아 열에 끓을 때 그녀 어머니는 미나리를 뜯어와 찧은 쓴 물을 그녀에게 마시게 했다. 그걸 본 마을 여자들은 그후로 아이들이 소화가 안 되거나 머리가 아프다 하면 미나리를 찧어 마시게 한다. 어느 날 밤에 마을 여자들은 모여들 앉아 잘게 썬 편육에 실고추, 지단, 잣 등을 얹고 데친 미나리 줄기로 친친 감아 강회를 만들어 함께 먹기도 한다. 아이들은 그 쌉싸름한 맛에 고개를 젓지만 나이든 이들은 한사코 그 맛을 추억한다. 마을을 오래 떠나 있던 이들이 간혹 그 미나리를 찾아 돌아오기도 한다. 독특한 향을 풍기며 미나리가 왔다가 가고 나면 마을 사람들은 누가 시키지 않아도 두엄이나 닭똥을 미나리지에 뿌려준다. 어머니와 할머니가 싸우는 날 남애를 만나지 못하면 어린 그녀는 푸른 미나리 군락지를 향해 터벅터벅 걸음을 옮겨놓는다. 미나리가 지고 늪만 남아 있을 때도 종종 거기 둑 위에 혼자 앉아 있는 어린 그녀가 눈에 띈다.

학교는 사 킬로를 걸어서 가야 하는 산 너머에 있다. 아이들은 아침이면 마을 창고 앞에서 모여 함께 학교에 간다. 산을 넘기 전에 다리를 지나야 하고 다리를 지난 후엔 아카시아나무 숲을 지나야 한다. 버스는 하루에 두 번밖에 다니지 않는다. 이씨 아이들은 간혹 자전거를 타고 다리나 아카시아나무 산길을 바람처럼 지나간다. 사 킬로를 걸어서 학교에 다녀야 하는 길 위의 시골뜨기 아이들에겐 모든 게 다 내기다. 누가 먼저 다리까지 뛸 수 있는지, 누가 많이 늪 속의 진흙을 파올 수 있는지, 누가 숲에 떨어진 잣방울을 더 줍는지. 그렇게 산을 넘어 학교의 붉은 벽돌이 보이면 흩어져 학교까지 뛰기 시작한다. 서로 먼저 교문에 도착하기 위해. 학교가 파하면 마을 아이들은 학교 문방구 앞에 매여 있는 사나운 거위를 피할 때만 조용하다. 다시 사 킬로를 걸어서 집에 돌아가야 하는 아이들은 서로 머리를 맞대고 가위바위보를 한다. 진 아이가 이긴 아이들의 책가방을 일 킬로씩 들고 가기로 하는 내기다. 남애가 진다. 그녀가 남애가 다 들어야 하는 가방의 반을 나눠 든다. 짐을 던 남애는 어린 그녀를 향해 밝게 웃는다. 어린 그녀도 웃는다. 책가방에서 해방된 아이들은 그녀와 남애를 뒤로한 채 먼지를 일으키며 신작로를 달려간다. 일 킬로 지점에 먼저 도착하기 위해. 뒤에 남은 어린 그녀와 남애는 아이들의 달음박질이 남겨놓은 흙먼지 속을 고행자처럼 무거운 짐을 나눠 지고 타박타박 걷는다.

뒷자리에 여자를 태운 오토바이가 지나가며 신작로에 서 있는 두 여자애에게 흙먼지를 뒤집어씌운다. 어린 그녀는 질주하는 오토바이가 남긴 먼지 속에 서 있다. 오토바이는 앞선 아이들에게도 흙먼지를 뒤집어씌우고 소리만 남긴 채 사라진다. 어린 그녀는 오토바이 소리가 사라진 쪽에서 쉽게 시선을 거두지 못하고 있다. 할머니 생각이 난 것이다. 사나운 할머니는 늘 오토바이 소리를 그리워했다. 방안에 있다가도 어머니와 거친 싸움을 벌이다가도 오토바이 소리가 나면 그 소리를 따라 나갔다 오곤 했다. 메마른 입술에 침을 바르며 허탈한 목소리로 너희들 모녀는 아니라도 나는 데리러 올 거라면서 할머닌 아들을 기다리며 늙어갔다.

남애가 책가방을 짊어진 채 신작로 아래 밭둑으로 내려선다. 그럴 때의 남애는 발랄하다. 술 마신 날이면 남애 아버지는 마당 담벽에 세워놓은 항아리에 들어가 노래를 부른다. 그가 왜 항아리 속으로 들어가는지는 아무도 모른다. 그 속에 들어가 하필 노래를 부르는지도. 깊은 밤 항아리 속에서 흘러나오는 남애 아버지의 노랫소리는 공명이 되어 전혀 알아들을 수 없다. 언어가 되려다 만 소리들이 한데 뭉쳐 웅웅대는 것 같다. 지쳐서 잠이 들 때까지 노래는 이어진다. 그럴 때면 남애는 대문 안쪽에 혹은 마루 끝 쪽에 쪼그리고 앉아 손마디를 뚝뚝 부러뜨리며 훌쩍거린다. 책가방 세 개를 짊어지고 밭둑으로 내달려가는 지금의 남애는 그런 모습이 아니다. 남애도 이남애가 아니고 서남애이다. 산이가 이산이가 아니고 오산이인 것처럼. 이씨 성을 가진 아이들은 이씨라는 이유 하나만으로 마을에서 기득권을 갖는다. 아버지 없이 자라는 그녀에게 쏠리는 이씨 아이들의 눈초리 속엔 우월감이 스며 있다. 같이 잘 지내다가도 그들의 아버지가 지나가면 그들은 아버지, 부르며 그녀를 혼자 두고 유난스레 아버지의 허리에 거의 매달려 걸어간다. 이름을 부를 때도 이씨 아이들끼리는 사옥아, 귀순아, 하면서 그녀를 부를 때는 오산이, 하며 꼭 이름 앞에 성을 붙여 부르는 것으로 자신들과 차별을 둔다. 이씨가 아닌 남애도 이씨 성을 가진 아이들에게 서남애로 불리긴 마찬가지다. 그러므로 서남애와 오산이가 다른 아이들이 없을 때 서로에게 남애야, 산이야, 부를 때면 결속감을 느끼는 건 당연한 일이었을 것이다. 남애의 아버지는 술을 마시지 않을 때는 남애에게 이루 말할 수 없이 다정한 아버지다. 아침에 학교에 갈 적이면 남애의 긴 머리를 빗어서 뒤로 땋아 넘겨준다. 남애는 그런 아버지에 대해서 그녀에게 말하지 않는다. 그녀도 남애에게 어머니 얘기를 하지 않는다. 남애의 아버지가 항아리 속에서 노래 부르는 것을 그녀가 보았듯이 그녀의 할머니와 어머니가 싸우는 모습을 남애가 봤다. 다른 사람들에게 미안하고 부끄러워해야 할 일을 각자 하나씩 지니고 있는 것이 두 여자애를 가깝게 했다. 대열에서 낙오된 듯한 너, 그리고 나인 것이다. 남애는 아버지가 술 마시고 항아리 속에 들어가 우는 걸 슬퍼한다. 어머니도 그런 아버지의 슬픔을 견딜 수 없어서 돌아가셨을 거라고 한다. 언젠가는 자신도 그런 아버지 때문에 죽고 말 거라고.

"너네 아버지는 왜 항아리 속에 들어가 노래를 하는데?"

"귀 기울여도 아무 소리가 들리지 않기 때문이래."

"귀 기울여도?"

"귀 기울여도!"

노래를 부르다 지치면 남애 아버지는 항아리 속에서 잠이 든다. 그런 밤이면 어린 남애는 방안에서 이불을 꺼내다 항아리 속의 아버지를 덮어주고 저도 항아리에 기대어 잠이 든다. 항아리에 귀를 기울인 자세로. 남애는 그녀가 곁에 있으면서 아무런 말을 하지 않아도 가라고 하지 않는다. 아무것도 아닌 두 여자애. 벌써 그들은 말을 하지 않고도 서로 위로가 되는 법을 체득한 것이다. 항아리에 귀 기울인 채 잠든 남애 곁에서 어린 그녀도 잠이 든다. 남애에게 귀를 기울인 자세로.

남애는 세 개나 되는 책가방을 짊어진 채로 밭둑을 지나 잡초가 무성한 묘지까지 걸어간다. 생각난 듯 그녀를 향해 오라

고 손짓한다. 점점 멀어지는 아이들을 한 번 쳐다보며 망설이다
가 그녀도 밭둑으로 내려서서 남애에게로 간다. 남애는 책가방
을 묘지 위에 내려놓고 자신도 묘지 위에 납작하게 엎드려 있
다. 묘지 위에선 아직 한참을 더 걸어가야 할 마을이 바로 저기
인 듯 내다보인다. 그녀가 다가가자 묘지 위에 납작하게 엎드려
있던 남애는 그녀의 손을 낚아챈다.

"귀 기울여봐."

두 여자애는 묘지에 귀를 기울인 채로 납작하게 엎드린다. 흙
냄새, 풀냄새가 강하게 코에 끼친다.

"여기가 우리 엄마 산소야. 오늘부터 우리의 수호신이야. 어
디서나 우릴 지켜줄 거야."

오월의 어느 날이다.

어머니의 손에 가위가 쥐어져 있다. 할머니는 태엽 감긴 시계
처럼 늘 하는 말을 또다시 반복하고 있다. 어머니가 차가워 아
버지가 집을 나가 돌아오지 않는다는. 어머니 손에 쥐어져 있
는 가윗날이 섬뜩하다. 어린 그녀, 그 긴장을 참지 못하고 신발
을 찾아 꿰어신고 대문을 나선다. 흰 자갈이 깔려 있는 신작로
가 햇살 속에 가없이 펼쳐져 있다. 꼬리를 늘어뜨린 개가 어슬
렁거리며 신작로를 지나간다. 납작납작하게 엎드려 있는 푸르
거나 붉은 슬레이트 지붕들. 닫힌 문들 위로 얼굴을 내밀고 있

는 집집의 나무들. 사람의 손길이 닿지 않은 곳의 무성한 풀들이 큰길까지 넘어와 있다. 옆집 단감나무 줄기가 담장을 넘어와 있고 흰 감꽃이 눈부시다. 무엇과 충돌해서 부서져버리고 싶은 욕구가 지금, 산이로 지칭된 어린 그녀의 마음속에 소용돌이치고 있다. 그녀는 단감나무 줄기가 넘어와 있는 담벽에 이마를 대고 잠시 머뭇거리며 서 있다. 벽돌 냄새가 코끝에 맡아진다. 그녀가 담벽에 닿아 있는 이마를 흔들어댄다. 담벽에 이마가 긁히고 금세 핏방울이 밴다. 자신이 두려워진 산이는 뛰기 시작한다. 이마에서 흐른 피가 뺨을 타고 흘러내린다. 아주 멀리 갈 수 있었으면 좋겠다고 생각한다. 돌아올 수 없으면 더 좋겠다고.

　미나리 군락지는 푸르다. 이제 여름이 올 것이다. 지금, 산이로 지칭된 어린 그녀의 얼굴은 흐르는 피와 뛰면서 생긴 땀방울로 범벅이 되어 있다. 도랑으로 내려가 손바닥으로 물을 퍼서 얼굴을 씻는 산이. 담벽에 긁힌 이마가 쓰라리다. 미나리 군락지가 한눈에 내려다보이는 둑 위로 올라와 주저앉는다. 문득 혼자라는 생각에 진저리가 쳐진다. 따가워진 햇볕 때문일까. 미나리를 뜯고 있는 사람도 하나 없다. 빈 신작로와 푸른 미나리지 위로 파란 하늘이 가없이 펼쳐져 있다. 그녀는 손바닥을 이마에 갖다대본 후 아직 피가 흐르는지 눈으로 확인한다. 피는 묻어나지 않지만 패거나 긁힌 자리가 몹시도 쓰라린데 물방울이 눈 속으로 들어갔는지 눈이 감긴다. 눈을 감았다 뜨며 미나리지가 한

눈에 내려다보이는 둑에 귀를 대고 엎드린다. 귀를 기울이면 알 수 있을까. 자신이 태어나자마자 집을 떠나버린 아버지의 마음을, 끊임없이 어머니를 헐뜯는 할머니의 마음을, 날이 번득이는 가위를 쥐고 있는 어머니의 마음을. 감았다가 뜨고 감았다가 뜨고 하는 눈 속으로 미나리의 푸른빛이 시게 감겨들어온다. 눈을 꾹 감고 뜨지 않는다. 상처가 햇살에 쓰라리디쓰라리다.

그녀가 눈을 뜬 건 얼굴이 간지러워서이다. 눈앞에 강아지풀을 손에 쥔 남애가 흰색 셔츠와 파란 바지를 입고 엎드려 있다. 땋아내린 머리가 흰 셔츠 위에 가지런히 내려와 있다. 터져나오는 웃음을 참고 있는 남애의 눈과 슬픔에 잠긴 그녀의 눈이 마주친다. 가만히 그녀의 눈을 들여다보던 남애가 그녀의 눈을 쓸어준다.

"왜 다쳤어?"

"……"

"넘어졌어?"

어린 그녀는 두려워서 대답하지 못한다. 무엇에라도 충돌하고 싶었던, 아직도 가슴에 남아 있는, 이마를 담벽에 갖다대던 순간의 열기를 뭐라 해야 하는지. 대답 대신 어린 그녀가 강아지풀을 남애의 손에서 빼앗아 남애의 콧구멍 속에 밀어넣는다. 남애가 고개를 젖히며 피하고 피하다가 아래 도랑 속으로 굴러떨어진다. 첨벙 소리와 함께 바닥에서 흙물이 올라온다. 도랑 속에서 몸을 추스른 남애는 물을 먹었는지 눈과 코가 빨갛다. 순간 남애가 놀란 채로 방심해 있는 그녀를 도랑 속으로 끌어들인다. 물이 닿자마자 이마의 상처가 불이 붙은 듯 쓰라리다. 신발이 벗겨져 떠내려가는 걸 남애가 쫓아가 집어온다. 여자애 둘은 신발을 벗어 둑 위에 올려놓고 물장구를 치기 시작한다. 바닥에서 올라온 흙으로 인해 물이 더러워지고 수초들이 뒤엉키며 출렁인다. 바닥이 미끄러워 넘어질 뻔하다 일어나기를 반복하며 때 이른 물장구를 치고 있는 두 여자애의 입술이 금세 잉크처럼 새파래진다. 춥다고 느낀 순간 그녀는 잠시 잊고 있던 이마 위의 상처가 쓰라려 콧등을 찌푸린다. 둘은 엉금엉금 다시 둑 위로 올라와 서로를 멀거니 쳐다보다 키득대고 웃어댄다. 머리에서 옷에서 물이 줄줄 흘러내린다. 물방울을 털어내려고 서로 고개를 좌우로 흔들어대자 머리채에서 떨어진 물방울들이 서로의 얼굴에 탁탁 튄다. 잠시 어쩌지를 못하고 물에 젖은 옷을 바라보고 있던 남애가 먼저 푸른색 바지를 벗어 물을 꼭 짠 뒤 탈탈 털어 둑 위에 펼쳐놓는다. 남애를 바라보고 있던 어린 그녀도 흰색 물방울무늬 치마를 벗어 물을 꼭 짠 뒤 탈탈 털어 남애의 바지 곁에 펼쳐놓는다. 남애의 흰 셔츠가 둑 위에 놓이고 그녀의 노란색 블라우스가 셔츠 옆에 놓인다. 잠깐 망설이던 남애가 팬티를 벗어 물을 꼭 짠 뒤 탈탈 털어 그녀의 블라우스 옆에 펼쳐놓는다. 어린 그녀도 팬티를 벗어 물을 꼭 짠 뒤 탈탈 털어 남애의 흰색 팬티 옆에 펼쳐놓는다. 알몸이 되어버린 둘은 옷가지들이 쭉 펼쳐진 둑에 등을 대고 젓가락처럼 나란히 드러눕는다. 따스한 햇볕. 젖은 옷을 벗어내니 온기가 돈다. 어린 그녀는 푸른 둑이 거울 같다고 생각한다. 남애의 벗은 몸이 제 것과 똑같아서. 거울 속의 분홍색 살갗에 이마의 상처를 갖다대면 쓰라림이 가실 것도 같다. 검은 눈동자, 조그만 어깨까지 내려와 있는 땋아내린 머리, 물기가 마른 작은 뺨, 좁은 콧마루. 지금, 산이라 지칭된 어린 그녀는 남애의 몸이 자신처럼 가늘게 야위어 볼품없는 것이 안심이 된다.

"저것 봐."

남애가 하늘을 가리킨다.

"우릴 보고 있어."

남애가 키득대며 몸을 일으켜세웠을 때 그녀는 남애의 등을 눈부신 듯 쳐다본다. 남애의 작은 흰 등에 푸른 풀물이 들었다. 풀물은 남애의 작은 등을 부드럽게 감싸고 있다. 그녀가 무심코 손을 뻗어 푸른 풀물에 손바닥을 대보려는데 남애가 그녀 쪽으로 홱 몸을 돌린다.

그러다가 그녀의 눈과 마주친다.

"봤구나!"

"……"

"내 등에 있는 점 봤지?"

남애의 목소리가 심상찮다.

"아무에게도 보여주기 싫었는데."

"……"

"깜박 잊었어."

남애는 분한지 눈에 눈물이 고일 지경이다. 풀물이 아니라 점이었다구? 그녀는 밝게 웃는다. 그것이 이유였을까. 생각해보니 지금껏 단 한 번도 아이들과 도랑에서 미역을 감는 남애를 본 적이 없다.

"나는…… 풀물이 든 줄 알았어."

"놀리는 거야?"

"정말 예뻐. 돌려봐…… 더 보고 싶어."

"싫어……"

남애는 혀를 내밀었다가 집어넣으며 후딱 등을 둑에 대고 드러눕는다. 남애와 그녀의 몸은 햇살에 말라 보송해진다. 등 밑에 깔린 풀잎 때문에 절대 등을 안 보일 것 같던 남애가 먼저 자세를 바꾸어 엎드린다. 그녀가 따라 한다. 풀물이 아닌 남애의 푸른 반점이 그녀 눈에 스친다. 아름답구나, 그녀는 생각한다. 내겐 없는 게 네겐 있어. 어린 그녀는 서글퍼지려 한다. 남애 등에만 있는 푸른 반점이 둘만의 결속감을 깨뜨릴 것만 같다. 둘은 턱을 괴고 미나리지를 쳐다본다. 이제 그녀와 남애의 눈 속이 미나리지이다. 두 여자애의 눈 속에 푸른 미나리가 가득 일렁인다. 작은 발들이 허공에서 흔들거린다. 어째 이리 사방이 조용할까. 길도 텅 비어 있고 도랑도 텅 비어 있고 미나리를 뜯는 사람 하나 없어 미나리지도 텅 비어 있다. 사람들은 다 어디 갔을까.

엎드려서 다리를 흔들고 있던 둘의 복사뼈가 허공에서 부딪힌다. 남애가 엎드린 채 다리를 당겨 아픈 복사뼈를 어루만진다. 그녀도 아픔을 참지 못하고 일어나 앉아 제 복사뼈를 어루만진다. 그러다가 동그랗게 말린 남애의 몸을 내려다본다. 조그만 흰 등 위에 푸른 반점이 시원하게 구부러져 있다. 그녀는 아픈 복사뼈를 어루만지던 손을 뻗어 남애의 등에서 부드럽게 곡선을 이루고 있는 푸른 반점의 선을 따라가본다. 움찔하던 남애가 숨을 죽이고 가만있는다. 예기치 못한 남애의 침묵 속에서 지금, 산이라고 지칭된 그녀는 하늘과 미나리지를 뒤덮으며 다가오는 야릇한 슬픔을 물리칠 수가 없다.

"너는 누구도 갖지 못한 걸 가졌어."

아픈 복사뼈를 어루만지느라 둥글게 등을 말고 있던 남애가 다리를 내려놓고 그녀의 상처 난 이마를 어루만진다.

"많이 아파?"

"……"

"왜 이랬어?"

남애는 그녀의 상처 난 자리에 호오, 입김을 불어준다. 빠져

24

나간 듯싶었던, 뭔가에 충돌하고 싶은 내부의 저항이 다시 어린 그녀의 마음속에 일렁인다. 그녀는 엎드려 있는 남애의 흰 등에 펼쳐져 있는 푸른 반점을 따라가던 손으로 남애의 목덜미를 만져본다. 바람이 푸른 둑의 풀들을 잦히며 지나간다. 미나리가 바람에 스러진다. 남애는 곧 울 듯한 어린 그녀를 끌어안는다. 햇살에 따스해진 살갗들이 닿는 자리에 지금 산이라 지칭된 그녀가 평생을 지녀야 하는 고독이 끼어든다. 말랑한 입술들이 맞닿고 작은 손가락들이 엉키다가 풀어진다. 남애가 소스라치며 그녀의 등을 손바닥으로 때리며 둑에서 일어서려는 걸 그녀가 깊이 끌어당겨 안는다. 둘은 엉거주춤 서로를 껴안은 채 서로의 눈을 들여다보다가 다시 드러눕는다.

오리들이 꽥꽥거리는 소리에 그녀가 눈을 떴을 때 미나리지가 내다보이는 둑 위엔 그녀 혼자 있다. 남애가 빠졌던 도랑물 속엔 노란 부리의 흰 오리들이 발장난을 치며 물풀들을 헤집고 있다. 그녀는 둑 위에 널려 있는 자신의 흰색 물방울무늬 치마와 노란 블라우스, 흰 팬티 사이의 빈 곳을 우두커니 쳐다본다. 남애의 흰 셔츠와 푸른색 바지와 팬티가 펼쳐져 있던 그 자리.

지금, 산이라 지칭된 어린 그녀는 널린 옷을 차례로 주워 입고 푸른 미나리지를 바라보며 둑 위에 앉아 있다. 남애가 왜 혼자 가버렸는지. 그녀는 갑자기 혼자 가버린 남애의 마음이 두렵다. 구름 한 점 없는 하늘. 그 아래에 푸른빛을 띠고 출렁이는 미나리. 사방이 너무 조용한 것도 이상하다. 신작로 쪽에서 붉은 빛을 띤 먼지가 일었다가 미나리지 속으로 가라앉는다. 오리 소리도 사라지고 사방에 어스름이 한 꺼풀 내릴 때까지 지금, 산이라 지칭된 그녀는 혼자 앉아 있다. 누군가 미나리를 뜯으러 나왔다가 둑 위에 붙박인 듯 앉아 있는 그녀 이름을 불러보지만 그녀 쪽에선 대답이 없다. 부르는 소리를 듣지 못한 듯도 하다. 상처 난 이마와 저린 정강이를 이끌고 둑 위를 걸어나온다. 남애네 집 쪽으로 걷는다. 그리운 이의 집은 방안에 불이 켜진 채 조용하다. 마루 밑엔 남애 신발뿐이다. 우물가 아래 담벽엔 술만 먹으면 남애 아버지가 들어가는 항아리가 어스름 속에 입을 벌린 채 둥글게 놓여 있다. 그녀는 차마 남애를 부르지 못하고 마당에 서 있기만 한다. 남애는 방안에서 나오지 않는다. 어린 그녀는 비척비척 걸어서 남애 아버지가 들어가던 항아리 속으로 기어들어간다. 항아리 벽과 바닥은 차갑디차갑다. 차가운 항아리 바닥에 엎드려 귀를 기울여본다. 차가울 뿐이다. 어둠 속일 뿐이다. 그녀는 갑자기 두려워져서 아아— 해본다. 소리를 작게 내었는데도 목소리가 울려퍼진다. 아아— 제 목소리에 놀라 그녀는 입을 다물고 숨을 죽인다. 방문이 열리는 소리. 남애가 신발을 신는 소리. 그녀는 그러잖아도 어둠뿐인 항아리 속에서 두 눈을 꾹 감아버린다. 오라, 나의 사랑이여. 와서 이 어둠 속에서 나를 건져내다오. 한 발짝 한 발짝 다가오는 남애의 발소리를 숨을 죽인 채 듣고 있는 지금, 산이라 지칭된 어린 그녀.

남애의 그림자가 항아리 안을 뒤덮는다.

항아리 속에서 눈을 꾹 감고 있는 그녀에게 대고 남애가 소리를 지른다.

"나와."

"……"

"나오란 말야."

비척대며 항아리 속에서 기어나온 어린 그녀를 남애는 가! 소리를 지르며 떠다민다. 남애는 다시 마루 밑에 신발을 벗어놓고 희미한 불빛이 새어나오는 방으로 들어가버린다. 어디로 갈 것인지. 누구에게로. 여기에서 물러서면 영원히 남애를 볼 수 없을 것이라는 슬픔이 그녀의 마음을 스친다. 그럴 수는 없는 일이라고 그녀는 생각한다.

너는 잊었니? 벌써?

낮의 미나리지 앞에서 따뜻했던 우리를. 너의 흰 등에 부드럽게 펼쳐져 있던 아름다운 푸른 반점. 다정했던 네 뺨. 이마의 쓰라린 상처를 어루만지던 너의 작은 손.

마당에 놓여 있는 항아리가 멀거니 어깨를 늘어뜨리고 서 있는 그녀를 바라본다. 얼마쯤 지나 남애가 방문을 열고 마당을 내다본다. 가지 않고 그대로 서 있는 그녀를 확인한 남애가 가라고 소리를 지른다. 그래도 서 있는 그녀를 향해 남애가 뛰쳐

나와 가란 말이야, 그녀의 작은 가슴에 종주먹을 대고 윽박지른다.

"좋아."

그래도 서 있는 그녀를 두고 남애는 돌연 부엌으로 향한다. 그녀는 무슨 말인가를 남애에게 해보려고 남애가 사라진 부엌으로 따라 들어간다. 놀란 남애가 부엌 뒷문으로 연결된 뒤란으로 나가버린다. 무슨 말인가를 해야 한다고 생각할수록 그녀의 입은 달라붙는다.

남애는 입을 앙다물며 다시 부엌으로 와서 도마 위에 얹혀 있는 부엌칼을 쥐고 산이에게 따라오라고 한다. 마당에 깔린 어스름 속을 남애는 내달리듯 가로질러 닭장 앞에 선다. 남애는 난폭하게 닭장 문을 열고는 잠자려고 모여들어 종종대는 닭들 중에서 붉은 닭의 날갯죽지를 잡아채 끌어낸다. 기겁을 하며 소리를 질러대는 닭의 날개를 꽉 붙잡고 선 채 남애는 다른 손에 쥐고 있던 부엌칼을 지금, 산이라 지칭된 그녀에게 사납게 건넨다. 그녀는 엉겁결에 칼을 받아든다.

"자, 따라와."

남애는 닭장 앞에서 우물까지 큰 걸음으로 걸어가더니 닭의 목을 돌확 위에 내려놓고 그녀를 노려보듯 응시한다.

"이 닭 목을 내리쳐봐."

"……"

"그 칼로 이 닭 목을 내리쳐보란 말야."

"……"

"못하겠지?"

"……"

"그러면 가!"

"……"

"가라구!"

마루와 마당과 담벽이 그녀에게 우르르 다가오는 것 같아 칼을 쥔 채 그녀가 휘청거린다. 너의 흰 셔츠 속에 숨겨져 있을 흰 등, 그 등에 펼쳐진 싱그러운 푸른 반점. 너의 부드러웠던 입술. 따뜻했던 몸. 손가락으로 남애의 흰 등에 펼쳐진 푸른 반점을 따라가고 있었을 때는 전혀 예기치 못했던 이 상황을 지금 산이라 지칭된 그녀는 어떻게 받아들여야 할지 얼떨떨할 뿐이다. 너의 따뜻했던 몸, 뼈가 튀어나온 명치며, 가냘프게 오르내리던 목젖 어디에 너의 이 돌연한 배신이 숨어 있었는지. 너와 함께할 수만 있다면, 이라고 그녀는 생각한다. 네가 나를 떠나지만 않는다면. 그녀는 눈을 질끈 감는다. 남애가 쥐여준 칼을 쳐든다. 이대로 돌아갈 순 없어. 그녀는 쳐든 칼을 닭의 목을 향해 내리친다.

정적.

두 여자애의 시야가 뿌옇다. 베어진 채 나뒹구는 닭의 목. 우물가로 튄 핏방울들. 아직도 살아 꿈틀거리는 닭 몸통을 끌어안고 나자빠져 있는 남애의 혼비백산한 눈. 좁다란 코 밑에 튀어묻은 닭의 피. 그녀는 쥐고 있던 칼을 떨어뜨리고 남애는 목이 잘린 닭을 내팽개친다. 항아리와 담벼락과 우물 벽과 두 여자애에게 튀는 붉은 핏방울. 주춤주춤 뒤로 물러서던 남애는 그녀를 향해 비명을 질러대며 신발을 신은 채로 마루로 뛰어올라 방으로 들어간 뒤 문을 걸어잠근다.

결국 그녀의 어머니는 할머니에게 날이 선 가위를 던지고 만다.

어머니가 던진 미용 가위가 할머니의 이마를 찍어놓는 일로 그녀의 아버지가 마을에 돌아온다. 오토바이가 아닌 자동차를 타고. 아이를 둘이나 데리고 다른 여자와 함께. 그동안 무슨 일이 있었건 간에 최종적으로 시어머니 이마에 가위를 던진 패륜을 저지른 여자로 낙인찍힌 그녀의 어머니는 그녀 아버지가 내민 이혼 서류에 힘없이 도장을 찍고 있다. 그것으로 그녀의 어머니는 마을에서 최초로 이혼녀가 된다. 가족이 갈린다. 이제 그녀는 그녀 어머니의 딸일 뿐이다. 새로 가족을 일군 사람들은 그들 모녀를 제쳐두고 집을 팔아치운 다음 마을을 떠나버린다. 그녀는 갑자기 밀어닥친 새로운 상황에 놀랄 때마다 남애에게로 가보지만 남애는 번번이 그녀를 내쫓는다. 남애 아버지가 항아리 속에 들어가 노래를 부르는 날에도 그녀가 찾아가면 남애는 그녀에게 돌을 던진다. 다가오지 말라고 한다. 미나리지가 내려다보이는 푸른 둑 위에 펼쳐놓았던 옷을 챙겨 입는 두 여자아이의 마음은 서로 반대였다. 지금 산이라 지칭된 어린 그녀는 너를 나 자신보다 더 사랑할 거야, 였고 이제 그녀의 삶과 작별할 남애는 너하고의 묘지 위에서의 맹세는 이것으로 끝이야, 였다.

마을의 큰 집 문간방으로 살림살이를 옮긴 그들 모녀. 가끔 그녀 어머니는 무엇이 그리 우스운지 알 수 없는 웃음을 터뜨리고 어린 그녀는 그 마을을 떠나게 될 때까지 거의 움직임이 없다. 하굣길에 어느 밭둑 건너에 있는 묘지 위에 엎드려 귀를 기울이고 있는 그녀, 주인집 마당의 닭과 오리들을 멀거니 응시하고 있는 그녀, 미나리지가 바라다보이는 둑 위에 오래도록 혼자 앉아 있는 그녀가 간혹 눈에 띄었을 뿐.

2. 꽃을 돌볼 아르바이트생 구함

초여름 화원은 푸르고 화사하다.

닫혀 있던 문들은 덧문까지 거리를 향해 활짝 열려 있다. 방금 전에 누가 물을 뿌렸는지 화원 앞 인도는 비가 내린 것처럼 물기에 젖어 있다. 벤자민, 관음죽 등이 화원 앞 보도까지 진열되어 오가는 사람들의 발길을 막는다. 지나가는 사람들은 눈살을 찌푸리고 걷다가도 갑자기 눈앞을 가로막는 커다란 화분들 속의 푸른 나무나 물통 속에 담겨 있는 석죽이나 아이리스, 보랏빛 도라지꽃들 앞에서 아, 탄식하며 걸음을 멈춘다.

세종문화회관의 주차장과 옆벽을 마주하고 있는 이 거리에서 잠시 불현듯 만나지는 이 화원은 이 거리를 지나는 사람들에게 느닷없이 자동차 소리를 잊게 해주는 장소이다.

생선초밥이나 계란말이가 두 개씩 담겨 회전되고 있는 초밥집과 빵집 파리바게뜨, 탁자가 겨우 세 개 놓인 김밥을 말아 파는 분식집과 솥밥집, 이십사 시간 편의점과 외국어 학원, 문구점, 사진집만을 전문으로 파는 가게와 건물 틈새의 서점, 새로 문을 연 지중해풍의 스파게티집 들 사이에 놓여 있는 화원. 봄, 여름, 가을, 겨울이란 이름을 붙인 카페가 크고 작은 상점들 속에 숨어 있는 이 복잡한 거리에 꽤 넓은 공간을 차지하고 있는 화원은 다소 이색스럽고 낭만적으로까지 보인다.

'꽃을 돌볼 아르바이트생 구함'

그녀는 그저께 돌아섰던 화원 유리문 앞에 다시 와 서 있다. 아직도 붙어 있는 흰 종이를 보는 순간 안도의 한숨이 나온다. 햇살은 빌딩에, 아스팔트에, 문고리가 달린 카페의 나무문에 투명하게 내리쬔다. 곧 이 초여름의 청량함이 지나가고 무더위가 시작될 것이다. 태양이 작열하고 샌들 밑창이 아스팔트에 달라붙을 것 같은 무더운 날씨가.

처음 그녀가 이 꽃집을 발견한 건 그저께, 맞은편 세종문화회관 옆벽에 세워져 있는 공중전화 부스에서였다. 그때 그녀가 막 통화를 마친 곳은 열흘 전쯤에 면접을 치른 출판사였다. 학원에서 소개를 받고 면접을 보러 간 건 아니었다. 이미 몇 차례 학원에서 추천한 기획사무실이나 광고회사에서 미끄러진 후 낙담해 있을 때 신문의 광고란 하단에 나온 모집공고를 보고 찾아간 출판사였다. 면접을 마치고 나올 때 곧 연락을 하겠다고 했으나 소식이 없어 망설이던 끝에 직접 전화를 걸어본 것이었다. 면접 내용이 그동안의 경력이 어떻게 되는가가 주여서 별 기대는 안 했지만, 막상 전화를 받은 사람이 사무적인 목소리로 사흘 전부터 새 오퍼레이터가 출근하고 있다고 전하자 그녀는 맥이 탁 풀려 공중전화 부스에 등을 기댔다.

그녀는 그 출판사가 마음에 들었다.

지하철역에서 가까운 것도 그랬고, 현관문에 그녀가 좋아하는 작가의 사진이 붙어 있는 것도 좋았다. 잘 되어 그 출판사에 다니게 되면 그 작가의 얼굴을 보게 되는 날도 있을 것이고, 어쩌면 그 작가의 새 작품 원고를 자신이 직접 작업할 수도 있을 것이라는 생각도 했다. 그 외에도 그녀를 거부한 그 출판사가 마음에 들었던 것은 사무실이 빌딩 속이 아니라 마당이 있는 집이라는 것이었다.

출판사 주변은 원래 주택가인 듯했다.

도로변 쪽부터 새 빌딩이 들어서고 있는 중이었는데 아직 그 출판사는 이층 양옥집인 채였다. 양쪽으로 들어선 새 빌딩들 속에 문이 활짝 열린 아담한 집 한 채가 놓여 있었다. 면접을 보는 방에서 내다보니 출판사 마당에 목련나무가 있었다. 나무는 담장 바깥에서도 엿보이게 키가 컸다. 나무 밑에 파라솔이 펼쳐져 있었고 출판사 직원들이 그 아래 모여 간식을 먹고 있었다. 목런나무는 꽃이 진 자리에 푸른 잎사귀를 가득 달고 하늘과 새로 지어진 다른 빌딩을 보고 있었다.

경력은 없지만 일 분에 정확하게 오백 타 정도의 속도를 낼 수 있다고 말하지 못한 점이 후회스러웠다. 더구나 출판사의 문서 편집이라면 그녀는 자신 있었다. 학원에서 나오는 타이핑용 교재가 지루해서 주로 소설이나 에세이를 교재로 연습을 했다. 출판사 현관문에 붙어 있는 사진 속의 작가가 쓴 『낡은 셔츠에 대한 기억』이라는 산문집은 여러 번 타이핑을 반복해서 다 외울 지경이었다. 그녀는 면접을 마치고 나오며 목련나무 밑의 파라솔을 한번 쳐다보았다. 저 파라솔 밑에서 그녀도 간식을 먹을 날이 오기를 기대했다.

소식을 기다리는 동안 그녀는 가능하면 좋은 기분을 유지하려 애썼다. 아침에 눈을 떴을 때 총리공관 뒤뜰에서 들려오는 새소리를 들으면 오늘은 출판사로부터 연락이 올지도 모른다는 쪽으로 해석했고, 감사원 뒤쪽 삼청공원 안에 있는 약수터에 물을 뜨러 갔다가 엎드리지 않고도 뜰 수 있을 만큼 물이 고여 있을 때면 좋은 소식이 올지 모른다고 기대했다. 면접을 본 지 열흘이 지나도록 소식이 없는데도 혹시나 하는 미련을 가졌다. 기대가 무너져 공중전화 부스에 등을 대고 상실감에 젖어 있을 때 그녀의 시선 속에 들어온 게 이 화원이다.

그녀는 마치 화원이 부르기라도 한 듯 그날 공중전화 부스 속에서 나와 화원 쪽으로 건너갔다. 그늘을 벗어나자마자 기다렸다는 듯이 초여름 태양이 그녀의 눈을 찔렀지만 개의치 않았다. 푸른 물통 속에 담긴 여름꽃들. 인도의 반쯤을 차지하고 있는 푸른 나무 앞에 섰을 때에야 빛 때문에 어지럼증을 느꼈다.

'꽃을 돌볼 아르바이트생 구함'

어지럼증 속에서 그녀가 읽은 건 화원 유리문에 붙어 있는 흰 종이에 또박또박 쓰여 있는 글씨였다. 아무 문양도 없는 밤색 핀으로 긴 머리를 틀어올린 그녀. 솜털이 보송하나 야윈 목덜미를 지닌 그녀. 그저께 그녀는 화원 유리문에 붙은 꽃을 돌볼 아르바이트생 구함, 이라는 문장이 쓰인 흰 종이를 발견한 순간 뭔가에 놀란 듯 몸을 돌려세웠다. 그날 화원 앞에 서 있다가 갑자기 파리바게뜨 쪽으로 총총히 걸어가는 그녀를 누가 봤다면 아주 다급한 볼일이 생겼거나 그도 아니면 누군가에게 쫓기고 있다고 여겼을 것이다. 그만큼 그녀의 걸음걸이는 초여름 햇빛 속에서 재빨랐다.

그러다가 한순간 물색 원피스 속 그녀의 조용한 다리가 멈춰섰다. 훅 끼쳐오는 공기를 밀쳐내듯 이마를 짚어보더니 잠시 숨을 골랐다. 벌써 더위를 담고 있는 공기가 그녀를 감쌌다. 그 공기 속에 멈춰 선 채 그녀는 무슨 일이든지 해야 한다, 고 생각했다. 이미 사흘 전에 새 사람이 출근하고 있다고 전하던 출판사 사람의 사무적인 목소리도 귓가에 스쳐갔다.

그저께, 물색 원피스 속의 그녀는 돌아서서 천천히 화원 쪽으로 되돌아갔다. 쫓기듯 물러나올 때와는 정반대로 천천히. 돌아가서 화원 유리문 앞에 내놓은 푸른 물통을 들여다봤다. 푸른 물통에는 아직 피지 않은 채 망울을 머금고 있는 흰 백합이 가득 담겨 있고 그 곁의 조금 작은 역시 푸른 물통엔 붉은 장미와 안개꽃이 다발로 묶인 채 놓여 있었다. 화원 안에서는 중년 남자가 혼자서 소철의 잎사귀를 닦아주고 있었다.

그녀는 가능하면 오퍼레이터가 되고 싶었다. 이 년 동안 미용실의 보조로 일한 그녀가 그만두겠다고 했을 때 주변 사람들은 그녀에게 바보 같은 짓이라고 했다. 이젠 웬만한 스타일의 머리 모양을 혼자서도 만들어낼 수 있을 만큼 실력이 붙었는데 새삼 컴퓨터 학원을 왜 다니냐는 것이었다. 하지만 그녀는 미용실에서의 나날을 더는 견딜 수가 없었다.

어디에고 타인의 머리카락이 달라붙어 있던 이 년이었다. 귀밑이나 손톱 밑, 겨드랑이는 예사였다. 늦은 밤 일을 끝내고 돌아와 작업복을 벗고 온몸을 깨끗이 씻어도 잠자리에 누우면 어딘가에 붙어 있던 잘린 머리카락이 이불 위에 먼저 떨어졌다. 어느 날인가는 잠을 자다가 눈이 따끔거려 일어나 거울을 들여다봤는데 눈동자 속에 누군가의 커트당한 머리카락이 떠 있었다. 이후론 언제나 눈이 따끔거리며 아팠다. 잘린 머리카락에 눈이 찔리는 것 같은 고통은 멈추질 않았다.

미용실을 그만두고 컴퓨터 학원에 등록을 해서 매킨토시를 배우기 시작했을 때만 해도 딱히 오퍼레이터가 되려던 건 아니었다. 그래픽디자인 과정을 동시에 시작했으나 그녀는 스스로 자신이 디자인 쪽엔 재능이 없음을 인정했다. 함께 학원을 다닌 동료 중에는 높은 보수로 애니메이션을 다루는 영상회사에 취직한 사람도 있었다. 현재 그녀로서는 마음놓고 잘하는 게 문서 편집이나 자판 치는 일이었다. 날마다 그녀는 얼마나 자판 치는 일에 몰두했는지 뭐든 손에 닿기만 하면 그 손에 닿은 곳이 자판이라 생각하며 손가락을 움직여보곤 했다. 버스를 기다릴 때는 정류장의 나무에 열 손가락을 대고, 나는 버스를 기다린다, 라고 쳐보았고, 버스 안에서는 무릎 위에 손을 얹고, 나는 버스를 타고 달린다, 라고 치곤 했다. 그렇게 열심이었지만 오퍼레이터를 모집하는 시험에는 번번이 떨어졌다.

그저께, 문양 없는 밤색 핀으로 머리를 틀어올리고 물색 원피스를 입고 있던 그녀는, 소철 잎사귀를 닦고 있던 화원 안의 중년 남자가 뒤돌아서면서 자신과 눈이 마주치게 되자 황급히 다시 돌아섰다. 이 꽃집은 거리에 있어. 그녀는 푸른 물통을 지나 화원 안으로 들어가는 대신 화원 안 남자의 시선을 피하며 다시 한번 돌아섰다. 이 화원에 취직을 하면 여기가 직장이 될 텐데 직장에 나와 있으면서 거리에 나와 앉아 있는 기분을 느끼고 싶지는 않다고 생각하면서.

지금, 그녀는 다시 꽃집 앞에 서 있다.

아침에 그녀의 잠을 깨운 건 주인 여자였다. 그녀는 은행나무가 있는 거리에서 창문이 올려다보이는 기다란 이층 방에 산다. 그녀의 방에서 창문을 열고 내다보면 은행나무 밑의 조그만 카페와 높은 담벽, 저만큼에 쌀가게가 동시에 보인다. 그녀가 살고 있는 기형적일 만큼 기다란 방 건물의 일층은 등나무 의자가 놓여 있는 부동산 사무실이다. 오래되어 흠집이 많이 난 등나무 의자 속에 게으르게 파묻혀 졸고 있던 노인을 통해 그녀는 지금 살고 있는 방을 얻었다. 부동산 사무실의 문과 나란히 있는 미닫이문을 열면 좁은 통로에 선반이 가로질러 있고 그 위엔 크고 작은 상이 상자에 담긴 채 가득 쌓여 있다. 선반에 올라가지 못하는 사이즈가 큰 교자상들은 좁은 통로의 벽에 세워져 있기도 했다. 상이 쌓여 있는 좁은 통로를 곧장 들어가 턱을 내려가면 안채가 나온다. 그 안채엔 주인 내외가 한 살 터울씩의 딸 셋을 데리고 살고 있다. 턱을 내려가기 전에 있는 좁다란 계단을 아홉 개쯤 올라가면 그녀의 방이 있는 이층이다. 화장실은 계단을 올라가기 전, 계단과 갈라지는 지점에 있다. 화장실 문을 등지고 좁다란 계단을 타고 이층으로 올라가면 또다시 문 두 개가 마주보고 있는데 계단 쪽에서 볼 때 오른편의 문이 그녀의 방으로 들어가는 문이다. 왼편의 문 위엔 '레크리에이션 사무실'이라는 간판이 붙어 있다. 거리 쪽으로 나 있는 유리창에도 레크리에이션 사무실이라는 글씨가 쓰여 있다. 레크리에이션 사무실? 그녀는 그 문이 열리는 걸 본 적이 없다. 오며가며 간판을 읽을 뿐이다.

지금 화원 앞에 다시 서 있는 그녀는 아침에 잠이 완전히 깨기도 전에 계단을 올라오고 있는 주인 여자의 발소리를 들었다. 주인 여자는 계단을 한 개 올라올 때마다 아가씨, 하고 불렀다. 계단을 다 오르기 전에 그녀가 내다봐주었으면 하는 것 같았으나 그녀는 잠자리에서 일어나지도 않은 상태였다. 주인 여자가 일곱번째 계단을 올라올 때쯤 그녀는 문을 따줄 수 있었다. 급히 챙겨 입은 셔츠의 칼라를 펴지도 못한 채.

딸만 셋을 기르고 있는 주인 여자는 이제 귀밑을 넘긴 머리를 바싹 당겨 뒤로 묶어 틀어올리고 얼굴에 미소를 지었다. 마흔이 다 된 나이라기엔 동안이었다. 신문을 읽다가 올라왔는지 주인 여자의 손에 신문이 쥐어져 있었다. 주인 여자가 안으로 들어오지도 않고 문턱에 걸터앉는 통에 그녀는 문을 닫지 못한 채 주인 여자를 내려다봤다.

방세를 올려야겠다는 말을 하러 온 참이었다. 주인 여자는 미안한지 부득이하게, 라고 말했다. 그래도 다른 집 방들보다는 싼 편이라는 말도 잊지 않았다. 싼 편이다. 사무실이나 가게라면 모를까 도로를 향해 창이 나 있는 이 방에서 잠을 자고 밥을 먹고 간혹 상념에라도 잠기기엔 소음이 지독한 탓이다. 삼청터널을 빠져나온 자동차들이 광화문이나 사직터널, 안국동 쪽으로 이동하기 위해서 지나갈 길은 그녀 방 앞의 도로뿐이니 당연한 소음이다. 다행스러운 건 그녀 방이 있는 곳은 총리공관과 담벽을 같이 쓰고 있는 터여서 밤이나 낮이나 경비가 삼엄했다. 이 방에 들어올 때 주인 여자가 첫째로 꼽은 이 방의 장점이 문을 잠그지 않아도 도둑이 들지 않는다는 것이었다. 이 동네 사람들은 문단속 안 하고 살아요. 하지만 그녀는 문단속을 꼭꼭 하였다. 아무리 총리공관 옆집이라 하나 도로를 향해 창문이 나 있는 방에 살면서 총리처럼 안심하고 살 수는 없는 일이었다.

주인 여자가 올려달라는 액수는 이백만원이다. 피아노를 사야 하기 때문이라고 했다. 세 딸 중 큰아이가 피아노 치는 걸 너무 좋아하는데 집에 피아노가 없으니 바깥으로만 나돈다는 것이었다.

"학교에서 오기만 하면 책가방을 내팽개치고 피아노를 찾아 떠돌아다녀."

"어디로요?"

"성당으로 어디로 어디로⋯⋯"

피아노를 찾아 헤매 다니는 아이.

주인 여자는 미안한 표정이 역력했다.

"돈을 모으고 있는 중인데, 다 모이려면 한참 있어야 되는데 아무래도 분위기가 이상하지 뭐야. 피아노를 찾아 돌아다니는 이애를 다른 아이들이 왕따시키는 거야. 피아노 학원에 남아서 연습을 하면 우리 애보고 잘난 체 그만하라면서 우— 몰려다니며 놀려먹는대. 집에 피아노도 없으면서 피아노 배우러 다니는 웃기는 애라고."

"……"

"뺨까지 얻어맞았다는군."

"……"

"뺨을 때린 아이가 누구냐고 물어도 대답을 안 해. 지들 일 어른한테 이르면 더욱 왕따당한다나, 어쩐다나…… 애가 기운이 하나도 없이 어깨 늘어뜨리고 다니는 꼴을 에미가 돼서 보고만 있으려니……"

그녀는 예금통장에 남아 있는 잔액을 생각해봤다. 지금쯤 거의 바닥을 치고 있을 거였다. 이 년 동안 세검정 쪽에 있는 미용실 보조원으로 있으면서 모아둔 돈은 그동안 학원비로 거의 다 지출했다. 나무로 만든 넓은 탁자를 하나 샀으면 하고 들었던 적금도 못 붓게 된 지 벌써 수개월이었다. 주인 여자는 방세 문제에 대한 얘기 말고도 요즘 상 장사가 안 돼서 죽을 맛이라는 말도 길게 했다. 좁다란 계단 앞에 쌓여 있는 크고 작은 상들. 그녀도 그들에게 작은 찻상을 하나 산 적이 있었다. 어떻게 들어왔을까. 그녀는 창의 방충망 안쪽에 달라붙어 있는 검은 나비를 쳐다보며 알겠어요, 라고 말했다. 주인 여자가 다시 좁다란 계단을 내려간 뒤 그녀는 주인 여자가 놓고 간 신문을 생각 없이 펼쳐들었다.

'오토바이 납치범 극성. 최근 들어 떼를 지어 다니는 오토바이족들 주택가까지 침입. 어젯밤 아홉시경 퇴근하던 오퍼레이터 홍모양을 집 오십 미터 앞에서 납치해 어린이 놀이터에서 폭행하고 도주. 뒤늦게 발견된 홍모양 급히 병원으로 옮기던 중 사망.'

그녀는 '오퍼레이터 홍모양'이라는 글씨를 오래 쳐다보다가 일어서서 방충망에 붙어 있는 검은 나비를 손가락으로 집어냈다. 바탕이 검을 뿐 나비의 날개는 노란색 흰색이 뒤섞인 얼룩무늬였다. 기다란 방의 창문엔 틈만 나면 날벌레들이 부딪쳐오거나 달라붙는다. 손바닥 위에 올려놓고 날려보내려 했으나 나비는 꼼짝없이 그녀 손바닥에 앉아 있다. 그녀는 기진한 나비를 냉장고 위에 얹어놓고는 머리를 감으러 나가면서 화원에 다시 가볼 생각을 했던 것이다. 아직도 꽃을 돌볼 아르바이트생을 구하고 있으면 오퍼레이터 자리를 찾을 때까지만 거기에서 일해보리라 마음을 다지며.

그녀, 깊은 숨을 여러 번 내쉰다.

그저께는 소철 잎을 닦아주고 있던 화원의 중년 남자는 오늘은 난 화분을 나란나란 진열해놓은 진열대 앞에서 난의 푸른 잎새들에게 물을 먹이고 있다. 그녀는 망설이던 때와는 달리 남자의 등을 바라보며 성큼 화원 안으로 들어간다.

바깥에서 볼 때와는 달리 화원 안은 그늘이 느껴질 만큼 깊숙하다. 발을 들여놓자 나무 잎사귀 냄새와 꽃냄새 들이 훅 끼쳐온다. 노란 꽃이 애잔하게 매달려 있는 난 화분. 어떤 나무들은 천장에 닿을 듯이 높다랗고 어떤 나무들은 방금 캐온 듯 뿌리가 황토에 덮여 비닐에 싸인 채 바닥에 놓여 있다.

난에 물을 주던 남자가 그녀의 기척에 뒤돌아본다. 나무들 속에 섞여 서 있는 그녀를 잠시 바라본다. 그는 그녀가 꽃이나 나무를 사러 온 사람이 아니라는 걸 알고 있는 것 같다. 물뿌리개를 내려놓고 난들을 배경 삼아 그녀 앞으로 걸어온다. 꽃을 싸줄 흰색 종이들과 색색의 끈들이 놓여 있는 허름한 철제 책상 사이에서 의자를 꺼내 그녀 앞으로 내민다. 물방울이 튀어 있는 의자를 수건으로 쓱쓱 닦아낸다. 남자는 윗주머니에서 수첩을 꺼내더니 손바닥에 대고 뭐라고 뭐라고 써서 그녀에게 내민다. 수첩에 볼펜이 매달려 있다.

"앉아요."

해야 할 말을 수첩에 적어 보여주는 남자.

글씨를 읽고 그녀가 앉는다.

남자가 앉아요. 옆에 다시 글씨를 쓴다.

"다시 올 줄 알았지요."

그녀가 말을 하지 않고 글씨를 써서 내미는 그 남자를 물끄러

44

미 바라보나 남자는 처음 보는 사람에게서 익히 받은 시선인지 아랑곳하지 않는다. 남자는 수첩에 또 적는다.

"며칠 전에 요 앞에 서 있다 갔죠!"

"네."

"왜 그렇게 달아나듯 가버렸소?"

그녀가 남자가 다시 써서 내미는 문장을 읽고는 웃는다. 남자의 글씨체는 길쭉하지만 선을 정확하게 그어서 단정해 보인다. 남자는 다시 쓴다.

"꽃집에서 일해본 적 있소?"

경력이 어떻게 되느냐고 묻던 면접 장소에서의 질문들.

할말을 글씨로 쓰고 있는 남자를 향해 음성으로 대답하는 것이 어색해진 그녀는 남자의 글씨 옆에 없어요, 라고 써넣는다. 남자의 길쭉한 글씨체와 그녀의 둥근 글씨체가 서로 대조를 이루고 있다. 남자는 실망한 듯 그제야 그녀를 위아래로 살펴보더니 또 쓴다.

"생각보다 일이 힘이 들어요."

"……"

"쉽게 생각하고 왔다가 며칠 못 버티고 간 사람이 여럿이죠."

"미용실보다는 나을 거예요."

"미용실에서 일했소?"

"네."

우유부단한 사람처럼 보일까봐 그녀는 네, 라고 쓰고 마침표를 딱 부러지게 찍는다. 어쩐지 여기에서조차 떨려나면 앞으로는 어떤 일도 못할 것만 같다. 거리에 앉아 있는 것 같은 느낌이 여전히 마음에 걸리지만, 육 개월이나 학원에 다닌 일이 아깝긴 하지만, 파마약 냄새를 맡으며 가위질 소리를 들으며 헤어 드라이기의 더운 바람을 쏘이며 이 년이나 일했던 것에 비하면 좋은 여건이라는 생각도 든다.

"열심히 할게요"라고 쓰는 그녀의 손목에 힘이 들어간다. 그녀는 "나는 학생은 아니에요"라고도 적는다. 남자가 그녀를 물끄러미 보더니 미소를 짓는다.

"보수는 어느 정도면 될까요?"

그녀는 볼펜을 든 채로 그냥 있다.

"미용실에선 얼마 받았소?"

"거긴 월급이었어요. 여긴 아르바이트이니까……"

"일한 만큼 시급으로 계산하면 되겠소?"

"네."

그녀는 볼펜을 내려놓고 나직이 대답한다.

그녀는 스스로 긴장이 되어 그들이 나눈 수첩 위의 필담으로부터 시선을 돌려 맞은편 주차장으로 미끄러져 들어가는 흰색 자동차를 바라본다.

"수애가 휴가에서 돌아오면 화원 일은 잘 가르쳐줄 거요."

수애?

"수애가 화원 일은 나보다도 더 잘 알아요. 두 사람이 마음이 맞으면 좋겠는데……"

잠시 침묵을 지키던 남자가 다시 수첩에 쓴다.

"이름이?"

그녀가 오산이, 라고 적는다.

오산이, 되새기는 듯 남자는 그녀가 적어놓은 이름을 한참 응시한다. 그사이 그녀가 재빠르게 화원 주인 남자를 살펴본다. 작은 키. 야윈 뺨. 청량한 이마. 그녀가 자신을 살피는 걸 느꼈는지 화원 남자는 머쓱하게 웃으며 다시 적는다.

"내가 말을 못합니다. 알아들을 수는 있어요. 그러니까 당신은 말을 해도 됩니다."

얼떨떨한 기분이 된 그녀는 가만히 있다.

"구파발에 농원이 있어요. 거기에 나무가 많거든. 여기서 일하게 되면 가끔 그쪽으로도 와서 내 일을 거들어야 해요. 나무 뿌리들을 분에 심어주고 비료를 주어서 땅에서처럼 분에서도 잘 자라게 하는 일도 해야 하구. 할 수 있겠소?"

안심이 된 그녀는 고개를 끄덕이는 것으로 대답을 대신한다.

"나무들도 사람하고 같아요. 사랑해주고 마음을 주면 그 공으로 잘 자라고 아니면 금방 시들해져요. 음악을 듣고 자란 나무 잎사귀가 더 푸르다고 하기에 실제로 내가 실험을 해봤거든요?

근데 정말이었어요. 똑같은 나무에 똑같이 영양을 주고 똑같이 심어놓고 한쪽만 많이 쳐다보고 말을 붙여보고 쓰다듬어주고 그랬지요. 얼마 안 있어 옆의 나무 뿌리가 노랗게 탈 지경이었어요."

화원 남자는 글을 쓰다 말고 연두색 물 호스를 수도꼭지에 갖다 끼운다. 꼭지를 틀자 호스에서 맑은 물이 철철 흘러나온다. 탁자 앞으로 돌아와서 다시 적는다.

"오늘부터 일하면 좋겠는데…… 괜찮겠소?"

그녀는 다시 고개를 끄덕거린다.

"그럼 바닥 물청소부터 해봐요."

방금, 화원 아르바이트생이 된 그녀, 물줄기가 흐르는 호스를 화원 바닥에 대고 물을 뿌린다. 소철 벤자민 고무나무 들이 화원 안쪽 좁다란 통로에까지 가득하다. 아침까지만 해도 우울했던 마음이 화원 바닥 물청소를 하는 사이 개운해진다. 화원 남자는 점심 약속이 있다고 수첩에 적어 그녀에게 보여준 뒤 손을 씻고 웃옷을 입는다. 화원 남자는 그녀가 오지 않았으면 대낮에 화원 문을 닫고 점심식사 약속을 지키러 나가야 했다, 고 쓴다. 그녀에겐 주변 식당에서 식사를 주문해 먹으라며 색색의 헝겊 끈이 놓여 있는 철제 책상 위에 만원짜리 한 장을 놓아둔다.

이제 거리가 내다보이는 화원의 아르바이트생이 된 그녀.

화원의 아르바이트생이 된 건 방금 전 일이지만 그새 화원 안에서의 그녀의 움직임은 마치 오래전부터 화원의 일과 익숙해져 있는 사람 같다. 수도꼭지를 틀어막자 호스로 새어나오던 물길이 멎는다. 화원 남자가 난에 물을 주다가 내려놓은 물뿌리개를 어디 둘까 망설이던 그녀는 철제 책상 밑에서 연장통을 발견하곤 그 안에서 작은 못과 망치를 꺼내 나무로 된 진열장 뒤켠에 탁탁 못을 박고 물뿌리개를 걸어놓는다. 아무렇게나 놓여 있던 꽃을 쌀 흰 종이와 색색의 끈들이 그녀의 부지런한 손길을 타고 가지런히 정돈된다. 그녀의 움직임. 물을 받거나 받은 물을 화원 바깥의 도로에 뿌리거나 걸레를 빨아 창틀이나 진열장의 먼지를 닦아내는 그녀의 움직임을 보고 있노라면 이 하찮은 일거리들이 얼마나 그녀를 생기롭게 하고 있는지가 느껴진다. 화원 안의 푸른 물통 속에 담긴 보랏빛 리시안셔스의 꽃줄기를 어루만지는 손길은 정성스럽고 간절해서 지금 그녀 앞에 놓여 있는 이 순간은 곧 지나갈 순간이 아니라 정지된 순간 같으며 그녀의 영혼이 실현되고 있는 순간 같기도 하다.

출판사 오퍼레이터가 되고 싶었으니 이 순간 화원 안에 있는 그녀에게 충만이란 말은 해당되지 않겠지만, 그러나 지금 화원 안에서 분주하게 움직이고 있는 그녀는 충만하다는 인상을 준다. 뺨이 발그레해졌으며 그 뺨은 곧 반들거렸다. 꽃과 나무들 사이를 오가며 구석의 푸른 순이나 여태 알지 못한 나무를 새로 볼 때면 그녀의 입술은 조금 벌어지고 눈은 은은하게 흔들린다.

이따금 손등으로 이마에 맺힌 땀을 닦아낼 때면 윗옷이 끌려올라가는 통에 그녀의 조용한 허리가 수줍게 드러나기도 한다.

얼마 후, 그녀는 의자에 앉아 철제 책상에 팔꿈치를 대고 거리를 내다보고 있다.

그저께 출판사에 전화를 걸었던 공중전화 부스가 정면으로 그녀의 시야에 들어온다. 여름날의 빈 공중전화 부스도 권태롭게 그녀를 보고 있다. 휴대폰으로 누군가와 통화를 하며 한 여자가 빈 공중전화 부스 앞을 지나간다. 그녀는 자꾸만 쳐다보게 되는 빈 공중전화 부스에서 일부러 시선을 옮겨 차도와 인도를 번갈아 바라본다. 빵집에서 나왔을까. 옆구리에 파리바게뜨라고 쓰인 봉투를 끼고 머리를 노랗게 물들인 고등학생이 롤러블레이드를 타며 거리 저쪽으로 미끄러지는 것도 바라본다. 흰색 자동차 한 대가 주차장으로 들어가더니 나무 밑에 주차하는 모습을 유심히 바라보기도 한다. 자동차 뒷유리에 부착된 초보운전이란 노란 딱지까지도. 세종문화회관 뒤쪽의 분수는 물줄기를 시원스럽게 내뿜고 있다. 분수 주변에 사람들이 모여 있다. 누군가 기타를 치며 노래를 부르고 있다. 기쁨에 넘친 소녀가 이름을 나무에 새겼다네 가슴을 다친 나무는 꽃 한 송이를 떨어뜨렸네 난 마음이 아픈 나무라네 내게 상처를 준 소녀야 너의 이름을 영원히 간직할 테니 내 가여운 꽃은 어찌되었는지 말해다오. 그녀의 시선은 다시 빈 공중전화 부스로 돌아온다. 철제 책상에 놓인 그녀의 팔꿈치는 빈 공중전화 부스만큼이나 고독해 보인다.

그녀는 화원 안을 둘러본다.

방금 물을 뿌리며 꽃을 만지며 못을 박으며 그녀가 분주히 움직일 때 그녀의 움직임에서 엿보이던 충만한 인상은 사라지고 없다. 공허한 침묵이 여름 한낮 색색의 꽃들과 푸른 나무들이 있는 공간 안에서 생성되고 있다. 샷뽀로 우동집으로 들어가는 한 무리 여자들의 웃음소리나 주차장에서 빠져나온 자동차가 거리를 빠져나가며 내는 현실 속에서의 소음들이 그녀에게선 완전히 멀어져 있다. 어디선가 그녀가 아직 가보지 않은 외진 해변의 자갈들이 이 초여름 햇빛을 받고 있을 것이다. 어디선가 그녀가 아직 밟아보지 않은 산길이 지나가는 바람 한 점 없이 견고한 침묵을 견디며 황토를 드러내고 있을 것이다. 어디선가 그녀가 모르는 사람이 누군가와의 소통을 원하며 고독하게 새끼손가락을 깨물고 있을 것이다. 철제 책상에 괴어 있던 그녀의 팔꿈치가 스르르 미끄러진다. 통증이 느껴지는 팔꿈치를 그녀가 만지작거리고 있을 때다. 말쑥하게 회색 양복을 차려입은 남자가 어떤 망설임도 없이 화원 안으로 불쑥 들어온다. 그녀가 의자에서 일어서기도 전에 남자는 화원 안 깊숙이 들어와 있다.

"수애양은 어딜 갔소?"

수애?

용케도 그녀는 화원 주인 남자의 말을 순간에 맞춰 떠올린다. 화원 일은 이제 화원 주인 남자보다도 더 잘 안다던 수애.

"휴가 갔는데요."

"아가씨는 누구요?"

"……"

아가씨는 누구냐구?

그녀는 자신을 아가씨라 지칭하는 남자 앞에서 자신을 뭐라 소개해야 할지를 몰라 잠깐 망설인다.

남자는 그녀를 뚫어져라 바라본다.

"오늘부터 이곳에서 일하게 되었어요."

"흠, 그래요. 그럼 미스 최도 그만둔 모양이지?"

미스 최? 그녀는 또 누구일까.

"내일 우리 회사에서 화분을 삼성동 행사장으로 보내야 하는데 가만 어떡하나?"

"점심식사 후에 주인 아저씨가 들어오실 거예요. 어떻게 해야 하는지 말해주시면 제가 전해드릴게요."

"그럴래요? 메모지 좀 줘봐요. 리본에 적을 말을 써놓을 테니…… 그리고 나무는 키가 큰 가지마루로 하고 글씨를 크게 써 달라고 해요. 눈에 띄어야 하니까."

그녀는 책꽂이 뒤편에 밀려나 있는 메모지를 꺼냈으나 펜이 눈에 띄지 않아 허둥거린다. 남자가 펜은 자기에게 있다며 그녀에게서 메모지를 받아든다. 등을 구부린 채로 메모지에 뭐라 적던 남자가 그 자세 그대로 손깍지를 끼고 서 있는 그녀에게 한마디 툭 던진다.

"나는 최현리요."

느닷없이 남자가 자신의 이름을 밝히는 통에 놀란 그녀는 한 발 뒤로 물러난다.

그녀의 반응이 의외였을까. 최현리, 라고 이름을 밝힌 남자가 메모를 하다 말고 고개를 든다. 그녀가 한 발 뒤로 물러서서 경계하는 빛을 품은 눈으로 바라보는데도 최는 무슨 생각에선지 웃기까지 한다. 최가 다시 책상 위에 펼쳐진 메모지에 볼펜을 갖다댈 때까지 그녀는 그렇게 어설픈 자세로 서 있다.

최가 메모지에 다시 볼펜을 갖다대며 한마디 덧붙인다.

"그렇게 놀라면 내가 미안하잖소…… 인상이 좋아서 내 이름을 알려준 건데…… 앞으로 종종 만나게 될 거요."

그제야 그녀는 최의 모습을 살펴본다.

키가 커서 선 채로 메모지에 대고 글씨를 쓰는 그의 등은 반이나 접혀 있다. 스포츠 선수처럼 짧게 자른 머리. 뒷덜미에 선명한 면도 자국. 화원으로 오기 방금 전에 닦은 듯이 보이는 반짝이는 검은 구두. 회색빛 양복에 받쳐 입은 모시로 된 흰 와이셔츠. 날카롭지 않은 코, 단정한 입매, 웃을 때면 눈 끝에 잡히는 잔주름. 누구에게나 좋은 인상을 줄 것 같은 모습인데 왜 흠칫 경계하게 되었는지 그녀 자신도 의문이다. 자신도 모르게 방어하는 태세를 취했음에도 최가 그다지 기분 나빠하지 않고 지나가주어 다행이라고 그녀는 생각한다. 큰 키와 눈 끝에 잡히는 주름과 모시 와이셔츠 덕분일까. 여름날 보기 드물게 양복을 입었음에도 최는 시원해 보인다.

"참 예쁜 아가씨네……"

책상에 엎드려 글씨를 쓰고 있었으면서 남자의 말투는 내내 그녀를 바라보고 있었다는 투다.

"내일 오후 세시까지 행사장에 화분이 도착해야 되니까 내가 내일 오전에 확인 전화 하겠소."

최는 자연스럽게 그녀의 어깨를 툭툭 친다.

그녀는 또 자신도 모르게 좀전처럼 다시 한 발짝 물러선다. 그러면서 얼굴이 붉어진다. 최가 재미있다는 듯이 싱긋 웃는다. 그녀가 아주 귀엽다는 표정이다.

"잘 부탁해요."

최는 이번엔 손을 반쯤 들어 그녀를 향해 인사를 하고는 돌아선다.

그녀는 좀 멍한 기분으로 화원을 빠져나가 세종문화회관 분수대 쪽으로 성큼성큼 걸어가는 최의 뒷모습이 록 가수의 콘서트를 알리는 플래카드와 오가는 사람들에 섞여 보이지 않을 때까지 바라본다. 곧 최가 사라진 자리의 아스팔트 위로 무료한 햇살이 내리꽂힌다. 그녀는 눈이 시어져 거리에서 시선을 거두고는 생각났다는 듯이 방금 최의 손이 닿았던 어깨를 툭툭 털어낸다. 최현리라는 사람이 아니라 치마를 펄럭이게 하는 무슨 바람이 휘익 불었다가 사라진 것 같다. 그녀는 무안을 당한 사람처럼 서서 최가 메모지에 남긴 글씨를 물끄러미 바라본다.

두 시간쯤 지나 화원 주인 남자가 돌아왔다.

그때껏 점심을 먹지 않았으면서도 점심은 했느냐는 주인 남자의 필담에 그녀는 고개를 끄덕인다. 긴장이 되어서일까. 아침에 홍차에 우유를 섞어 마셨을 뿐인데도 그녀는 배가 고프지 않다. 주인 남자는 자신이 점심식사를 하러 가기 전에 책상 위에 놓고 갔던 만원짜리 지폐가 그때껏 책상 위에 고스란히 놓여 있는 것을 보고서도 더이상 묻지 않는다.

오후 내내 날씨가 좋았다.

화원 주인 남자는 오전에 그녀를 채용했다는 것을 잊은 듯이 그녀에게 어떤 지시도 없이 꽃을 팔고 나무를 다듬고 최가 남겨놓은 메모지에 쓰인 대로 리본에 글씨를 썼다. 누군가 높은 자리에 취임을 하는 모양이었다. 문구는 간단하게 이상철 대표이사님의 취임을 축하드립니다, 라고 되어 있다. 푸른 리본에 대고 화원 남자는 이런 일을 많이 해본 사람답게 망설이지 않고 쓰윽 검은 글씨를 써내린다. 그녀가 바라보고 있다는 걸 뒤늦게 안 화원 주인 남자가 씨익 웃으며 그녀에게 "글씨 잘 써요?"라고 써서 보여준다. "못 써요." 답변하는 그녀의 뺨이 발그레해진다. 남자는 약간 걱정이 되는 표정으로 그녀의 답변 옆에 또 쓴다. "수애가 글씨 쓰는 걸 질색해요. 둘 중 한 사람이 해야 될 텐데."

화원 주인 남자는 무슨 생각이 난 듯 "컴퓨터는 다룰 줄 알아요?"라고 쓴다. 그녀도 그 옆에 "조금요"라고 쓴다. 남자는 "요즘엔 컴퓨터에 프로그램을 깔고, 글씨를 지정하면 리본에 박혀 나온다는데. 컴퓨터를 한 대 마련하든지 해야겠어요"라고 쓴다.

수애…… 그녀는 휴가중인 수애라는 존재에 대해 궁금해진다. 아직 만난 적이 없는데도 이름을 몇 번 듣게 되자 정다운 느낌이 든다. 세검정 미용실의 미스 정 같지만 않다면 아무래도 괜찮을 것이다. 미스 정은 그녀와는 달리 미용학원 출신이었다. 자신은 학원 출신이고 그녀는 그같은 경력도 없는데 보수에 별 차이가 없는 것을 미스 정은 참을 수 없어했다. 파마 손님들의 머리를 감기거나 중화제를 바르고 커트된 머리를 쓸어내고 수건을 빨고 미용실 거울을 닦는 일을 같이 하면서 미스 정은 내내 불만이었다. 자신에게 지금 당장 커트를 맡겨도 얼마든지 해낼 수 있다면서. 실수하는 척하면서 그녀의 발을 밟고 그녀의 소지품에 독한 파마약을 묻혀놓기도 했다. 그녀가 이 도시에서 마땅히 의지하고 사는 사람이 없다는 것을 알게 된 후론 그녀를 업신여기기를 서슴지 않았다. 그녀가 미용실을 그만두게 된 동기 중에는 미스 정이 한끝을 차지하기도 했을 것이다. 앞으로 함께 일하게 될 사람, 수애라는 이름을 듣는 동안 그녀의 마음속엔 소박한 바람이 생긴다. 앞으로 이 화원에서 동료가 될 수애가 미용실의 미스 정 같지 않기를. 그러다가 그녀는 혼자 웃는다. 같은 장소에 있을 때는 괴롭기만 한 미스 정이었는데 가장 나중까지 생각나는 미용실 사람이 또 미스 정이었기에.

오후에 화분이 세 개, 백합이 한 단, 장미꽃 스물두 송이, 그리고 카네이션과 안개꽃으로 이루어진 꽃바구니가 한 개 팔린다. 화원의 손님들은 꽃의 가격이나 꽃의 이름을 물으면 그에 대한 대답을 수첩에 적어 보여주는 남자를 의아하게 바라보곤 한다. 그 곁에 서 있는 그녀도. 오후 내내 화원 주인 남자는 그녀에게 어떤 일도 지시하지 않았지만 은연중에 화원의 일을 그녀에게 가르치고 있다. 한 번 해도 될 일을 두 번씩 반복하는 식으로. 남자가 하는 일을 뒤에서 바라보거나 거들며 그녀는 자신이 앞으로 이 화원에서 해야 할 일들을 가늠해본다. 꽃 물을 갈아주거나 꽃을 포장하는 화원 주인 남자의 손길 속에서.

주인 남자가 검은 글씨를 써넣은 푸른 리본을 키가 그녀의 얼굴까지 닿는 가지마루에 매다는 것으로 화원에서의 첫날 하루 일과는 끝이 났다. 밤 아홉시가 다 되어서다. 화원 남자는 첫날부터 일이 너무 늦게 끝났다고 여겼는지 미안한 기색으로 "수애가 돌아오면 교대로 퇴근할 수 있을 겁니다"라고 써서 보여준다.

3. 낡은 셔츠에 대한 기억

이제 그녀, 밤거리를 걷고 있다.

여름 밤거리는 네온 빛으로 대낮처럼 밝다.

오전에 걸어왔던 길을 그대로 거슬러간다. 교보문고로 통하는 지하도를 건너서 광화문을 바라보며 걷다가 한국일보 쪽으로 방향을 튼다. 다시 지하도로 들어갔던 그녀가 저만큼 무리지어 걸어오는 십대 남자아이들을 보고는 주춤거린다. 남자아이들은 거의 춤추듯이 걸어오고 있다. 머리를 흔들며 허리를 앞으로 당겼다가 내밀며. 네댓 중에 서넛이 귀에 이어폰을 꽂고 있다. 그중 누군가 듣고 있는 노래의 리듬에 맞춰 격하게 머리를 흔든다. 각자 다른 음악을 들으면서 함께 걷고 있는 남자아이들. 툭 터질 듯한 저항하는 젊음. 그녀는 순간 남자아이들에게 야릇한 경계심이 생겨 걸음을 멈추고 잠시 서 있다. 여차하면 내려왔던 지하도 계단을 다시 올라갈 자세다. 그녀는 그렇게 지하도 계단에 선 채로 머리를 노랗게 물들였거나 힙합바지를 입은 남자아이들이 소란스럽게 그녀 곁을 스쳐지나간 후에야 지하보도에 내려선다. 남자아이들이 지나간 자리는 이제 인적이 끊겼다. 지하보도 안에 아무도 없다는 것 또한 꺼림칙해진 그녀는 빠른 걸음으로 지하보도를 빠져나온다.

박물관 정문 앞으로 나온 그녀, 팔레트라는 카페를 바라보며 신호를 기다리고 서 있다. 신호가 풀리자 길을 건너 104번 버스가 서 있는 버스 정류장을 한번 바라보더니 현대미술관 길을 따라 걷는다. 푸른 잎새의 은행나무 그림자가 그녀 앞뒤에 길게 드리워져 있다. 그 사이로 가로등 불빛이 창백한 빛을 발하고 있다.

한 손으로 가방 끈을 꼭 잡고 걷는 그녀, 지하보도 안에서의 경계심은 벌써 사라지고 이젠 무료한 낯빛이다. 이따금 건너편 고궁의 담장을 바라본다. 남녀 한 쌍이 고궁 벽에 붙어 서 있다. 은행나무 그림자는 그곳에도 드리워져 있다. 습관처럼 밤하늘을 올려다보던 그녀, 빠끔히 고개를 내민 초승달을 발견하곤 잠깐 걸음을 멈추었다가 다시 걷는다.

미술관을 지나자 넓었던 길은 좁아진다.

길이 좁아지면서 쭉 이어지던 은행나무는 없다. 차도도 좁고 인도도 좁다. 좁은 인도를 배경으로 몇 개의 카페가 있다. 촛불을 켜놓은 카페, 덧문을 열어놓은 카페. 토마토와 양파, 소시지를 섞어 프라이팬에 볶는 냄새가 좁은 골목에 퍼져 있다. 그제야 그녀는 자신이 아침에 홍차에 우유를 타서 마신 것 외에는 먹은 것이 없다는 걸 깨닫는다. 허기가 몰려온다. 한 손으로 가방 끈을 부여잡고 걸음이 빨라진 그녀를 조그만 창이 달린 카페 안의 연인들이 바라본다.

좁은 길목은 가파른 축대로 이어진다.

축대로 된 인도를 걸어오면 어느 쯤에선가 기다란 방 창문이 보인다. 기다란 방 창문이 보이는 곳에서 총리공관 쪽으로 향하는 길과 삼청터널로 향하는 길이 갈라진다. 그 사이엔 언제나 경비경찰이 서 있다. 축대로 된 인도를 걸어내려오면 끊겼던 은행나무 길이 다시 시작된다.

그녀 방에서 마주 보이는 카페 앞의 은행나무 아래 서서 그녀는 거리로 난 자신의 방 창을 올려다본다. 불 꺼진 기다란 두 짝의 창. 나무 문짝에 한지가 발라진 밀창은 거리와도 건물과도 전혀 어울리지 않게 고즈넉하다. 그녀는 자신의 방 창문을 새삼스럽게 바라보며 서 있다. 자신이 잠자는 방의 창문을 바라보고 있자니 불과 아침에 저 방을 나섰는데도 아주 오랜만에 돌아온 듯싶다. 방안이 그립기조차 하다. 아래층 부동산 사무실도 불이 꺼져 캄캄하다. 그녀의 방 문과 마주하고 있는 레크리에이션 사무실도 여전히 불이 꺼져 있다.

방금 자신이 머물다 온 화원 안이 떠오른다. 거기도 불이 꺼졌으니 캄캄하겠다고, 어둠 속에 놓여 있을 꽃들을, 나무들을 생각한다. 푸른 물통 속의 백합이나 도라지, 리시안셔스 들은 어떻게 어둠 속에 놓여 있을지.

그녀는 거리의 빛이 비켜간 자신의 불 꺼진 창을 바라보다 신호를 지키지 않고 자동차가 뜸한 틈을 타 서둘러 길을 건넌다. 이따금 자신이 방에 도착하기 전에 누군가 방에 불을 켜놓았으면 하는 생각을 한다. 늦은 귀갓길이면 습관처럼 창문이 올려다보이는 맞은편 은행나무 아래서 자신의 방 창문을 올려다보는 그녀의 마음엔, 혹 누가 불을 켜놓았을지도 모른다는 희망이 섞여 있다. 그 희망이 이루어진 적은 없다.

서둘러 길을 건넌 그녀는 방으로 통하는 계단으로 올라가기 전에 화장실 안쪽 문 벽걸이에 그동안 꼭 붙들고 왔던 가방을 걸어놓고 소변을 보고 나온다. 안채의 좁은 마당에도 불이 꺼져 있다. 어두워서 계단을 타고 올라오다가 그녀는 두 번이나 넘어질 뻔한다. 더듬더듬 열쇠를 찾아 문에 꽂는다. 방문이 열리자마자 그녀는 벽을 더듬어 불을 켜는 것과 동시에 신발을 벗는다. 종일 얼마나 벗고 싶었는지. 이제 은행나무 아래서 보면 이 방 창은 환할 것이다.

방으로 들어온 그녀는 가방을 미니 냉장고 위에 내려놓고 냉장고 문을 열어본다. 사과 두 쪽과 참외 한 개, 복숭아 요플레 한 개, 우유 반 통, 두부 반 모, 명란젓이 담긴 통과 김치가 담긴 통, 그리고 생수 한 병. 밥이 먹고 싶어진 그녀는 냉장고 문을 닫고 아침에 마시고 그대로 둔 홍차 잔을 집어들고 부엌으로 나간다. 홍차 잔을 개수대에 내려놓고 싱크대 맨 아래 칸에서 십 킬로짜리 비닐봉지에 담긴 쌀을 한 주먹 집어 바가지에 담고 여러 번 물을 받아 깨끗이 씻어내 전기밥통에 밥을 안치고 낡은 바구니에 담겨 있는 감자 한 알과 양파를 꺼내 싱크대에 무릎을 붙이고 서서 껍질을 벗긴다. 뚝배기를 가스레인지 위에 얹어놓는다. 물을 받아 붓고, 부엌문 밖 총리공관 담벼락과 이어지며 생긴 작은 공간에 내놓은 고동색 항아리에서 된장을 떠와 쇠 조리에 담고선 숟가락을 저어 뚝배기 속의 물에 푼다. 된장이 풀어진 물 속에 멸치를 한 줌 집어넣고 가스레인지 불을 켠다. 벽에 걸린 소반을 꺼내 펴고 숟가락을 놓는 사이 국물이 끓기 시작한다.

된장 냄새와 멸치 냄새가 섞인 냄새가 좁은 부엌에 가득찬다. 그녀에겐 속이 허기질 때면 가장 먼저 찾아오는 냄새다. 때때로 그녀는 밤에 잠이 깨어서 야릇하게 공허할 때면 이렇게 국물을 우려내 한 종지 마시고 다시 잠을 청할 때도 있다. 소화가 안 될 때나 머리가 아플 때, 배가 아플 때, 특히 생리통에 시달릴 때면 그녀는 이와 같이 국물을 우려내 마시곤 했다. 마시면서 그녀 자신 고독하게 웃곤 했다. 그녀는 자글자글 끓고 있는 국물 안에서 일일이 멸치를 건져낸다.

시장에 가게 되면 따로 멸치 국물을 낼 수 있는 구멍이 숭숭 뚫린 조그만 통을 하나 구해야겠다고 생각한다. 국물이 너무 많다 싶어 한 국자 덜어내고 썰어놓은 감자와 양파를 끓고 있는 국물 속에 집어넣고 있을 때 부엌문 쪽에서 누가 아가씨, 하고 부른다.

국자를 든 채로 고개를 내미는 그녀.

아침에 방세를 올려달라고 찾아왔던 주인 여자가 접시를 든 채 세 딸 중 막내를 업고 서 있다. 등에 업힌 막내가 먼저 그녀에게 종이를 내민다.

"유치원에서 그림 그리라고 해서 이애가 아가씨를 그렸대."

"나를요?"

"이애는 아가씨가 이쁘대…… 나중에 아가씨처럼 되고 싶대."

나처럼?

그녀는 주인 여자의 느닷없는 말에 막내의 얼굴을 물끄러미 바라본다. 총리공관 가로등 불빛에 비친 아이의 얼굴이 해사하게 웃고 있다. 웃다가는 부끄러운지 고갤 돌리고는 엄마의 등에 얼굴을 파묻고선 발을 동당거린다. 그녀는 아이의 머리를 한번 쓰다듬고는 받은 종이를 부엌과 통하는 방문 안에 밀어넣는다. 여전히 한 손에 국자를 든 채로.

"그리고 이거…… 아이들이 파전 해달라고 해서 부치다가 아가씨가 들어오는 기척이 나기에 한 장 가져왔어. 그리고 이거는 편지."

편지?

그녀가 파전이 얹어져 있는 접시와 편지를 동시에 주인 여자에게서 받아든다.

"방금 부쳐서 따뜻해…… 식기 전에 먹어."

편지의 수취인을 확인하려던 그녀는 파전과 편지를 건네주고 막 돌아서려는 주인 여자를 저기요, 불러 세운다.

"아침에 말했던 방세 말인데요."

"……"

내려가려는 사람을 불러 세워놓고 그녀는 머뭇거린다. 아이가 머뭇거리는 그녀를 빤히 바라본다. 엄마와 아이의 얼굴을 동시에 바라보고 있자니 그녀는 민망해지고 만다. 이백만원이다. 따로 내는 월세 말고 보증금 위에 올려달라는 것이었다. 이백만원. 세 사람 사이에 형성된 침묵 사이로 가스레인지 위에서 된장국이 자글자글 끓는 소리가 끼어든다. 된장 냄새가 주인 여자와 등에 업힌 아이 그리고 조용해진 그녀 사이에 퍼지고 있다. 한 손엔 국자를 든 채, 다른 한 손엔 파전이 얹혀 있는 접시와 편지를 든 채, 그녀는 용기를 내려고 호흡을 가다듬는다.

"그거 월세로 내면 안 될까 싶어서요. 돈이 모일 때까지만요."

"……"

"오늘 취직을 했거든요. 곧 돈이 모일 거예요."

덧붙여 말하는 그녀의 이마에 진땀이 밴다.

"그게 좀…… 오늘도 큰애가 피아노 가게 안에 들어가서 피아노를 치다가 가게 점원한테 쫓겨난 모양이야. 울어서 눈이 빨개져가지고 돌아왔지 뭐야. 애들 기르기가 이렇게 힘드네. 딸아이 셋이나 두고 피아노 한 대 없는 집은 우리집뿐일 거야."

"……"

"무리가 되더라도 그 돈 마련해놓으면 어디로 가는 거 아니구…… 저축해놓는 거나 마찬가지잖아."

저축.

저축이란 말을 주인 여자에게서 듣고 있는 그녀의 마음이 서글퍼진다. 초등학교에 입학했을 때부터 여고를 졸업할 때까지 학교에서 그녀가 들었던 말들 중 변하지 않는 말이 저축을 해야 한다는 것이었다. 괜한 이야기를 꺼냈다고 그녀는 생각한다. 괜한 이야기를 이마에 진땀까지 흘리며 했다고.

"월급이 얼마야?"

주인 여자는 어디에 취직했느냐는 말보다도 월급이 얼마냐고 먼저 묻는다.

"아직 몰라요."

"월급도 안 정하고 취직을 했어?"

주인 여자의 의아한 시선을 그녀는 고스란히 받고 서 있다. 모른다. 화원 주인 남자가 지난번 미용실에서 받은 월급이 얼마냐고 물어서 팔십만원이라고 했을 뿐이다. 그것이 월급으로 정해지진 않을 것이다. 꽃집 일도 일종의 서비스업일 것이다. 서비스업의 월급은 의외로 적다. 미용실에 처음 들어갔을 때 그녀의 월급은 사십만원이었다. 아침 여덟시에 미용실에 도착해서 저녁 열시가 되어야 일이 끝났는데도 그랬다. 한 달에 한 번 세번째 주 화요일만 빼고는 휴일에도 일요일에도 일을 했는데도. 이름 있는 미용실은 대개 미용실이라는 말보다도 미용실 원장의 이름 뒤에 헤어숍이라고 붙여 간판을 달았으며 강남과 신촌, 명동에 지점이 있게 마련이었다. 명망 있는 헤어숍의 보조원이 되기란 꿈같은 일이었다. 미용 보조원들의 꿈은 월급이 아니라 장차 자신이 직접 운영하는 미용실을 차리는 것이어서 보수보다는 명망 있는 헤어숍에 채용되기를 바랐다. 그러면 훗날 그 헤어숍에서 일했다는 것이 중요한 이력이 된다. 미용학원 출신도 아닌 그녀가 넘보기에는 꿈같은 일이었다.

그녀가 우연히 미용실 보조원으로 취직을 해서 이 년이나 지탱할 수 있었던 것은 순전히 어머니의 영향이었을 것이다. 어렸을 때부터 미용 가위나 파마 기구 따위를 장난삼아 만지작거리며 놀았던 그녀는 보조원으로 일하기 시작한 지 이 년이 거의 다 되었을 때에야 보수로 팔십만원을 받을 수 있었다. 그 팔십만원 외에는 이따금 손톱 청소나 피부 마사지를 하러 온 미용실 손님이 던져주고 가는 오천원 혹은 만원의 팁이 그녀에게 유일한 가욋돈이었다.

하지만 화원 일은 그녀에게 처음이다. 미용실에서의 경력은 꽃집 종업원이 되는 일에 어떤 도움도 되지 않는다.

그녀는 업힌 채 그녀와 엄마의 대화를 듣고 있는 아이의 머리를 한번 쓰다듬어주고는 주인 여자를 향해 말한다.

"알았어요. 어떻게든 해볼게요."

얼굴 표정이 풀린 주인 여자가 뒷계단으로 내려간 뒤에 오늘 월급도 안 정하고 취직을 한 그녀, 부엌의 불빛 속에서 편지의 발신인이 누구인지를 보려는 양 편지에 적힌 주소지를 들여다본다. 어느 순간 그녀의 동공이 커다랗게 확대된다. 이미례 보냄. 이미례? 어머니? 어머니가? 그녀는 국자와 파전을 가만히 내려놓고 선 채로 편지를 뜯는다.

오랜만이구나.

나는 네가 살던 수원의 방에 돌아와 살고 있다.

여기 온 지 일 년쯤 되었다.

이제야 겨우 너를 찾았구나.

아무때나 한 번만 다녀가다오.

한 번만.

너에게 꼭 부탁하고 싶은 일이 있다.

나를 용서하기 힘들다는 건 안다.

그리하여도 한 번만 다녀가다오.

한 번만

꼭…… 부탁이다.

이미례 씀

그녀는 편지를 다시 봉투 안에 집어넣고 부엌 선반 위에 올려
놓는다. 이미례 보냄. 이미례 씀. 봉투에도 편지 안에도 어디에
도 엄마, 라든가 에미, 라든가 어머니라는 표기는 없다. 수원의
방에 돌아와 있다고. 왜? 그녀는 입술을 다물고 밥상을 차린다.
그사이 된장국은 너무 졸아 찌개가 되어 있다. 소반에 받침대를
깔고 흰 행주로 달궈진 뚝배기를 싸서 소반에 내려놓는다. 주인
여자가 건네준 파전 한 장이 담긴 접시를 뚝배기 옆에 내려놓는
다. 종지 하나와 어떤 문양도 없는 물컵과 마찬가지로 어떤 문
양도 없는 밥공기를 숟가락 옆에 차례로 내려놓는다. 전기밥통
을 열고 밥을 공기에 퍼 담는다. 미니 냉장고를 열고 명란젓 한
쪽을 덜어내 비어 있는 종지에 떨구어놓는다. 생수병 뚜껑을 열
고 물컵에 맑은 물을 따라놓는다. 다 차려진 밥상을 들고 기다
란 방으로 들어가 앉는다. 그녀는 생각난 듯이 앉은뱅이 의자를
밥상 앞에 당겨놓고 벽에 걸린 밀짚모자를 내려 자신이 앉은 맞

은편에 내려놓는다. 혼자 밥 먹기 싫을 때마다 하는 행동이다. 앉은뱅이 의자를 맞은편에 두고 밀짚모자를 내려놓고 있으면 누군가와 마주앉아 있다는 생각이 든다.

"내일은 은행에 가봐야겠어."

그녀는 의자 위의 밀짚모자에게 중얼거리듯 말한다.

"반도 못 넣었지만 그래도 백만원은 넘을 거야."

그녀는 졸아든 된장찌개를 한 숟갈 떠 입에 댄다. 너무 짜다. 파전을 젓가락으로 갈라 먹는다. 조금 싱거운 것 같다. 그냥 삼키려다가 짠 된장찌개를 조금 떠다 입에 넣는다. 파전에 된장을 바른 격이다. 그녀의 이마가 찌푸려진다. 그녀는 물컵을 들어 한 모금 마시고 깊은 숨을 쉬며 다시 밀짚모자를 바라보며 중얼 거린다.

"대출을 받을 수 있을까?"

입으로는 밥알을 씹으면서도 그녀의 머릿속은 내일 은행에 가서 적금 통장을 해약할 일, 얼마나 대출을 받을 수 있는지 알아볼 일로 복잡하다.

"나는 언제나 적금 통장을 중간에 해약 안 하고 만기를 채워 보지?"

밀짚모자에게 투정하듯 중얼거리는 그녀의 입술이 삐뚤어진 다. 그녀는 밥을 먹다 말고 시계를 본다. 열시 이십분이다. 너무 늦은 저녁식사라는 생각에 그녀는 수저를 내려놓는다.

저녁 세수를 마친 그녀가 이제 기다란 방의 열린 밀창문 앞에 앉아 있다.

의자 등받이에 어깨를 기댔으나 조금 불편하다고 느낀 그녀는 미니 냉장고 위에 두 발을 얹어놓는 것으로 균형을 잡고는 거리를 내다보고 있다. 그녀의 얼굴에 가끔씩 지나가는 자동차의 불빛이 머물렀다가 사라진다. 그럴 적마다 밤 세수를 마친 뒤 바른 크림이 그녀의 창백한 얼굴 위에서 반질거린다. 무엇에도 아랑곳없이 도로를 사이에 두고 서 있는 은행나무와 은행나무 뒤의 카페를 무심히 바라보고 있는 그녀의 얼굴에 일순 무색의 표정이 머물렀다가 사라진다.

슬픔인 것 같기도 하고 고독인 것 같기도 한 그 무엇.

그것은 그녀만의 표정은 아니다. 한낮에 에스컬레이터를 타고 있는 젊은 여자, 이력서를 들고 빌딩과 빌딩 사이를 헤치고 묵묵히 걷고 있는 청년, 새벽 지하철 속에 앉아 있는 샐러리맨의 얼굴에 일순 어렸다가 사라지곤 하는 표정이 방금 밤거리를 내다보고 있는 그녀의 얼굴에도 어렸다가 지워진다.

그렇게 거리를 내다보고 있던 그녀가 일어선다.

기다란 방을 걸어간다. 방은 중간에 미닫이 하나를 사이에 두고 거실과 잠자는 방으로 나누어진다. 방금 그녀가 앉아 있던 미니 냉장고가 놓여 있는 곳이 거실이고 지금 그녀가 걸어가고 있는 미닫이문 안쪽이 잠자는 방인 셈이다. 잠자는 방과 부엌으로 통하는 문은 서로 연달아 있다. 부엌으로 나가 머그잔을 챙겨 냉홍차를 탄 뒤 그녀는 좀전에 통과한 대로 거슬러 돌아와 거리를 향해 다시 똑같은 자세로 앉는다. 의자 등받이에 어깨를 기대고 미니 냉장고 위에 두 발을 올리고 역시 똑같은 밤거리를 내다본다. 홍차의 쌉싸름한 맛이 그녀의 혀끝에서 맴돈다. 술 취한 사람 두엇이 카페 문을 열고 나오다가 뒤에서 붙잡는 사람들에 이끌려 다시 카페 안으로 들어가는 모습을 그녀는 먼 화면 속에서 일어나는 일처럼 바라본다.

거리를 향해 창이 나 있는 은행나무 뒤의 카페.

카페는 이미 그녀에게 살아 있는 장소가 아니라 그저 하나의 풍경이다. 거기에서 무슨 일이 벌어진다 해도 그녀는 풍경의 변화로 여길 것이다. 지나가는 계절처럼. 여름날임에도 불구하고 도로 지나 은행나무 뒤에 있는 카페의 탁자엔 촛불이 켜져 있다. 카페의 탁자에 촛불을 켜는 것이 요즘 유행일까. 그녀는 싱거운 생각을 하며 허전하게 웃다가 긴 하루였다고 생각한다. 아침의 일이 마치 열흘도 더 지난 일 같다고.

냉홍차를 미니 냉장고 위에 내려놓고 그녀가 의자에서 일어난다. 기다란 방 안쪽으로 들어가서 책상 위에서 책 한 권과 노트를 꺼내 들고 온다. 미니 냉장고 위의 홍차 잔을 창턱에 올려놓고 그 자리에 책과 노트를 내려놓는다. 그녀가 소유한 지 오래된 것 같은 책은 얼마나 만지작거렸는지 겉장이 나달나달하다. 노트 사이엔 이제 사람들이 잘 쓰지 않는 만년필이 끼여 있다. 그녀는 노트를 펼치고 만년필을 꺼내 글씨를 써본다. 글씨는 써지지 않고 자국만 난다. 그녀는 뚜껑을 돌려 만년필을 살펴보더니 다시 기다란 방 안쪽으로 가 청색 잉크가 반쯤 담긴 파이롯트 잉크병을 꺼내온다. 뚜껑을 돌려보나 잉크병 뚜껑은 열리지가 않는다. 마른 수건으로 뚜껑을 감싸쥐고 돌려도 잉크병 뚜껑은 꿈적하지 않는다. 그녀는 잉크병을 미니 냉장고 위에 내려놓고 어찌할 바를 모르겠다는 듯 한참 바라본다. 그녀의 손바닥은 붉어져 있다.

미니 냉장고 위에 놓여 있는 잉크병을 바라보고 있는 그녀는 계단을 타고 누군가 올라오는 소리에 귀를 기울인다. 발소리는 계단을 다 올라와 멎는다. 주머니에서 열쇠를 찾고 있는 기척. 누군가 그녀 방 맞은편 레크리에이션 사무실 문을 따고 있다. 언제나 잠겨 있는 문만 보곤 했는데 처음 느껴보는 이웃의 기척이다. 그녀는 얼른 잉크병을 들고 일어서서는 안쪽에서 문을 밀어젖힌다.

카키색 셔츠에 무릎 바로 밑 길이의 흰색 반바지 차림 청년이 레크리에이션 사무실 문을 따고 있다가 그녀가 안에서 문을 확 밀고 나가자 그녀 쪽으로 몸을 돌려세운다. 그녀는 얼른 청년의 어깨에 매달려 있는 전자기타와 청년의 발치 끝에 역시 기타처럼 매달려 있는 개 한 마리를 살펴본다. 털을 깎아주지 않은 개는 계단을 올라오느라 숨이 찼는지 헐떡거리며 흰 털 속에서 검은 눈을 반짝이고 있다. 그녀는 순간 사람의 기척에 생각 없이 방문을 벌컥 열고 나온 것이 후회되었지만 되돌리기엔 이미 늦었다. 벌써 청년이 무슨 용무냐는 듯이 그녀를 빤히 쳐다보고 있다. 그녀는 청색 잉크가 반쯤 담긴 파이롯트 잉크병을 처음 보는 청년에게 내민다.

"영 뚜껑이 열리질 않아서요."

붉은색 브릿지를 넣어 염색한 머리를 뒤로 묶고 있던 청년은 그래서 어쩌란 말이냐, 는 듯 그녀를 멀거니 쳐다본다. 그녀로서는 처음 보는 얼굴이다. 하긴 이 맞은편 레크리에이션 사무실이라고 쓰인 문이 열리는 것을 보기도 그녀로서는 처음인 것이다. 뭔가에 저항하고 있는 자의 에너지가 청년의 낯빛에 어른거린다. 그뿐만이 아니다. 청년의 얼굴은 어둡다. 오똑 솟은 콧날 아래가 그늘이 져 있다.

"좀 열어주세요."

청년은 어떤 표정도 짓지 않고 잉크병을 받아 돌려본다.

그토록 열리지 않던 잉크병은 청년의 손에서 단 한 번에 쓰윽 열린다. 아무런 힘도 들지 않아 영 뚜껑이 열리질 않아서라고 말한 그녀가 무안해질 지경이다. 청년이 도로 내미는 잉크병을 받아드는 그녀는 멋쩍게 이상하네, 영 열리지 않았는데, 라고 얼버무린다. 청년은 어깨에 매달린 전자기타와 발끝에 매달린 개를 이끌고는 열린 문 안으로 들어가는 것과 동시에 문 뒤의 그녀는 아랑곳없이 문을 쾅 닫아버린다.

청색 잉크병을 들고 선 그녀는 닫힌 문 뒤에 잠시 서 있다.

좁은 계단은 어둡다. 열린 그녀 방에서 새어나온 불빛만이 우두커니 서 있는 그녀를 조명처럼 비추고 있다. 연극 무대의 한 장면 같다. 인사도 받지 않고 청년이 너무 세차게 문을 쾅 닫고 들어가는 바람에 먹먹해진 마음을 닫힌 문 뒤에서 수습하는 데 한참 시간이 걸린 그녀가 조용히 자신의 방 문을 닫고 안으로 들어온다. 미니 냉장고 위에 놓인 만년필에 잉크를 채우는 그녀의 얼굴빛이 창백하다.

그녀는 한참 잉크가 채워진 만년필을 꼭 쥐고 있다.

노트를 펼친 뒤 너무 만지작거려 나달거리는 책의 문장들을 노트에 옮겨 적기 시작한다. 그녀가 미용실을 그만두고 오퍼레이터를 꿈꾸며 컴퓨터 학원에서 타자 연습용으로 치곤 했던 작가의 산문집이다. 우연이었을 것이다. 출판사 면접을 보러 갔을 때 출판사 출입문에 그 작가의 얼굴이 선명히 박힌 포스터가 붙어 있었던 것은. 그녀는 마치 내면에서 일렁이는 고독을 어루만지듯이 이제 푸른 잉크가 가득 담긴 만년필을 꾹꾹 눌러 문장을 옮겨 적는다.

……어렸을 때의 나는 어머니의 다 낡은 셔츠 한 장을 몸

에 달고 다녔다 한다. 젖을 빨 때도 한 손에 그 셔츠를 돌돌 말아 쥐고 빨았고, 잠잘 때도 배 밑에 그 셔츠를 깔아줘야 잠이 들곤 했다고. 걸음마를 막 익혔을 때 방문을 열고 누가 마루에서 나를 부르면 무심코 그를 향해서 가다가도 다시 셔츠를 찾아 쥐고서 질질 끌고 나오곤 했다고. 간혹 그 셔츠에 걸려 넘어져도 칭얼대지도 보채지도 않았다고. 언제부터 생긴 애착인지, 하필 왜 그 셔츠였는지도 모를 일이지만 그 낡은 셔츠의 보들보들한 감촉이 여태 남아 있는 걸 보면 예닐곱 살 될 때까지 계속되지 않았나 싶다. 잘 울지도 않고 밥도 잘 먹고 대체로 순한 아이였다는 내가 발악을 하며 울어젖힐 때가 있었는데, 그때가 바로 그 셔츠를 내 손아귀에서 빼내려고 할 때였단다……

여기까지 옮겨 적던 그녀가 목을 뒤로 젖힌다. 미니 냉장고의 턱에 팔꿈치가 위태롭게 매달려 있다. 그녀는 나달거리는 책 앞 장을 펼쳐서는 잠시 작가의 얼굴을 들여다본다. 너무 여러 번 봐서 꼭 아는 사람 같다. 그녀는 다시 노트에 만년필을 갖다댄다.

　……둘째오빠(나를 늘 업고 다녔던 사람이다)의 기억에 따르면 어느 여름날 나를 등에 업고 있는데 그날따라 유난히 그

셔츠를 더 끌어안고 놓질 않으며 입술이 해지도록 물어뜯고 있는 내가 밉살맞고, 셔츠가 등에 거치적거려 더 덥기까지 해서 억지로 셔츠를 빼앗았던 적이 있었다 한다. 어린애가 발버둥을 쳐대며 우는데도 안 줬더니 나중엔 오빠의 등을 물어뜯고 얼굴로 등을 박아대더니 제풀에 강그라지며 숨이 넘어가 버렸다고. 오빠는 그때 내가 죽은 줄 알았다고 했다. 어린애가 입에 흰 거품을 물고 얼굴이 노랗게 돼가지고 숨을 안 쉬었다고. 그 일을 계기로 누구도 내가 그 셔츠를 지니고 있는 것에 대해서는 상관을 안 하게 된 모양이다……

문장 옮겨 적기에 몰두해 있는 그녀.
바깥에서 무슨 일이 일어나도 상관하지 않을 것 같은 태세다. 손가락으로 짚어가며 문장을 옮겨 적는 일에 몰두해 있는 그녀는 열어놓은 창문 바깥의 밤거리를 단 한 번도 내다보지 않는다.

……어머니의 회상에 따르면 그 셔츠에 의지하는 나의 마음은 날이 갈수록 강해져서 농번기에 나를 봐줄 사람이 없어 잠든 나를 빈집 방안에 두고 밭에 나갔다 오면 어린애가 혼자 잠을 깨서는 그 셔츠와 함께 놀고 있었다고 한다. 그 셔츠에 얼굴을 문대거나 손으로 비비작대거나 입술로 빨아대며 잘

놀고 있었다고.

가끔, 누군가의 비밀을 엿보듯 그 셔츠에 대한 생각에 잠길 때가 있다.

서른이 될 무렵 나는 서대문 교도소 앞의 감옥 같은 구조의 독신자 아파트에서 여동생과 함께 기거했다. 세 살 터울의 여동생과 나는 어느 날 밤 불투명한 우리의 미래를 연민하며 교도소 앞의 금은방에서 여동생은 목걸이를, 나는 14K 반지를 사서 지녔다. 여동생은 그 목걸이를 어떻게 했는지 모르겠으나 나는 그 반지를 애지중지했다. 어떤 관계가 죽음에 이르는 걸 지켜볼 때, 자존심이 상할 때, 마음이 불안하고 처절할 때 나는 무심코 그 반지를 만지작거렸다. 그냥 그랬던 것이 나중엔 그 반지에 마음을 의지하게 되었다. 어느 한쪽을 선택해야 할 때, 뭔가를 바스러뜨리고 싶은 욕구에 시달릴 때, 그 반지를 만지작거렸다. 그 어루만짐은 적어도 나로 하여금 수선을 떨지 않게 해주었다. 더이상 난폭을 발설하지 않게 해주었다. 그렇게 칠 년을 함께한 반지를 어디다 빼놓은 기억도 없이 잃어버렸다. 장식이 없어 잘 빼지도 않은 것이었는데. 손가락에 반지 자국만 남아 있었다. 며칠을 찾아 헤매었는지. 어디에도 없다는 걸 인정하는 순간 마음이 텅 비는 것 같았다. 나의 칠

년이 어디론가 사라져버린 듯했다.

육 개월이 흐른 지금도 이따금 그 반지를 찾아보는 때가 있다.

간혹 내가 나쁜 인간이다, 라고 생각될 때가 있다. 속이 뒤틀려 있을 때다. 마음이 걷잡을 수 없이 산만해지는 건 둘째치고 나중에는 서성거리는 것조차 가능하지가 않아 가슴팍을 방바닥에 대고 엎드려 있는 나를 보게 된다. 속상함이 다스려지지 않으니 몸이 자근자근 아픈 것이다. 나쁜 인간이란 마음에 그리움이 생길 수 없게 하는 인간이다. 머리는 터질 듯하고 어깻죽지가 저려오며 다리에 힘이 쭉 빠져버린다. 하루를 엎드려 있기도 하고 때로 일주일을 엎드려 있기도 한다. 가슴속에서 평 소리가 날 때까지. 더이상 잃을 것이 없다고 느껴질 때까지. 너무 멀리 나온 길을 이제 혼자 돌아가야 한다는 고독이 움틀 때까지. 내가 이런 인간이었구나, 내 속을 상하게 한 대상을 나 역시 가슴속에서 평 소리가 날 때까지 상하게 하는 그런 인간이었구나, 를 깨닫는 건 덧없고 서글프다.

더구나 매번 그 과정을 거쳐야 한다는 건 끔찍하기조차 하다. 이미 알고 있으니 한 번은 건너뛸 법도 하고 가벼워질 법도 한데 여전히 그 과정을 반복하고 있는 것, 앞으로도 수정될 가능성이 없어 보인다는 것, 내 마음을 발설하지 않기 위해 외부와 연결된 전화선을 빼놓는 것, 그 소극적 차단을 여태껏 치료법으로 쓰고 있다는 것은.

오랜만에 거의 일 년 만에 짧은 중편 하나를 쓰는 동안 내내 그 셔츠와 반지 생각이 아무런 맥락도 없이 솟아올랐다 가라앉곤 했다. 아니다. 이따금 기척이 끊긴 창문 밖 새벽 주차장을 응시하게 될 때면 수많은 영상들이 겹쳐지기도 했다. 인기척이 끊긴 공간이 불러들이는 영상들, 우리가 잠든 사이에도 흐르고 있는 계곡의 물, 자동차가 질주하는 국도, 피고 있는 꽃, 방파제에 매여 있는 어선, 눈이 먼 바닷속 심해어, 우리가 잠들었기 때문에 아무도 없는 빈 객석, 괴괴한 미술관, 고층 건물 안의 계단, 이삿짐이 쌓여 있는 빈 아파트, 이 맥락 없는 영상들을 숨기고 마침표를 찍어야 하는 덧없음. 어쩌면 내가 포착한 순간들이 무화된 자리에 의미가 있을지도.

모자란 잠 때문에 퉁퉁 부은 얼굴로 상가에 다녀온 이 아침의 고요.

그랬다면서, 그랬으면서, 숨이 넘어갈 정도였다면서, 칠 년 동안이나 의지했으면서, 대체 나는 그 셔츠와 반지를 어떻게 한 것인지. 아무런 작별 의식도 없이 그렇게 무심코 헤어지고 잃어버릴 수가 있었는지. 아무도 그 뒷이야기에 대해서는 말해주지 않는다. 나조차도 기억나지 않는다. 어떤 색깔이었는지, 어떤 문양이었는지, 어떤 질감이었고 어떤 칼라였는지. 손에 남아 있던 반지의 흔적은 벌써 지워졌다. 어디다 빼놓았는지, 왜 빼놓았는지, 아무것도 기억나지 않는다. 냄새와 감촉만 조금…… 숨이 넘어갈 정도였다면서, 관계의 죽음을 칠년 동안이나 지켜봐주고 위로해주었음에도.

이 망각을 무어라 지칭할까, 이 덧없음을.

그녀, 마지막 문장을 옮겨 적고 선을 그은 뒤 '낡은 셔츠에 대한 기억'이라는 제목을 또박또박 써넣고는 노트에 쓰인 푸른 글씨를 묵묵히 내려다보고 있다. 그녀에게 글을 쓴다는 것은, 그 글 속으로 그녀 자신이 숨는 일이었다. 그녀는 본격적으로 글을 쓰는 사람이 되는 것이 최종적인 꿈이다. 그럴 기회가 그녀에게 온다면 감사하게 여길 것이었다. 그녀는 가끔씩 지금보다 나은 환경에서 글을 쓰고 싶다는 설렘을 갖곤 했다. 그녀가 생각하는 나은 환경이란 이런 것이다. 그 누구한테도 방해받지 않는 널찍한 방이 있고, 그 방에 널찍한 탁자가 있는 것. 탁자는 넓을수록 좋다고 생각했다. 탁자가 넓다면 읽던 책을 다시 제자리에 꽂아놓지 않아도 될 것이고, 그 한쪽에서 밥을 먹어도 될 것이고, 때때로 그 위에 누워 잠도 자리라…… 그녀는 그런 널찍한 방과 널찍한 탁자를 가지고 글을 쓰고 있는 자신을 생각할 때, 그때만큼은 어쩌면 인생은 살 만한 것인지도 모른다는 느낌을 가지곤 했다. 하지만 지금의 그녀는 널찍한 탁자가 아니라 미니 냉장고 위에 노트를 올려놓고 문장을 옮겨 적고 있다. 만년필 뚜껑을 닫고 노트 위의 푸른 글씨 위에 내려놓고 있다. 노트 때문일까. 문장 때문일까. 온종일 그녀의 얼굴에서는 발견할 수 없었던 즐거운 빛이 잠자리에 드는 그녀의 얼굴 위에 번져 있다.

4. 수애

칠월이 되면서 본격적으로 여름이 시작되었다.

수애가 돌아오자 그녀가 아직도 화원 주인으로 알고 있는, 그녀를 화원의 종업원으로 채용한 남자는 화원에 나오지 않는다. 그녀는 그것이 어색하지만 수애에겐 당연한 일인 것 같다. 수애는 그녀를 채용한 남자를 외삼촌이야, 라고만 했다. 외삼촌은 원래 구파발 농원에 있는 사람이야, 라고. 조금 긴 얼굴에 두 개의 보조개를 장난스럽게 지니고 있는 수애. 짧게 커트한 앞머리가 이마 위에서 찰랑거린다. 조그만 엉덩이를 뒤로 내밀고 흔들며 걷는 듯한 걸음걸이. 그녀가 묻지도 않았는데 나, 오리궁둥이야, 일부러 이렇게 걷는 게 아니야, 또렷하게 표현한다. 내가 어떻게 할 수 없는 일이잖아, 라고 덧붙이기까지 한다. 립글로 스조차 바르지 않는데도 수애의 입술은 석죽처럼 붉다. 키는 작지만 손놀림이 빠르다.

처음부터 수애는 그녀를 스스럼없이 대한다. 만나기로 약속한 사람을 만난 듯이. 그녀가 은행에서 대출을 받을 요량으로 수애에게 보증인 역할을 부탁할 수 있었던 것도 그래서다. 하지만 그녀는 대출을 받지 않아도 되었다. 화원에 딸린 구석방에서 자던 수애가 짐을 싸들고 그녀 방으로 옮겨오는 대신 이백만원을 내놓았던 것이다. 널찍한 탁자를 갖게 되기는커녕 혼자 방을 쓰는 일조차 끝에 다다랐지만 덕분에 그녀는 벌써 몇 달째 붓지 못하고 있긴 하나 적금을 헐지 않아도 된다. 흰 건반의 검은 피아노는 모두가 공동으로 쓰는 좁은 출입문을 통과해 방으로는 들어가지 못하고 주인댁 마루에 놓인다. 이제 주인댁 큰딸은 언제든지 피아노를 친다. 이른 새벽에도 깊은 밤중에도.

수애라는 이름만 들었을 때, 어떻게 생긴 사람인가 궁금했을 때, 그녀는 적어도 수애가 자신보다 나이가 많으리라 짐작했는데 그녀와 동갑이다. 그녀가 어느 날 아침 화원에 출근했을 때 벌써 구파발에 있는 도매 농원에서 스타티스를 비롯해 화분에 심을 작약과 수국을 사온 수애는 마치 어제도 그제도 만난 사람처럼 가볍게 인사를 했고 그녀와 동갑이라는 것을 알고는 곧 그녀의 이름을 불렀다. 그들은 만난 지 일주일 만에 한방에서 동거하는 사이로 진전했다. 함께 첫 밤을 보냈던 날 그들은 파리바게뜨에서 손바닥만한 케이크를 사와 촛불을 켜고 동거인이 된 것을 축하했다. 수애의 제안이었고 그녀는 따랐다. 그들은 마주앙 모젤까지 한 병 사서 물컵에 따라 건배도 했다.

수애는 그녀의 기다란 방을 마음에 들어했다. 거리로 난 창에 얼굴을 내밀고 맞은편 은행나무를 바라보며 가을엔 온통 노랗겠네, 탄성까지 질렀다. 그러고는 언젠가 은행나무 뒤 카페에 들어가 맥주를 마시자고 했다. 그녀는 기다란 방에 사는 동안 은행나무 뒤의 카페를 늘 바라만 봤다. 그럴 뿐으로 그곳에 들어가볼 생각은 하지 못한 그녀와는 달리 수애는 첫날부터 은행나무 뒤의 카페에 들어가보는 꿈을 꾸었다.

이제 동거인이 생긴 그녀, 산이.

그녀는 이제 밤이 되면 형식적으로 금을 그어주고 있는 기다란 방의 안쪽에서 잔다. 수애는 미니 냉장고가 있는 바깥쪽에서 잔다. 화원의 구석방에서 사용했던 작은 침대를 벽에 붙여놓고서. 작은 침대는 평소에는 그녀와 수애의 의자 역할을 한다. 이따금 작은 침대 위에 엎드려 자고 있는 수애를 보게 될 때면 그녀의 입가엔 매번 미소가 번졌다. 체구가 작은 수애가 자는 모습이 나무에 필사적으로 매달려 있는 딱정벌레 같아서.

수애는 거의 새벽잠이 없다. 언제나 수애가 먼저 일어난다. 자정이 넘어야 잠이 드는데도 새벽 다섯시면 수애는 벌써 눈을 뜨고 그녀의 잠을 깨우지 않으려는 듯 조용히 뒤척이곤 했다.

기다란 방의 안쪽에서 자는 그녀는 바깥쪽의 침대 위에서 뒤척이는 수애로 인해 혼자 지낼 때보다 한 시간은 빨리 잠을 깬다. 처음엔 좀 멍한 기분이었으나 곧 그런 일에도 익숙해진다. 일주일 만에 배스킨라빈스의 민트 초코칩 아이스크림을 아침으로 먹는 수애를 따라 그녀의 아침도 아이스크림으로 바뀌었다. 아침부터 웬 아이스크림이냐고 그녀가 물었을 때 수애는 자기도 모를 일이라고 했다. 어느 날 아침 냉장고 문을 열어보니 배스킨라빈스의 민트 초코칩 이외에는 먹을 게 없어 먹어봤던 것이 습관이 되었고 지금은 그래야만 속이 개운하다는 것이었다.

꽃이나 나무를 다루는 수애의 손놀림은 숙련공에 가깝다. 나이는 어리나 꽃이나 나무와 함께한 세월이 길다는 걸 금세 느낄 수 있다. 수애는 시간이 나는 대로 조그만 엉덩이를 뒤로 내밀고 그녀에게 꽃을 싸는 법이며 몬스테라나 종려죽 같은 관엽을 다루는 법을 일러준다. 그럴 때의 수애는 마치 꽃꽂이 학원 선생 같다. 기다란 방에서 함께 살기 시작한 이후로 수애와 그녀는 거의 시간을 함께 보낸다. 그들은 아침은 민트 초코칩, 점심은 화원 가까이에 있는 삿뽀로 우동집이나 분식집에서 배달시킨 일본 우동이나 회덮밥, 김밥이나 쫄면을 먹는다. 저녁은 번갈아가며 일찍 퇴근한 사람이 기다란 방에 딸린 부엌으로 들어가 마련해놓는다. 저녁밥을 먹은 후 그들은 퉁퉁 부어오른 발을 차례로 씻고 수애가 가져온 텔레비전을 시청하거나 주인댁 큰

아이의 피아노 소리를 듣다가 잠이 든다. 간혹 삼청공원의 약수터에 다녀오기도 한다.

초여름까지도 화원 안에서 초화 노릇을 하던 팬지, 금잔화, 물망초, 프리뮬러, 데이지가 차지하던 자리에 봉숭아, 백일홍, 맨드라미, 해바라기가 놓인다. 여름이 깊어짐에 따라 화원 안의 꽃 색깔도 강렬해진다. 꽃치자는 윤기가 잘잘 흐르는 짙은 녹색의 잎사귀 사이에서 흰 꽃을 겹겹으로 피워 올리고 공작선인장 또한 진홍색의 화려한 꽃을 피워냈다. 작은 종을 연상시키는 캄파뉼라가 한꺼번에 여러 개의 꽃들을 피워냈을 때 그녀는 자신도 모르게 하아, 숨을 내쉬었다. 사방에서 종소리가 울려퍼지는 것 같아서.

여름 초화 중 사람들에게 가장 인기 있는 것은 은방울꽃이다.

서로 겹치는 두 장의 잎 사이에 방울 모양의 조그만 꽃이 가만히 고개를 숙이듯 핀다. 아래를 향해 다소곳이 피어 있는 게 그냥 지나쳐지지가 않아 그녀도 말끄러미 은방울꽃을 들여다보곤 한다. 그녀는 이따금 떨어진 한련화의 노란 꽃을 집어내 혀 위에 얹어놓기도 한다. 종잇장 같은 꽃잎을 혀 위에 물고선 벨벳같이 광택이 나는 글록시니아를 바라보기도 한다.

그녀의 움직임, 지금 그녀가 진홍빛 글록시니아를 응시하고 있는 시선은 평화롭다.

이 꽃집을 발견한 날, '꽃을 돌볼 아르바이트생 구함'이라는 글씨를 보고 도망치던 그날의 그녀. 지금 식물들을 바라보고 있는 그녀에게선 그날 도망치던 마음이 전혀 느껴지지 않는다. 직장에 나와 있으면서 거리에 나와 앉아 있는 기분을 갖고 싶지 않다는 것이 다급히 도망치던 그녀의 마음속에 도사리고 있던 생각이었다. 한데 지금 글록시니아를 바라보고 있는 그녀의 표정은 대체로 화원에 있는 자신에게 만족하고 있는 것 같다. 망설이다가 이 화원의 문을 밀고 들어설 때는 여기서 일하게 되어도 한두 달만 있으리라. 했던 그 마음이 적어도 화원 안의 식물들을 바라볼 때는 사라지곤 한다.

하지만 화원 안 식물들에게서 시선이 거리로 옮겨지는 순간 그녀의 눈빛은 공허한 빛을 띤다. 그녀의 공허한 시선 속에 포착된 거리의 사람들은 어디론가 바쁘게 걸어간다. 세종문화회관 뒷벽엔 새 공연을 알리는 현수막이 걸려 나부낀다. 여름 태양 밑에서 주차장의 자동차들이 지루하게 달궈지고 있다. 플라타너스의 손바닥만한 잎사귀들도 태양 밑에서 생기를 잃고 늘어져 있다.

이제 그녀는 버스를 기다리면서 정류장의 나무에 대고 나는 버스를 기다린다. 라고 치기 위해 손가락을 움직거리지 않는다. 버스 안에서 무릎 위에 손을 얹고 나는 버스를 타고 달린다, 라고 쳐보곤 하던 그녀는 이제 사라진 것 같다. 미니 냉장고 위에 노트를 얹어놓고 문장을 만들어보거나 문장을 옮겨 적곤 하던 그녀도 사라진 것 같다. 그녀의 손길을 받지 못한 노트 위엔 먼지가 쌓인다. 만년필 속의 파이롯트 푸른 잉크는 말라간다. 어렵게 열렸던 잉크병은 다시 뚜껑이 닫힌 채 구석에 놓여 있다.

그녀의 공허한 시선은 화원 바깥 거리 풍경을 헤매다가 어디에도 정착하지 못하고 다시 진홍색 글록시니아에게로 돌아온다.

화원 앞 도로에 물을 뿌릴 양으로 물뿌리개에 물을 받는 그녀를 향해 수애가 "또?" 하고 소릴 지른다. 그녀가 물뿌리개에 물을 받아 물을 뿌린 것이 불과 삼십 분 전이다. 그녀는 아랑곳없이 물이 다 찬 물뿌리개를 들고 나가 화원 앞 거리에 물을 뿌린다. 물걸레를 꼭 짜서 유리창을 닦아낸다. 여름 햇살은 재빨리도 유리창과 거리의 물기를 빨아들인다. 금세 메말라버린 길목을 내다보고 있으려니 그녀는 살갗이 터지는 듯하다. 유리창에 물방울이 서려 있지 않으면 물통 속의 여름꽃들이 헉헉, 숨을 몰아쉬는 듯하다.

그녀가 유리창에 물걸레질을 하거나 길목에 물을 뿌리거나 할 때는 그녀의 얼굴에서 왜 이렇게 아무 일도 없지? 하는 공허한 표정이 거두어진다. 벨벳 같은 글록시니아를 바라볼 때의 그 눈빛으로 돌아가는 것이다.

그렇다면?

그녀가 화원 유리창에 물걸레질을 하는 일이나 삼십 분마다 한 번씩 강렬한 여름 태양에 노출된 거리를 향해 물을 뿌리는 일은 꿈이 퇴색돼버려 금방 가라앉을 듯한 그녀 내면을 향한 위로의 행위인지도 모르겠다. 이 여름날, 금방 무너질 듯한 그녀 내부를 향해 힘껏 물을 주고 있는 것인지도.

수애는 주일이 시작되는 월요일과 금요일 두 번을 모자를 눌러쓰고 구파발 농원으로 간다. 이따금 꽃 도매상가로 나가 물통에 꽂아놓고 팔 카네이션이나 장미를 떼어오기도 했지만 그런 일은 드물고 대개 구파발 농원에서 관엽은 물론 초화나 소품들까지도 실어오곤 한다. 수애는 그런 일은 일반 소매화원에선 불가능한 일이야, 라고 그녀에게 말한다. 외삼촌이 농원을 하기 때문에 가능한 일이야, 라고.

수애이기 때문에 가능한 일들.

수애라고 불리는 이제 스물세 살 난 이 여자.

벌써 수애는 무엇에도 상처받지 않을 것 같은 단단함을 지니고 있다. 그것이 수애의 본성이라고 느끼기엔 무리가 있는 것 같다. 이미 여러 층위의 사람들을 만나본 사람이 갖는 불신이나 냉소 같은 게 수애의 작은 몸에 깃들어 있는 것이다. 그것이 산이에게는 수애가 지닌 힘처럼 느껴진다. 수애는 아니요, 라고 분명하게 말할 줄 안다. 그건 아니에요, 라고. 기다란 방 주인 여자가 수도세와 전기세 용지를 들고 왔을 때 수애는 이건 아니에요, 라고 했다. 우린 낮에 거의 집에 없잖아요. 그런데 수도요금을 주인댁하고 반씩 내는 거 이건 아니에요, 라고. 기다란 방 주인 여자가 레크리에이션 사무실에는 수도꼭지가 없고 저 아가씨는 지금까지 그렇게 냈다고 하며 그녀를 가리키자 수애는 다시 말했다. 지금까지야 어찌됐든 그건 아니에요, 잘못된 일이에요. 기다란 방 주인 여자는 야무진 아가씨네, 하면서 도로 내려가더니 이제 이 집에 사는 사람 머릿수대로 나눠서 수도요금을 청구했다. 덕분에 지금껏 이 집 전체를 향해 청구된 수도요금의 거의 반을 내던 그녀 몫이 삼분의 일로 축소되었다. 돈 문제에서 수애는 깔끔했다. 삼분의 일로 축소된 수도요금의 반을 수애가 냈다.

수애는 아니에요, 라는 말뿐 아니라 주인댁을 향해 조용히 해줘요! 라고도 했다.

주인 내외는 자주 당장 내일 이혼이라도 할 듯이 싸우곤 했다. 그녀는 이 기다란 방으로 이사를 와서 그들이 싸우는 걸 처음 보았을 때 너무 무서워서 이불을 뒤집어썼다. 딸아이들이 울음을 터뜨리면 주인 남자는 아가리 닥치지 못해! 소릴 질렀다. 그럴수록 더 높아졌던 딸들의 울음소리. 고성을 지를 때의 주인 남자는 그 집의 가장이 아니라 침입자로 보였다. 딸들이 계속 울어대면 어디에도 쓰잘데기 없는 계집애들이! 라고 나무랐다. 목욕탕에 데리고 갈 사내자식 하나 없다고. 이 집구석의 계집애들 때문에 숨이 막힐 지경이라고 소릴 질렀다. 다음날 아무 일도 없었다는 듯 다시 단란한 가족으로 돌아와 그들이 마루에서 밥상을 마주 대하고 있는 걸 보고 있으면 그녀는 뭘 잘못 보았나? 싶었다. 차츰 그 일에 익숙해지며 그녀는 이제 그들의 일로 간주하였다. 그저 그런 일이 자주 있지 않기를 바랄 뿐이었다. 그날도 주인 내외가 싸우는 소리를 그녀는 그저 듣고 있었다. 늘 그렇듯이 주인 남자가 분을 못 이기며 바깥으로 나오더니 출입문에서부터 높다랗게 쌓여 있는 상을 무너뜨리는 소리가 났다. 소반과 이 인용 상, 사 인용 상 들이 와르르 무너지는 소리는 이제 산이, 그녀에겐 익숙한 것이었다. 이쯤에서 주인댁의 세 딸들이 울기 시작할 거라고 생각했을 때 세 딸들의 울음소리가 들려왔다. 얼굴에 로션을 바르고 있던 수애는 부엌문을 밀고 나가더니 주인댁과 통하는 계단에 서서 주인 내외를 향해 소릴 질렀다. 조용히 해줘요!

세내준 기다란 방에 사는 그녀로부터 어떤 요구사항도 들어본 적이 없는 주인 가족은 소란을 멈추고 일제히 어둠 속의 계단을 쳐다보았다. 조용히 해줘요, 라고 분명하게 소리를 지른 수애를. 잠시 잠잠하다가 조용히 해달라고 요구한 사람이 다름 아닌 기다란 방에 새로 온 여자라는 것을 파악한 주인 남자가 당장 나가! 라고 소릴 지르자 수애는 계약기간까진 우리도 여기 살 권리가 있어요! 라며 대꾸했다.

산이, 그녀가 한없이 망설인다면 수애는 망설임이 없다. 웃고 싶을 땐 거침없이 웃고 단호하며 어느 땐 공격적이기까지 하다.

단단한 용모 때문일까. 아님 차분한 목소리 때문일까. 그러면서도 저속하지 않고 당당하며 때로 아름답기까지 하다. 조금 눈치가 있는 사람이라면 수애의 이런 성격이 어떤 결핍에서 비롯된 것임을 쉽게 알 수 있을 것이다. 산이, 그녀처럼 한없이 망설이는 것 또한 결핍의 일종이라는 것도. 지나치게 망설이는 것과 지나치게 거침이 없는 것은 결국 같은 얘기라는 것을.

수애가 구파발 농원에 간 날은 그녀, 혼자 화원을 지킨다.

버스를 타고 농원에 간 수애가 돌아올 때는 소형 용달을 타고 돌아온다. 운전석에 앉은 사람은 그녀를 화원에 채용했던 남자가 아니다. 그녀, 짐작으로 농원에서 일하는 청년인가 할 뿐이다. 그는 용달을 거리에서 화원 쪽에 바싹 붙여 대고 행운목이나 가지마루를 조심스럽게 내려주곤 돌아간다. 그뿐이다. 포트에 담긴 조그만 제라늄 하나까지도 정성스럽게 화원 안까지 옮겨다줄 뿐으로 일절 말이 없다. 그녀의 안녕하세요, 라는 인사도 청년은 잘라먹는다. 청년이 다시 소형 용달을 몰고 돌아갈 양으로 운전석에 앉을 때 그녀가 안녕히 가세요, 라고 목례를 해도 청년은 잘라먹는다. 청년이 돌아간 후 막 캐서 비닐에 싸온 초화들을 옮겨 심을 질그릇이나 소형 삽, 흙을 챙기며 그녀가 무심히 꽃을 싣고 온 청년이 벙어리인 모양이야…… 했더니 수애가 나직한 목소리로 벙어린 아니야, 삼촌 말만 듣고 삼촌 말만 전달하는 사람이야, 했다.

"응?"

"삼촌 대신이야. 삼촌의 귀이고 목소리라니까."

"……?"

"농원에서 나랑 함께 자랐어. 누군가 외삼촌댁 농원 앞에 버리고 갔대. 여태 외삼촌이 돌봐줬어."

그녀가 멍한 얼굴로 수애를 보자 수애는 실은 나도 엄마한테 버림받았거든, 아무렇지도 않게 말했다.

"버림받은 거나 마찬가지 아냐? 무슨 부모가 두 살도 안 된 딸을 놔두고 죽을 수가 있어? 안 그래?"

수애는 대들듯이 말하며 그녀의 눈을 응시했다.

"아무리 사고라지만 그럴 수 있어? 말도 못하는 딸을 놔두고?"

그렇다고 대답하지 않으면 수애는 당장 그녀의 눈을 후벼팔 기세였으므로 그녀는 으응, 그랬다.

"그래서 복수하기로 했거든. 나를 망치기로 말이야. 이 세상 사람이 아니라지만 어디선가 나를 보고 있다면 내가 잘 살아줘서는 안 될 것 같았어. 남겨놓은 내가 인생을 망치는 걸 보게 하고 싶었다구."

수애는 히뜩 웃고는, 농원을 도망쳤었어, 라고 말했다.

"학교도 중퇴하고 밤거릴 쏘다녔어. 그게 이 년이나 지속되었는데 삼촌이 지치지도 않고 나를 계속 찾아다녔어…… 나를 망치기도 쉽지 않아."

그러곤 수애는 입을 다물었다.

다른 날보다 더 정성스럽게 낙엽을 썩힌 부엽토와 붉은 입자의 마사토 그리고 강모래를 화원 바닥에 펼쳐놓더니 배합토 만들기에 열중했다. 언제 그렇게 격렬했었냐는 듯. 어찌나 완강하게 입을 다물고 있는지 갸름한 수애의 턱이 네모져 보일 지경이었다.

수애의 그런 모습을 처음 대한 그녀는 수애가 하는 일에 끼어들기도 그렇다고 다른 일을 찾아 하기도 마땅찮아 선 채로 수애의 재빠른 손놀림을 내려다만 보았다. 수애는 마사토의 잘게 부순 입자를 체에 받쳐 걸러내고 돌 입자를 하나하나 골라낸 후 부엽토를 체의 그물에 문질러 같은 크기로 부수고 나서야 그녀를 쳐다보았다.

"마사토가 기본이야. 부엽토하고 강모래 비율을 육, 삼, 일, 이렇게 생각하면 돼. 배합토 오 리터가 화분 다섯 개용이라고 생각하면 돼. 작은 걸로."

그녀는 그날 수애를 따라 작은 화분 일곱 개에 바이올렛과 포인세티아 등을 심었다. 꽃들을 심는 동안 수애의 마음이 풀린 것 같았다. 그녀에게 파파야 야자수를 보았느냐고 물었다.

파파야 야자수?

본 적이 없다고 하자 수애는 오늘 나는 봤어, 라며 무슨 큰 비밀을 일러주듯 속삭였다.

"삼촌이 육 개월 전에 인도네시아에서 가지마루를 수입해왔거든. 넌 모르겠네. 수입해올 때는 말이지 그저 나무토막이야. 그런데 그걸 온실에 넣어서 잎을 돋게 하는 거야. 와, 오늘 보니까 근사하게 잘 자랐더라구. 너도 보면 좋아할 텐데. 삼천 그루의 가지마루 푸른 잎사귀들이 쫙 줄을 서서 찰랑찰랑거리는 거, 상상해봐. 숲속도 그런 숲속이 없어. 굉장했어. 햇볕 받으라고 온실 바깥으로 내놓은 것들은 정말 기세가 대단했어. 근데 끝 쪽 온실 한편에 낯모르는 나무 두 그루가 나란히 서 있는 거야. 가지마루들과 달라 단박 눈에 띄었지. 마치 줄 맞춘 듯이 일 미터쯤 간격을 두고 잎사귀 세 개를 똑같이 달고서 애틋하게 서 있는 거야. 외삼촌한테 무슨 나무냐고 물었더니 파파야 야자수래. 그것도 수입해온 거냐니까, 그게 아니구 가지마루가 들어올 때 씨앗 두 개가 따라왔는지 어느 날 보니까 거기서 그렇게 자라고 있더래."

"……"

"보고 싶지 않아?"

"……"

"보고 싶지 않냐구."

"보고 싶어."

"그럼 다음에 같이 가자."

수애는 그날 무슨 생각이 났는지 흰 나무로 된 기다란 미니 화분에 오레가노, 라벤더, 레몬밤, 민트 등 여러 가지 허브를 옮겨 심어 먼저 퇴근하는 그녀에게 내밀었다.

"방에 갖다줘. 향도 좋고 소화 안 될 때 한 잎씩 따먹어도 되고."

잠시 뜸을 뒀다가 수애는 지나가는 투로 말했다.

"나 기다리지 말고 혼자 저녁 먹어."

기다리지 말고 혼자 저녁 먹으란 수애의 말을 저녁을 먹고 들어오겠다는 정도로 알아들었지 집에 들어오지 않겠다는 뜻인 줄 몰랐던 그녀는 그날 밤새 허브 화분을 창가에 둔 채 수애를 기다렸다. 수애와 함께 살기 전 저녁을 먹고 나면 혼자서 거리로 난 창을 열어놓고 창밖을 바라보았을 때처럼 그녀는 그러고 앉아 수애를 기다렸다. 그날 밤따라 유독 방충망에 달라붙는 날벌레들이 많았을 뿐 새벽이 되도록 수애는 돌아오지 않았다. 아침에 화원에 갔을 때 수애는 벌써 화원 청소까지 마쳐놓고 있었다. 어떻게 된 거야? 묻는 그녀에게 수애는 혼자 저녁 먹으라고 했잖아, 하곤 그만이다.

5. 생일

칠월 십칠일에 그녀는 스물세 살이 되었다.

그동안 허브는 무성하게 자라 창틀을 가득 메웠다. 그들은 이제 허브 향 속에서 아침을 맞는다. 그녀가 스물세 살이 된 생일날 새벽에 좁은 계단 밑 화장실에서 읽는 조간엔 술을 마시고 부모를 망치로 살해한 청년의 이야기가 실려 있다. 사진 속의 청년은 고개를 푹 수그리고 있다. 평소 하드코어 영화광이었다는 청년은 영화에서 본 대로 부모를 살해했다고 쓰여 있다. 어렸을 적부터 부모의 괄시와 학대를 받으며 자라왔고 군대에 갔다 온 근래엔 등록금을 주지 않아 복학도 못했다고. 새벽까지 술을 마셨다고. 자신이 무슨 짓을 했는지 알아차렸을 땐 이미 늦어 있었다고.

그녀는 더 읽질 못하고 화장실 안에서 조간을 세 번 접는다. 화장실에서 나와 주인댁 현관 안에 조간을 밀어넣고 계단을 올라온다.

새벽잠이 없는 수애는 이제 일어나면 곧바로 수영장엘 간다. 재동에 있는 수영장까지 뛰어서 간다. 골목으로 이어지는 샛길을 찾아 뛰어도 족히 이십 분은 걸릴 텐데. 수영장에서 돌아온 수애의 뺨은 발그레하고 짧은 머리에선 샴푸 냄새가 난다.

수애는 그녀도 함께 다녔으면 하지만 그녀는 손을 저어 아니라고 했다. 그녀가 수애를 향해 아니야, 라고 말해본 것은 그것이 처음이었을 것이다. 수영장에서 돌아오면 수애는 어김없이 아침으로 민트 초코칩 아이스크림을 찾겠지만 지금 그녀는 미역국을 끓이고 있다. 쌀눈이 떨어지지 않도록 씻어 밥을 짓고 있다. 어제 화원에서 돌아올 때 낙원상가 지하에 있는 재래시장까지 걸어가서 사온 굴비를 굽고 있다.

어머니가 그랬다.

그녀는 자신의 생일을 냄새로 알아챘다. 굴비 냄새와 미역국 냄새로. 방안에 누워서 그 냄새를 맡고 있을 때 행복했었다는 생각이 든다. 생일이면 끓여주던 미역국과 구워주던 굴비 냄새를 어머니가 다른 날에 풍기기 전까지는. 어머니는 정성껏 차려진 밥상머리에 그녀를 앉혀놓고 가야 한다고 했다. 자주 오겠다고도. 이렇게 내가 가서 미안하지만 갈 수밖에 없다고. 생일이 아닌 때에 나오는 쌀밥과 미역국과 굴비는 그녀를 공포스럽게 했다. 중대한 결정을 내릴 일이 있거나 그걸 실행시켜야 할 때면 어머니는 그녀에게 쌀밥에 미역국에 굴비를 구워주었으므로.

어머니가 차리는 새살림은 번번이 어긋났다.

마을에 경지정리를 하러 들어온 타지 사람들 속에 섞여 있던 젊은 청년과의 새살림이 시작이었다. 청년은 파마를 하고 있는 그녀 어머니에게 반했고 처음엔 새침하던 그녀 어머니도 결국은 그들이 경지정리를 마치고 돌아갈 때 청년과 함께 마을을 떠났다. 마을의 큰 집 문간방에 그녀를 남겨두고 가는 날 아침에 어머니는 쌀밥에 미역국 그리고 굴비를 구워 밥상을 차렸다. 그녀는 가만있는데 어머니가 눈물을 지었다. 어머니는 그녀를 그 문간방에 두고 갔다. 그녀는 혼자 남아 밥을 해먹고 미나리밭을 쳐다보며 학교엘 갔다. 숙제를 했고 옷을 빨았고 마루를 닦았고 이불을 당겨 목까지 덮고 혼자 잠을 잤다. 어느 날 하교했을 때 어머니가 돌아와 있었다.

돌아온 어머니는 마을에선 더이상 살 수 없게 되었다고 생각했는지 그녀를 데리고 수원으로 이사를 했다. 이후, 그녀가 고등학교 일학년이 될 때까지 어머니는 생일이 아닌 날 네 번을 미역국을 끓이고 쌀밥을 짓고 굴비를 구워놓고 그녀에게 가야한다고 말했다. 가야 한다는 어머닐 붙잡을 방법이 그녀에겐 없었다.

그녀, 산이는 가끔 생각한다.

만약 어머니가 잘 차린 밥상 앞에서 가야 한다고 할 때 그녀가 가지 말라고 했으면 가지 않았을까? 하고. 왜 한 번도 붙잡지 않았을까? 하고. 어머니는 어디에 있으나 그녀가 고등학교 마칠 때까지 학비를 꼬박꼬박 그녀에게 보내주었다.

마지막으로 헤어진 게 고등학교 일학년 때였다.

밥상 위에 오른 굴비가 유난히 굵었다. 진짜 영광굴비야, 라고 말하는 어머니는 고즈넉했다. 그녀는 이미 어머니와의 작별에 어느 정도 단련이 되어 있었으므로 다시 돌아올 때 오더라도 그동안만은 어머니가 진심으로 행복하길 바랐다. 남의 집 문간방에 딸을 놔두고 떠나는 어머니의 마음이 편치만은 않을 거라고도 생각했다. 얼마 못 가 곧 돌아올 텐데 비싼 굴비를 구웠다는 생각도 했다. 그게 마지막이었다. 그때 떠난 어머니는 그녀에게 다시 돌아오지 않았다. 어느 면소재지에서 과수원을 한다는, 어머니를 데려간 남자는 고등학교를 마칠 때까지 그녀의 학비와 용돈을 댔고 대신 어머니가 돌아오지 않았다. 이따금 어머니가 왔다 간 흔적으로 밑반찬이나 청소 따위가 되어 있을 뿐 어머니의 얼굴을 마주 바라보며 밥을 먹는 일도 없게 되었다. 은근히 졸업식 땐 어머니가 나타나리라 기대했지만 어머니는 오지 않았다. 그녀는 혼자 교문을 나서며 가족들이 흰 눈발 속에서 서로 사진을 찍어주고 꽃다발을 건네고 식당으로 몰려가는 모습을 지켜봤다.

수애의 말대로 복수라면 복수였을 것이다.

졸업식을 마친 밤에 그녀는 어머니와 어떤 연락도 취하지 않고 수원의 방을 정리하고 이 도시로 나왔다. 나온 게 아니고 나와버렸다, 라고 표현하는 것이 맞을 것이다. 그게 벌써 사 년 전의 일이다. 생일이면 어머니 대신 스스로 쌀밥을 짓고 미역국을 끓이고 굴비를 네 번 굽는 동안 사 년이 흘러간 셈이다.

복수?

오늘 스물세 살이 된 그녀, 스스로 끓인 미역국 앞에서 머쓱하게 웃는다.

어머니에게 어떤 연락도 취하지 않고, 라는 건 그녀 생각이지 어쩌면 어머니 쪽에서 그동안 그녀를 한 번도 찾지 않았을 수도 있을 것이다. 그녀는 생각난 듯 며칠 전에 어머니에게서 온 편지를 올려놓은 선반을 올려다본다. 수원의 방에 돌아와 있다고? 그 방을 다시 얻은 것일까? 생각하다가 그녀의 입술이 굳게 닫힌다. 그녀는 뜸이 잘 든 쌀밥을 주걱으로 헤쳐놓는다. 이제는 내가 돌아가지 않을 것이다. 수영장에서 돌아온 수애가 뜻밖의 조반상을 보고는 뭐야? 하는 말을 숨기고 눈을 둥그렇게 뜬다.

"오늘 내 생일이거든. 그냥 먹어줘."

"생일이야?"

"응."

"왜 말 안 했어?"

"말했으면 어쩔 건데?"

"그거야 내가 미역국 끓여주지."

"수영장은 안 가고?"

"그건 또 그렇네."

민트 초코칩 아이스크림으로 아침을 대신하던 수애가 밥상을 거북해할 줄 알았는데 미역국을 후루룩 소리까지 내며 먹는다. 굴비의 몸통을 직접 손으로 발라 먹기 좋게 조물락거려놓기까지 한다. 맛있다, 맛있다……를 연발한다.

"오늘밤에 우리 놀자."

"뭐하고 놀아?"

"나한테 맡겨…… 신나게 놀자구. 최 아저씨 부를까?"

"최 아저씨?"

"현리 아저씨 말이야."

"……"

"얼굴 표정 좀 봐…… 농담이야. 그런데 너는 왜 그렇게 최 아저씨가 싫어?"

"싫어."

"왜?"

"눈이 싫어."

"눈?"

"나를 쳐다보는 눈."

최는 화원에서 무시할 수 없는 단골이다.

그로 인해 화원의 관엽들은 리본을 달고 삼성동으로 서교동으로 프레스센터로 보내진다. 그녀를 채용한 구파발 농원의 수애의 외삼촌 말처럼 수애는 절대로 리본 글씨를 쓰려고 하질 않아 최가 메모지에 적어놓는 문구를 거의 그녀가 쓴다. 그전에는 어떻게 했었냐니까 외삼촌에게로 들고 갔다고 한다. 급할 때는 최가 직접 쓰는 날도 있었다고.

"그건 너하고 자고 싶으니까 그래!"

수애가 너무 태연히 말하므로 그녀는 말문이 닫힌다.

"미스 최 언니도 그렇게 바라봤거든."

"미스 최?"

"너 오기 전에 화원에 있던 사람."

"그래서 어떻게 되었는데?"

"가끔 만나는 것 같았는데 어느 날부터인가 그만둔다고도 안 하고 그냥 안 나왔어."

최는 일이 없을 때도 오며 가며 화원을 들락거린다.

점심은 먹었냐? 보고 싶은 영화는 없냐? 가고 싶은 곳은 없냐? 최는 지치지도 않고 그녀에게 묻는다. 안 먹었어요, 〈올리브나무 사이로〉 보고 싶어요, 석모도 가고 싶어요. 그녀 대신 수애가 최를 놀리듯이 대답한다. 놀림당하고 있다는 걸 모를 리도 없을 최이지만 최의 시선은 끈질기게 수애를 비켜나 그녀에게 머물러 있다. 그럴수록 그녀의 입은 굳게 다물어진다. 최에 대한 거부반응은 그녀 자신도 알 수 없는 일이다. 언제나 스포츠 선수처럼 짧게 자른 머리의 최는 점점 더 석고가 되어가는 그녀를 예뻐 죽겠다는 듯이 바라보다가 간다. 먹고 싶은 것이 있으면, 가고 싶은 곳이 있으면, 보고 싶은 영화가 있으면 언제든지 연락하라면서.

화원에 가려고 방문을 나서던 두 사람은 맞은편 레크리에이션 사무실 문을 열고 나오는 청년과 정면으로 마주친다. 먼젓번에 잉크병 뚜껑을 열어주었던 그 청년이다. 레크리에이션 사무실에서 잠을 잔 듯 부스스한 얼굴이다. 발치에 그때 봤던 개가 붙어 있다. 서로 예기치 않게 마주쳐 어색하게 서 있는데 수애가 불쑥 청년에게 있잖아요, 오늘 이애 생일이거든요, 밤에 함께 놀래요? 하고 묻는다.

당황한 그녀가 수애의 등을 꾹꾹 찌른다.

청년이 별사람 다 보겠다는 투로 계단을 내려서려 하자 수애가 여보세요, 하더니 이애가 오늘 생일이라구요, 서로 옆에 살면서 인사도 안 했잖아요, 따지듯이 다시 말한다. 청년은 피식 웃더니 난 오늘밤에 시간이 없으니까 시간이 나면 너희들이 여기로 찾아와봐, 반말을 냉소적으로 내뱉으며 뭔가를 내던지곤 화장실이 급한지 좁은 계단을 뛰어내려간다. 주인을 놓칠세라 개가 정신없이 따라간다. 거리로 나오면서 보니 계단 밑 화장실 앞에 부리나케 따라 나간 개가 엎드려 있다. 저 사람하고 화장실을 같이 썼었나? 기분이 야릇해진 그녀가 잠시 머뭇거리는 사이에 수애는 벌써 거리로 나가 저만큼 걸어가고 있다.

해가 저물 무렵 화원 안의 두 여자.
수애는 앞치마를 두르고 손에 고사리손 가위를 들고 있다. 분재용으로 키우고 있는 마삭나무의 굽은 줄기를 잘라주려는 참이다. 수애가 두르고 있는 앞치마엔 꽃과 나뭇잎 물이 배서 여기저기 붉거나 푸르다. 그녀는 마삭나무 줄기를 자르고 있는 수애를 철제 책상 앞에 놓여 있는 의자에 앉아 바라보고 있다. 그녀의 손끝이 닿는 자리, 책상 위에는 아카데미 서적에서 나온 붉은색 표지의 『화훼장식과 꽃꽂이』라는 책과 〈부에나 비스타 소셜 클럽〉 음반이 놓여 있다. 『화훼장식과 꽃꽂이』는 원래 있던 것이고 〈부에나 비스타 소셜 클럽〉은 수애가 외출에서 돌아오는 길에 교보문고의 음반 가게에서 사온 것이다. 생일선물로 음반을 사보기는 처음이라고 수애는 웃었다. 생일선물로 음반을 받아보기는 그녀도 처음이다. 그녀가 쑥스럽게 비닐봉투에서 음반을 꺼내들자 수애가 덧붙였다. 지나가다 들었는데 노래가 좋아서 들어가 샀어. 노래 부르는 사람들이 노인들이래.

노인들.

그녀는 음반을 뜯어본다. 기다란 방엔 시디플레이어가 없다. 그녀는 화원 안 진열장에 놓여 있는 포터블에 뜯은 시디를 밀어 넣는다. 노래가 흘러나오는 동안 음반 속지를 살펴본다. 내 뜰에는 꽃들이 잠들어 있네. 글라디올러스와 장미와 흰 백합. 그리고 깊은 슬픔에 잠긴 내 영혼.

오늘 스물세 살이 된 그녀의 손엔 이제 꽃을 꽂을 때나 꽂은 후에 탁자를 닦는 꽃 보자기가 쥐어져 있다. 더러워 빨아둔 것이 뽀송하게 말라 방금 세 번 접어 개었던 참이다. 수애는 그녀의 스물세 살 된 날을 축하해야 한다며 화원 문을 여덟시에 닫겠다고 한다. 다른 날 같으면 둘 중의 한 사람만 삼청동의 기다란 방으로 먼저 돌아가 저녁을 준비하는 시간이다. 저녁도 함께 먹고 근사한 데도 가자고 한다.

"근사한 데?"

"프라자 호텔 스카이라운지 같은 데 말이야."

수애는 웃는다.

"싫어? 사실은 나도 그런 덴 한 번도 안 가봤어. 니가 진짜 가자고 하면 어쩌나 걱정했다. 근데 어디 물이 끝내주는 곳 없을까?"

물이 끝내주는 곳, 이라는 수애의 표현에 그녀는 피식 웃는다. 곧 그녀는 낮에 친구에게서 전화가 와서 친구를 만나러 가야 한다고 말한다. 수애는 의아한 얼굴로 어떤 친구냐고 묻는다. 그녀는 미용실에서 함께 일하던 친구라고 대답한다. 수애는 자신과 함께 만나면 안 되느냐? 되묻는다. 그녀는 그 친구가 자신에게 긴히 할 얘기가 있다 했다고 한다. 수애가 입을 삐죽거리며 고사리손 가위를 내려놓고 화원 바깥 계단 끝의 화장실엘 간다. 꽃물과 나뭇잎 물이 밴 앞치마를 그대로 두른 채.

그녀는 수애가 내려놓은 쥐는 부분이 고사리처럼 생긴 가위를 바깥쪽으로부터 쥐고서는 수애처럼 마삭나무의 굽은 줄기 중의 한 곳을 잘라낸 후 고사리손 가위를 이리저리 살펴본다. 잎이나 가지를 다듬거나 자르는 일은 어쩐지 내키지 않는데도 가위는 마음에 든다. 이 고사리손 가위는 어떤 줄기든 힘들이지 않고 싹둑, 잘라낸다. 아무 일 아니라는 듯이. 줄기를 잘라내는 가위의 종류는 한두 가지가 아니다. 자루에 덩굴과 같은 현이 달려 있는 덩굴손 가위도 있고 학 모양처럼 생긴 양 현 사이에 손가락을 넣고 쓰게 되어 있는 가위도 있고 전지가위도 있다.

이제 화분을 분갈이하고 있는 수애와 그녀.

수애는 잘 자라지 못한 화초와 꽃이 져버린 것, 분에 넘치게 자라 모양이 흐트러진 것들을 쏙쏙 골라낸다. 수애가 엎드릴 때면 잔등이 다 보인다. 잔등에 튀어나온 뼈들이 나무뿌리 같다. 이국적인 분위기를 지닌 관엽들은 대개 화분에 뿌리를 쉽게 내린다. 여름날의 고무나무나 야자류들은 빛이 부드럽게 스며드는 반그늘을 좋아한다. 발이나 레이스 커튼 밑에서 그들은 쑥쑥 자란다. 직사광선을 너무 받으면 또 금세 잎 가장자리가 갈색으로 타들어간다. 습기가 조금 많다 싶으면 녹색 잎과 줄기에 회색 곰팡이까지 핀다.

"넘치면 이래!"

수애는 뿌리 쪽의 잎과 줄기가 썩어들어가는 키가 크지 않은 종려죽 화분을 그녀에게 보여주며 장난스럽게 말한다.

"이봐요, 오산이씨. 그대가 물을 너무 많이 줘서 이래요."

수애는 포기를 나누어 물 빠짐이 좋은 강모래를 새 화분 밑에 깔아준다. 지금 분갈이하는 때가 아니라서 잘 살아날지 모르겠어, 수애의 말을 새겨들으며 그녀는 종려죽 뿌리를 조심스럽게 화분에 옮겨 심는다. 키가 작아 화분에 심어 기르기가 좋은 까닭에 찾는 사람이 많아 화원 안에도 종려죽이 여럿이었다. 처음에 그녀는 종려죽이 대나무 이름인 줄 알았다. 종려죽의 자생지가 열대 아메리카나 아프리카라는 것을 알았을 때 그녀는 종려죽의 가늘게 나뉘어 있는 잎사귀를 가만히 뺨에 대보았다. 야자류 중에서도 유난히 키가 작은 종려죽의 자생지가 그 먼 곳이라니 싶었던 것이다. 그녀는 관심이 가는 관엽에 물을 더 주었다. 그것이 문제였다. 잘 자라던 초화의 꽃잎과 봉오리가 떨어져내릴 때도 수애는 물을 너무 많이 주어 그래, 너무 사랑하면 죽는다구, 충고했다. 접란의 잎이 누렇게 변했을 때도.

종려죽 줄기에 깍지벌레가 붙어 있다.

깍지벌레는 보통 단단한 껍질에 싸여 있어서 소독을 해봐야 별 소용이 없다. 수애는 화초에 상처가 생기지 않도록 조심조심하면서 깍지벌레를 긁어 떼어낸다. 그래도 안 되는 경우에만 살충제를 쓴다. 어쩐지 식물들이 살충제를 좋아할 것 같지 않다는 것이 수애의 말이었다. 그녀는 깍지벌레를 긁어내는 일이 서툴러 여러 번 화초에 상처를 입힌다. 보다 못한 수애가 그녀의 손을 밀쳐내고 종려죽 줄기에 달라붙어 있는 깍지벌레를 싹, 긁어내 바닥에 버린다.

분갈이한 화분들에 비료를 묽게 해서 조금씩 넣어주는 그녀의 얼굴이 발그레하다.

꽃 가꾸는 일이 손에 익어갈수록 식물이 주는 위로가 있다. 농원에서 밤색 야자 가루에 덮여 화원으로 옮겨져온 뿌리를 분에 심느라 배양토를 깔아주고 비료를 줄 때면 그녀는 기도하는 마음이 되곤 한다. 땅에서처럼 분 속에서도 잘 자라기를.

화원 안에서의 느낌은 여전히 거리에 나와 앉아 있는 듯하지만 식물을 돌보는 일은 즐거웠다. 식물들의 초록빛은, 그녀에게서 이미 희미해진 꿈 조각이나 실타래같이 엉킨 기억들까지 일깨워주려는 양으로 곧잘 푸르게 웃자라곤 했다. 식물의 뿌리를 분에 심어준 날 밤이면 그녀는 잠을 못 이루기도 했다. 손톱 속에 끼어 있는 흙을 파내고 금방 허리가 짜부라들 것 같은 피로에 휘말려 자리에 누워도 자욱하게 화원 안 풍경이 눈앞을 메우곤 했다. 셔터가 내려진 화원. 어둠 속에서 낮에 분에 옮겨 심어 준 식물의 뿌리들이 새 자리를 잡느라 후, 후, 숨을 내뿜는 소리가 귀에 들려오는 것만 같아 그녀는 수없이 뒤척이곤 했다.

이제 수애에게 이따 보자고 인사를 하고 화원을 나서는 그녀.

화원 안에서 입고 있던 에이프런과 작업복을 벗어낸 그녀는 이제 원피스 차림이다. 화원 안에서 핀으로 뒤에 고정시켰던 머리를 풀어 내렸다. 검은 머리가 스탠드칼라 밑까지 내려와 찰랑거린다. 흰 물방울무늬가 새겨져 있는 원피스의 끝단은 닳고 닳아 있다. 여러 군데 손바느질 자국이 선명하다. 그 밑의 야윈 종아리. 걸으면 흰 물방울무늬가 딸려올라가며 무릎뼈가 살짝 내보인다. 바닷가에서나 신어야 할 것 같은 흰색 비치 샌들이 원피스와 겉돌며 그녀의 발가락들을 방치해놓고 있다. 핸드백이랄 수도 가방이랄 수도 없는 크기의 내용물이 투명하게 들여다보이는 끈 달린 비닐 백을 어깨에 메고 있다. 비닐 백 안에는 네모나게 접혀 있는 흰 손수건 한 장, 감물 들인 헝겊으로 된 동전지갑, 낮에 수애가 사온 음반 〈부에나 비스타 소셜 클럽〉이 들어 있다.

거리로 나온 그녀가 몇 발짝 걸음을 떼었을 때 수애가 따라나온다. 그녀를 이끌고 옆의 빵집 파리바게뜨로 들어간다. 수애는 파리바게뜨에서 가장 작은 모카 케이크를 하나 산다. 잊지 않고 한 개에 열 살을 뜻하는 큰 초 두 개와 한 살을 뜻하는 작은 초 세 개도 챙긴다. 계산대에서 케이크 값을 치르며 수애는 파란 바탕에 노란 세로줄 무늬의 에이프런을 두른 파리바게뜨 종업원에게 이애가 오늘 생일이거든요, 하며 그녀를 가리킨다.

"그래요, 축하해요!"

그녀는 에어컨 옆에 선 채로 뜻밖에 모르는 사람으로부터 축하 인사를 받고는 머쓱해진다.

"친구랑 함께 불도 켜고 잘라 먹어! 그래도 생일인데 케이크는 있어야지!"

수애는 그녀에게 케이크를 건네고 다시 화원으로 들어간다. 수애의 뒷모습에 삿뽀로 우동집 간판이 겹친다. 그녀는 파리바게뜨 앞에서 케이크 상자를 들고 선 채로 수애의 흰 종아리가 화원 앞 보도블록에 나와 있는 푸른 물통에 가려 보이지 않을 때까지 서 있다.

여름밤 여덟시는 아직 잔양이 남아 있다.

한낮 동안 소나기가 몇 번 지나간 탓일까. 저녁 하늘에 맑은 구름들이 옮겨다닌다. 소나기 덕택에 지열이 식어 저녁 여덟시의 여름 거리는 걸을 만하다.

그녀는 케이크 상자를 든 채로 뽀모도로라는 스파게티집 앞에서 잠시 걸음을 멈춘다.

스파게티를 먹으려는 사람들이 바깥까지 줄을 서 있다. 밤에는 괜찮을 줄 알고 그녀는 오늘밤 이곳에서 스파게티를 먹어볼까 생각했었다. 점심시간의 뽀모도로는 길에까지 스파게티를 먹으려는 사람들이 줄을 서 있다. 스파게티를 싫어하지는 않지만 줄을 서서 먹을 정도로 좋아하는 것도 아니어서 그녀는 아직 한 번도 뽀모도로의 스파게티를 먹지 않았다. 수애는 이따금 길게 줄을 서 기다려서 해산물 스파게티를 먹는다. 마늘빵 몇 개를 흰 종이에 싸가지고 오기도 한다. 그때마다 수애는 뽀모도로에서 스파게티를 만드는 사람이 예전에 신라호텔 이태리 식당 주방장이었다는 걸 잊지 않고 말한다. 그럴 때의 수애는 학습된 말을 반복하는 앵무새 같다. 뽀모도로의 스파게티가 다른 집 거와는 비교가 안 될 만큼 맛이 다르다는 말을 할 때의 수애는 종이에 싸온 마늘빵을 그녀에게 건네주며 맛있어, 하는 때와 표정이 똑같다. 좀 기분이 나쁜 건 말야, 다른 집은 마늘빵을 스파게티에 곁들여 주는데 뽀모도로에선 따로 돈을 받는 것이야, 라고 말하는 수애. 하지만 맛을 보면 돈을 받게도 생겼어, 관용의 말도 덧붙이곤 했던 수애. 이제 그녀는 머리핀이며 목걸이 반지를 진열해놓고 파는 노점 앞에 다시 걸음을 멈추고 서 있다. 너무나 많은 것들 속에서 한 가지를 골라내는 일은 힘이 든다. 수많은 디자인의 헤어밴드를 들었다가 놓기를 반복하던 그녀는 가운데에 인조 큐빅이 수도 없이 박힌 헤어밴드 값을 치르고는 단조로운 긴 머리에 둘러본다. 노점의 진열대 위에 놓여 있던 헤어밴드는 이제 그녀 머리 위에서 반짝거린다.

수애에게 친구를 만난다고 했던 그녀는, 뽀모도로에서 저녁으로 스파게티 먹는 걸 포기한 그녀는, 아무래도 이제 어디로 가야 할지 모르는 사람 같다. 몇 걸음 걷다가 멈추고 다시 걷다가 멈추고 사방을 두리번거리다가 누구를 기다리는 사람처럼 화원 쪽을 쳐다보며 서 있기조차 한다. 다시 발걸음을 떼어 외국어 학원 앞에 잠깐 서 있던 그녀는 거리를 향한 진열대에 바이올린이 놓여 있는 악기점과 도시락 전문점, 문방구와 표구사, 미리내 쌈밥집 쪽으로 걸어간다. 길을 건너 고려슈퍼 안으로 들어가는 것 같더니 한 바퀴 빙 돌고 다시 나와서 이번엔 반대쪽인 세종문화회관 분수대 쪽으로 걷고 있다. 분수대가 보이는 나무 벤치에 잠깐 앉아 있던 그녀는 이번엔 광화문 네거리로 통하는 계단으로 올라오더니 커피숍을 지나 버스 정류장으로 내려와서 가만히 서 있다. 흰 샌들 바깥으로 비어져나온 자신의 발가락들을 물끄러미 바라보기도 한다.

어쩌기로 한 것일까.

그녀는 세종문화회관 계단 쪽으로 다시 걸음을 옮긴다.

계단은 시골 밭처럼 꾸며져 있다. 밑바닥에 시멘트를 숨기고 수세미와 단호박들이 푸른 잎사귀 속에서 얼굴을 내밀고 있다. 저편엔 기다란 수숫대들이 한 무더기 쑥쑥 자라고 있다. 물방울 무늬 원피스를 입은 그녀, 표정 없이 인공 밭 사이의 계단을 다

올라온 뒤 막막하게 서 있다. 오른편으로 문화사랑방이란 커피숍이 있고 왼편 벽엔 시인들의 시가 동판에 새겨져 걸려 있다. 분수대 쪽이 훤히 내다보이는 맞은편으론 멀리 있는 빌딩들이 눈에 들어온다.

그녀는 동판에 새겨진 시가 걸려 있는 왼편 벽 쪽으로 걸어간다.

케이크 상자를 든 채 수많은 동판들을 훑어본다. 그녀는 동판에 새겨진 시를 읽지 않고 올라왔던 계단을 다시 내려가려는 양으로 돌아섰다가 다시 동판에 새겨진 시 앞으로 돌아오려다가 다시 몸을 돌린다. 계단 가운데의 인공 원두막에 여고생으로 보이는 소녀들 몇이 앉아 까르륵 웃음을 터뜨리고 있다. 어찌할까 망설이는 것 같던 그녀는 계단을 내려가 인공 원두막에 앉아 다리를 길게 뻗는다. 케이크 상자를 무릎에 내려놓은 그녀는 어두워지고 있는 도시의 거리를 내려다본다. 그녀의 눈동자는 한곳에 머물러 있지 않고 여기저기를 떠돈다. 삼십층은 될 것 같은 맞은편 건물에 달려 있는 전광판에서 쏟아지는 불빛으로 인해 인공 밭은 한쪽이 어두워지기도 하고 다른 한쪽이 밝아지기도 한다. 번쩍거리는 전광판에 잠시 붙박여 있던 그녀의 시선이 한국통신 건물을 스치더니 주차장이 된 도로의 자동차들 위에 멎는다. 러시아워다. 도로엔 버스와 택시, 자동차들이 속도를 내지 못하고 멈춰 서 있다.

그녀가 도시 한가운데 침묵을 지키고 앉아 있다.

그녀의 침묵 사이로 건물에서 흘러나온 불빛이, 휴대폰이 울리는 소리가, 후닥닥 계단을 뛰어내려가는 청년의 발소리가 끼어들었다가 사라지곤 한다. 그녀는 무슨 생각이 났는지 무릎에 내려놓고 있던 케이크 상자를 아예 원두막에 내려놓고 투명한 비닐 백 속에 손을 집어넣어 휘휘 젓는다. 아침에 화원에 나오다가 계단에서 맞부딪친, 레크리에이션 사무실에서 나온 청년이 계단에 떨어뜨렸던 명함을 찾아낸 그녀는 일렁거리기 시작하는 도시의 불빛에 비춰본다. 아침에 레크리에이션 남자가 계단에 던진 걸 수애가 주웠다가 다시 바닥에 버리자 그녀가 주워 가방에 넣어둔 것이다. 인쇄소에서 정식으로 인쇄한 게 아니다. 일반 종이보다 조금 두께가 있는 종이를 네모지게 잘라 직접 손으로 적은 글씨가 새겨져 있다.

삼 년 후에, 라고 쓰여 있다. 대학로 삼 년 후에. 그녀는 고개를 갸우뚱거린다. 삼 년 후에? 레스토랑이나 카페 그런 곳일까? 삼 년 후에, 라는 글씨 밑에 적혀 있는 전화번호를 들여다보며 그녀는 삼 년 후에, 라는 글씨를 다시 읽어본다. 명함을 막막히 들여다보고 있던 그녀의 눈동자가 공허해진다. 계단에 만들어진 인공 밭에 조명이 들어올 때까지 그녀는 거기에 앉아 있다. 거리에 어둠이 내리기 시작하면서 빌딩에서 새어나오는 불빛의 강도도 높아진다. 고독한 표정으로 차량으로 정체된 도로를 내려다보고만 있던 그녀는 케이크 상자를 들고 원두막에서 일어선다.

지하도를 건너 교보문고 앞 버스 정류장에 잠시 서 있던 그녀는 다시 광화문 우체국 쪽으로 방향을 틀어 얼마간 더 걷더니 우체국을 향한 건널목에서 길을 건너지 않고 무과수제과 쪽으로 걸어간다. 제일은행 본점을 지나고 다시 지하도로 들어가더니 이번엔 종각 쪽으로 나온다. 종각에서 종로서적으로 이어지는 길은 젊은이들로 가득 메워져 있다. 서로의 몸을 피해 걸어도 파이롯트 만년필 가게나 주단 가게의 진열장에 몸이 부딪힐 지경이다. 앞에서 걸어오는 사람의 무릎에 케이크 상자가 부딪히고 같은 방향으로 걸어가는 사람의 어깨에 코가 부딪힌다.

그녀, 인파로 인해 반듯이 걷질 못하고 어깨를 세로로 세우고 사람들을 비켜가며 걷는다. 모르는 사람들. 그녀는 잠시 종로서적 입구로 사람들을 피하듯이 비켜선다. 거기에도 시계를 들여다보는 사람, 혹은 그녀가 휩쓸리듯 걸어온 쪽의 거리를 살펴보며 누군가를 기다리는 사람들로 붐빈다. 하지만 그들은 걷는 게 아니고 서 있으니 한결 낫다. 종로 거리의 사람들은 대개가 다 그녀 또래들이고 민소매 셔츠에 핫팬츠 차림이다. 희거나 검거나 푸른 갖가지 샌들이 서로 부딪치며 오가고 머리는 노랗거나 붉거나 갈색으로 염색되어 있다. 바지를 입은 아이들의 바지 길이는 바닥에 질질 끌릴 정도로 길다. 그 틈에 긴 검은 머리, 스탠

드칼라의 검은 바탕에 흰 물방울무늬의 원피스를 입고 케이크 상자를 들고 서 있는 그녀는 쉽게 눈에 띈다. 그녀는 할 수 없다는 듯이 부딪힘을 무릅쓰고 다시 걷기 시작한다. 인파를 피하기 위해 잠시 옆으로 들어온 길목에 즐비했던 노점상이 사라지고 나무 하나를 사이에 두고 사람들이 앉을 수 있게 벤치가 빙 둘러 놓여 있다. 벤치 앞은 영화관이고 사람들이 삼삼오오 앉거나 서 있다.

거리의 어떤 사람하고도 연관성을 갖고 있지 않은 채 그녀는 그들 속에 섞여 있다. 곁에서 무슨 축제가 벌어져도 시시한 일처럼 여길 것 같은 표정으로. 지금, 그녀는 영화를 보려는 것인가? 뜻밖에 그녀는 케이크 상자를 들고 서서 영화 스틸을 꼼꼼히 살펴보고 있다. 한 건물에 영화 상영관은 세 개가 있다. 개봉한 지 얼마 안 되어 백만이 넘었다는 영화가 상영중이다. 그 위력 때문인지 다른 때는 세 개의 상영관에 각기 다른 세 편의 영화가 상영되었는데 지금 세 개의 상영관에서는 똑같이 한 영화를 상영하고 있다. 이제 그녀는 표를 끊는 곳으로 가서 영화 시간표를 살펴보고 있다. 제3관에서 이십 분 후면 영화가 끝난다. 그녀는 3관의 다음 시간 영화가 매진인지 아닌지를 보려고 게시판을 쳐다본다. 아직 표를 팔고 있는 중이다. 그녀는 케이크 상자를 내려놓고 어깨에 메고 있던 투명한 비닐 백에서 감물을 들인 헝겊으로 된 동전 지갑을 꺼내 지퍼를 연다. 동전들 속에 만원짜리와 천원짜리가 꼬깃꼬깃 접힌 채 들어 있다. 그녀는 만원 짜리를 꺼내 펴서 매표소에 밀어넣는다. 손톱에 갈색 매니큐어를 칠한 손이 쓱 나와 돈을 집어가고 영화표와 거스름돈 사천원을 그녀 쪽으로 되민다. 그녀는 거스름돈으로 받은 천원짜리를 다시 몇 겹으로 접어 동전 지갑 속에 넣고 녹색 영화표와 케이크 상자를 챙겨 극장으로 통하는 계단을 올라간다. 3관은 삼층에 있다. 케이크 상자를 들고 계단을 올라가고 있는 그녀를 사람들이 힐끗힐끗 쳐다본다. 그녀는 3관 대기실의 철제 의자 한자리를 차지하고 앉는다. 영화가 끝나기를 기다리고 있는 그녀의 얼굴엔 피로의 빛이 역력하다. 발을 뻗었다가 오므릴 때마다 부은 발이 당기듯이 아파온다. 닫혀 있던 극장 문이 열리고 영화를 본 사람들이 우르르 몰려나올 때까지 그녀는 그렇게 앉아 있다. 얼마만큼 사람들이 빠져나간 후 그녀는 케이크 상자를 들고 철제 의자에서 일어나 영화표에 적힌 좌석 번호를 찾아가 앉는다. 곧 영화관은 관객으로 가득차고 오징어 냄새와 팝콘 냄새가 섞여 흘러다닌다. 그녀는 케이크 상자를 든 채 양편에 연인들을 두고 그 사이에 앉아 있다. 피곤했을까. 광고가 끝나고 예고편까지 잘 보던 그녀는 막상 본영화가 상영되기 시작하자 케이크 상자를 꼭 끌어안고 끄덕끄덕 졸고 있다. 그녀는 졸다가 이병장님 제대하면 저 어떻게 군생활 하죠? 라는 대사가 나올 때쯤 졸음을 물리쳐보려고 눈을 부릅떠보지만 힘에 겨운 모양

118

이다. 다시 *끄덕끄덕* 졸고 있다. 화면에 영화의 끝을 알리는 엔딩 자막이 올라가고 사람들이 영화관을 빠져나가려고 웅성거릴 때야 그녀는 깨어난다. 스크린. 먹먹한 기분으로 영화가 끝난 후 캄캄해진 스크린을 응시한 채 잠시 앉아 있다. 다시 케이크 상자를 들고 사람들에 섞여 극장 계단을 타고 출입구로 나온다. 그녀는 영화관 바깥 길목에 있는 벤치에다 케이크 상자를 내려놓고 뻐근한 목을 주무른 뒤 다시 케이크 상자를 챙겨들고 종로 도로 쪽으로 걸어나온다.

종로 거리는 여전히 붐빈다.

여전히 사람들로 어깨가 치이고 도로의 차들 또한 여전히 정체중이다. 그녀는 버스 정류장에서 서성이다가 대학로라고 쓰인 버스에 올라탄다. 버스가 종로4가를 지나 비원 쪽으로 가는데 삼십 분이 더 걸린다. 십오 분이면 도착할 거리를 오십 분이나 걸려서야 대학로에 도착한 버스에서 내리는 그녀의 다리는 퉁퉁 부어 있다. 후텁한 여름 밤공기엔 바람 한 점 섞여 있지 않다. 그때껏 그녀는 반려견을 다루듯 케이크 상자를 껴안고 있다. 이마와 목덜미가 땀에 젖어 미끈거린다. 겨드랑이도 마찬가지다.

삼 년 후에, 를 찾는 것인가.

이제 그녀는 대학로의 골목을 기웃거리고 있다. 이따금 지나가는 사람을 붙잡고 삼 년 후에, 가 어디예요? 묻기도 한다. 작은 목소리의 그녀의 말을 제대로 알아듣는 이가 없다. 그녀는 하는 수 없이 골목을 기웃거리다가 다시 걷다가 한다. 골목마다 현란한 불빛이 눈부시다. 붉은 담벽에 하늘색 민소매 셔츠를 입은 여자아이와 엄지발가락만 끼게 되어 있는 검은 샌들을 신은 남자아이가 서로 껴안고 입을 맞추고 있다. 저만큼 한 여자아이가 엎드려서 토하고 있고 그 옆의 또다른 여자아이는 아랑곳없이 담 옆 카페에서 흘러나오는 굉음 수준의 음악에 어깨를 흔들고 있다.

저건?

그녀는 눈을 끌어당기는 쪽으로 걸어가본다. 개다. 개 한 마리가 임시로 만들어놓은 철조망에 갇혀 있다. 그녀와 눈이 마주친 개는 뜻밖에 꼬리를 친다. 그녀는 케이크 상자를 철조망 앞에 내려놓고 개를 들여다본다. 어디서 많이 본 개라는 생각을 하는 것과 동시에 그녀는, 아, 하고 웃는다. 도대체 열리지 않던 잉크병 뚜껑을 간단히 열어주곤 퉁명스럽게 레크리에이션 사무실로 들어가던 그 남자의 발치 아래 붙어 있던 개. 오늘 아침에 그 남자를 따라 부리나케 계단을 뛰어내려가 남자가 들어간 화장실 앞에 납작 엎드려 있던 개. 그녀는 철조망에 손을 넣어 개의 머리를 쓰다듬어본다. 개는 그녀가 만지는 대로 가만있는다. 쭈그리고 앉느라 접힌 무릎 뒤쪽에 땀이 밴다. 삼 년 후에. 개가 갇혀 있는 철조망 바로 앞이 삼 년 후에, 이다. 굳이 찾아올 일도 없었지만 그녀는 반가운 마음이 든다. 그녀는 배를 바닥에 납작하게 대고 있는 개에게 눈인사를 하고는 케이크 상자를 들고 카페 입구 쪽으로 가본다. 에이프런을 두른 어린 종업원이 어서 오세요, 소리를 친다.

"혼자세요?"

그녀는 고개를 끄덕인다. 어린 종업원의 안내를 받아 구석진 자리의 의자에 앉는 그녀. 알아들을 수 없는 가사의 노래가 카페 안에 울려퍼지고 있다.

스테이지가 있는 카페.

노래는 스피커에서 흘러나오는 게 아니다. 사람들에 가려 노래 부르는 사람이 잘 보이진 않지만 앞쪽 스테이지에서 들려온다. 기계음이 없는 육성이다. 겉보기보다 카페는 넓고 깊으며 옅은 노란빛 간접조명이 구석구석까지 퍼져 있다. 춤을 출 수 있는 스테이지가 있는 천장에선 희고 붉은 빛이 쉴새없이 쏟아져내린다. 스테이지 벽면엔 아이들이 머리를 대고 흔들어대고 있다. 그 뒤에서 캔 맥주를 든 채 리듬에 따라 몸을 흔들고 있는 아이도 있고 앉은자리에서 정신없이 머리를 흔들어대는 장발의 남자아이도 눈에 띈다. 손수건을 펴 양끝을 잡고 머리를 흔들고 있는 여자아이도 있다. 그녀는 한참 후에야 스테이지 앞쪽에서 광적으로 전자기타를 치며 알아들을 수 없는 노래를 부르고 있는 사람이 개의 주인이라는 걸 깨닫는다. 잉크병 뚜껑을 열어줬던 그 남자, 레크리에이션 사무실 문 앞에서 마주쳤던 그 남자라는 것을. 빛처럼 번쩍거리는 조명 아래서 춤을 추는 사람들만큼이나 노래를 부르는 그의 움직임도 광적이다. 뒤로 묶은 그의 머리가 스테이지 이쪽에서 보이는가 하면 저쪽에 가 있고 다시 딴 쪽에 가 있다. 그녀는 그 남자의 얼굴을 한 번이라도 제대로 보려고 자리에서 일어나보기도 하고 고개를 이리저리 돌려도 보지만 소용없다. 그녀가 그 남자의 얼굴을 제대로 보기를 체념하고 의자에 기대앉았다가 화장실에 가려고 일어선다. 화장실로 가는 좁은 통로에 여자아이 서넛이 스테이지 쪽에서 흘러나오는 노래에 맞춰 몸을 건들거리고 있다. 그녀는 화장실 안으로 들어가질 못한다. 거울 앞에서 서로 껴안고 있는 여자아이와 남자아이가 그녀를 아랑곳하지 않고 격렬한 입맞춤을 하고 있어서다. 안쪽으로 남자아이 서넛이 담배를 피우고 있다가 그녀를 쳐다본다. 그녀는 그냥 돌아서서 자리로 돌아온다. 서넛 혹은 네댓씩 앉아 있는 아이들 앞에 놓여 있는 안주와 맥주병들. 간혹 찻잔을 마주 대하고 있는 남녀도 눈에 띈다. 자리로 돌아와 앉았으나 카페의 종업원들은 그녀를 잊은 것 같다. 이 탁자와 저 탁자 사이를 분주히 오고가지만 혼자 앉아 있는 그녀에게 주문조차 받지 않고 있다.

배가 고팠을까.

얼마를 그렇게 앉아 있던 그녀는 케이크 상자를 열고 플라스

틱 칼로 모카 케이크를 잘라 손에 들고 먹는다. 케이크 위에 뿌려진 갈색 계피 가루가 그녀의 치마 위에 떨어진다. 카페 안에 퍼지는 음악이 귀를 찢을 듯하다. 스테이지에 나가 있는 아이들은 지치지도 않고 춤을 춘다. 음악에 맞춰 노란색 헬멧을 쓴 아이가 머리를 바닥에 대고 회전을 한다. 춤을 추던 아이들이 주위를 에워싼다. 노란 헬멧이 손을 바닥에서 완전히 뗀 채 한 바퀴 빙그르르 돌자 둘러서 있던 사람들에게서 박수가 터진다.

춤추는 아이들을 바라보며 수애가 챙겨주었던 초가 카페 바닥에 툭 떨어진 것도 모르고 그녀는 케이크를 조금 더 잘라 먹는다. 입에 코에 계피 가루가 묻는 줄도 모르고. 노랑머리에 헐렁한 바지, 음악 속에 섞여 있으면서도 이어폰을 끼고 있는 아이. 갑자기 만난 수많은 아이들이 그녀에겐 실재하지 않는 사람들처럼 느껴진다. 한참 케이크 먹는 일에 열중하던 그녀는 무슨 생각이 났는지 케이크 상자를 오므려 다시 들고 일어난다. 어린 종업원들이 습관적으로 그녀에게 안녕히 가세요, 인사를 한다. 철조망 속에 엎드려 있던 개가 그녀를 알아보고는 몸을 일으키며 꼬리를 친다. 그녀는 개 앞에 쪼그리고 앉아 케이크를 잘라 철조망 안으로 밀어넣어준다. 달아서 먹을까 싶어 조금만 떼어주던 그녀는 개가 넙죽넙죽 잘 받아먹자 나중엔 남은 케이크 덩어리를 모두 넣어준다. 지나가던 사람들이 철조망에 갇혀 케이크를 먹고 있는 개와 그 앞에 쪼그리고 앉아 있는 그녀를 힐끔거린다.

　이제 그녀는 지하철 안에 앉아 있다.

　삼 년 후에, 에서 나와 종로5가 쪽으로 걷다가 지하철을 탄 그녀의 손에 이제 케이크 상자는 없다. 케이크가 들어 있던 비닐봉지만 들고 있다. 그녀는 눈을 가느스름하게 뜬 채 술에 취해 자고 있는 맞은편 사람을 쳐다본다. 그 곁에서 같은 나이로 보이는 몇몇 청년들이 방금 전 무슨 우스운 얘기를 나눴는지 일제히 크게 웃는다. 술들을 마셨는지 모두들 얼굴이 불그스름하다. 무릎 위까지 올라오는 짧은 치마를 입고 자고 있는 여자를 보며 그녀는 다리를 오므린다. 펼쳐져 있던 물방울무늬가 뭉개진다. 출입문 옆에 서 있는 연인 중의 남자는 구토중이다. 여자는 고통스러워하는 남자의 허리를 한껏 붙잡고 있다. 신문에 얼굴을 박고 있던 사람이 읽던 신문을 내팽개친다. 그 옆 사람이 신문을 집어 펼쳐본다. 신문을 보는 사람 옆에서 연신 졸고 있는 청년을 잠깐 바라보던 그녀는 피로에 붉어진 눈을 슬며시 감는다.

　지하철 철커덕거리는 소리가 귀에 가득찬다.

　어떤 얼굴이 떠오르려다가 밀려난다. 얼굴을 높이 쳐들고 걷곤 했던 어머니. 자칫 상대에게 당신이 뭘 알아? 냉소를 보내고 있는 듯하던 차가운 눈동자. 어머니가 새살림을 차려 점잖은 부인이 되어가는 걸 보는 일은 나쁘지 않았다, 고 그녀는 생각한다. 그러나 곧 얼음판 위에서 빙빙 돌았던 팽이처럼, 뒷산에서 날렸던 흰 연처럼, 좁은 부엌을 조용히 차지하던 작은 양은그릇들처럼 어머니의 형체도 흩어져버렸다. 부분부분 남아 있는 것들이 눈을 감고 있는 그녀의 의식 속에서 고단하게 떠다닌다. 이마, 혹은 뺨, 머리 냄새, 손가락, 무릎 밑의 흉터, 뒷가르마 밑의 점, 상실할 수밖에 없는 것들. 어머니의 차가워 보였던 눈만은 사무친다고 지금 그녀는 생각하고 있다. 주변에는 어울리지 않았지만 어느 옷이나 잘 어울렸던 어머니만이 가질 수 있는 눈이었다고.

  썰물진 갯벌에 찰랑찰랑 물이 밀려오듯 눈을 감고 있는 그녀의 눈앞에 몇 시간 전에 떠나온 화원 안의 관엽들이 떠오른다. 진딧물을 죽이기 위해 종종 잎 표면에 분무기로 물을 뿌려줘야 하는 필로덴드론, 부서진 우산같이 커다란 잎을 달고 있는 몬스테라, 깃처럼 생긴 진녹색의 소철, 줄기에 상처가 나면 하얀 나무 액이 나오는 고무나무, 물을 너무 많이 주어 뿌리를 다른 분에 옮겨 심어주었던 종려죽…… 그녀는 밀물져오는 관엽들의 흔들림에 눈을 번쩍 뜬다. 취객이 벌떡 일어나 출입문 쪽으로 비틀비틀 걸어간다. 지나치게 꽉 끼는 청바지를 입은 여학생이 같은 또래의 남학생과 곧 춤이라도 출 듯한 포즈로 얘기를 하고 있다.

그녀는 여기가 어디인지를 가늠하기 위해 일어나서 입구 쪽으로 걸어간다. 지하철 노선표를 올려다본다. 종로3가역이다. 내려서 버스를 탈 생각이던 그녀는 영화관에서 나왔을 때 길게 정차되어 있던 거리의 차량들을 떠올린다. 종로3가에서 5호선으로 갈아타고 광화문역으로 오는 동안 그녀의 귀는 내내 해 저물 녘에 분갈이를 해준 종려죽 뿌리들이 숨을 후, 후, 몰아쉬는 소리를 듣고 있다. 한번 그 소리를 듣기 시작하자 그녀는 참을 수가 없어진다.

이제 그녀는 마치 누구 만나야 할 사람이 있는데 시간이 늦었다는 듯이 시계를 들여다보며 초조한 기색으로 출입구 기둥을 붙잡고 있다. 셔터가 내려진 화원은 어두울 것이다. 어둠 속에 식물들이 놓여 있을 것이다. 수많은 사람들과 함께 광화문 지하철역에서 내린 그녀는 성급히 지하도를 빠져나와 지상으로 통하는 계단을 오른다. 자정이 다 된 거리를 총총히 걷고 있다. 분수대의 물줄기는 그쳤다. 주변 벤치에 여자의 무릎을 베고 남자가 다리를 꼬고 누워 있다. 여자는 남자의 머리를 하염없이 쓸어올리고 있다. 밤이 깊어도 거리에 있는 사람들. 그들 위로 가로등 불빛이 흘러내린다. 그녀는 은은한 노란 불빛이 켜져 있는 세종문화회관의 지붕을 쳐다보며 빨리 걷는다. 텅 빈 주차장을 가로질러 안전선이 그려진 노란 바리케이드를 넘어 급히 걷는다. 파리바게뜨와 화원만 셔터를 내렸을 뿐 삿뽀로 우동집이나 분식집은 아직도 영업을 하고 있다. 검은 쓰레기 봉지가 쌓여 있는 가로수 밑둥치에 중년 남자가 몸을 맡긴 채 그게 아니야, 그게 아니야, 소리를 치고 있다.

셔터가 내려진 화원 앞에 다다른 그녀.

그녀는 화원의 이층이 '가을'이라는 카페였음을 이제야 발견한다. 그녀는 '가을'이라고 쓰여 있는 간판 글씨를 한참 올려다본다. 그 안에서 흘러나오는 기타 소리, 노랫소리를 들으며 그녀는 셔터를 올리고 화원 출입문을 딴다. 도둑고양이 한 마리가 쓰레기 봉지가 쌓여 있는 곳으로 쏜살같이 달려간다. 화원 안으로 들어서려던 그녀는 조심스럽게 몸을 사린다. 낮에 바깥에 나와 있던 화분을 안으로 들여놓아 문을 열 수 있는 공간 외에는 화분이 빼곡하다. 서너 발 조심스럽게 발을 딛던 그녀가 벽의 스위치를 올리자 어둠에 잠겨 있던 화원 안이 환해진다. 그녀는 분갈이를 했던 종려죽 가까이로 가서 쪼그리고 앉는다. 화분 아래로 물이 스며나와 있다. 숨소리를 들으려는 양 그녀가 종려죽에게 귀를 가까이 대자 푸른 손가락 같은 종려죽 잎사귀가 그녀의 뺨을 스친다.

오늘 스물세 살이 된 그녀.

부르튼 발을 이끌고 화원으로 돌아온 그녀는 식물들을 돌보고 있다. 침묵에 에워싸인 그녀의 움직임. 자정이 지난다. 새싹이 윤기 있게 자라난 아이비 덩굴 중에서 가지가 붙은 것들을 구멍이 파인 박에 옮겨 매달아놓는다. 새로 한시가 된다. 거무스름하게 변한 잎새들을 정성스럽게 따낸다. 두시가 지난다. 줄기 끝에 잎만 남아 보기 싫어진 것들은 줄기를 짧게 잘라준다. 덩굴이 타고 올라가도록 버팀대를 대어준다. 그녀는 지금 흰 줄무늬가 들어 있는 반입 접란 잎새를 일일이 닦아주는 일에 몰두해 있어 화원 앞에서 택시가 서는 것도 모르고 있다. 택시 안에서 수애가 내리고 안을 기웃거리며 화원 문을 열고 들어오는 것도 그녀는 모르고 있다. 나중에야 곁에 사람이 앉아 있다는 걸 느낀 그녀는 소스라쳐 소리를 지른다. 얼마나 놀랐는지 순간 낯빛이 노랗게 변한다.

수애는 웃기만 한다.

"뭐야…… 너."

"아무리 기다려도 네가 와야 말이지."

"귀신인 줄 알았잖아!"

"귀신은 너 같던데!"

"뭐?"

수애는 여전히 웃기만 한다.

"내가 여기 있을 줄 알고 온 거야?"

"응."

"어떻게?"

"내가 그랬거든."

128

"네가?"

수애는 웃기만 한다.

"그럼 너, 저번에 안 들어온 날 여기에 이러구 있었던 거야?"

"아니…… 나는 너처럼 밤중에 유령처럼 일하진 않았어……
그냥 앉아 있었지…… 참, 편지 왔던데…… 이미례가 누구야?"

수애가 편지 한 통을 꺼내 그녀에게 준다. 그녀가 편지를 쥐
고만 있자 안 뜯어봐? 묻던 수애가 전지가위를 가져와 편지봉
투 입구를 잘라준다. 그녀, 편지를 들고 벤자민과 소철 사이로
간다.

산이야.

어쩌면 이 편지를 받을 무렵이 네 생일인지도 모르겠구나.

오늘에서야 어쩌면 네가 나에게 오지 않을지도 모른다는
생각을 했다. 나는 너를 오라 가라 할 처지도 못 된다는 거 안
다. 내가 너에게 무슨 어미 노릇 한 게 있다고 이제 와서 너를
찾고 있는지 나도 나 자신이 가증스럽구나.

다 크지도 않은 너를 혼자 두고 가서 이렇게 병만 들어 돌
아왔다. 그 사람이 살아 있고 내가 건강할 때는 그들의 가족
이더니 병이 드니 이렇게 남이구나. 누구를 탓하겠느냐. 첫째
로는 어떻게 해서든지 홀로 서보려고 노력하지 못했던 내 탓
이고 둘째도 호적 정리를 제대로 안 해놓은 내 탓이다. 병들

어 빈손으로 내쫓겨올 줄이야 어찌 생각했겠느냐. 무엇이라 따져보고도 싶지만 이젠 몸이 말을 듣질 않아.

이것이 나의 인생이었는가 가이없다. 염치없게도 너를 찾아 헤맸다. 이 방으로 돌아와 있으면 언제든 네가 올 것이다, 생각했구나. 너를 찾기 시작한 지 일 년여 만에 겨우 너의 주소를 알게 되었는데, 내가 네 어미라면은 너의 주소를 들고 당장 너를 찾아가야만 하는데, 이미 그리할 수 없는 몸이구나.

너무 고통스럽구나.

굴러내려오는 바윗돌에 얼굴을 찧기는 듯이 고통스런 날들의 연속이다. 단 하루를 견디는 것이 너무나 힘이 든다.

산이야.

제발 여기로 와서 이 어미를 한번 봐라.

너를 버리고 간 어미가 어떤 몰골인지를 한번 보란 말이다.

그리고 산이야.

제발……

제발……

이 어미를 안락사시켜다오.

그녀는 그만 놀라 읽던 편지를 움켜쥔다. 얼굴에 열이 확 퍼지고 가슴이 두근거린다. 갑작스럽게 편지지를 움켜쥐는 소리

130

에 수애가 그녀를 쳐다본다. 그녀는 무슨 대결이라도 하듯이 움켜쥔 편지를 다시 편다.

　너에게밖에 이런 말을 할 사람이 없는 이 어미를 용서해다오.
　제발 나를 여기에 이렇게 두지 말아라.
　네가 오지 않는다면 네가 나를 안락사시키지 않는다면 이 어미는 이 고통 속에서 헤매다 홀로 죽을 것이다. 하루고 이틀이고 일주일이고 내가 죽었다는 것을 아무도 모를 것이야.

　더는 읽을 수가 없어 그녀는 편지를 접어 봉투에 넣는다. 벤자민과 소철 앞에서 수애 곁으로 돌아온다. 무슨 편지냐는 수애의 질문에 대답을 하지 않는다. 부엌 선반 위에 올려놓은 어머니가 보낸 첫 편지도 치워야겠다고 생각하고 있다. 야릇한 침묵 속에서 장난기가 발동한 수애가 그녀가 일일이 따놓은 누레지거나 벌레 먹은 아이비 잎사귀들을 한 움큼 집어 그녀에게 던진다. 펄럭이던 잎사귀들이 그녀의 얼굴에 달라붙는다. 얼굴에 잎사귀를 붙인 채 그녀는 잘라놓은 줄기를 슬며시 집어 수애의 목덜미를 간질인다. 그녀들은 서로의 얼굴을 보며 그만 동시에 웃음을 터뜨린다.
　환한 불빛 아래 색색의 꽃들은 각기 제 빛들을 내뿜으며 생기를 띠고 있다. 다른 날은 셔터가 내려진 어둠 속에 조용히 침묵을 지키고 있을 화원 안의 식물들이 두런두런 깨어나 그녀들을 에워싸고 있다. 화원에 켜놓은 환한 불빛이 인적이 끊긴 거리로 흘러나가 화원 주위만 대낮처럼 환하다. 밤이 지나 새벽이 오고 있는 화원의 환한 불빛 속에, 천장까지 들어찬 이중 삼중의 식물들 속에 그녀들은 미소를 띠고 앉아 있다. 거리에서 공허하게 떠돌던 그녀의 눈빛은 안정이 되어 있다. 분수대 앞 벤치에서 잠이 든 취객이 깨어나 화원 앞을 지나다가 화원 유리문 안 색색의 식물들 속에 섞여 앉아 있는 그녀들과 우연히 시선이 마주친다. 그녀들의 미소가 요기롭게 보였을까. 취객은 못 볼 거라도 본 사람처럼 머리를 흔들며 서둘러 걸음을 옮긴다. 도망치듯이. 그는 무슨 생각에서인지 잠깐 뒤돌아보더니 고개를 저으며 다시 서두른다. 어쩌면 그 취객은 날이 밝자마자, 소문을 냈을지도 모를 일이다. 간밤에 꽃 귀신들을 보았노라고.

6. 이게 바이올렛이란 말이오?

장마가 시작되고 연일 비가 오락가락이다.

열한시 오십분까지 맑게 개 있던 하늘에서 정오가 될 무렵에 생각난 듯이 한바탕 소나기가 지나가기도 한다. 멎었는가 싶으면 잠깐 쉬었다가 다시 내리기를 서너 번 반복했다. 이제 그녀는 수애를 따라 새벽이면 수영장엘 간다. 스물세 살이 된 다음 날 새벽의 화원에서 수애는 그녀를 이끌고 수영장엘 갔다. 수애는 광화문에서 삼청동까지 조깅하듯 기다란 방으로 달려가서는 자신의 수영복이 든 비치 백 안에 여분으로 있던 푸른 줄무늬가 새겨진 낡은 수영복과 흰색 수영모를 챙겨왔다. 가지 않겠다는 그녀를 한 번만 같이 가자, 고 설득해 데리고 가서는 입장권을 끊는 곳에서 검은색 물안경도 사주었다. 숨 쉬는 법과 손 젓기,

발차기는 자신이 가르쳐준다면서. 끈기를 가지고 세 동작만 익히면 자유형은 문제없다면서. 탈의실에서 옷을 벗고 샤워실에 들어가 몸을 씻고 수영복으로 갈아입는 동안에도 그녀는 오늘만, 이라고 생각했다. 오늘만이라고.

새벽 수영장엔 여름방학을 맞은 아이들이 레슨을 받고 있었다. 수영 선생은 쉴새없이 종알거리는 아이들을 데리고 발차기를 가르치고 있었다. 아이들이 레슨을 받고 있는 옆 라인에는 자유수영을 온 사람들이 물속을 부지런히 오가고 있었다. 물안경 속에 눈을 감추고 손을 쭉쭉 뻗고 속도를 내고 있는 그들은 활기차 보였다. 물속에 몸을 담갔을 때 그녀는 까마득히 잊고 있던 어떤 그리움이 상기되어 가슴이 먹먹해지며 긴장이 되었다. 긴장을 숨기며 몸에 부딪쳐오는 물의 부드러운 감촉에 눈을 감았다. 산아, 수애가 손바닥에 물을 퍼서 그녀에게 뿌렸을 때는 야릇한 슬픔이 그녀를 관통해 지나갔다. 부드러운 물이 그녀의 얼굴을 덮고 머리를 덮고 출렁거렸다. 그녀는 물속에 얼굴을 담그고 수영장 바닥의 푸르고 흰 바둑무늬를 응시했다. 일 분쯤 그러고 있었다. 놀란 건 수애다. 그녀가 한참 동안 물속에 담근 얼굴을 처들지 않자 수애는 당황해서 왜 그래? 그녀를 불렀다. 그것이 신호였기라도 하듯 그녀는 고개를 처들고 앞사람과 알맞게 간격을 유지하며 팔을 저어갔다. 삼십 미터를 헤엄쳐 돌아왔을 때까지 수애는 스타트 라인에서 그녀를 기다리고 있었다. 뭐야? 나보다 수영을 더 잘하잖아!

비가 지나가고 나면 가로수들이며 화원 안의 식물들의 초록이 한층 더 짙어진다. 비가 오는 날이면 화원에 꽃을 사러 오는 사람들이 더 많다. 주로 남자들이다. 비 오는 날 붉은 장미를 찾는 남자들. 한 송이를 사가는 남자도 있고 서른두 송이를 사가는 남자도 있었다. 비가 오는 날이면 그녀들은 삼청공원에 약수를 뜨러 나가기도 했다. 평일엔 밤 열시 가까이 될 때까지, 아니 열한시까지도 약수터는 물을 떠가려는 사람들로 북새통이었다. 각양각색의 물통들을 기다랗게 줄을 세워놓고 사람들은 공원 산책을 즐겼다. 몇 번인가 그녀들도 저녁을 먹은 후에 물통을 들고 나갔으나 한 번도 물을 받아온 적은 없었다. 그러다가 밤 열시까지 비가 내리다가 그친 어느 날 자정 무렵 높은 습도 때문에 잠을 이루지 못하고 있던 수애가 약수터에 가자고 했다. 그날 약수터는 텅 비어 있었다. 평소에 물을 뜨려면 엎드려서 바가지를 깊이 들이밀어야 했던 것과는 대조적으로 물이 철철 넘쳐흘렀다. 엎드리기는커녕 팔도 채 다 밀어넣지 않은 상태에서 바가지에 물이 부드럽게 닿자 수애는 어마, 하며 탄성을 질렀다. 물이 꽉 찼네. 그녀들은 오래 참아왔던 갈증을 씻어내려는 듯 실컷 물을 마시고 물통 가득 물을 담았다. 가득찬 물을 두고 오는 것이 아쉬운 듯 수애는 그녀에게 물을 부어달라고 해서 목덜미를 씻기도 했다. 비가 오고 난 뒤의 공원 안은 어디에고 물천지였다. 바위에 달라붙은 푸른 이끼들이 물을 싹싹 빨아들이는 소리가 들리는 듯도 했다. 높다란 나무를 휘감고 올라간 덩굴의 잎새들도 실컷 물을 빨아들여 푸르렀다. 가로등이 켜져 있는데도 물웅덩이에 빠져 발목을 적셨다. 물통을 들고 걷던 수애는 아예 슬리퍼를 벗어 들고 맨발로 걸었다. 촉촉한 잔디 위를 맨발로 뛰기도 했다. 그러다가 수애는 나무를 흔들어 나뭇잎에 고여 있던 빗방울이 그녀에게 후두둑 떨어져내리는 걸 보며 깔깔거렸다.

그런 어느 금요일 오후.

이십대 초반 여자 서넛이 소나기처럼 몰려와 부케와 코르사주를 예약하고 갔다. 결혼식이 토요일 오후 두시니까 그날 정오에 찾으러 오겠다고 했다. 머리에 묻은 빗방울을 털어내며 여자들은 꽃들 앞에서 와와거렸다. 수애가 여자들에게 신부의 체형과 웨딩드레스의 디자인을 묻는 소리를 그녀는 듣기만 했다. 키가 작아. 살이 쪘어. 강조해서 말하고는 모두들 까르륵 웃었다. 살이 찐 건 아니다, 애. 속도위반이라 그렇지. 쉿, 그거 비밀이래. 걔네 부모님은 모르는 일이야. 모르고 있다고 생각하는 거 아니니? 그게 마음 편하니까. 여자들은 또 까르륵 웃었다. 하긴, 이 여름에 결혼을 시키는 거 보면 어쩌면 알고 계시는지도 모르겠다. 토요일 오후 두시에 결혼식을 올리는 신부는 아이를 가진 채 친구들 중에서 맨 처음 결혼을 하는 모양이었다. 수애는 백색 장미를 권했으나 여자들은 백합을 선택했다. 신부가 좋아하는 꽃이라면서.

"비가 오면 어떡하니?"

"안 오길 바라야지."

"비 오는 날 시집가면 더 잘산다던데!"

"명혜 걔, 여기에서 더 잘살아 어디에 쓰게. 걔, 오디오 못 봤니? 시어머니 될 분이 특별히 결혼 선물로 준 거라는데, 그게 글쎄 별것 아닌 것같이 보이잖니. 그런데 알고 보니까 내 방 전셋돈하고 같더라니까."

"그래서 질투 났니?"

"그래 솔직히 질투 나더라. 걔가 우리하고 비교해서 나은 게 뭐 있니? 공불 잘했니? 노랠 잘했니? 운동을 잘했니? 걔가 잘하는 거라곤 눈썹 뽑고서 거기다가 제멋대로 그리는 거 그것밖에 더 있었니."

"너 모르는 소리 말아. 그게 바로 진짜 잘하는 거다. 걔 신랑 그애의 그 눈썹에 반했대요."

"그래? 이럴 줄 알았으면 나도 일찌감치 눈썹 뽑고 새로 그리는 일이나 열심히 해둘걸."

"명혜 들으면 좋아하겠다, 너 알고 보니 명혜의 무서운 라이

벌이었구나. 이런, 눈썹 때문에 도전도 못해보고 케이오패 당한 셈이구나!"

소나기처럼 몰려온 여자들은 빗방울과 농담과 웃음을 함빡 떨궈놓고는 갔다. 수애가 초승달형으로 예쁘게 만들어놓겠다고 했다. 키가 작은 신부에겐 초승달형 부케가 어울린다면서. 여자들은 부케를 정해놓고 나머지 코르사주로 사용할 꽃을 놓고 의견이 분분했다. 장미가 좋다고 하는 여자가 있는가 하면, 카네이션을 추천하는 여자도 있었다. 나중에 여자들은 장미도 카네이션도 아닌 아이리스를 코르사주용 꽃으로 택했다. 부케로 선택한 백합의 노란 꽃술을 툭툭 건드리며 그 무리 중의 한 여자가 말했다. 이 부케는 내가 받을 거야.

여자들이 가고 난 뒤 그녀는 여자들이 건드리고 간 백합을 오래 바라다본다. 너무 오래 들여다봐서 백합의 흰색이 그녀의 눈을 되쩔러올 때는, 바로 눈앞이 한없이 멀어지면서, 텅 빈 상태가 되곤 한다. 그녀는 그때마다 눈을 감는다. 하얀 공동空洞 속으로 빠져드는 것 같은 나른함을 이겨볼 양으로.

수애가 아이비를 심을 포트들과 생화들을 구하러 도매시장에 나간 직후 구파발 농원에서 전화가 온다. 수화기 속에서 들려오는 목소리는 농원 청년이다. 청년은 농원 주인 남자가 그녀에게 화원 일은 익숙해졌느냐고 묻는다고 전한다. 이런 식의 대화

를 한 번도 나눠본 적이 없는 그녀는 짧게 잘 배우고 있다고 전
해주세요, 라고 대답한다. 수애가 휴가에서 돌아온 후로 그녀는
농원 주인 남자의 얼굴을 본 적이 없다. 전화도 수애가 받으므
로 그녀는 농원 주인과 이런 식의 대화를 나눌 일도 없었다.

농원 주인 남자는 화원의 일은 수애에게 통째로 맡겨놓은
듯했다.

수애는 화원을 잘 건사한다. 화원 주인이 수애인 것만 같다.
청년은 농원 주인 남자가 수애와 통화하고 싶어한다고 전한다.
수애는 물품들을 구하러 도매시장에 나갔다고 하자 무엇을 상
의하는지 수화기 저편이 잠잠하다. 잠시 후에 청년은 화원에 바
이올렛이 많이 있는지 묻는다. 그녀가 화원 안의 바이올렛을 바
라보며 여러 개 있다고 하자 청년은 곧 사진기자 한 사람이 화
원에 갈 거니까 그 사람이 하는 일을 도와주라고 한다, 고 전한
다. 잡지사 기자인데 바이올렛을 찍으러 갈 거라고.

소나기가 한번 더 지나간 후다.

머리에 빗방울을 묻힌 채 그 남자가 화원에 들어선다.

카메라 가방을 어깨에 메고 있는 것을 보고 그녀는 그 남자가
농원 주인이 말한 그녀가 도와줘야 할 사람임을 알아챈다. 그
남자가 들어서자마자 적적했던 화원 안은 비냄새와 꽃냄새가
뒤섞인다. 그 남자가 웬 소나기가 이렇게? 했을 때엔 바깥 하늘
은 언제 그랬냐는 듯 쾌청하다.

그녀가 머리에 옷자락에 묻은 빗방울을 닦으라는 뜻으로 타월을 건네주며 구파발 농원 남자로부터 전화를 받았다고 하자그 남자는 귀찮게 해서 미안하다고 말한다. 그 남자가 하고자하는 일이 무슨 일인지 정확히 알지 못하는 그녀는 그 남자가타월로 머리에 묻은 빗방울을 닦아낸 후 카메라 가방에서 카메라를 꺼내 조절을 하는 동안 그 남자의 곁에 선 채로 그 남자의움직임을 지켜보고 있다.

그 남자는 카메라를 오래 만지작거린다.

아침에 물통의 붉은 장미 중에서 시든 것을 골라 잎을 따내서장미 잎이 바닥에 깔려 있다. 그 남자가 무슨 지시를 하기를 바라고 있던 그녀가 무료해져 눈을 내리깐 채로 화원 바닥에 깔려있는 장미 잎을 응시하고 있을 때다. 카메라 조작을 다 마친 것인지 그 남자는 잠깐만, 하더니 눈을 내리깐 그녀를 그대로 서있게 하곤 셔터를 누른다. 순간적으로 사진 찍히고 난 후 그녀가 무슨 일인가 싶어 눈을 치뜨자 그 남자는 아랑곳없이 한 번만 더 좀전대로, 하며 그녀로 하여금 시선을 화원 바닥에 깔린붉은 장미 잎에 고정시키고 있을 것을 요구하더니 다시 셔터를누른다. 그 남자가 눈을 내리깐 그녀의 모습을 찍은 행위는 즉흥적이었을 뿐, 농원 주인이 말한 그녀가 도와주어야 할 일은아닌 모양이다.

"바이올렛이 어떤 것이오?"

그녀를 향해 렌즈를 맞추기를 멈추고 그 남자가 묻는다.

그녀가 바이올렛 화분 중에서 보라색 꽃이 서너 개 핀 화분을 구석에서 끌어와 그 남자 앞에 내려놓았을 때 그 남자는 잔뜩 이마를 찌푸린다.

"이게 바이올렛이란 말이오?"

그 남자는 마치 바이올렛은 다른 것인데 그녀가 잘못 가져오기라도 한 듯 목소리가 높다. 그녀는 그 남자가 바이올렛을 찍을 수 있도록 진열대 위의 화분들을 다른 자리에 옮기고 그 자리에 보랏빛 꽃을 피워 올린 바이올렛을 올려준다.

진열대 위의 바이올렛을 향해 계속 셔터를 눌러대는 그 남자.

어디에나 피어 있어 어찌 보면 꽃이 아니라 풀같이 여겨지는 바이올렛. 그녀는 지금 새삼스럽게 보랏빛 바이올렛을 보고 있다. 푸른 잎도 작고 보랏빛 꽃도 작다. 이 화원에 오기 전에 그녀가 알고 있던 이 바이올렛의 이름은 제비꽃이었다. 제비꽃 두 줄기를 서로 얽어 잡아당기며 놀았던 기억. 한쪽은 끊어지게 마련이었다. 꽃줄기가 끊어지지 않고 남아 있는 쪽이 이기는 것이었다. 이겨서 뭘 했는지는 잊었지만 줄기만 보면 서로 얽어 잡아당기는 일을 숱하게 했었다. 질경이를 가지고도 그랬고 강아지풀을 가지고도 그랬다. 그 남자는 카메라 셔터를 누르면서 뭐가 불만인지 계속 중얼거리고 있다.

"이 꽃이 뭐가 예쁘다는 거지? 이런 순 엉터리."

그 남자가 너무 실망하자 그녀가 미안해진다.

"다른 빛깔을 찍어보실래요?"

"보랏빛 말고 다른 색도 있소?"

"여러 가지예요. 흰색도 있고 노랑도 있고 분홍도 있고 보카시도 있는걸요."

"보카시?"

"연분홍과 보라가 섞여 있는 것."

그녀가 화원 안 여기저기에 있는 바이올렛을 색깔별로 골라 그 남자 앞에 가져다놓는다. 다른 빛깔의 바이올렛을 이리저리 살펴보는 남자의 찡그린 이마는 펴지지 않는다. 대체 이 꽃이 뭐가 예쁘다는 거야? 중얼거리다가 그녀와 눈이 마주친다.

"당신도 이 꽃이 좋소? 아, 글쎄 초등학교 여선생들이 가장 좋아하는 꽃을 조사했는데 이 바이올렛이라지 뭐요? 보기나 했는지? 이름만 듣고 그러는 건 아닌지? 아니 이 꽃을 어떻게 표지로 하지? 꽃 생긴 건 생각도 않고 내 사진 탓만 할 거 아냐!"

그 남자는 생각만 해도 화가 나서 못 견디겠는지 투덜거리면서도 보랏빛 바이올렛을 옆으로 놓고도 찍어보고 노랑 바이올렛의 뒤로 가서도 찍어본다. 조용하고 얌전해 보이는 바이올렛은 남자의 투덜거림과 카메라에서 터지는 플래시 불빛을 견디고 있다. 어느 각도로 찍어도 성에 안 차는지 사진을 찍던 남자는 카메라에서 손을 떼고 바이올렛 화분을 들어올려 이리저리 살펴본다. 무슨 생각이 났는지 남자는 화분을 들고 화원 바깥으로 나간다. 그새 바깥은 태양의 열기에 달궈져 있다. 남자는 거리를 향해 놓여 있는 푸른 물통 속에 담겨 있는 키가 큰 칼라며 안개꽃, 붉은 석죽을 잠시 바라본다. 바이올렛이 아니라 푸른 물통 속의 꽃들을 찍고 싶은 모양이다. 남자는 그녀에게 미안하지만 바이올렛 화분을 여기로 좀 옮겨달라고 한다. 그 남자가 가리키는 여기는 보도블록 위다. 그녀는 남자가 원하는 대로 바이올렛 화분을 바깥으로 내온다. 보도블록 위에 놓인 바이올렛 화분을 바라보던 남자는 그것도 안 되겠던지 화원 안으로 들어와 구석에 세워져 있는 접을 수 있는 나무 의자를 꺼내오더니 그 위에 바이올렛을 올려놓는다. 강렬한 태양 아래 노출된 바이올렛을 바라보려니 눈이 시어져 그녀는 눈을 질끈 감았다가 뜬다. 바깥에 내놓아봐도 바이올렛이 달라질 리 없다. 게다가 바이올렛은 강렬한 태양빛을 싫어한다. 다시 바이올렛을 찍는 일에 몰두하긴 하나 남자의 얼굴에 서려 있는 불만스런 표정은 지워지지 않는다. 화원 앞을 지나가던 사람들이 잠깐씩 멈춰 서서 바이올렛에 렌즈를 맞추고 있는 그 남자를 구경하곤 한다. 이 보잘것없는 꽃을 무엇하러 이렇게 정성 들여 찍는가, 하는 표정들이다.

잠깐만, 그대로 있어봐요, 바이올렛을 찍던 그 남자가 또다시 카메라 렌즈를 그녀에게 갖다댄다.

노랑 보라 옅은 분홍 바이올렛 틈 속에서 얼결에 그녀는 그 남자의 렌즈 속에 들어가 있다. 그녀의 측면과 앞면을 향해 여러 컷을 눌러대는 그 남자, 그녀에게 눈을 아래로 내리깔아보라고 한다. 그녀를 찍고 있는 그 남자의 이마는 이제 활짝 펴져 있다. 얼마나 열심히 사진을 찍는지 그 남자의 이마에 송글송글 땀이 맺힌다. 그만 찍어요. 어느 순간 그녀가 손을 내젓는다. 그래도 그 남자의 렌즈가 그녀를 떠나지 않자, 그녀는 몸을 돌려 관엽 사이로 숨어버린다. 그 남자는 할 수 없다는 듯 다시 카메라 렌즈를 바이올렛에 맞춘다. 그녀를 찍을 때 밝게 펴져 있던 이마가 다시 찌푸려져 있다.

그녀는 안으로 들어가서 찬물을 한 컵 따라와 그 남자에게 내민다. 그것밖에 그녀가 사진을 찍고 있는 그 남자를 위해 해줘야 할 일은 없다.

"당신, 사진 받고 싶으면 여기로 연락해요."

아무래도 만족이 안 되는지 셔터를 눌러대는 동안 계속 바이올렛에 대한 실망을 누그러뜨리지 못하던 그 남자가 필름을 세 통이나 소비하고 나서 내민 명함에는 월간 원예지 『꽃세상』이라는 글씨가 금박으로 박혀 있고 그 남자의 이름과 전화번호가 적혀 있다. 당신. 그녀는 자신을 두고 서슴없이 '당신'이라고 지칭하는 사진기자를 한번 쳐다볼 뿐이다. 바이올렛을 다 찍고 카메라 가방에 카메라를 집어넣던 그 남자는 가방 구석에 끼여 걸리적거리는 잡지를 꺼내 버리듯이 화원 안의 철제 책상 위에 던진다. 반으로 접혀 있던 잡지는 팽개쳐지면서 바로 펴진다.

그 남자가 끝내 찡그린 얼굴로 돌아간 후 다시 혼자 남은 그녀는 그 남자의 이름이 찍혀 있는 명함을 잠시 들여다보다가 다른 고객들의 명함이 뒤섞여 있는 명함통 속에 떨어뜨린다.

그랬다! 이것이 전부다!

훗날 그녀의 공허한 마음을 설명될 수 없는 격렬함 속으로 이끌어갔던 그 남자와의 첫 대면은 이렇게 밋밋하고 싱겁고 고적한 것이었다. 그 남자에게 이끌리는 것은 고사하고 첫 대면 때 그 남자는 그녀의 관심을 전혀 끌고 있지 못하다. 그 남자가 무슨 옷을 입고 있는지 키는 어느 정도이며 눈의 윤곽은 어떠한지 무슨 신발을 신었으며 뒷덜미는 어떠한지…… 그녀는 관심을 갖지 않는다. 그 남자가 철제 책상 위에 걸리적거리는 잡지를 던졌듯이 그녀 또한 그 남자가 화원을 나간 후 그 남자의 명함을 다른 명함들 속에 던져놓았을 뿐이다. 당연히 그 남자의 명함은 다른 사람들의 명함에 섞여버린다. 어떤 의미도 갖지 못한 이 싱거운 만남은 그녀가 화원에 채용된 첫날, 최와 대면했던 순간과 얼마나 다른가. 그녀로 하여금 한 발짝 뒤로 물러설 만큼 경계심을 불러일으켰던 그날의 최를 그녀는 또렷이 기억하고 있다. 스포츠 선수같이 짧게 자른 머리와 뒷덜미의 선명했던 면도 자국과 반짝였던 검은 구두를. 눈 끝에 잡혔던 잔주름과 단정한 입매와 흰 모시 와이셔츠를.

7. 사무친 눈

농원에 인도네시아에서 가지마루가 들어오는 날이다. 새벽에 수영장에 다녀온 그녀들은 아침을 먹고 옷을 갈아입고 아예 농원으로 출근을 한다. 화원의 관엽과 초화들은 종일 볕을 보지 못하고 셔터 안에 갇혀 있을 것이다. 사천 그루가 넘는 가지마루가 한꺼번에 들어오는 날이라 농원 사람들만으로는 일손이 부족하다고 농원 주인 남자가 농원 청년을 통해 도움을 요청했다.

여름 아침 하늘엔 흰 구름이 떠 있다.

하늘 때문일까. 아니면 가방에 모자가 들어서일까. 버스를 타고 농원에 가는 두 여자는 일하러 가는 사람 같지가 않고 소풍에 나선 듯 보인다. 자꾸만 버스 차창 바깥을 내다보는 그녀 곁에 수애가 피곤한지 눈을 감고 앉아 있다. 수영장에 다녀온 후면 수애는 물에서 빠져나온 상기된 얼굴을 베개에 묻고 십오 분 가량 잠을 자곤 했다. 오늘은 그럴 시간이 없어 서둘러 나와 졸음이 몰려오는 모양이다.

버스는 구파발 삼거리를 지나 통일로 쪽을 향해 달린다.

그녀는 도로에 통일로 문산 일산이라고 쓰인 글씨를 읽는다. 버스가 서울과 경기도의 경계선을 지나간다. 재래시장과 시외버스 정류장, 지하철역과 식당들을 비롯한 상가의 간판들이 즐비했던 거리가 경기도 경계선을 지나자 한적해진다. 버스는 마주치는 고가도로로 올라가지 않고 밑으로 내려가 신도시라고 쓰인 왼편으로 커브를 틀어 방향을 잡는다.

멀리 산자락이 보인다. 산자락 위로 맑은 여름 오전 흰 구름들이 평화롭게 흘러다니고 있다. 여기까지만 나와도 한가롭다. 산자락과 흰 구름과 흰 구름 밑의 갈빗집 간판들을 바라보는 그녀의 몸이 갑자기 버스가 급정거하는 통에 앞좌석 쪽으로 확 쏠리기도 한다. 수애도 마찬가지다.

차창 바깥은 점점 더 한가로워진다. 자동차 학원으로 들어가는 표지와 카센터와 주유소 간판들이 드문드문 눈에 띌 뿐이다. 그러다가 느닷없는 풍경같이 길가에 줄지어 있는 화원이 보인다. 화원 앞엔 노란 국화분이 지나가는 사람들에게 인사라도 하려는 양 나와 있다. 그녀는 화원이 멀어질 때까지 뒤돌아본다. 화원 건너로는 멀리 집들과 야산이다. 버스가 아스팔트에 신도

시라고 쓰인 글씨를 밟고 횡단보도를 네 개쯤 지나니 창릉동 동사무소라는 간판이 보인다. 거기서부터 여기저기에 농원 팻말이 붙어 있다. 한양농장, 남도농장, 대한농원.

버스에서 내려 그녀들은 창릉동 동사무소 오른쪽으로 들어선다.

공기가 다르다. 이따금 저녁 늦게 기다란 방 저편에 있는 삼청공원으로 들어섰을 때나 맡아지는 신선함이 공기에 섞여 있다. 동마루 터라는 돌비석을 지나자 그때부터 비닐하우스가 보이기 시작한다. 비닐하우스만 있고 마을은 없을 것 같은데도 차 한 대가 들어갈 만한 길목이 나오고 거기서부터는 여기저기 집들이 보이고 개울도 보이고 멀리 초등학교도 보인다. 수업중일까. 학교 운동장은 텅 비어 있다. 그녀들은 큰 은행나무가 마당에 심어져 있는 집을 지나친다. 수애는 마을슈퍼라고 쓰인 곳으로 들어갔다 나온다. 슈퍼에 들어갔다 나오는 수애의 손에 박카스가 한 박스 들려 있다.

"슈퍼에서 박카스를 팔아?"

"여기는 팔던데 다른 곳에선 안 파니?"

"글쎄, 약국에서 파는 줄 알았지, 난."

"후야야랑, 나당이랑 해니가 박카스를 좋아해."

"후야야? 나당?"

"거기 농원 인부들 이름이야…… 인도네시아 사람들이거

든."

그들은 잘 다듬어놓은 정원수가 자라고 있는 집을 지나간다. 정원수 앞에 흰색과 검은색, 노란 털이 뒤섞인 커다란 콜리 한 마리가 묶여 있다. 콜리는 낯선 그녀들을 보고도 짖지도 않는다. 외로운 모양이다. 외려 꼬리를 치고 있다.

근처의 비닐하우스들이 모두 꽃들을 재배하고 있는 것은 아니다. 어느 비닐하우스엔 푸른 상추가 싱그럽게 자라고 있고 여러 종류의 유기농 채소들이 들판처럼 펼쳐져 있는 곳도 있다. 초입의 비닐하우스에선 오히려 색색의 꽃들이 만발해 있는 초화들을 보기가 힘들다.

"해니! 후야야!"

수애가 농원 입구에 서 있는 인도네시아 사람을 부르자 햇볕에 그을린 곱슬머리의 남자와 머리에 수건을 두른 여자가 수애 쪽을 쳐다본다. 그중 여자가 반갑게 수애를 향해 달려와 수애를 껴안는다. 다갈색 눈동자가 순하다. 해니라고 불리는 인도네시아 여자에게 수애는 박카스를 내민다.

"해니가 좋아하는 거야!"

박카스를 좋아하는 인도네시아 여자.

농원에 들어선 그녀는 눈이 커다래진다.

그녀가 생각했던 그런 농원이 아니다. 그녀가 생각한 농원은 나무와 꽃들이 예쁘게 자라고 있는 큰 마당 정도였는데 농원은 이천 평이나 삼천 평은 됨직하게 드넓다. 차광막이 드리워진 대형 비닐하우스가 수도 없이 세워져 있다. 사이사이 수많은 나무들이 햇볕을 받고 있다. 비닐하우스 주변은 천변이다. 풀이 우거진 천변을 향해 잘 자란 판다고무나무와 가지마루가 윤기 나는 푸른 잎을 햇볕 아래 드러내놓고 찰랑찰랑거리고 있다. 수애는 바람이 일렁일 때마다 일제히 흔들리는 푸른 잎들을 눈부시게 쳐다본다. 푸른 잎사귀들이 아아, 소리를 지르고 있는 것 같다. 비닐하우스 안에서 싹을 틔워 저만큼 자라게 하려면 얼마만큼 시일이 걸릴까.

그녀는 햇볕 아래 내놓인 천변 쪽의 가지마루들을 쳐다보며 수애를 따라간다.

농원 사무실은 비닐로 지어져 있다. 그린벨트에 묶여 있어 건축물을 올릴 수가 없어서라고 수애가 말한다. 시에서 새 건축물이 생기면 헬리콥터로 사진을 찍어간다고. 외삼촌도 비닐로 된 집에서 산다고. 말이 비닐로 된 집일 뿐 안으로 들어서니 벽돌로 지은 어느 집 실내보다도 견고하고 아늑하다.

눈에 반가움이 함빡 실리는 농원 주인 남자의 눈.

농원 주인 남자는 완전히 농부가 되어 있다.

화원에서 볼 때와는 다른 인상이다. 흰 셔츠를 입고 밀짚모자를 쓰고 헐렁한 바지는 무릎까지 접혀 있다. 그 아래 드러난 종아리는 햇볕에 그을려 인도네시아 여자 해니의 얼굴처럼 다갈색이다. 밤낮으로 여기저기를 걸어다녔을 다리는 근육이 탄탄하게 붙어 있다. 농원에 들어섰을 때 천변을 향해 푸른 잎사귀를 찰랑거리고 서 있던 가지마루의 싱싱한 모습처럼.

비닐하우스 안의 사무실 탁자엔 복사기와 팩스, 컴퓨터 등이 놓여 있다. 둥근 탁자 위엔 『고양화훼』라고 쓰인 책자를 비롯한 나무와 꽃에 대한 책자들이 정리 안 된 채 흩어져 있다. 그런가 하면 어디서 본 듯한 얼굴들을 본뜬 캐릭터 화분들이 사무실 한쪽 벽면의 칸들을 채우고 있다. 자세히 보니 개그맨의 얼굴도 있고 야구선수의 얼굴도 있다. 캐릭터 화분들이 진열된 옆에 스타도 보고, 화초도 키우고……라는 문구가 적힌 포스터가 붙어 있다. '캐릭터 화분' '내가 좋아하는 스타, 싱싱하게 키워보세요!' 그녀가 캐릭터 화분을 유심히 보자 수애는 어때, 성공할 것 같아? 하고 묻는다. 무슨 말인지를 몰라 그녀가 수애를 쳐다보자 수애는 삼촌이 저거 특허 냈거든, 저거 잘되면 우리 삼촌 부자 된대! 하며 웃는다.

"우리 삼촌 되게 웃겨. 포켓몬스터 빵 있잖아."

포켓몬스터 빵?

"아이들이 빵을 먹기 위해서가 아니라 포켓몬스터 스티커를 모으려고 빵을 사거든. 스티커만 꺼내고 빵은 버리는 애도 있어. 그걸 보고 삼촌이 아이디어 낸 거야. 자기가 좋아하는 스타 캐릭터 화분에 꽃을 심어서 물도 주고 길러보면 좋을 거라구…… 잘 안 돼서 꽃이 죽어도 화분은 그대로 남으니까 그걸 연필꽂이 통이나 편지함같이 물건 담아두는 것으로 재활용할 수도 있으니 좋은 거 아니냐는데…… 어때? 요즘 애들한테 먹힐 거 같애?"

"글쎄……"

"글쎄…… 그러면 안 되는데…… 먹혀야 되는데. 캐릭터가 되는 주인공한테 얼굴값도 줘야 되구 일이 만만찮아."

"재료는 뭔데?"

"마블."

마블…… 중얼거리며 수애는 진열장의 캐릭터 화분 모델을 훑어본다.

"도자기형으로 만들어도 될 것 같아요."

수애의 말에 농원 주인 남자는 고개를 끄덕인다. 그걸로 모자랐는지 농원 주인 남자는 주머니에서 수첩을 꺼내 "좋은 생각이다"라고 적어서 수애에게 내민다.

"여기서 만들면 인건비도 안 나올 것 같은데요?"

수애는 농원 주인 남자 곁으로 가서 앉는다. 농원 주인 남자가 말은 알아들을 텐데도 수애는 일체의 말을 하지 않고 필담으로 캐릭터 화분에 대한 얘기를 나눈다. 농원 주인 남자는 중국이나 인도네시아에서 캐릭터 화분을 생산해올 생각이라고 쓴다. 그곳에 공장을 세워볼까 한다고. 농원에서 이 년간 일해서 인도네시아로 돌아간 후야야 동생이 다시 이 농원으로 돌아오고 싶어하는데 후야야 동생한테 캐릭터 화분 생산 책임을 맡기면 잘해낼 것 같다고. 수애는 후야야 동생은 택시를 두 대 샀다고 하지 않았느냐고 쓴다. 직접 운전을 하는 게 아니라 따로 고용한 기사가 택시 영업을 하고 후야야 동생은 관리만 하고 있기 때문에 괜찮다고 농원 주인 남자는 쓴다.

농원 주인 남자와 필담을 나누는 수애는 단순히 스물세 살 먹은 여자가 아니다. 그녀에겐 두 사람이 조카와 삼촌 사이가 아니라 동업자처럼 보인다. 벌써 캐릭터 화분 모델은 진열장을 꽉 채우고 있어 바로 내일 진행이 된다 해도 무리가 없을 듯하다. 장화 모양도 있고 우편함 모양도 있으며 머그잔 모양도 있다. 대체로 크기가 일정하다. 초화를 심으려면 저 정도도 괜찮겠지만 관엽을 심으려면 저보다는 크게 만들어야 할 것이다.

농원 주인 남자가 마지막으로 조금 있으면 컨테이너가 도착할 거다. 그동안 미스 오한테 농원 구경이나 시켜줘, 농원엔 처음이잖아, 라고 쓴다. 미스 오. 그녀는 농원 주인 남자가 자신을 지칭한 미스 오라는 말에 슬멋 미소 짓는다. 그럴 참이었어요, 라고 응답하곤 수애가 볼펜을 내려놓는다. 농원 주인 남자만 남겨놓고 그녀와 수애는 바깥으로 나온다. 태양이 그녀들의 머리 위로 쏟아진다. 수애는 어느 때보다도 자유스러워 보인다. 오리 궁둥이를 내밀고 손에 닿는 나무들을 쓰다듬거나 발에 채는 돌을 집어 한쪽에 쌓아두거나 무심코 야자수 가루를 한줌 집어내 냄새를 맡아보는 행위가 여기가 집인 사람처럼 자연스럽기조차 하다.

수애의 옆에 서 있거나 해찰을 하다가 한 걸음 뒤처지는 그녀에게 어느 날 화원에서 수애가 쏟아내던 말들이 되살아났다가 흩어진다. 내가 잘 살아줘서는 안 될 것 같았어. 남겨놓은 내가 인생을 망치는 걸 보게 하고 싶었다구. 지금 농원에 있는 수애의 어느 모습에서도 한때 인생을 망치기로 마음먹고 이 농원에서 가출했었다는 사람의 위악을 찾아볼 수 없다. 여름날의 후텁한 공기 속에 섞여 있는 거름 냄새가 일렁이는 바람결에 섞여 있다.

"냄새 고약하지?"

그녀를 향해 눈살을 찌푸리며 코를 틀어쥐는 모양을 해 보이지만 정작 수애는 웃고 있다.

"여기 머물 때는 몰랐는데 떠나가보니까 이 냄새가 너무 그리운 거야."

"……"

"어릴 때 아이들하고 골목에서 놀고 있다가 해 저물면 말이야. 엄마들이 애들 다 불러가잖아. 밥 먹으라고…… 애들도 잘 놀다간 그 소리 들으면 일제히 다들 집으로 들어가버리잖아."

"……"

154

"여길 떠나 있는 동안에 이 냄새가 해 저물 때 엄마들이 부르는 소리처럼 나를 부르더라구. 아무렇지도 않다가 이 냄새가 맡아지면 여기로 돌아오고 싶어 가슴이 저리더라니까."

여기가 마치 수애의 오랜 집인 것같이 느껴졌던 건 그래서일까.

"농원이 몇 평이나 되는 거야?"

"이 근처가 모두 만 평쯤 되고 삼촌네가 삼천 평쯤 될 거야."

삼천 평. 그녀는 짐작이 가질 않아 그저 부자구나, 하고 만다. 부자라는 그녀의 말에 수애가 웃는다.

"그린벨트가 풀리면 부자겠지. 아마도 시내하고 가까워서 그린벨트가 풀리면 금세 아파트가 들어설걸."

"그린벨트가 풀리면 여긴 어떻게 되는 거야?"

"더 시골로 내려가야겠지."

"그린벨트가 풀리길 바라겠구나."

"아니…… 삼촌은 그런 것에 관심 없어. 그걸 바라는 사람이 이렇게 열심히 농원을 가꿔놨겠어? 게다가 캐릭터 화분 만들겠다고 저리 궁리중일까, 뭐. 삼촌은 정말 농원 일을 좋아해."

"이 땅은 모두 삼촌 소유야?"

"응."

"정말 부자네."

"물려받은 거야."

이 드넓은 땅을 물려받은 농원 주인 남자.

"여기 오래 살았어. 삼촌은 여기 떠나는 거 한 번도 생각 안 해봤을걸."

어느 비닐하우스엔 개운죽이 가득 자라고 있다.

화원에도 여기에서 실어온 개운죽이 여럿이다. 개운죽은 누구에게나 인기가 있다. 꽃을 사러 화원에 들렀던 사람들도 개운죽을 보고는 이게 무엇이냐고 묻는다. 그때마다 수애는 운명이 열리는 대나무라고 소개한다. 그거 집이나 사무실에 들여놓으면 좋은 일이 많이 생긴다고 하면서. 수애의 말처럼 우리나라 사람들은 유독 나무나 꽃이 지니고 있는 의미에 마음이 약하다. 수애의 말을 들은 사람들은 망설이다가 개운죽을 하나씩 사가지고 간다. 시무룩한 표정으로 화원에 들어왔던 사람들의 얼굴 표정도 개운죽을 안고 나갈 때는 제법 개운해져 있곤 했다.

다시 한 바퀴 돌아간 비닐하우스엔 행운목이 자라고 있다. 수애는 옛날에 사람들 사이에서 행운목이 누리던 몫을 이젠 개운죽이 차지했다고 말한다. 이제 저 행운목은 오래전부터 농원 주인 남자 밑에서 일하던 사람이 개인적으로 도맡아 기르고 있다고.

"잠깐만."

수애는 대형 비닐하우스 안을 여기저기 기웃거리더니 저만큼 앞에 있는 비닐하우스 안으로 뛰어들어간다. 곧 수애의 얼굴이 다시 비닐하우스 바깥으로 나오며 그녀에게 어서 오라는 손짓을 한다.

"여기야."

수애를 따라 들어간 널따란 비닐하우스 안엔 이제 싹을 틔우기 시작한 나무들이 파랗게 줄지어 서 있다. 그녀에게서 저절로 탄식이 흘러나온다. 비닐하우스 안이 이렇게 넓다니. 하우스 안엔 컨베이어마저 설치되어 있다. 컨베이어 앞에 의자들이 놓여 있다.

"이거야. 내가 저번에 말한 파파야 야자수!"

"……?"

"왜 인도네시아에서 가지마루에 섞여 씨앗이 두 개 딸려와 여기에 뿌리를 내렸다고 했잖아."

"아……"

파파야 야자수는 비닐하우스 입구에 일 미터쯤의 간격을 두고 나란히 서 있다.

"아직 자라는 중이야."

아직 자라는 중이라는 파파야 야자수는 키가 똑같다. 그녀의 허리만큼 닿는다. 성장하고 있는 소년의 다리처럼 기다랗다. 그 기다란 끝에 파란 나뭇잎이 달려 있다. 두 그루의 파파야 야자수는 나뭇잎조차 똑같이 일곱 장씩을 달고 있다.

"야자수가 여기서도 자라는구나."

"비닐하우스 안이니까."

"조금 더 자라면 어떻게 하니?"

"바깥에 내다 심어야지."

"그땐 기후 영향을 안 받니?"

"야자수는 모르겠어. 다른 나무들은 이 온실에서 자라 튼튼해지면 바깥에 내놓거든. 그때는 내성이 길러져서 잘 자라. 바깥에 있는 나무들이 다 이 온실에서 어느 만큼 자란 것들이야. 그런데 이 온실에서 이 파파야 야자수가 자라는 건 처음이야. 삼촌도 이만큼 자랄 때까지 이게 뭔지 몰랐대."

"……"

"한참 자란 뒤에 잎이 돋는 걸 보고서야 파파야 야자수라는걸 알았다네."

"……"

"신기하지 않아? 씨앗 두 개가 따라와서 이렇게 자라다니. 지들끼리 말이야. 이렇게 나란히 서서. 꼭 친구 같지?"

"……"

"여기에 이름 지어 붙일까?"

"어떤 이름?"

"이 앞에 있는 것은 오산이, 라 하고 이건 이수애, 라 하면?"

수애가 말하고는 멋쩍게 웃는다. 그녀도 따라 웃는다. 그녀들

158

이 바라보고 서 있는 파파야 야자수 뒤에는 수십 그루의 가지마루들이 화분에 담겨 파란 잎사귀를 쳐들고 있다.

파란 가지마루 사이에서 회색빛 고양이 한 마리가 어슬렁거리며 걸어나온다.

고양이를 보더니 수애는 안녕! 하며 손을 흔든다. 고양이는 수애의 손짓에는 아랑곳도 없이 느릿느릿한 걸음으로 다가오더니 두 그루의 파파야 야자수 사이에 자리를 잡고는 앉는다. 회색 등에 흰 점이 박혀 있는 고양이는 살가운 느낌이라고는 일절 없다. 살가운 느낌이라니. 우연히라도 고양이의 시선과 마주치면 피해가고 싶게끔 회색 점박이 고양이의 눈동자는 보는 사람 마음을 불편하게 하는 야릇한 빛을 허공에 띄우고 있다. 눈에서만 유독 보는 사람 마음을 불편하게 하는 빛이 나는 게 아니라 뺨을 거쳐 콧등을 거쳐 입가로 내려오는 표정 또한 상처를 꿰맨 듯이 비틀려 있어 곧 할퀴려고 덤벼들 것 같기조차 하다.

그녀는 처음에 고양이를 피했다가 나중엔 자세히 살펴본다.

흰 점은 등뿐 아니라 꼬리와 배 부근에도 듬성듬성 찍혀 있다. 새끼를 가졌는지 볼록한 배가 땅에 닿을 듯하다. 회색 점박이 고양이는 엎드리기에 불편했는지 두 발을 모아 땅을 약간 오목하게 파내고는 거기에 얼굴을 묻는다. 일반 고양이치고는 높은 등과 볼록한 배를 어떻게 접고 감쌌는지 웅크리고 있는 고양이는 걸을 때와는 달리 소박해 보일 만큼 작아져 있다. 웅크린 채 회색 점박이 고양이는 그녀들처럼 파파야 야자수 곁에서 가지마루를 응시한다. 고양이가 아니라 마치 수애와 그녀와 잘 아는 친구 같다. 회색 점박이 고양이가 하는 양이 야릇해서 잠시 고양이를 쳐다보던 그녀가 고양이에 대해 뭐라 말하려 하자 수애가 쉿, 하며 말을 말라는 뜻으로 입가에 손가락을 갖다댄다. 고양이 눈치를 보는 게 역력하다.

"덥지?"

고양이를 피하듯 파파야 야자수가 자라고 있는 비닐하우스에서 서둘러 나온 수애는 그녀를 데리고 농원 끝에 펼쳐진 천변으로 간다. 천변을 향해 나 있는 빈터에 내놓은 이제 다 성장한 가지마루의 푸른 잎사귀가 여름 햇빛을 받아 찬란하다. 바람이 일렁일 때마다 한쪽으로 출렁이며 뒤집히는 푸른 잎새에 눈이 시어져 그녀는 눈을 감았다가 뜬다. 이마에 송글송글 돋고 있던 땀방울이 그냥 날아가는 듯하다. 가지마루를 거쳐 천변으로 오르던 수애가 슬몃 뒤돌아본다. 회색 점박이 고양이도 비닐하우스 안에서 나와 느릿느릿 그들을 따라오고 있다.

"아무래도 니가 저 고양이한테 찍힌 모양이야."

수애가 그녀의 귓등에 대고 속삭인다.

"응?"

그녀도 뒤돌아본다. 빠르지도 느리지도 않게 딱 그만큼의 거리를 두고 회색 점박이 고양이는 여전히 그들을 뒤따르고 있다.

"무슨 얘기야?"

무성하게 잡초들이 자라고 있는 천변으로 올라오니 둑을 사이에 두고 잘잘잘 물이 흐르고 있다. 바닥에 제멋대로 자란 푸른 물풀들의 기세에 제대로 피어보지도 못하고 이울고 있는 보랏빛 꽃들도 눈에 띈다. 수애는 저 아래서 새끼를 가진 배를 땅에 끌며 느릿느릿 걸어오고 있는 고양이의 눈치를 살피는 양 사이를 두더니 무슨 큰 비밀이라도 일러주듯 그녀의 귓가에 대고 속삭인다.

"삼촌이 고양이를 무척 싫어하거든. 그런데 어느 날 저 고양이가 이 농원에 들어온 거야. 어디서 왔는지도 몰라. 어느 날 아침에 보니까 아까 그 비닐하우스 안에서 자고 있었대. 어디서 다쳤는지 귀가 찢어져서는 말이야. 처음에는 그냥 야생 고양이 한 마리가 잠시 머물고 있는 것으로 여기고 내버려두었는데 그대로 이 농원 안에서 사는 거야. 그사이 귀의 상처도 다 아물었지. 아침저녁으로 저 고양이가 발끝에 채니까 삼촌이 견딜 수가 없었던 거야. 고양이는 워낙 싫어하거든."

회색 점박이 고양이가 다가오자 수애는 그만 입을 다문다.

고양이는 그녀들이 올라와 있는 천변까진 올라오지 않고 오르막길에 주저앉는다. 그녀들을 응시하며 몸을 웅크린다. 여름 햇볕 때문에 고양이의 회색 털이 은빛으로 비친다. 수애는 천변에 다리를 뻗고 앉는다. 그녀도 수애 곁에 주저앉는다. 고양이와 서로 대치한 형국이다.

"저 고양이가 저렇다니까."

"뭘?"

"자기 말 하는 줄 안단 말야…… 그러니까 저러고 따라와서 앉아 있지."

천변에 올라오니 농원이 한눈에 내려다보인다. 오른편 큰 도로를 지나서는 정원수를 가꾸는 곳인지 잘 다듬어진 탐스런 나무들이 보기 좋게 자태를 드러내고 있다. 그쪽은 그린벨트에 묶여 있지 않은 모양이다. 정원수 안쪽으로 반쯤 지어진 집이 보인다. 인부들이 사다리를 타고 앞으로 옥상이 될 듯싶은 높은 곳으로 오르내리는 모습이 희뿌옇게 보인다.

그녀의 귀 가까이 대고 속삭이는 수애.

"삼촌이 어느 날 밤에 저 고양이를 자루에 담아 태우고 자유로를 타고 일산 지나 통일동산 있는 곳까지 갔대. 거기 어느 다리 밑에 버리고 왔었대. 밤에 말이야. 자루에 담아가지고."

"……"

"그런데 사흘 후에 저 고양이가 다시 농원에 나타난 거야."

"……"

"다리를 절뚝거리면서."

"……"

"진돗개가 주인집을 다시 찾아왔다는 얘긴 있어두 고양이가 그랬다는 얘기 들어봤어?"

"글쎄, 개는 사람을 따르지만 고양인 공간을 따른다는 얘긴
들었어."

"공간? 여기는 처음부터 본인이 있던 곳도 아니잖아!"

본인? 그녀는 수애의 표현에 그만 긴장을 풀며 웃고 만다.

"그럼 지금은 여기서 사는 거니?"

"응…… 삼촌은 그렇게 멀리 갖다버렸는데도 다시 찾아온 게
영 마음에 걸리나봐…… 이젠 밥도 챙겨주고 잠자리도 보살펴
주고 그래. 볼 때마다 느끼는 건데 흉물스럽게 생겼지 않아?"

"뱃속에 새끼를 품은 것에 대고 그렇게 말하면 나쁜 사람이
지."

나쁜 사람? 수애가 그녀의 말을 되받으며 흐응, 웃는다.

천변 아래서 웅크리고 앉아 천변 위의 그녀들을 응시하고 있
던 회색빛 점박이 고양이가 몸을 일으키더니 온실 뒤편 코코스
야자 가루가 쌓여 있는 외진 곳으로 걸어간다. 땅에 닿을 듯이
고개를 푹 숙이고.

"저것 봐…… 우리 말을 다 알아듣는 것 같단 말야."

꿰맨 자국처럼 얽어 있는 상처들.

태양 아래서 그렇게 어디까지라도 갈 듯이 걸어가는 고양이
에게서 그녀는 시선을 거두지 못한다. 자루에 담겨 실려갔다면
서 어떻게 이곳을 다시 찾아왔을까. 알 수 없는 연민이 회색 점

박이 고양이를 향해 솟구치는 통에 그녀는 잠시 먹먹해진다. 수애만 곁에 없다면 고양이에게로 달려가 얼굴의 상처들을 어루만져주었을 그녀다. 의심 없이 걸음을 옮기던 고양이가 예상치 않았던 진자리에 발이 빠졌다가 힘겹게 무거운 몸을 일으켜 다시 걸음을 옮겨 저편으로 자태를 감출 때까지 그녀의 시선은 회색 점박이 고양이에게 머물러 있다.

잘잘잘 물 흘러가는 소리.

천변 위의 수애가 장난기가 발동해 그녀를 물속으로 빠뜨릴 양으로 그녀의 등에 손을 갖다대는 순간이다. 생각에 잠겨 있던 그녀가 발딱 일어서며 그만둬- 소리를 친다. 소리를 친 후에도 수애를 경계하는 눈빛이 역력하다. 그녀의 노골적인 경계 자세에 멋쩍어진 수애가 왜 그래? 하는 눈빛이 되어 서 있는 그녀를 올려다본다. 자신을 주시하고 있는 수애의 검은 눈동자. 민망해진 그녀는 다시 누가 어깨를 짚어 앉히기라도 하는 듯 주저앉는다.

"그저 장난 좀 하려던 거였어."

"……"

"그렇게 볼 건 뭐야?"

천변 아래 나란나란 줄을 서 있는 가지마루의 푸른 잎들이 일렁이는 바람에 일제히 한쪽으로 쏠린다. 너를 잃고 싶지 않아. 그녀는 자신의 마음을 어떻게 전해야 할지를 몰라 가만있는다.

다시 찰랑찰랑 일어서는 푸른 잎사귀가 눈부시다. 그녀들이 버스에서 내려 걸었던 구불구불한 길을 타고 컨테이너가 연이어 농원 쪽으로 들어오고 있다. 넉 대의 컨테이너 뒤로 꼬리를 물고 하얗게 먼지가 일고 있다.

"다 쉬었네…… 그만 내려가자."

둘 사이에 생성된 어색함이 가시지 않은 채 수애가 먼저 천변에서 일어나 내려간다. 그녀는 수애가 자신을 빠뜨리려고 했던 물이 흐르는 천을 잠깐 쳐다본다. 가지마루의 푸른 잎사귀 때문이었다. 그리고 이 물 때문이었다. 수애가 물속으로 그녀를 떠밀려는 순간 까마득한 낭떠러지로 떨어지는 것 같은 기분이었던 것은. 언젠가 이미 한번 그녀를 관통하고 지나간 풍경. 그때의 일들이 재현되고 있는 듯한 두려움에 자신도 모르게 버럭 소리를 내질렀던 것이다.

그녀를 천변에 내버려두고 혼자서 앞서 걷고 있는 수애.

뭔가를 털어버리듯 천변에서 몸을 일으키고는 수애의 이름을 부르며 뛰기 시작하는 그녀. 기억이란 느닷없는 방문객 같은 것이다. 몸속에 아무렇게나 구겨져 있다가 어느 순간 돌연 현실을 노크해와 고함을 지르게 하는 것이다. 그녀는 곧 수애를 따라잡는다.

"화났어?"

그녀가 수애의 팔짱을 끼자 수애는 뿌리치는 시늉을 한다. 그녀는 다시 한번 수애의 팔짱을 끼었다. 새침한 표정의 수애가 못 이기는 척 그녀의 등을 찰싹 때리며 눈을 흘기더니 싱긋 웃는다.

"니가 한 번씩 밀쳐낼 때마다 정이 떨어진단 말야."

깊은 숨을 내뱉는 그녀. 수애 모르게 흰 구름이 자유롭게 떠가는 하늘을 올려다본다.

그곳에, 미나리꽝이 있었다. 맑은 물이 흘러가는 도랑이 있었다. 젖은 옷을 벗어 말렸던 둑길이 있었다. 술을 마시면 항아리 속으로 들어가 노래를 부르는 아버지를 가진 여자애가 있었다. 작은 흰 등에 풀물이 든 것처럼 퍼져 있던 푸른 점. 검은 눈동자. 조그만 어깨까지 내려와 있던 땋아내린 머리. 물기 어린 야윈 뺨…… 어린 그녀에게 칼을 내주며 닭의 머리를 내리치게 했던 여자애. 천변에서 수애가 그녀의 등을 밀려고 했을 때 돌연 그 여자애가 떠올랐다.

"빨리 가자."

그녀는 다시 가물가물 떠오르는 상념을 떨쳐내기라도 하듯 수애의 팔에서 손을 빼고 대신 수애의 손을 잡고는 뛰기 시작한다. 사십 피트짜리 컨테이너에 실려온 가지마루는 천백 개였다. 원산지에서 실려온 가지마루는 잎사귀 하나 없이 몸통뿐이다. 일일이 하나씩 조심스럽게 내리지 않으면 나무가 상처를 입는다며 수애가 그녀에게 주의를 준다. 후야야와 나당과 수애의 움직임은 일체감을 이루고 있다. 컨테이너 안에 올라간 후야야가 가지마루를 들어올려 나당이나 수애 그리고 그녀에게 옮겨주면 그들은 뿌리를 다치지 않게 들고 농원으로 부지런히 옮겼다. 반쯤 옮겼을 때 화원으로 나무들을 실어오곤 했던 청년이 아침부터 어딜 다녀오는 길인지 트럭을 컨테이너 뒤에 세워두고 와서 그들과 합세했다.

컨테이너 안에 올라가 있던 후야야가 내려오고 대신 그 자리에 청년이 올라갔다. 그녀만 제외하고 농원 사람들은 말이 아닌 느낌으로 소통하는 법을 체득하고 있는 것 같다. 말이 오가지 않는데도 간혹 웃음소리가 나고 나당이 하던 일을 놓고 농원 주인 남자 곁으로 갔다 오기도 한다. 햇볕에 그을려 다갈색인 농원 사람들의 손이 이따금 가지마루를 받아드는 그녀의 손에 닿기도 한다. 그들은 아랑곳없이 일에 열중했다. 그녀의 손쯤은 흙이나 나무쯤으로 여기는지.

그녀의 눈엔 컨테이너에서 농원으로 옮겨지고 있는 인도네시아에서 온 가지마루가 그저 두께가 좀 있는 나뭇가지에 불과해 보인다. 그녀는 천변 쪽을 바라본다. 여름 태양 아래 내놓인 가지마루는 여전히 싱그럽다. 그녀는 코코스야자 가루에 덮여 있는 가지마루의 뿌리를 만져본다. 이 황폐한 몸통에서 저렇게 푸른 잎이 돋는단 말인가.

넉 대의 컨테이너는 사천사백 그루의 가지마루를 내려놓고
하얀 먼지를 일으키며 돌아갔다.

컨테이너가 돌아간 후 그들은 온실 앞의 빈터에 놓여 있는 평
상에 둘러앉아 배달시킨 물냉면으로 점심을 먹는다. 사람 수보
다 냉면 숫자가 두 그릇 더 많다. 모자라지 않게 충분히 먹으라
는 농원 주인 남자의 배려다. 냉면의 맑은 육수 위에 잔얼음이
동동 떠 있다. 나당과 후야야는 냉면 그릇을 두 손으로 들고 얼
음이 떠 있는 육수를 들이켠다. 시원한 냉면 육수가 목으로 넘
어가는 꿀꺽꿀꺽, 소리가, 곁엣사람에게 전해질 정도로 맛있게.

검은 눈동자와 짙은 눈썹의 나당이 후야야보다 더 오래 마신
다. 냉면 그릇을 입에서 떼고 그제야 더위가 좀 가시는지 휴, 이
제 살겠네, 싶은 나당은 시선이 마주친 그녀를 향해 선하게 웃
는다. 그녀도 맞받아 웃는다.

수애는 냉면 그릇에 젓가락을 담그고 께적거리고 있다. 너무
더워 먹을 엄두조차 나지 않는 모양이다. 수애는 농원 주인 남
자 수첩의 빈칸을 찾아내 이 여름날에 나무를 들여와요? 라고
쓴다. 밀짚모자 아래 수애의 이마는 땀에 젖어 미끈거린다. 있
는 걸로 모자라는구나, 라고 농원 주인 남자가 쓴다.

"주문이 많요?"

"요즘은 사람들이 가지마루만 찾아…… 벤자민도 고무나무
도 뒷전이야."

"개운죽만큼?"

"그에는 못 따르고."

수애가 고갤 끄덕이며 볼펜을 내려놓는다. 농원 주인 남자가 수첩을 주머니에 집어넣고 냉면을 앞에 두고 바지 뒷주머니에서 담배를 꺼내 입에 물고 불을 붙인다. 라이터에서 치솟은 파란 불꽃이 햇볕 아래서 투명하다. 후— 연기를 내뿜으며 농원을 휘휘 둘러보는 농원 주인 남자도 귓불까지 땀에 젖어 있다.

원래 원산지에서 나무를 수입해오는 일은 봄과 가을에 한다. 이런 여름날에 나무를 들여오는 일은 좀처럼 드문 일이다. 봄에 온 나무는 여름에 성목이 되고 가을에 온 나무는 겨울에 성목이 된다. 뜻밖에 가지마루가 도매상에서 인기 품목이 되어 이 여름날 다시 들여온 모양이었다.

후야야는 냉면을 다 먹자마자 일어난다. 농원 주인 남자가 손짓으로 조금 더 쉬라고 해도 후야야는 배합토를 만들어야 된다며 마사가 쌓여 있는 곳으로 간다.

농원 주인 남자는 청년과 함께 잠시 다녀올 데가 있다며 트럭에 오른다. 트럭 운전석 옆에 앉아서 농원 주인 남자는 또 수첩을 꺼내 뭐라 적어서 수애에게 보여준다. 좀 쉬었다 해…… 낮잠도 한숨 자고…… 하루에 끝나는 것도 아니니까.

트럭 운전석에 앉아 있는 청년이 의자에 걸쳐 있는 노란 수건으로 이마의 땀방울을 훔쳐낸다. 먼지를 일으키며 트럭이 농원을 떠난다. 땀을 뻘뻘 흘리며 배합토를 만들고 있는 후야야. 트럭이 농원을 떠난 뒤 나당은 여기저기 냉면 그릇이 어질러져 있는 평상 위에 그대로 드러눕는다. 거기서 한숨 잘 모양이다. 농원엔 햇빛만 찬란할 뿐 바람 한 점 없다. 휴게실로 쓰고 있는 비닐하우스 안으로 들어가 거기 평상 위에 잠시 몸을 누이는 그녀와 수애. 벽에 부착된 선풍기 세 대를 일제히 가동시킨 탓에 평상 위에 드러눕자 선풍기 돌아가는 소리만이 귓속을 꽉 채운다.

"저건 누가 만든 거야?"

비닐하우스에 천창이 달려 있다. 천창은 활짝 열려 있고 그리로 푸른 여름 하늘이 엿보인다. 거기만 마치 푸른 웅덩이인 것 같다.

"후야야가……"

"솜씨가 좋은가봐."

"정말 그래…… 후야야는 뭐든 손으로 척척 만들어내. 자전거 바퀴를 주워와서는 손수레도 만들었어. 저 탁자도 후야야 솜씨야."

그녀가 수애가 가리킨 탁자를 물끄러미 바라본다. 네모난 널빤지 밑에 짧은 다리가 네 개 달려 있다. 니스 칠을 하지 않아서 뚝딱뚝딱 못을 박은 자국이 선명하다. 어디에서든 사람들은 꼼지락거리며 사는 모양이다.

"그런데 가여운 사람이야……"

"왜?"

"여기로 오기 전에 집이 불타서 아내와 아기가 죽었대……
혼자만 살아남았대…… 참 이상하지, 그런데도 늘 선하게 웃고
일도 다른 사람보다 훨씬 더 열심히 하고……"

드러누워 있던 수애가 갑자기 몸을 일으키더니 주머니에서
담배를 한 개비 꺼내 입에 문다. 그녀가 빤히 쳐다보는 것에도
아랑곳 않고 라이터를 꺼내 불을 붙인다. 디스? 라이터? 모두
어디서 본 듯하다.

"삼촌 거야…… 아까 삼촌이 담배를 너무 맛있게 피워서 슬
쩍해뒀지."

수애가 담배 피우는 걸 한 번도 본 적이 없는데 수애는 익숙
하게 담배 연기를 빨았다가 내뱉는다. 손가락에 담배를 끼운 채
수애는 다시 그녀 곁에 드러눕는다.

"맛이 하나도 변하지 않았네…… 한 모금 빨아볼래?"

"머리만 아플 뿐이던데 뭘."

"피워본 적은 있어?"

"시도해본 적은 있지."

"머리 아픈 단계를 극복해야 피울 수 있는 거야. 처음엔 누구
나 다 그래."

하긴, 웅얼거리며 수애는 천창을 향해 다시 연기를 내뱉는다.

"뭘 극복하고 피워야 할 만큼 좋은 건 아니지 뭐."

말은 그렇게 하면서도 수애는 곁에 누워 있는 그녀에게 반쯤 피운 담배를 건네고 또 한 개비를 피워 문다. 담배를 받아 입에 무는 그녀. 연이어 터지는 기침 소리.

　"한때는 하루에 세 갑도 피웠는데…… 어느 날 딱 싫어지더 라구. 그래서 그만뒀어. 진짜 오랜만에 피워본다……"

　수애의 중얼거림이 아득히 먼 데서 들려오는 것만 같다. 천변 위에서 장난으로 자신의 등을 물속으로 떠밀려는 수애에게 그 만둬! 소리친 이후로 그녀는 뭔가 먹먹한 기분이다. 컨테이너에 서 가지마루를 농원으로 옮기는 도중에도 내내 무엇인가에 걸려 넘어질 듯이 아슬아슬하던 느낌이 지금까지도 이어지고 있다. 그 기분에 수애가 내민 담배를 입에 물어본 그녀. 아련하고 아슬아슬한 기분이 덜어지기는커녕 천창을 통해 내다보이는 하늘이 바로 눈앞으로 쳐들어오는 것같이 어지럽기조차 하다.

　"우리 삼촌 어때?"

　느닷없는 질문에 그녀가 수애를 쳐다본다.

　"좋은 사람 같아."

　"그뿐이야?"

　수애가 돌아눕는다.

　"……나는 삼촌을 사랑해."

　느닷없는 수애의 고백에 그녀는 고갤 돌려 나직이 수애를 응시한다.

"다른 사람에 대한 배려가 삼촌만큼 깊은 사람을 본 적이 없어. 내가 얼마나 삼촌을 사랑하는지 삼촌은 몰라. 하긴 만약 내 마음을 안다면 삼촌은 아마 나를 내쫓을지도 모르겠네. 가엾은 삼촌…… 자신이 얼마나 아름다운 사람인지도 모르고 얼마나 좋은 냄새를 지니고 있는지도 모르구, 오로지 이 농원뿐이야. 나는 삼촌의 목소리가 되고 싶어…… 그럴 수만 있다면, 그럴 수만 있다면 말이야. 아니야…… 꿈일까?"

그랬는가. 그녀는 수애의 말이 메아리만 같다. 삼촌을 사랑하고 있었는가. 그래서 순간순간 그렇게 슬픈 낯빛이 되곤 했는가. 수애가 낮잠에 든 것 같아 그녀는 수애의 손가락에 끼워져 있는 담배를 빼 평상 밑에 떨어뜨린다.

오후 내내 그들은 가지마루의 뿌리를 감싸고 있는 코코스야자 가루를 털어낸 뒤 후야야가 만든 배합토를 청화분에 담고 거기에 가지마루를 심고 온실로 옮겼다. 나당과 그녀는 청화분에 옮겨 심어진 가지마루에 물을 주었다. 배합토의 주재료는 물이 잘 빠지는 마사여서 물은 금세 가지마루의 뿌리를 적시고 청화분 바깥으로 흘러나왔다. 농원 일이 처음인 그녀만 손길이 더딜 뿐 수애를 비롯한 다른 사람들은 척척이었다. 누가 따로 지시하고 어쩌는 것도 없이 그들은 한 공동체처럼 움직였다. 청년과 함께 외부에 나갔던 농원 주인 남자가 합세를 했을 때 그들의 나무 심는 일은 최고조로 진행되었다. 그럼에도 불구하고 사천사백 그루나 되는 가지마루를 화분에 심는 일은 하루이틀 사이에 끝이 날 것 같지 않았다. 여름 해가 길다고는 해도 사나흘은 걸릴 거였다.

해가 저물어 하루 일과를 마쳤을 때 그녀의 뺨은 빨갛게 상기되어 있다. 나당이 얼음이 동동 떠 있는 미숫가루를 타서 내왔고 그들은 한 대접씩 퍼서 마셨다. 미숫가루가 이렇게 맛있다니. 그녀는 한 대접을 꿀꺽꿀꺽 다 마시고 반쯤을 더 마셨다.

수애와 그녀가 농원을 나서려고 할 때 농원 주인 남자가 수애에게 부겐빌레아를 보고 가라고 쓴다. 중간 온실 뒤에 놓여 있는 부겐빌레아에 꽃이 피었다고. 피곤한 수애가 미적거리자 농원 주인 남자는 보고 가라, 후회는 안 할 테니, 라고 또 쓴다. 앞장서서 부겐빌레아가 있는 곳으로 그녀들을 데리고 간다. 목에 걸쳤던 수건으로 이마의 땀을 쓱쓱 닦아내면서.

"후와."

수애의 눈이 휘둥그레진다.

"흰 꽃이 왔네, 삼촌?"

농원 주인 남자는 다른 꽃하고 접을 붙여봤다, 고 쓴다. 부겐빌레아는 이울어가는 석양빛 아래서 환하디환하다. 농원 주인 남자는 이봐라, 노란 꽃자리엔 노란 꽃이 오고 하얀 꽃자리엔 흰 꽃이 왔다, 고 쓴다. 두 사람은 부겐빌레아를 사람 대하듯 한다. 마치 어디 먼 데 나갔던 사람이 돌아온 것처럼 꽃을 보고는 노란 꽃이 오고 흰 꽃이 왔다며 대견해한다. 노랗고 흰 것들만 있는 게 아니다. 선홍색의 꽃들도 활짝 피어 있다.

아침에 걸어왔던 농원 길을 다시 거슬러 돌아가는 길. 우리 삼촌 어린애 같지? 하면서 그녀의 팔짱을 끼는 수애.

"부겐빌레아 꽃을 오래 기다렸거든, 부겐빌레아에 접을 붙여본 건 처음이어서 실패할까봐 걱정했었거든."

농원을 벗어나자 마을버스가 보인다.

"저거 불광동까지 나가니까 타자."

수애는 팔짱을 풀고 뛰기 시작한다.

8. 당신을 처음 보았을 때

그녀들이 문 닫힌 화원 앞으로 돌아와 있다.

수애가 어제 화원에 지갑을 두고 왔다고 해서 잠시 들른 거였다. 불광동에서 광화문으로 나오는 버스 안에서 수애는 지갑을 가지고 나와 오랜만에 저녁도 먹고 시원하게 생맥주도 한잔씩 하자고 했다. 온종일 농원에서 일을 하느라 나른했던 그녀는 그냥 기다란 방으로 돌아가고 싶었지만 낮에 수애를 서운하게 한 일도 있고 해서 수애의 의견에 동의한 참이다. 수애가 지갑을 가지고 나오기를 기다리며 그녀는 셔터 바깥에 서 있다가, 수애가 곧바로 나오지 않아 화원 안으로 들어가본다. 불도 켜지 않고 어둠 속에서 지갑을 찾고 있는 수애 대신 그녀가 벽의 스위치를 눌러 불을 켠다. 온종일 밀폐되었던 화원 안의 공기가 후텁하다. 그 공기 속에 뭐라 말할 수 없는 냄새가 떠다닌다. 온종일 빛을 보지 못하고 갇혀 있던 식물들이 내뱉은 숨 냄새. 농원의 천변에 여름 햇볕을 받고 푸른 잎사귀를 찰랑찰랑 뒤치고 있던 가지마루들. 그녀는 화원 안의 식물들이 가엾어져 셔터를 올려버린다.

"곧 나갈 건데…… 왜?"

"통풍 좀 시키고 나가자."

그녀는 벌써 화원 문까지 활짝 열어놓았다. 고여 있거나 갇혀 있는 것들에게선 예외가 없이 냄새가 난다. 제 냄새를 지니고 있는 것들에게선 더더욱. 그녀는 메마른 화원 바닥에 물을 뿌린다. 호스의 끝을 손가락으로 막고 메말라 있는 유리창을 조준하자 유리창에 물방울이 툭툭 튀어 번진다. 지갑을 찾은 수애가 그만 나가자, 해도 그녀는 아랑곳없이 생화들이 담겨 있는 물통 속의 물을 갈아주기까지 한다. 그녀의 행동을 더이상 막을 수 없다는 생각이 들었는지 수애도 물뿌리개를 들어 온종일 포트에 담겨 있던 초화들에게 물을 뿌려준다. 장식용으로 벽에 걸린 허브에게도.

얼마나 지났을까.

다시 생기로워진 화원에 셔터를 내리고 거리로 나온 그녀들. 어디로 갈까? 터벅터벅 걷다가 그녀들은 뽀모도로 앞에서 걸음을 멈춘다. 저녁을 먹기에는 늦은 시간 탓일까. 바깥에까지 줄을 서 있거나 빈자리가 나기 무섭게 사람들이 들어가 앉곤 하던 뽀모도로 안이 어쩐 일로 한적하다.

"여기 가자."

수애는 그녀가 망설일 틈도 없이 뽀모도로 안으로 성큼 들어간다. 에어컨을 틀어놓아 뽀모도로 안은 시원하다. 마늘빵 냄새와 토마토를 불에 졸인 것 같은 냄새가 기분좋게 떠다닌다. 수애의 말마따나 스파게티는 맛있다. 면은 쫄깃쫄깃하고 붉은 소스 속에 섞여 있는 홍합과 새우들은 싱싱하다. 붉은 해산물 소스에 마늘빵을 찍어먹는 수애.

"맛있지?"

"그렇네."

"오늘 힘들지 않았어?"

"아니…… 괜찮았어. 근데 내일은 어떡해? 내일도 농원으로 가니?"

"내일은 나만 갈게…… 계속 화원 문 닫아놓을 수도 없구."

파파야 야자수, 상처로 얼굴이 얽은 고양이, 인도네시아 인부들, 그리고 가지마루. 농원에서 나온 게 불과 두 시간 전인데 오래전 일 같다. 잘게 부서진 스파게티를 말고 있던 그녀는 그만 포크를 내려놓는다.

그들이 뽀모도로를 나와 광화문에서 종로 쪽으로 걸음을 옮길 때다.

누가 뒤에서 수애를 부른다. 키가 껑충하게 큰, 그들보다 서너 살 정도 많아 보이는 남자다. 처음엔 무료하게 자신을 부른 사람을 쳐다보던 수애의 눈이 곧 반가움으로 일렁인다. 이게 얼마 만이에요? 수애는 남자의 팔을 스스럼없이 붙잡는다. 남자는 수애에게 차나 한잔하자고 한다. 수애가 그녀를 바라본다. 어차피 이젠 어디로 가야 하나, 생각하고 있던 중이었다. 기다란 방으로 돌아가는 게 아니라면 어디든 누구와 함께이든 상관없다는 생각이 든 그녀가 고개를 끄덕이자 수애가 활짝 웃는다.

거리에 어둠이 내린다. 낮 동안 태양에 지쳐 있던 가로수들은 밤이 되어도 맥을 못 추고 있다. 차창을 다 열어놓은 지나가는 자동차에서 시끄러운 음악이 확 퍼져나온다. 자동차는 속력을 내 사라진다. 밤이 왔어도 빌딩과 상가에 켜진 불들로 거리는 환하다. 남자가 앞장서고 그녀들이 뒤따른다. 남자는 이 거리에 자신의 단골 카페가 있는 듯 앞장서서 성큼성큼 큰 걸음을 걷는다. 남자의 보폭이 넓어 그녀들은 종종걸음을 치게 된다. 더러는 맞은편에서 오는 사람들이 그녀들을 피해 걷기도 한다.

카페 입구에는 이미 고인이 된 카라얀이 지휘봉을 이마 위로 막 쳐드는 사진이 걸려 있다. 사진에 걸맞게 카페 이름은 '라 뮤즈'이다. 눈을 감고 입술을 알브스름히 다물고 있는 카라얀. 사진은 제법 생생해서 카라얀이 쳐들고 있는 지휘봉에서는 금방 피아노의 폭풍이 휘말려 나올 것 같다. 중앙에 넓은 테이블 하나, 그리고 벽 쪽으로 붙여진 사 인용 테이블 네 개가 카페의 전부다. 카페의 구조는 어디에 앉으나 주방에서 잔 씻는 모습을 환히 볼 수 있게 되어 있다. 카라얀을 지나서 카페 한 자리를 차지하고 앉았을 때, 남자와 그녀들이 주문을 채 하기도 전에 다시 카페 문이 열리는데 무심코 출입문을 쳐다보던 그녀와 안으로 들어서던 그 남자의 시선이 부딪친다. 남자가 어, 하며 그녀를 반겨 막 시선을 거두려던 그녀는 누군가 싶어 그 남자를 다시 한번 쳐다본다. 반가워서 어, 하는 표정을 짓고 있는 그 남자를 그녀는 알아보지 못한다. 그 남자는 혼자가 아니다. 두 사람의 동행이 있다. 동행들을 제치고 그녀에게 다가온 그 남자가 나요, 했어도 그녀는 그 남자가 누구인지를 모르는 기색이다.

"바이올렛 말이요."

바이올렛? 사진기자?

그제야 그녀는 아, 네…… 하면서도 그가 선뜻 내민 손을 잡지는 않는다.

그 남자는 내밀었던 손을 거두며 자신의 동료들을 인사시킨다. 할 수 없이 그녀도 수애를 그 남자와 그의 동료들에게 인사시킨다. 수애가 제 친구예요, 하면서 거리에서 만난 남자를 그 남자와 그의 동료들에게 인사시킨다. 오늘 처음 만나는 사람이 여럿이다. 그들은 중앙의 넓은 테이블에 합석을 한다. 벽을 향해 붙여진 네 개의 사 인용 테이블에 사람들이 다 앉아 있어서이다.

"그런데 바이올렛이라니 그게 뭐야?"

"바이올렛? 제비꽃 아냐?"

그 남자는 몸을 돌려 그녀 옆에 앉은 동행 중의 한 사람에게 말을 건다.

"어이, 꽃박사. 이번 표지사진 설명 기사도 자네가 썼지?"

한 자리 건너 앉아 있는 일행 중의 한 사람이 고갤 끄덕인다. 그 남자는 그녀에게 이 친구는 꽃에 대해서라면 모르는 게 없는 사람이오, 소개한다.

"그래, 바이올렛에 대해서는 뭐라고 썼나?"

"이것저것, 서양 사람들은 바이올렛을 '이오의 눈'이라고 부른다더군."

"이오라니? 그게 뭐지?"

"그리스신화에 나오는 가엾은 여인이지. 강의 신 이나코스의 딸이야. 최고신이자 천하의 바람둥이인 제우스가 그녀에게 반했다네. 어느 날 이오가 산책을 하고 있을 때 하늘을 먹구름으로 덮어버리고 이오를 덮친 거지. 그런데 제우스의 마누라인 헤라는 질투의 화신 아닌가. 남편의 동정을 늘 지켜보고 있는데 저기 지상에서 이상하게 먹구름이 이는 모습을 보고 가까이 다가간 거야. 제우스는 먹구름을 거두고서 헤라를 속이려고 이오를 흰 소로 만들어버렸어. 이 신화에서 가장 슬픈 대목은 흰 소

로 변한 이오가 아버지를 만나는 대목이야. 아버지인 강의 신이
이오를 못 알아봐. 어떻게 알아보겠나, 소로 변해버렸는데. 귀
엽다고 등을 쓰다듬어주기만 하고 자기가 찾는 딸인 줄을 모르
는 거야. 이오가 내가 당신이 찾는 딸이라고 말을 하면 할수록
이오의 목에선 소 울음소리만 나오는 거야. 흰 소가 된 이오는
발굽으로 땅에 글씨를 써서 겨우 자신이 이오임을 아버지에게
알려."

"슬픈 이야기군. 그런데 이오라는 여인과 바이올렛은 무슨 상
관이야?"

"제우스가 그래도 자신이 사랑했던 이오가 잡초를 뜯어먹는
게 가여웠던지 이오의 눈동자를 본뜬 꽃을 이오의 주변에 만발
하게 했어. 그게 흰 바이올렛이야. 이오의 눈동자라네. 가엾은
이오는 온갖 수난을 다 겪지. 이오니아해라는 바다 이름도 그녀
에게서 유래했다고 해. 암소로 변한 그녀가 건넌 바다라는 거
지. 제우스가 헤라와 화해한 다음에야 그녀는 비로소 인간의 모
습으로 돌아올 수 있었다고 해."

꽃박사라 불린 그의 동료는 계속해서 바이올렛에 얽힌 동서
양의 이야기들을 주워섬긴다.

"바이올렛의 보랏빛은 붉은 피가 말라붙어 바랜 색깔이야. 바
이올렛으로 목걸이를 만들어 성모마리아의 제단을 장식하기도
해. 예수가 십자가에 매달렸을 때 바이올렛 그림자가 십자가에

드리워졌기 때문이래. 기독교 교회의 장례에 보라색 옷을 입는 이유, 미망인의 보랏빛 수정…… 모두 바이올렛에서 얻어온 거야. 이 꽃은 몹시 까다롭지. 햇빛을 너무 많이 봐도 시들어버리고, 물 줄 때도 잎사귀와 꽃에는 안 닿게 들고 뿌리에만 줘야 해. 그런데 재미있는 건 잎사귀가 뿌리를 만든다는 거야. 잎사귀를 따서 물속에 담가놓으면 거기서 뿌리가 내리지."

수애가 꽃박사라고 불린 남자를 물끄러미 보고 있다. 누군가 꽃박사의 계속 이어지는 바이올렛에 대한 이야기를 제지시키며 그 남자에게 묻는다.

"그런데 바이올렛이 어쨌다는 거야?"

"아니, 지난번에 화원에서 바이올렛을 찍었거든. 그때 나를 도와줬던 사람이야."

"난 또…… 네놈이 무슨 사고를 쳤나보다 했지."

와자하게 들리는 소리들. 그녀는 주위 사람들 얘기 소리에 파묻혀 있다. 그때까지도 그녀에게 그 남자는 바이올렛을 찍으러 화원에 왔던 사진기자일 뿐이다. 그때까지도 그녀는 농원에서 일을 하느라 입고 있는 옷 여기저기에 흙과 먼지가 묻어 있는 것이 아무렇지도 않다. 낮의 땀냄새조차도. 여름 밤공기는 후텁하고 몸은 피로했다. 어서 기다란 방으로 돌아가서 샤워를 하고 그만 자고 싶을 뿐이다. 하지만 불과 십 분도 지나지 않아 그 남자는 그녀의 단조로운 기분을 깨워놓는다. 차 대신 맥주가 날라져오고 나서였을 것이다. 아니 좀더 정확히 말하자면 우리들의 만남을 위하여! 축배를 한 잔씩 들고 나서였을 것이다.

"나, 할말이 있어. 이런 말 하는 사람이 아니지만 솔직히 말하자면 지난번 그놈의 바이올렛 때문에 당신을 처음 봤을 때 내 가슴이 얼마나 뛰었는지 알아? 당신 내 카메라 앞에서 눈 내리깔고 있을 때, 이 세상에 저렇게 아름다운 눈썹도 있구나, 내내 생각했지. 내 마음 몰랐지요?"

갑작스런 그 남자의 고백에 좌중은 물속 같아진다. 수애조차도 거리에서 우연히 만난 사람과 얘기를 나누고 있다가 그 남자의 뜻밖의 고백에 그녀의 눈썹을 쳐다본다. 누구보다도 당황한 사람은 그녀이다. 갑자기 사방이 조용해지더니 모든 소리가 끊겨버린다. 맥주잔 부딪치는 소리도, 누군가 출입문을 열고 들어오는 소리도, 다른 자리 사람들의 목소리도, 그때껏 카페에 흘러나오고 있던 음악 소리도 그녀의 귓속에선 순간 끊겨버린다. 모든 것이 정지된 것처럼. 누군가 한마디 던져서 그의 말을 희석시켜줬으면 좋겠는데 아무도 그러질 않는다. 오히려 당황해서 얼굴이 붉어진 그녀에게, 저 저, 얼굴 붉어지는 것 좀 봐, 그들 중의 한 사람이 놀려대기까지 한다. 그 놀림을 피해보려고 그녀는 하아, 웃었지만 갑자기 모든 것이 서먹해지더니 방금 전까지도 마주보기 아무렇지 않던 그 남자의 얼굴을 맞바라보기가 창피해지는 것이었다. 부끄럽고 서먹해서 겨우 한다는 말이,

184

남자들은, 남자들은 마음을 먹으면 그렇게 할 수 있잖아요, 였다. 그녀는 자신이 내뱉어놓고도 무슨 뜻으로 그런 말을 했는지 알 도리가 없는데 좌중의 누군가 또 그럼 여자는 그럴 수 없나? 되묻기까지 한다. 그녀는 어물어물, 여자들은, 글쎄 여자들은…… 말을 이으려다가 얼굴이 붉어져서는 고개를 숙여버린다. 곧 화제는 다른 방향으로 흘러갔으나 휘둥그레진 그녀 마음은 쉽게 가라앉지 않는다. 하지만 정작 그 남자는 아무렇지도 않은 듯하다. 이따금 이마에 흘러내린 머리카락을 손가락으로 치켜올릴 뿐 그녀를 바라보지도 다른 말을 하지도 않는다. 무더위 속에서 그 남자도 온종일 사진을 찍으러 다니느라 피곤했는지 그저 맥주만 마시고 있다. 그녀, 이제야 그 남자를 살펴본다. 군데군데 닳아 해진 오래된 청바지에 짙은 감색 브이넥 셔츠를 입고 있다. 브이넥 위의 그의 목은 단단해 보인다. 약간 곱슬한 머리가 귀밑에 자유스럽게 내려와 있고 반팔 셔츠 밑으로 드러난 팔 또한 햇빛에 그을려 단단해 보인다. 그 남자가 화장실을 가느라 잠깐 자리를 비웠을 때 그의 동행 중의 대머리가 그녀 얼굴에 입김이 닿을 정도로 몸을 기울이고서 그녀에게 속삭인다.

 "저놈 말에 귀 기울이지 마십시오. 저놈에겐 당신만큼이나 예쁜 애인이 자그마치 셋이나 있소. 저놈은 누구에게나 다 그래요. 여자 킬러라니까요."

곧 화장실에서 돌아온 그 남자는 무표정하다. 언제 그녀에 대한 얘기를 했었냐는 듯. 그 남자뿐 아니라 불과 십여 분 전의 일이지만 지난번 그놈의 바이올렛 때문에 당신을 처음 봤을 때…… 그가 내뱉었던 말을 생각하고 있는 사람은 아무도 없는 것 같다. 합석은 했지만 서로들 다른 얘기를 하고 있다. 이따금 빈 맥주잔을 채워가며. 그녀는 자신의 몫으로 놓여 있는 맥주잔을 손에 들고 그 남자의 동료들이 나누는 얘기를 듣는다. 잡지 마감일이 다가온 듯 대개는 무슨 코너에 들어갈 사진은 마련이 되었다는 얘기, 들풀을 찍으러 가는 아마추어 동호인 모임에 동행하라는 얘기, 화보용 사진은 내일까지는 총마감을 시켜야 한다는 얘기들이 오간다. 수애도 거리에서 만난 남자와 그녀는 알지도 못하는 사람들의 안부를 주고받고 있다. 한 사람의 얘기가 끝나면 다른 사람의 얘기가 끌려나오고 또다른 사람의 이야기가 끌려나온다. 수애는 이따금 맥주잔을 기울이며 걔는 아직도 그러고 있느냐며 근심스런 얼굴이 되곤 한다.

그녀는 그 남자의 동료와 수애가 거리에서 만난 남자 사이에 끼여 어떤 대화에도 섞이지 못하고 있다. 그 남자가 화장실에 간 사이 그녀에게 몸을 기울여 저놈에겐 당신만큼이나 예쁜 애인이…… 했던 그 남자의 동료가 슬쩍 그녀를 훔쳐보기는 한다. 자신이 관찰당하고 있다는 걸 그녀는 눈치채지 못한다. 소용돌이 물살처럼 미처 무엇이라고 말할 수 없는 감정이 일렁거리는 마음을 자제하고 있는 것만으로도 그녀는 힘에 겹다. 이상한 하루다. 농원에 막 도착했을 때 눈 속으로 차오르던 수십 그루 가지마루의 푸른 잎사귀들이 떠올랐다가 가라앉는다. 고아들을 연상시키던 두 그루의 파파야 야자수와, 사람의 말을 알아듣는다던 상처투성이 얼굴의 고양이가 새끼를 가진 배를 바닥에 끌며 천변을 따라가던 모습도 떠오른다. 농원 주인 남자에 대한 수애의 뜻밖의 고백과 후야야 나당도. 사람들 속에 혼자가 되어 앉아 있는 그녀는 온종일 화원 안에 갇혀 있던 식물들 같다. 닫힌 화원을 열었을 때 누적되어 있던 열기를 내뿜던 식물들.

얼마나 지났을까.

거리에서 만났던 남자가 수애를 향해 이제 그만 가봐야 한다며 일어선다. 종로에서 누군가와 약속이 있는 모양이다. 그 만나는 사람이 수애도 아는 사람인지 남자는 수애에게 함께 가지 않겠느냐고 묻는다. 반가워할 거라고. 수애는 또 그녀를 쳐다본다. 그녀는 그러라고 한다. 나는 그냥 집에 갈게, 덧붙인다. 말할 수 없는 피로가 몰려오기도 하고 어서 기다란 방으로 돌아가 머리를 감고 몸을 씻고 손톱을 깎고 싶기도 하다. 그들이 일어서자 그 남자의 동료들도 일어선다. 그 남자만 일어서지 않고 앉은 채로 그녀가 반쯤 마시다 놓아둔 맥주잔을 보고 있다. 그 남자는 그녀 앞에 놓여 있던 맥주잔을 들어 남은 맥주를 단숨에 들이켜고는 일어서서 카운터로 가서 계산을 한다. 수애가 거

들려고 다가가나 그 남자는 수애를 만류하며 계산을 혼자 다 한다. 처음 만났는데 폐가 되었네요, 라고 말하는 수애를 향해 별일 아니라는 듯한 표정을 짓고 있는 그 남자. 무더운 여름 밤거리. 핫팬츠 차림의 여자들이 손으로 부채질을 하며 가로수 밑을 지나간다.

카페 앞에서 각자 작별인사들을 할 때이다.

그 남자가 자연스럽게 손을 뻗어 그녀의 팔에 내려놓는다. 이 여름밤 순간적으로 그녀의 팔 위에 소름이 오소소 돋는다.

"추운가보군."

그 남자가 그녀의 팔을 쓸어내리는 통에 오소소 돋았던 소름들이 그의 손바닥에 쓸려진다.

그 짧은 순간 그녀는 울 뻔한다. 그 울 뻔한 마음이 무엇이었는지 그녀는 당장에는 알지 못한다. 왁자한 여름 밤거리의 네온 빛 속에서 그녀의 팔을 쓸어내리고 있는 그를 수애가 야릇하다는 듯 바라봤을 뿐이다. 그가 화장실에 갔을 때 그녀에게 몸을 기울여 여자 킬러라니까요, 했던 그의 동료가 알 듯 말 듯 한 웃음을 흘리는 걸 그녀가 보았을 뿐이다. 그들은 그렇게 헤어진다. 그와 그의 동료들은 구세군회관 쪽으로 수애와 남자는 종로 쪽으로 그녀는 세종문화회관 분수대 쪽으로. 분수대 주변에 사람들이 붐빈다. 나무 밑 벤치엔 빈자리가 없다. 대학생으로 보이는 청년들이 손에 캔맥주를 들고 그냥 바닥에 앉아 있기도 하고 저만큼 다른 자리에 서넛이 앉아 있는 여자들 속에서 웃음이 터져나오기도 한다. 높은 빌딩 안의 연수원에서 온종일 연수를 받고 나온 듯싶은 남자가 홀로 가방을 무릎에 얹어놓고 팔짱을 낀 채 분수를 쳐다보고 있기도 하다. 붐비는 사람들 사이를 홀로 걸어가던 그녀가 여름 밤하늘을 향해 솟아오르고 있는 물방울들을 흘깃 쳐다보았을 때다. 누군가 그녀의 팔을 붙잡는다. 다시 돌아온 걸까? 그 남자다.

"혼자 가는 것 같아 돌아왔소."

이때까지도 그녀의 그 남자를 향한 욕망은 잠잠했던 것 같다. 피로한 눈을 뜨고, 혼자 가는데 그가 왜 돌아왔는지 의아한 듯 그 남자를 보고 있다.

"맥주 한잔 더 하겠소?"

"아니요."

그녀는 고개를 젓는다. 단박에 거절한 것이 미안해진 그녀가 좀 노곤하군요, 덧붙인다. 오늘은 일이 아주 많은 날이었어요, 라고.

"그러면 저기 잠깐만 앉았다 갑시다."

그 남자가 가리킨 저기는 분수대 옆 나무 벤치다. 한여름밤인데도 한몸인 듯 바싹 붙어 앉아 있던 남녀 한 쌍이 막 일어나고 있다. 그 남자가 성큼 걸어가 벤치에 먼저 앉는다. 그냥 서 있는 그녀를 향해 그 남자가 이리 와봐요, 손짓한다. 그녀가 멈칫거리자, 이리 와보라니까요, 다시 한번 말한다. 그녀, 그 남자 곁으로 다가가 그 곁에 앉는다.

"왜 사진은 찾으러 오지 않소?"

사진?

"인화해놨으니 원하면 언제든지 주겠소."

그후론 그 남자는 말이 없다. 움직임조차도 없다. 간혹 깊은 숨을 내쉴 뿐이다. 무엇을 바라보고 있는 것 같지도 않은 그 남자는 공허해 보인다. 얼마나 지났을까. 그만 가야겠어요, 일어서는 그녀의 손을 그 남자가 붙잡는다.

"당신, 사랑해도 되겠소?"

불쑥 묻는 그 남자의 목소리 속에 방금 전까지 쏴아, 하니 들리던 분수대에서 떨어지는 물소리가 뚝 끊기고 대신 자동차의 클랙슨 소리가 끼어든다. 누구나 이런 말을 서슴없이 할 수 있는 것은 아니다. 무엇에도 억압받아본 적이 없는 사람만이 내뱉는 능란한 말투. 앞뒤 맥락 없는 그녀를 향한 그 남자의 말투에 반응을 보인 사람은 그녀가 아니라 옆 벤치에 앉아 있던 남자와 여자들이다. 그녀가 뭐라고 대답할까 궁금한 모양이다.

그 남자는 그녀의 손을 놓고 벤치에서 일어난다.

"언제 바다에나 한번 같이 갑시다."

그 남자는 허리를 낮춰 그녀의 뺨에 입맞춤을 하더니 분수대를 지나 성큼성큼 걸어간다. 한순간의 일이다. 얼마 동안 그녀는 그 자리에 서 있다. 밤거리의 사람들과 네온 빛에 섞여 그 남자가 시야에서 사라진다. 너무나 피로한 탓일까. 옆 벤치에 앉아 있던 사람들이 자신을 구경하고 있는 것도 그녀는 알지 못하는 것 같다. 다만 지금, 그녀는 그 남자의 입술이 닿았던 뺨을 손바닥으로 훔쳐내고는 고개를 숙인 채 터벅터벅 발걸음을 옮겨놓는다. 지하도를 건너 기다란 방으로 돌아가는 도중에 그녀는 한 걸음도 더 옮길 수 없는 피로에 밀려 박물관 건너편 버스 정류장에서 104번 버스를 탄다. 버스는 텅 비어 있으나 그녀는 앉지 않는다. 감당할 수 없는 피로 때문에 앉고 나면 못 일어날 것 같다. 그때까지만 해도 그녀는 지금 자신의 마음 안에서 어떤 일들이 형성되고 있는지 전혀 알지 못하는 눈치다.

은행나무 밑의 버스 정류장에서 내려 길을 건널 때 기다란 방 주인 여자가 문을 드르륵 밀고 나와 거리로 뛰어가는 것을 보면서도 그녀는 다른 생각을 가질 수가 없다. 기다란 방 주인 여자는 어둠 속에서 두 손바닥으로 얼굴을 감싸고 있다. 뒤이어 주인 여자의 큰딸이 엄마, 소리쳐 부르며 뒤를 따라간다. 그녀가 기다란 방으로 올라가는 계단 위로 막 첫발을 내디디려는데 이번엔 주인 남자가 뛰어나온다. 주인 여자와 딸을 쫓아가는 모양이다. 남자는 맨발이고 뭔가 화가 잔뜩 나서 현관 앞에 쌓여 있는 상들을 발로 걷어차며 뛰고 있다. 상들이 와르르 무너지고 안채에 남은 아이들이 악을 쓰며 울고 있다. 아이들의 울음소리

를 귓결로 들으며 그녀는 샤워를 한다. 머리를 감고 목욕 타월
에 비누를 묻혀 등과 종아리를 씻는다. 얼굴에 로션을 바르고
손톱을 깎다가 그녀는 무슨 생각을 했는지 맨방바닥에 귀를 대
고 엎드린다. 귀를 기울이고 있는 자세다. 언젠가 하굣길에 무
덤 앞에 그녀를 데리고 가 이렇게 귀를 기울이게 하던 여자애가
있었다고 그녀는 추억한다. 정말 야릇한 하루다. 농원의 천변에
서 처음 떠오른 여자애는 내내 그녀에게 따라붙어 있다. 이젠
기억 속에서도 희미해진 그 여자애가. 귀를 기울이는 자세로 맨
방바닥에 엎드려 있던 그녀는 어느덧 스르륵 잠 속으로 빠져든
다. 젖은 머리가 채 마르기도 전이다.

9. 그가 그녀의 몸속에서

그녀는 의자 위에서 몸을 약간 기울어지게 해본다.

처음엔 그녀 혼자 창 쪽을 물끄러미 바라보며 거기 앉아 있었다. 그러다가 빗소리와 함께 차차 그 남자가 느껴졌다. 아니다. 그렇게 늦게는 아니다. 지난밤 곧바로 잠이 들었던 그녀는 자정이 지나 잠이 깬 이후 줄곧 가수면 상태 속에 있었다. 정신이 조금 말개진 상태에서는 방문 밖의 좁은 계단의 발소리에 귀를 기울이곤 했다. 수애가 돌아오지 않고 있었기에. 어지러운 꿈을 번갈아 꾸다가 새벽녘이 다 되어 겨우 다시 잠 속으로 미끄러져 들어간 그녀는 그 잠을 계속 잇지 못하고 동이 트기도 전에 다시 잠에서 떠밀렸다. 눈이 떠졌을 때, 그때 그 남자의 얼굴이 바로 눈앞에서 그녀를 그윽이 내려다보는 것 같았다.

이제 일어났니?

그 남자는 가만 웃는 것도 같았다. 마치 그녀가 잠 깨기를 기다리고 있었다는 듯. 그녀는 그 환영을 외면하기 위해 눈을 질끈 감았고, 그래서 그 남자는 잠시 사라진 듯했다. 그러나 사라진 게 아니라 그 남자가 먼저 창가의 의자로 가 앉아 있었을까? 다시 든 잠…… 눈을 뜨자마자 그 남자의 얼굴이 또다시 떠올랐을 때에야 그녀는 소스라치게 놀라 아예 일어나 앉았다. 왜 그 남자가? 허둥거리며 그녀가 의자로 몸을 옮겼을 때 그녀는 의자가 아닌 그 남자의 무릎에 앉는 듯한 기분이 들었다.

비가 오는구나.

괜히 무안해서 그저 말이 나오는 대로 중얼거리는데, 그녀 뺨이 입술보다 실룩거린다. 비라든가 바람이라든가 하늘 같은 것에 너무나 예민한 자신이 순간 못마땅해서다. 방금 그런 자신을 못마땅해했던 그 순간만, 잠 깨고 난 뒤 처음으로 그녀는 그 남자를 잊었다. 그래서 설령 그 남자가 의자에 먼저 앉아 있었다고 해도 그때 그 남자는 그녀로부터 멀어졌다. 그러다가 그 남자는 조금씩 가까이 오더니, 다 와서는 창 쪽을 향해 앉아 있는 그녀를 물끄러미 내려다보더니, 그녀 속으로 쏙 들어와버렸다. 아무도 보는 사람이 없는데 그녀는 확 열이 올라 얼굴이 붉어진다. 창피해서 눈물까지 글썽여진다. 열이 가라앉으라고 붉어진 얼굴을 찬 손바닥으로 문지르는데 열은 오히려 이마까지 확 퍼진다. 그래서 그녀는 방금, 그 남자를 어떻게 해서든 그녀 밖으로 내몰아보려고 몸을 기울어지게 해보았던 것이다.

그러나 그 남자는 나가지 않고 그녀 몸속에서 함께 기울어진다. 기울어지면서 손가락을 동그랗게 모아 그녀 빰을 기타줄처럼 퉁긴다. 팅팅팅. 그녀 빰이 그의 뜻대로 퉁겨진다. 깜짝 놀란 그녀는 의자 위에서 일어서다가 넘어진다. 그녀는, 자신을 바라보듯 넘어진 의자를 잠깐 물끄러미 보더니, 냉장고 덮개 주머니 속을 뒤적거린다. 창틀과 냉장고 위에서 자라고 있던 허브 잎사귀들이 덮개 주머니 속을 뒤적거리는 그녀를 바라본다.

물이 범람하듯 하룻밤 사이에 그녀의 의식 속으로 진입해버린 그 남자. 그 남자로 인해 허둥거리고 있는 그녀.

그녀는 잠시 멈춰 서서 텅 비어 있는 미닫이 건너편의 수애의 잠자리를 물끄러미 쳐다본다. 종내 수애는 지난밤 그들의 기다란 방으로 돌아오지 않았다. 새벽녘에야 수애는 전화를 걸어왔다. 어젯밤, 너무나 오랜만에 옛날에 알던 사람들을 만나 밤새워 놀았다고, 금방 들어가야지, 했는데 날이 새버렸다고, 전화를 걸고 있는 장소는 해장국집이라고 했다. 수애는 그대로 화원으로 나가겠다고 했다. 아무래도 오늘은 농원엘 못 갈 것 같다고.

그녀는 냉장고 덮개 주머니 속에서 수영장 티켓과 사물함 열쇠를 찾아내자, 그걸 들고 거리의 빗속으로 뛰어든다. 비가 내리는데 우산을 챙길 생각도 하지 않는다. 확 열을 받았던 그녀의 이마와 눈썹과 뺨, 그리고 목과 어깨와 팔뚝, 허리와 엉덩이와 종아리와 복사뼈에 빗방울이 속속 파고든다. 차가운 빗방울에 열은 씻겨내려갔지만 그녀는 이제 간지러운 빗방울 때문에 눈물이 날 지경이다.

그 남자가 어떻게 해서 이렇게 내 속으로 들어와버렸지?

그녀는 팔을 뻗어 손바닥으로 은행나무 둥치를 훑으며 뛰기 시작한다.

어제 라 뮤즈에서 재회했을 때까지만 해도 잘 알아보지도 못했던 그 남자가 어떻게 이렇게 하룻밤 사이에?

푸른 은행잎들 사이로 흘러든 빗방울이 그녀의 머리와 얼굴을 적신다.

그녀는 자신의 살갗을 통과해 비까지도 함께 맞고 있는 그녀 속의 그를 다시 느낀다. 불안이 와와, 하고 솟아난다. 빗속을 찰박찰박 뛸 때마다 불안도 자꾸만 와아 와아 와아, 솟아나서 잔 올챙이들처럼 와글거린다. 빗속의 골목을 뛰어 수영장에 도착한 그녀는 여자 로커룸의 문을 드르륵 밀고 안으로 들어선다. 흰색 셔츠와 청색 반바지가 비에 젖어 몸에 착 달라붙어 있다. 그녀는 젖은 옷을 벗어 옷걸이에 걸어두고 샤워장으로 들어가 젖은 몸을 씻어낸 뒤 수영복으로 갈아입는다. 수영장으로 통하는 문에 들어서자마자 흰색 수영모자 위에 걸쳐두었던 물안경

196

을 끄집어내려 눈을 덮는다. 수영장 안은 한 꺼풀 어두워진다.

비가 와서일까?

이른 새벽이라고 해도 다른 날엔 몇 사람씩 첨벙 다이빙까지 하는 사람들이 있었는데 저쪽 풀에 한 남자, 그리고 이쪽 풀에 그녀, 헤엄을 치는 사람은 두 사람뿐이다. 그녀는 무릎을 구부려 물속에 온몸을 담갔다가 팔짝 일어서는 시늉을 서너 번 해본다. 저쪽 풀에서 두 손을 앞으로 뻗어 접영을 하고 있는 남자의 큰 몸짓은 눈앞의 닭을 채가려는 솔개처럼 활달해서, 그 남자가 있는 주변 물살은 여러 각도로 활기차게 갈라지다가 튀어오른다. 그녀는 수영장 속의 남자가 반대편으로 멀어지기를 기다렸다가 쇠사다리를 타고 물속으로 내려선다. 푸른색과 흰색 타일이 깔려 있는 수영장 바닥으로 인해 물은 말할 수 없이 푸르러 보인다. 그녀는 시원한 물속에 몸을 담그고 잠시 서 있다. 살갗은 물의 차가움을 분명하게 받아들인다. 지금 이 순간만은 이 물의 차가움보다 더 확실한 건 없는 것 같다. 돌연 그녀는 물속에 얼굴을 담그고 그대로 물 밑바닥으로 가라앉는다. 뭔가를 피해서 몸을 숨기듯이.

얼마 후 다시 물위로 떠오른 그녀.

그녀는 물위에 몸을 대고 두 발끝을 찰박거리며 팔을 내저어간다. 물위에 엎드려 있던 그녀는 자세를 뒤집어 물위에 눕는다. 누워서 팔을 휘저어간다. 수영장 천장 가까이에 보자기만한 창문들과 그 사이 커다란 정사각형 환기통으로 바깥 하늘이 내다보인다. 여전히 빗방울. 빗속을 달음박질해 수영장에 도착해서, 여자 로커룸 문을 그녀가 드르륵 밀었을 때, 차마 여자 로커룸까지는 따라 들어올 수 없었는지, 그녀에게서 떨어져나간 듯했던 그 남자가, 물위에 누워 규칙적으로 팔로 물을 가르는 그녀를, 빗방울이 섞인 바깥 하늘에 달라붙어 물끄러미 바라본다. 그녀는 당황해서 날숨을 쉬어야 할 차례에 들숨을 쉬어, 콧속으로 물방울이 쭈르륵 딸려들어간다. 그녀는 뉘었던 몸을 다시 뒤집어 개구리가 되어 그에게서 펄쩍 도망친다. 코로 들어간 물이 망치로 때린 것처럼 머릿속을 찡하게 한다. 괴로워서 풀 벽에 올챙이처럼 달라붙어 숨을 크게 몰아쉬고 있는데, 저쪽 풀에서 펄쩍 튀어나온 남자가 그녀 숨을 가로질러 남자 로커룸 쪽으로 성큼성큼 걸어간다. 멀어질수록 물이 흐르는 남자의 머리가 안 보이더니, 허리가 안 보이더니, 이제는 다리만 보인다. 하얀 남자. 남자의 종아리와 허벅지는 근육질이면서도 하얘서 털만이 까맣다. 어쩐지 얼굴은 없이 남자의 그 다리만 다시 확 돌아설 것 같은 환영에 그녀는 재빨리 남자의 다리에서 시선을 떼고 다시 물속에 납작하게 엎드린다.

어제 그를 만난 건 우연이었다.

거리, 어둠이 내리고 있던 어제의 거리.

그녀는 다시 물을 헤치고 팔을 내젓는다. 기억할 수 없는 어느 날인가의 만남. 기억 속에서조차 사라져버린 그 남자와의 첫 만남. 지금 그녀에겐 어제만이 살아 있다. 어제, 나는 소매가 없는 자줏빛 실크 블라우스에 흰 물방울이 그려진 연둣빛 치마를 입고 있었다, 고 생각하다가 그녀는 물속에서 고개를 젓는다. 아니야. 어제 나는 흔하디흔한 흰 셔츠와 청색 바지를 입고 있었어. 그녀는 물속에서 슬퍼진다. 사실마저도 왜곡하고 들어오는 그 남자에 대한 생각. 자줏빛 실크 블라우스와 흰 물방울이 그려진 연둣빛 치마는 갖고 있지도 않은데. 어쨌거나 그녀는 어제 그 남자와 재회하기 이전의 시간과 어제 그 남자와 재회한 이후의 시간에 대해 분명히 금을 긋는다. 그건 분명히 서로 다른 느낌이다. 그녀는 물속에서 왼손으로 오른팔을 쓸어내려본다. 어제 그 남자가 그녀의 팔을 만졌을 때 순간적으로 생겼던 좁쌀 같은 소름.

그가 그 좁쌀같이 수두룩이 돋아난 소름을 매만졌던 것이다.

사진기자인 그.
그가 어떤 사진들을 찍는지 그녀는 모른다.
그녀는 물속에서 그 남자를 처음 만났던 날의 기억을 떠올려본다. 틈만 나면 화원 유리창을 물걸레질하고, 거의 삼십 분마다 한 번씩 화원 앞 길목에 물을 뿌렸던 날이었나, 아니면 소나기가 긋고 가던 날이었나. 농원 주인 남자는 농원 청년을 통해 전화로 그 남자를 소개하면서 그 남자가 하고자 하는 일을 도와주라고 했었다. 그 남자가 하고자 하는 일이 무슨 일인지를 몰라서, 그 남자가 무슨 지시를 내려주기만 기다렸던 시간들. 그 남자의 손에 들려 있던 카메라. 어느 순간 잠깐만, 하면서 눈을 내리깐 자신을 그대로 서 있게 하고 셔터를 눌러대었던 그 남자.

그녀는 후후, 숨을 몰아쉬며 다시 물위에 드러눕는다.

어제 라 뮤즈에서 차 대신 맥주가 날라져오고 나서 갑자기 그녀를 향해 그 남자가 뱉어냈던 말. 나, 할말이 있어. 이런 말 하는 사람이 아니지만 솔직히 말하자면 지난번 그놈의 바이올렛 때문에 당신을 처음 봤을 때 내 가슴이 얼마나 뛰었는지 알아? 당신 내 카메라 앞에서 눈 내리깔고 있을 때, 이 세상에 저렇게 아름다운 눈썹도 있구나, 내내 생각했지. 내 마음 몰랐지요? 갑자기 사방이 조용해지더니 모든 소리가 끊겨버린 것 같았던 그 순간. 카페에 흘러나오고 있던 음악 소리도 그녀의 귓속에선 순간 끊겨버렸던 그 순간.

그녀는 힘껏 물위의 팔을 내젓는다. 뒤섞여 떠오르는 상념들을 밀어내버리려는 듯.

바이올렛이 어떤 것이오? 무뚝뚝하게 묻던 그 남자의 목소리. 그녀가 구석에 있는 바이올렛 화분을 그 앞에 내려놓았을 때 이마를 찡그리던 그 남자. 이게 바이올렛이란 말이오? 마치 바이올렛은 다른 것인데 그녀가 잘못 가져오기라도 한 듯이 소리까지 질렀던 그 남자.

하지만 어떤 의미도 남기지 못하고 스쳐지나갔던 그 남자가 팔을 내젓는 그녀의 기억 속에서 다시 재생되기 시작한다.

화원 진열대 위에 올려놓고 혹은 화원 바깥 보도 위에 바이올렛을 내려놓고 계속 셔터를 눌러대던 그 남자. 그는 계속 중얼거렸지. 이 꽃이 뭐가 예쁘다는 거지? 이런 순 엉터리. 그녀와 눈이 마주쳤을 때 당신도 이 꽃이 좋소? 따지듯이 묻던 그 남자의 목소리. 아, 글쎄 초등학교 여선생들이 가장 좋아하는 꽃을 조사했는데 이 바이올렛이라지 뭐요? 보기나 했는지? 이름만 듣고 그러는 건 아닌지? 아니 이 꽃을 어떻게 표지로 하지? 꽃 생긴 건 생각도 않고 내 사진 탓만 할 거 아냐! 생각만 해도 화가 나서 못 견디겠는지 투덜거리면서도 바이올렛을 이렇게도 찍어보고 저렇게도 찍어보던 그 남자. 당신, 사진 받고 싶으면 여기로 연락해요. 필름을 세 통이나 소비하고 나서 그 남자가 그녀에게 내밀었던 명함.

그녀는 그 순간 물속에서 얼굴을 쳐든다.

명함?

화원 어딘가에 그의 명함이 있을 것이다.

그녀는 마음이 다급해져 물속에서 튀어나온다.

수영장에서 나와 그녀가 다시 빗속으로 나서려고 할 때, 비맞지 마, 그 남자가 나직이 속삭인다. 찬비야, 감기 들 거야. 그녀는 처마 밑에 우두커니 서 있다. 내내 그녀 속에서 일렁이던 관능은 이제 차가워져 있다. 그녀 속의 그 남자가 그녀의 뺨을 만지려고 하거나, 그녀의 이마에 쏟아져내려와 있는 앞 머리카락을 쓸어올리려고 하지는 않는다. 그 남자는 다만 물끄러미 그녀가 바라보는 곳을 함께 바라보며 비를 맞아서는 안 된다고, 샤워를 끝낸 뒤라 찬비를 맞으면 감기 들 거라고 걱정해주고 있다.

그녀는 가판대의 차양 밑으로 뛰어든다.

그녀가 숨차하며 비닐우산을 손가락으로 가리키자, 신문을 만지작거리던 가판대 주인은 많은 비닐우산 중의 한 개를 꺼내주며 그녀 손의 돈을 가져간다. 그녀가 펼쳐든 파란 비닐우산 위로 빗방울이 투닥투닥 떨어진다. 새벽에 거리로 뛰어나올 때의 여자와 지금 차분히 비닐우산을 받쳐들고 걸어가고 있는 이 여자가, 분명히 한 여자인가? 두 얼굴은 너무나 다르다.

어젯밤, 그녀는 화원을 향해 빗속을 걸으면서 어젯밤, 어젯밤……이라고 웅얼거린다.

그가 자연스럽게 손을 뻗어 그녀의 팔 위에 내려놓았을 때 오소소하게 돋았던 소름들. 추운가보군, 그가 그녀의 팔을 쓸어내렸을 때 그 짧은 순간 울 뻔했던 마음이 무엇이었는지를 그녀는 지금 빗속에서 깨닫고 있다. 다른 날 같으면 하나 둘 셋…… 마흔쯤은 세어야 보일 천장이 눈을 뜨자마자 보였던 오늘 새벽부터 지금까지 자신을 쫓아다니고 있는 그 남자의 환영. 천장에 얼굴이 하나 있었다. 바로 그 남자의 얼굴이었다. 잠자는 내 얼굴을 바라보고 있었나? 그녀는 이불을 당겨 목까지 덮었다. 와아, 슬픔이 솟구치더니, 그 솟구침이 가라앉는 데 한참이 걸리더니 아아, 어쩌는가, 그때부터 계속 그녀 곁에 따라붙는 그의 환영.

그녀는 기다란 방에서 수영장에 가기 위해 빗속을 뛰었을 때처럼 비닐우산을 든 채로 다시 뛰기 시작한다. 거리를 가로수를 건물을 휙휙 스쳐지나간다. 출근하는 사람들 사이를 그녀는 휙휙 스쳐지나간다. 마치 그 남자의 환영을 털어내려는 듯이.

화원 문은 벌써 열려 있다.

푸른 물통 속에 새 백합들이 가득이다. 새벽에 해장국집이라고 하더니 해장국집에서 꽃 도매시장에 갔다 왔다는 뜻이다. 그녀가 숨차하며 화원 안으로 들어서자 앞치마를 입은 채 바닥에 물을 뿌리고 있던 수애가 그녀를 쳐다본다.

"어젯밤 못 들어가서 미안해."

수애는 밤을 새운 사람답지 않게 해맑다. 그녀는 수애의 말을 뒤로하고 철제 책상 밑에서 명함통을 찾아내 책상 위에 올려놓고 뒤적거린다.

"뭘 찾아?"

"……"

"뭘 찾느냐구?"

"명함……"

"누구 것?"

"……"

"어젯밤 그 남자 것?"

수애는 그 남자 안 되겠던데, 순 바람둥이 같았어…… 장난스럽게 소리치며 물이 흘러나오고 있는 호스를 그녀의 종아리에 갖다댄다. 그녀가 별 반응이 없자 수애는 콧노래를 부르며 백합이 들어 있는 푸른 물통에 물을 더 채우고는 수도꼭지를 잠그러 간다. 그녀는 수많은 명함 사이에서 그의 명함을 찾아내 이름을 본다. 월간 원예지 『꽃세상』 사진기자인 그 남자. 그녀는 그의 명함을 수첩에 끼워넣는다.

그녀가 오전에 한 일이라곤 푸른 물통 속의 백합을 오래 바라다본 것뿐이다. 비가 멈춘 뒤로도 그녀는 그러고 있다. 이따금 수애가 염려스럽게 그녀를 쳐다보곤 한다. 가까이 다가와서 어디 아파? 물어본다. 고개를 젓는 그녀. 수애는 고갤 갸웃하며 그런데 왜 그래? 다시 묻는다. 그저 수애를 빤히 보기만 할 뿐인 그녀인지라 그만 할말이 없어진 수애는 고갤 갸웃거린다. 너무 오래 들여다봐서 백합의 흰색이 그녀의 눈을 되찔러올 지경이면 그녀는 눈을 질끈 감는다. 바로 눈앞이 한없이 멀어지면서 그녀는 어느 하얀 공동 속으로 미끄러져 들어가는 것 같은 기분이다.

좁다란 통로에까지 들여다놓았던 벤자민, 소철, 난 화분 들을 다시 바깥으로 내놓다가 그녀는 그만 넘어져서 무릎이 깨진다. 순식간이다. 붉은 핏방울이 피부를 뚫고 올라와 이슬처럼 알알이 맺힌다. 어디에 숨어 있던 햇살인가? 하늘에서 쏟아진 부신 햇살이 그녀 무릎에 맺힌 핏방울 위에 넘실거린다.

"무슨 걱정거리라도 있어?"

무릎에 연고를 바르고 밴드를 붙이다가 말고 다시 우두커니 백합을 바라보고 있는 그녀의 어깨를 수애가 툭툭 건드린다. 떼를 쓰는 어린애를 달래는 듯한 투. 걱정거리가 없다는 뜻으로 고개를 가로젓는데 뇌 속의 모든 것이 출렁거리며 한쪽으로 쏠려가는 듯한 편두통이 느껴진다.

"그렇지 않아. 너, 오늘 이상해. 도대체 무슨 생각을 그렇게 골똘히 하는 거지? 보고 있으면 어디 아픈 사람 같단 말야. 몸만 여기 앉아 있고 정신은 다른 데 있는 것 같다구. 도대체 무슨 일이야? 어제 무슨 일 있었어? 얼굴 좀 봐. 얼마나 하얗게 질려 있는지 알아? 도대체 무슨 일이야, 응?"

"……"

"이애, 정신 좀 차리라니깐!"

"머리가 좀 아파 그래."

"머리가?"

"응…… 너무나 아파. 아무 생각도 할 수가 없어. 공중에 붕
떠 있는 것만 같아. 나 좀 쉴게. 바깥 좀 걸어다니다 올게."

"걸어다니는 걸로 되겠어? 약을 먹든지, 아님 병원엘 가보든
지 해야 되는 거 아니야?"

"바람을 쐬면 괜찮아질 것 같아."

순하게, 그럼 그렇게 하라는 수애의 꽃그늘 진 목덜미를 잠깐
바라보다가 그녀는 화원을 나온다.

아아아.

비가 그친 후, 맞은편 빵집 유리창에 쏟아지는 햇살이 저절로
탄성을 지르게 할 만큼 눈부시다.

"엄마, 무지개야."

단발머리 소녀가 앞서 가는 엄마 손을 끌어당겨 하늘을 보게
한다. 새로 빵을 구워서 배달 나온 청년까지 어깨에 빵통을 짊어
진 채로 하아, 진짜 무지개네, 탄성을 질러서 그녀도 이마에 손
을 짚고 하늘을 쳐다본다. 하늘이 그대로 쏟아져서, 푸른 물을
확, 그녀 얼굴에 덮어씌우는 것 같다. 정말 무지개네. 믿어지지
않는다는 듯 눈을 깜박거리던 그녀의 눈에 눈물이 글썽인다. 가
슴이 싸르륵 쓰려온다. 따라갈 수 없는 서러움. 닮아볼 수 없
는 안타까움. 먼, 멀디먼 그리움. 그녀는 방향도 없이 공허하게

앞을 향해 걷는다.

거리, 어느 고등학교가 있던 자리, 지금은 미술관이 들어선 자리에서 그녀는 걸음을 멈추고, 미술관 뜰을 넘겨다본다. 석조계단이 끝나는 공터에서는 새 건물 신축공사가 한창이다. 땅을 파먹은 포클레인이 입 벌린 공룡처럼 우뚝 버티고 서 있다. 그녀는 그 공룡의 입속으로 빨려들어가는 듯 힘없이 미술관 뜰로 걸음을 옮기다가 주저앉는다. 괴어 있던 빗물이 금방 그녀 치마를 적셔온다. 그녀는 개의치 않고 그대로 주저앉는다.

저만큼, 붉은 모자를 쓴 공사장의 인부들이 노란색 철책에 기대어 담배를 피우고 있다. 담배를 피우면서 미술관 공터에서 배드민턴을 치고 있는 여자 둘을 바라보고 있다. 배드민턴 채를 여기까지 일부러 들고 나온 것일까? 무릎 위까지 올라간, 아주 타이트한, 짧은 진 치마 아래로 두 여자의 다리가 바삐 움직이고 있다. 그 여자들의 움직임만 없으면 근처의 모든 것, 심지어는 미술관까지 한 장의 그림 속 풍경 같았을 것이다.

그 풍경 속으로 스스로 끼어든 그녀는 힘껏 몸을 일으켜서 나무 밑으로 가 쪼그리고 앉는다. 경쾌한 하얀 다리들. 그녀는 거기 무릎을 싸안고 앉아서 붉은 모자를 쓴 인부들처럼 배드민턴 치는 여자들을 바라본다. 공중에서, 참새처럼 날아다니는 하얀 공이나, 그녀들의 머릿결이나 얼굴이나 가슴은 보지 않고, 힘차게 움직이는 다리들만 눈을 가느스름하게 뜨고 바라본다.

"울지 마."

어느새 그녀 곁에 와 앉아 있는 그 남자가 나직이 속삭였을 때야, 그녀는 자신이 배드민턴 치는 여자들을 바라보면서 울고 있었다는 걸 깨닫는다.

"저리 가세요."

그녀는 그 남자를 밀어내는 시늉으로 몸을 옆으로 비키려다, 내가 왜 이러지? 가슴이 철렁 내려앉는다. 울지 마, 속삭였던 그 남자 목소리가 너무 생생해서 뒤돌아봤지만, 그 남자는 없다. 나뭇잎들만 출렁거리면서 저희들 몸 위에 쌓인 빗물을 떨어내고 있다.

배드민턴 치는 여자들의 날씬한 다리는, 물고기들이 물살을 차내듯이 미술관 뜰의 잔모래들을 사삭, 차내며 명랑하게 움직인다. 바닥에 떨어진 공을 주울 때 짧은 진 치마는 더욱 아슬히 올라간다. 어쩌면 엉덩이가 보일 듯하다. 그녀는 지레 가슴이 설레어서 얼른 공사장의 인부들을 바라본다.

"저년, 여우 같은 년들!"

"우리가 보고 있다는 걸 알고 더 그러는 거야!"

"귀엽잖아, 놔둬! 우리 같은 처지에 돈 안 내고 어디 가서 공짜로 저런 구경을 하겠나? 아, 나는 피로가 다 풀리네그래!"

"밝히기는."

"뭐, 눈으로 바라보기만 해도?"

그녀는 더 듣고 앉아 있을 수가 없어 일어선다. 인부 중의 한 사람이 담배를 땅바닥에 내리꽂으며 그녀 쪽을 쳐다본다. 그녀는 그 눈길에 황황해져 치맛자락을 여미며 성큼 인도로 내려선다.

그는 사진기자다.

그녀는 그를 처음 만났을 때처럼 눈을 내리깔면서 살포시 웃는다.

그는 사진기자다.

그녀는 얼굴을 하늘로 향하고 목을 젖혀보기도 한다.

그는 사진기자다.

그녀는 엉덩이를 뒤로 빼며 수족관을 들여다본다.

그는 사진기자다.

그녀는 영화관 앞에 멈춰 서서 예쁜 여배우가 관자놀이에 총부리를 대고 있는 스틸을 구경한다.

그녀는 자신이 멈출 때마다 그 남자가 사진을 찍는 듯했고, 그래서 그녀의 산보는 다소 포즈를 취하는 듯해 부자연스럽다.

그녀가 지금 움직이지 않고 서 있는 자리는 그 남자의 명함 속에 적힌 빌딩 맞은편이다. 그녀 속에서 그녀와 함께 숨을 쉬던 그 남자가, 정작 진짜 그 남자가 있는 빌딩 앞에서 그녀가 걸음을 멈추자, 재빠르게 달아난다. 그 남자가 빠져나가버리고 혼자 남아 그녀는 오랫동안 빌딩을 바라보고 서 있다. 그녀는 거기 서 있으면서 자신이 지금 뭘 하고 싶은지를 알아냈지만, 곧 포기한다. 전화를 한다면 그 남자는 나를 멸시할 것이야. 그 생각 속으로 다시 복받쳐오르는 불안 때문에, 커다란 유리창이 있는 카페로 들어가는 그녀의 뒷모습은 금방 쓰러질 듯 맥이 빠져 있다. 바깥에서 오랫동안 바라보았던 곳에 자리를 잡고, 그녀는 폭삭 무너진다. 커피가 날라져올 때, 음악이 바뀐다. 그녀는 그 자리에 무너져 처음으로 빌딩만 바라보던 눈길을 찻집 구석에 매달려 있는 스피커로 옮긴다.

당신의 눈썹처럼 여윈 초승달 숲 사이로 지고
높은 벽 밑동아리에 붙어서 밤새워 울고 난 새벽
높은 벽, 높은 벽, 높은 벽, 높은 벽, 높은 벽, 높은 벽 아래
밤새 울고 난 새벽

그녀는 팔소매로 눈자위를 꾹꾹 눌러줘야 할 만큼 금세 눈물이 고인다. 그녀는 찻잔을 밀어내고 햇살이 소복한 그 자리에 엎드린다. 그녀는 그녀 자신이 지금 그녀를 관찰하고 있음을 느낀다. 관찰하고 있는 그녀는 엎드려 있는 그녀를 어느 정도 알고 있다. 엎드려 있는 그녀가 지금 탁자 위에 눈물을 쏟고 있는

그녀가 어젯밤부터 무언가에 휩싸여 있다는 것을, 그 무엇에 휩싸인 그녀는 다른 모든 것에 무심해졌다는 것을. 그녀는 바보같이 군다. 걷다가도 아무것하고나 부딪힌다. 말투는 평소보다 더 느릿느릿해졌고, 눈초리는 방심해 있다. 무언가를 바라보고 있지만 아무것도 보고 있지 않다. 뭔가를 슬퍼하는 것 같은데도 곧잘 웃는다. 그녀는 자신을 관찰하고 있는 자신이 싫은지 고개를 쳐든다. 고개를 든 그녀의 눈에는, 지금까지 관찰하고 있던 그녀가 전혀 보지 못했던 불안이 넘치도록 담겨 있어서, 관찰하던 그녀는 놀라 사라져버린다.

그녀, 걸어갔던 길을 되걸어 화원으로 돌아온다.

"좀 나아졌어?"

수애는 염려스럽게 묻고 그녀는 건성으로 고갤 끄덕인다.

"아무래도 나는 농원에 다녀와야겠어. 넌 여기 있어. 어제오늘 연속으로 화원 문 닫을 수도 없구."

그녀는 그의 생각에 사로잡혀 뭐라 대답을 못한다. 수애가 그럼 화원 일 보고 있어. 나 혼자 다녀올게, 했을 때도 그녀는 대답을 하지 않는다. 수애가 그녀의 눈을 빤히 들여다보며 이애! 정말 괜찮은 거지? 되물었을 때도.

"이것 좀 봐."

수애는 그녀의 관심을 끌려고 큰 목소리를 내며 호들갑스럽게 그녀의 팔을 잡아당긴다. 수애가 보라는 곳을 바라보던 그녀의 눈이 휘둥그레진다. 푸른 잎새 사이에 나방 한 마리가 끼여 있다. 그냥 끼여 있는 게 아니라 식물에 물려 꼼짝 못하고 있는 모습이다.

"비너스 눈썹이야!"

"비너스 눈썹?"

"식충식물의 일종."

"식충식물?"

"말 그대로야. 벌레를 잡아먹는 식물…… 끈끈이주걱 같은 거 말야. 이상하게 저쪽에서 모기들이 몰려다니기에 왜 그런가 했더니…… 얘네들이 자라고 있었던 거야."

얘네들? 수애의 표현에 웃는 그녀.

"식물이 어떻게 벌레를 잡아먹어?"

"얼핏 생각에는 그렇지. 벌레 잡아먹는 얘네들은 육식식물인 셈이야. 어떤 건 말이야, 쥐같이 작은 포유류도 잡아먹어. 소화 효소기관이 따로 있어. 어떤 건 잎새의 털이 거꾸로 나 있어가지고 나방이나 벌레 같은 게 미끄러져 들어가면 다시는 빠져나오지 못해."

육식을 하는 식물.

그녀는 비너스 눈썹을 이윽이 들여다본다. 날개를 파닥이며 꼼짝없이 비너스 눈썹에 잡혀 있는 나방도. 벌레를 잡아먹는 식물이 존재한다는 걸 그녀는 알지 못했다. 식물이 쥐를 잡아먹기도 한다니. 그녀가 무심코 손끝을 슬쩍 갖다대자 마주 난 두 개의 잎이 예민하게 들썩인다. 그녀는 수애가 비너스 눈썹이라고 일러준 식충식물이 자라고 있는 화분을 들어다 햇볕이 잘 드는 창 쪽에 갖다놓는다. 수애가 화원을 나설 때까지 그녀는 처음 보는 비너스 눈썹을 들여다보고 있다.

"뭘 그렇게 들여다봐…… 너도 식충식물 기르고 싶어 그래? 쉽지 않아. 걔네들이 있는 곳엔 벌레들이 들끓어. 걔네들이 향으로 유혹해서 벌레를 불러들이거든. 아는 사람이 베란다에 걔네들을 기르는데 말도 마. 모기에 구더기에 파리에…… 세상엔 재미있는 사람이 참 많아. 뭐하러 그런 걸 기르냐니까, 이거 자라는 거 보고 있으면 살아야겠다, 는 생각이 든대. 거름도 없는 황폐한 땅에서 자라는 걸 보면 너무나 아름답다나. 어떤 사람은 반려견을 기르듯이 식충식물을 마당에 기르는 사람도 있어. 척척 알아서 귀찮게 하는 모기도 잡아먹고 신경 안 써도 쑥쑥 자란다구…… 비너스 눈썹도 며칠 있으면 쑥 자라 있을 거야."

수애가 없는 텅 빈 화원에서 그녀는 소철과 난초 사이들을 지나다니며 혹 다른 식충식물들이 자라고 있는지를 살펴보고 있다. 아무리 척박한 곳에서도 살아간다는 식충식물. 그녀는 햇볕이 잘 드는 곳에 옮겨다놓은 비너스 눈썹에게 다가가 잠깐씩 들여다본다. 비너스 눈썹은 조금씩 조금씩 날개가 물려 있던 나방이를 먹어치우고 있다.

10. 지난여름 동안 아무 일도 없었다

오후가 느릿느릿 지나간다.

그녀는 길목에 물을 뿌리다가 유리창에 물걸레질을 하기도
하고 순간순간 주머니에 들어 있는 명함을 꺼내 가만히 들여다
보기도 한다. 생각난 듯이 이젠 나방을 다 잡아먹은 식충식물을
바라보고 있기도 한다.

햇살은 재빨리 유리창과 화원 바깥 길목에서 물을 빨아들인
다. 자주 물을 뿌려도 금세 메말라버리는 길목. 차를 한잔 만들
어 마실 때도 그 남자의 환영은 함께 있고. 회전초밥집에 잠깐
들러 돌아가는 회전대 위에 놓인 새우가 엎어진 초밥을 입에 넣
을 때도 그 남자는 함께 있다. 주문받은 화환을 만드는 중에 장
미를 꽂을 자리에 국화를 꽂고 있는 그녀. 그 남자의 환영이 그

녀에게 다가와 그게 아니야, 속삭이며 장미를 집어준다. 그녀는
그만 꽃을 떨어뜨린 채 멍하니 앉아 있다. 다시 주머니 속에 손
을 넣어 그의 명함을 꺼내 들여다보다가 철제 책상 위에 놓여
있는 수화기 앞으로 다가간다. 수화기를 들고 명함에 적혀 있는
그 남자의 전화번호 숫자를 눌러본다. 이 번호를 누르기만 하면
그 남자의 목소리를 들을 수 있는 것일까. 일순 설렘이 어렸던
그녀의 얼굴은 전화번호의 마지막 숫자를 다 눌렀을 때 불안으
로 바뀌어 벨소리가 들리기 전에 얼른 수화기를 내려놓는다. 일
렁거리는 불안으로 인해 그녀의 얼굴은 창백하다. 눈자위가 피
로한 모양으로 손가락으로 두 눈자위를 꾹꾹 눌러주던 그녀는
때때로 손바닥을 펴서 자신의 얼굴을 괴기도 한다. 이게 무슨
짓이야, 그녀는 자신에게 고함을 지른다. 내내 아무렇지 않다가
이토록 마음을 내주다니. 아, 나란 여자는 웬 틈이 이렇게 많단
말인가. 그러나 내내 그녀는 그 남자의 환영으로부터 헤어 나올
수가 없다. 내내 그 남자에게 전화를 걸고 싶은 마음과 사투를
벌인다. 어느 순간이다. 그녀는 엉뚱하게 수첩에 적혀 있는 최
의 전화번호를 누른다. 수화기 저편에서 여보세요? 라고 응수하
는 익숙한 최의 목소리.

"여보세요?"

최의 목소리를 재차 들으며 그녀는 조용히 수화기를 내려놓
는다. 그러곤 그 남자의 명함에 적혀 있는 전화번호를 다시 뚫

어져라, 바라본다. 이젠 명함을 들여다보지 않아도 이미 그녀의 뇌리엔 그의 전화번호가 입력이 되어 있다.

그녀는 화원 바깥에 한번 더 물을 뿌린다. 햇살은 기다렸다는 듯이 물을 빨아들인다. 그 남자에게 전화를 걸고 싶은 마음과 사투를 벌이고 있는 그녀의 눈가에 다시 설핏 물기가 어린다. 그에게 전화를 해서 어쩌자는 것인가. 둘이 마주앉아 무슨 일을 할 수 있을 것인가? 그녀의 마음은 걷잡을 수 없이 밑바닥으로 가라앉는다. 너 자신이 지금 끌려다니는 것이 무엇이지? 그의 고백이냐? 아니면 그를 사랑하게 된 것이냐? 두 질문을 놓고 그녀는 자주 소철에 이마를 대고 서 있다. 권태로운 여름은 그녀에게 공허한 함정을 파놓고 떠날 모양이다. 갑자기 사랑이라니?

거리에 밤이 내리고 그녀 혼자 화원 문을 닫고 있다. 수애는 농원에서 그때까지 돌아오지 않고 있다. 셔터를 내리고 기다란 방으로 돌아가기 위해 거리로 나온 그녀의 손엔 식충식물이 자라고 있는 화분이 들려 있다.

광화문 네거리로 나오기 전 문방구에 들러 새 노트를 한 권 사는 그녀.

식충식물과 새 노트를 들고서 터벅터벅 걸어 기다란 방으로 걸어 돌아온 그녀는 식충식물을 허브 옆에 내려놓는다. 그녀는 세수를 한 뒤 기다란 방 창을 열어놓고 은행나무 쪽을 내다본다. 그녀는 마치 자신 옆에 누가 바짝 붙어서서 함께 은행나무

216

쪽을 내다보고 있기나 한 듯 저리 가세요, 하는 표정으로 이만큼 비켜선다. 그러다가 귀밑이 붉어진다. 구석에 세워둔 잉크병과 만년필을 꺼내온다. 바이올렛. 그녀는 생각이 난 듯 사전을 들고 온다. 사전의 얇은 종잇장을 일일이 넘기던 그녀의 시선이 바이올렛 근처에서 헤매 다닌다.

violet. 식물, 제비꽃, 보랏빛, 신경질적인 사람, 수줍어하는 사람
violin. 바이올린, 바이올린 연주자
violence. 격렬, 맹렬, 폭력, 난폭
violator. 위배자, 방해자, 모독자, 능욕자

사전을 들여다보던 그녀의 표정이 점점 곤혹스러워진다. 사전을 저만큼 밀어놓고 새 노트 앞에 단정하게 앉아 있던 그녀. 한참을 가만히 있다가 등을 구부리고 이렇게 적는다.

지난여름 동안 아무 일도 없었다.

그녀는 한 문장을 적어놓고 가만히 노트를 들여다보다 한 문장씩 이어 쓴다.

지난여름 동안 아무 일도 없었다. 오로지 뜨거운 태양 속으로 어떤 영상이 한 컷 잠시 떠올랐다가 사라지곤 했다. 그 영상은 화원의 어떤 여름꽃보다도 바로 내 곁에 있었다. 나는 그걸 글로 옮겨보고 싶었다가도 더위에 지쳐 그만둬버리곤 했다. 그 영상 앞에 '오로지'라는 단어를 붙였지만, 생각해보면 그 영상이 다른 무엇들보다 좀더 선명했을 뿐, 더위를 핑계삼아 내가 그만둬버린 일들은 수두룩했다. 그러니까 나는 지난여름 동안 무엇이든 하려고 마음먹었다가 그만둬버리는 일을 반복하며 지냈던 것이다. 내가 무슨 일이든 얼마나 포기를 잘하는지를 보여주기라도 하려는 듯한 그런 전시회 같은 생生. 그런 여름.

여기까지 적고 그녀는 다시 가만히 노트를 들여다본다.

글을 쓰고 있는 자기 자신이 신기하다는 표정이다. 여름 동안은 글을 쓴다는 것, 그런 열망을 가슴속에 품고 있는 것이 더 이상 아무것도 아닌 듯했다. 될 대로 되라는 식으로 내팽개쳐둔 것같이 세상은 돌아간다고 생각해서이다. 모든 일에 거의 별 주장이 없이 사는 그녀였는데도 어리둥절할 때가 많았다. 글을 쓸 수 있다면, 갈망했던 것이 여름 동안은 남의 마음속 같았다. 어느 구석도 더이상 가로막는 것 없이 터져 있는데, 내 펜 끝이 어디로 가서 숨을 것이며, 무엇을 찾아낸단 말인가? 그녀는 갑자기 뭔가를 적어보는 일에 싫증을 느꼈고, 그래서 그녀는 여름 동안 노트에 아무것도 적지 않았다.

그녀의 검은 눈에 설핏 물기가 고였다가 사라진다. 그뿐이다. 이어 쓰고 싶은 욕구가 넘쳐흐를 뿐 더이상 진전되지 않는다. 끊어진 글쓰기를 다시 시도해보려고 몇 번이나 노트에 펜을 갖다댈 뿐이다. 이마의 땀방울. 그녀, 끝내 문장을 이어 쓰지 못하고 노트 사이에 펜을 내려놓는다. 그러곤 좁은 계단을 올라오는 발소리에 잠시 귀를 기울인다. 수애인가, 했는데 기다란 방 앞쪽 레크리에이션 사무실의 문 따는 소리가 들린다. 그녀는 다시 만년필을 쥐고 필사적으로 새 노트 앞에 등을 구부리고 앉는다. 새 노트에 이마가 닿을 듯하다. 그녀의 눈가에 다시 설핏 물기가 고였다가 사라진다. 그림자같이 따라다니는 그의 환영을 피하기 위해 자신이 숨으려 드는 곳이 겨우 이 노트 속이라니.

자정이 지나 새벽쯤이었을 것이다.

노트에 얼굴을 묻은 채 자고 있던 그녀는 누군가 황급하게 문을 두드리는 소리에 잠이 깬다.

"아가씨…… 아가씨!"

주인 여자다.

바깥이 아주 소란스럽다. 또 싸우는 소린가? 했지만 그게 아니다. 사람들이 웅성거리는 소리, 아이가 우는 소리, 뭔가 철버덕 내던져지는 소리, 나무가 부러지는 소리 들이 섞여 있다.

"아가씨! 아가씨!"

주인 여자는 아예 문을 발로 차고 있다.

그때껏 정신이 들지 않고 있던 그녀는 불이야, 불, 하는 소리에 정신이 확 든다. 주인 여자는 좁은 계단을 올라와서 만나지는 앞문이 아니라 기다란 방의 끝에 붙어 있는 부엌문을 두들기고 있다. 그녀가 비척비척 일어나 나가 부엌문을 따자 주인 여자는 그녀에게 빨리 나오라고 손짓한다.

"불이 났어요…… 빨리 나와요."

"불이라뇨?"

"일단…… 빨리 나와요!"

주인 여자는 마음이 급했는지 그녀를 잡아끈다.

"수애씨는?"

"농원에서 자고 오는 모양인데요."

"……빨리 나와요, 빨리."

그녀가 주인 여자의 손에 이끌려 부엌 바깥으로 나오자마자 소방차가 오는지 사이렌 소리가 요란하다.

"무슨 일예요?"

"불이 났어요!"

"어디에요?"

장항아리가 놓여 있는 아래의 계단을 타고 안채의 좁은 뜰로 내려오다가 그녀는 넘어질 뻔한다. 주인 여자는 벌써 저만큼 가 있다. 주인집 큰딸은 마치 불길이 피아노를 덮치면 막겠다는 듯이 피아노를 가로막고 서 있다. 둘째는 상이 쌓여 있는 마당에 서 있다. 막내가 조르르 달려와 제 엄마의 치마를 붙잡는다. 주인 남자는 출입구에 쌓여 있는 상들을 안으로 들여놓고 있다가 주인 여자와 세 딸들을 보더니 소리를 버럭 지른다.

"뭐해? 이거 다 태워먹을 거야!"

주인 여자가 다급하게 출입구에 쌓여 있는 상들 쪽으로 간다. 그 통에 내팽개쳐진 막내가 엄마, 칭얼대며 울음을 터뜨린다.

"조용히 못 해!…… 정신없어 죽겠는데 울기는 왜 울어!"

주인 남자의 큰소리에 막내는 울음을 그치는 게 아니라 기세를 더 올린다.

"울지 마, 울지 마."

둘째가 막내를 데리고 쌓여 있는 상 사이를 빠져나간다. 어디에 불이 났다는 건가. 그녀도 그들을 따라 나간다. 거리 쪽으로 나서자마자 매캐한 불냄새가 확 끼쳐온다. 새벽 거리에 사람들이 웅성웅성 서 있다. 그녀는 소방대원들이 불을 끄고 있는 곳이 어디인가 바라본다. 붉은 불길이 번지고 있는 곳은 그녀의 기다란 방 맞은편 레크리에이션 사무실이다.

불길이 잡힐 때까지는 이십여 분이 걸린다.

거리를 향해 나 있던 '레크리에이션 사무실'이라고 쓰여 있는 창문들은 검게 타오르고 부서졌다. 다행히 불길은 다른 곳으로 번지지 않고 진압된다. 구조대의 들것에 사람이 실려 나오자 사람들은 그곳으로 몰린다. 그녀도 따라가본다. 들것 위에 엎어져 있는 사람은 언젠가 계단에서 마주쳤던 그 청년이다. 어깨에 기타를 메고 있던 청년. 대학로 카페에서 광적으로 전자기타를 치며 그녀는 알아들을 수 없는 노래를 부르던 청년. 번쩍이는 조명 아래서 춤을 추는 사람들만큼이나 노래를 부르는 움직임이 광적이었던 청년.

신새벽 거리에 모여든 사람들은 불길이 잡히고 구조대가 남자를 싣고 병원으로 출발한 뒤에도 웅성웅성거리며 서 있다. 그녀도 그들 속에 섞여 불타버린 창을 바라보다가 안으로 들어온다. 주인댁 식구들이 좁은 뜰에 선 채로 그녀를 쳐다본다.

"어떻게 된 거예요?"

그녀가 주인 여자에게 묻자 주인 여자는 그걸 내가 어떻게 알겠느냐는 표정이 된다.

"이만하길 다행이지 뭐예요. 불길이 번졌다고 생각해봐…… 아이구 가슴이 철렁하네."

"가족에게 연락을 해야 되지 않을까요?"

"가족은 모르겠고 수첩에 친구 전화번호가 있어서 연락을 했어요."

"괜찮을까요?"

"죽으려고 작정을 하고 지른 불 같다고 해요."

"네?"

"자세히는 몰라요…… 날이 밝으면 조사를 하겠죠…… 들어가요. 참, 그리고 당분간 부엌 쪽을 출입문으로 써야 될 것 같아요. 불이 난 원인 조사가 끝날 때까지 그쪽은 출입금지래요."

주인 남자가 딸들에게 그만 들어가라고 하자 미적거리고 서있던 딸들이 하나둘 방으로 들어간다. 주인 남자가 담배를 꺼내 불을 붙이는 걸 보며 그녀도 좁은 계단을 타고 부엌 쪽으로 올라와 방으로 돌아온다.

열려 있는 창문을 통해 들어오는 바람결 속엔 아직도 불냄새가 섞여 있다. 그녀는 잠시 창에 서서 거리를 내려다본다. 웅성웅성거리고 서 있던 사람들도 돌아갔다. 길 건너 카페 유리창의 불도 꺼져 있다. 그 앞의 은행나무만이 가로등 빛을 받고 서 있다. 무슨 말일까? 죽으려고 작정을 하고 지른 불 같다니? 그렇다면 노래 부르던 그 청년이 자살을 시도했단 말인가? 그녀는 옆 방문이 마주 보이는 창을 닫는다.

출입문을 슬쩍 열어본다. 불은 사무실 안쪽에서 난 것인지 출입문 바깥은 아무 일도 없었다는 듯이 멀쩡하다. 레크리에이션 사무실 문 앞에 출입금지라는 하얀 팻말이 서 있다. 출입금지. 그녀는 하얀 팻말에 쓰여 있는 붉은 글씨를 잠시 바라보고 있다. 잠을 자다가 느닷없이 깨어나 지켜본 붉은 불길이 그녀의 눈앞에 어른거린다. 불길이 치솟던 기세를 보면 저 문도 남아나지 않았을 것 같은데. 그녀는 새삼 어깨를 떤다. 불길이 문을 타넘고 건너왔다면 그녀의 기다란 방에 침입하는 건 일도 아니었을 것이다. 그녀는 바싹 긴장하며 신발을 신고 문 바깥으로 나간다. 출입금지라는 하얀 팻말을 옆으로 밀어놓고 손잡이를 잡아 비틀어본다. 문은 아무 저항 없이 열린다.

그녀는 안으로 한 발짝 들어가본다.

신발장의 신발들이 엎어진 채 흐트러져 있다. 불을 진압하고 그 남자를 불속에서 끌어내 앰뷸런스에 옮기느라 엎어졌을 뿐 신발장까지 불이 번지진 않았던 모양이다. 그녀는 안으로 한 발짝 더 들어가본다. 불냄새가 눈 속으로 입속으로 훅 끼친다.

그녀는 황폐하게 불타버린 공간에 서 있다.

그녀와 수애가 살고 있는 방보다 더 기다란 공간이다. 벽마다 선반이 가로질러 있다. 다 타버리고 흔적만 남아 있는 선반이 있는가 하면 멀쩡하게 남아 있는 선반도 있다. 거리로 난 창으로 가로등 불빛이 쏟아져들어와 불탄 사무실 안을 비춘다. 선반에 얹혀 있었던 듯싶은 것들이 죄다 바닥에 팽개쳐진 채 검게 그을려 있다. 신발장이 놓여 있는 쪽까지만 무사했을 뿐 사무실 안은 온통 불탄 흔적으로 난장판이다. 불탄 오디오, 불탄 시디. 불탄 기타. 책상은 뒤집어진 채 검게 그을려 있고 주전자며 탁자들이 어수선하게 널려 있다. 남자가 늘 어깨에 메고 다니던 기타도 반이 타버리고 나머진 바닥에 내팽개쳐진 채 박살이 나 있다. 기다란 사무실 벽 쪽으로 놓여 있었던 듯싶은 간이침대의 시트도 검게 탄 자국을 드러내고 있다.

그녀는 어깨를 움츠리며 귀를 바짝 세운다. 야릇한 신음소리가 나는 쪽을 바라보는 그녀의 얼굴이 한순간 긴장된다. 소리가 나는 곳은 간이침대 밑이다. 그녀는 침대 밑을 들여다본다. 불타버린 창으로 가로등 불빛이 흘러들어오긴 해도 침대 밑은 어두컴컴하다.

"너구나."

언제나 그 남자의 발치에 붙어 있던 개.

그 남자가 노래 부르는 동안은 카페 삼 년 후에, 앞의 철조망에 갇혀 있던 개. 그녀의 생일 케이크를 받아먹던 개.

그녀는 엎드려서 침대 밑에서 낑낑거리고 있는 개를 끌어낸다. 개는 불타버린 간이침대 밑에서 나오려 하질 않는다.

"괜찮아, 괜찮아."

그녀는 엎드려 얼굴을 거의 침대 밑에 들이민 채 개를 끌어내 품에 안는다. 개는 공포에 질려 있다. 개의 떨림이 그녀의 가슴에 느껴질 정도다. 이젠 괜찮아, 그녀는 두려움에 떨고 있는 개의 머리를 여러 번 쓰다듬어준다. 무엇을 보았든 이젠 괜찮아. 그녀는 개를 끌어안고 매캐한 불냄새와 검게 그을린 사무실에 쭈그리고 앉는다. 개는 귀와 배 밑 그리고 꼬리가 불에 그슬려 있다. 눈을 들여다보니 눈물이 흐르고 있다. 눈물 속에 담긴 동공이 불안으로 일그러져 있다. 괜찮아. 그녀가 개를 깊이 껴안았을 때다. 개가 그녀의 품속을 박차고 튀어나간다. 개는 재빠르게 불탄 기타와 엎어져 있는 그을린 탁자 사이를 빠져 달려나간다. 안 돼…… 소리칠 틈도 없이 개는 불타버린 창틀을 타고 올라앉아 거리로 뛰어내린다. 그녀가 창틀로 다가가 개가 뛰어내린 자리를 내려다봤을 때 개는 아스팔트 위에서 벌떡 일어나 새벽 거리를 향해 내달린다. 그녀가 엎어진 신발장을 지나 출입금지라고 쓰여 있는 흰 팻말 사이를 비켜 발자국으로 어수선한 좁은 계단을 타고 내려가보지만 개는 벌써 사라지고 없다.

11. 귀를 기울이면

가을이 되면서 그녀는 더더욱 바보같이 군다.

계단을 오르다가도 넘어지고 수영장에서 수영을 하다가도 벽에 부딪힌다. 느린 말투는 더욱 느려졌고 간단한 질문에도 뭐라고 똑바로 대답을 못하고 얼버무린다. 어딘가를 응시하고 있는 듯하지만 아무것도 보고 있지 않다. 그럴 때의 그녀의 검은 눈동자는 슬퍼 보이기도 하고 태만해 보이기도 한다.

기다란 방의 문을 열고 나오다가 습관처럼 맞은편 레크리에이션 사무실의 문을 쳐다본다. 그녀는 그 안으로 들어가고 싶은 충동에 잠시 서 있다. 매번 못질과 출입금지라는 글씨가 야릇하게도 그 안으로 들어가고 싶은 충동이 일게 만든다. 들어가본들 불길이 휩쓸고 지나간 황폐한 광경만 보게 될 텐데. 그녀는 흠

흠, 소리를 내는 것으로 마음을 가다듬으며 발길을 돌린다.

그녀는 좁은 계단을 내려와 불타버린 창문을 한번 바라본다.

검게 그을린 자국을 그대로 둔 채 집 출입구만 통제시켜놓았다. 앰뷸런스에 실려간 노래 부르는 청년은 다시 돌아오지 않았다. 주인 여자의 말에 따르면 노래 부르는 청년은 굉장한 부잣집 아들이라고 하였다. 주인 여자는 '굉장한'이라는 말에 강한 악센트를 주었다. 굉장한 부잣집 아들인 노래 부르는 청년은, 뉴욕에 유학도 다녀온 청년은, 그동안 해오던 공부를 다 집어치우고 아버지가 죽도록 반대하는 노래를 부르겠다고 나서 집안에서 쫓겨났고, 그 아버지에 대한 저항으로 일부러 전기를 합선시켜 불을 지른 거라고. 사실은 노래 부르는 청년에게 세를 내준 것도 아닌데 어느 날부터인가 노래 부르는 청년이 와서 살고 있었다고. 알고 보니 자기네들이 세를 내준 사람은 노래 부르는 청년과 친구관계로 노래 부르는 남자가 오갈 데가 없어 잠시 머물 수 있게 해주었다며 화재에 대한 책임을 회피하는데 어찌하면 좋을지 모르겠다고.

그녀는 한 가지만 알고 싶었다. 불속에서 구조되어 앰뷸런스에 실려간 노래 부르는 그 청년이 어떻게 되었는지. 주인 여자는 그에 대한 말은 없고 다른 이야기들만 전했다. 불을 낸 원인을 찾아내기 위해 오늘은 누가 다녀갔고 또 오늘은 누가 다녀갔다고. 노래 부르는 청년의 아버지가 알고 보니 이렇게나 유명한 사람이었다며 그녀에게 노래 부르는 청년의 아버지 이름을 말해주기도 했다. 그녀는 그 이름을 알고 있지 못했다. 그저 다른 세상에 살고 있는 사람일 뿐이었다. 주인 여자가 글쎄, 아버지가 다른 집에 자식을 둘씩이나 낳아 기르고 있었다네요, 라고 심각하게 얘기해왔어도 고작 네, 하는 반응을 보였을 뿐이다.

그러니까 노래 부르는 청년이 불을 낸 건 그 아버지에 대한 반발 때문이었다고 주인 여자는 생각하는 모양이었다. 그녀는 그 청년의 가정사가 아니라 앰뷸런스에 실려간 뒤로 어찌되었는지를 알고 싶었지만 묻지는 않았다. 그저 레크리에이션 사무실이라는 간판은 왜 붙어 있는 거냐고 물었을 뿐이다. 그건 그 이전, 그 이전에 살았던 사람들이 붙여놓은 것이라고 했다. 부부였는데 유치원이나 회사에서 야유회를 가면 초빙되어 분위기를 띄워주는 것이 직업이었던 그들의 작업실이었다고. 그때 붙여놓은 걸 떼내지 못한 거라고. 그녀는 노래 부르는 청년이 어찌되었는지는 끝내 전해듣지 못했다. 주인 여자도 그저 화재를 조사하러 온 사람에게 조각 이야기를 전해들을 뿐으로 정작 노래 부르는 청년이 어찌되었는지는 모르는 모양이었다. 기다란 방의 주인댁은 그 굉장한 부잣집 사람들에게 불타버린 공간에 대한 보상을 톡톡히 받은 모양으로 불이 났던 공간의 출입문에 못질을 하고 출입금지라는 글씨를 써놓은 후론 더이상 화재에 대한 이야기는 꺼내지 않았다.

지금 기다란 방을 제외한 집은 텅 비어 있다.

화재에 대한 이야기가 사그라들 무렵, 마루에 놓여 있던 피아노는 뚜껑이 부서진 채 좁은 뜰에 내팽개쳐져 있었다. 피아노 의자 또한 뒤집혀 네 다리가 천장을 올려다보고 있었다. 부엌 쪽의 뒷문을 열고 조용히 해줘요! 라고 외치는 수애를 거들떠도 안 보고 집주인 남자는 피아노 건반을 향해 피아노 의자를 높이 쳐들고 내리쳤다. 흰 건반 검은 건반들이 한꺼번에 굉음을 내지르며 의자에 찍혔다. 늘 피아노 곁을 맴돌던 큰딸애가 광포한 주인 남자의 허벅지를 물어뜯었다. 딸애를 향해 피아노 의자를 들어 내리치려는 주인 남자의 등을 주인 여자가 먼저 세숫대야로 내리쳤다. 경찰이 오고 난 다음에야 주인 남자의 폭력은 제지되었다.

그날 깊은 밤중이었다.

주인 여자가 기다란 방의 부엌 뒷문을 거칠게 두드렸다. 수애가 문을 따자마자 주인 여자는 뛰어들듯 나 좀 숨겨달라며 방으로 밀고 들어왔다. 주인 여자의 눈에 붉은 핏발이 서 있었다. 날카로운 것으로 긁힌 자국이 뺨에서 인중까지 뻗어 있었다.

"나, 좀 여기에서 못 나가게 해줘……"

주인 여자는 목소리를 줄였다.

"내가 아무래도 남편을 죽이고 말 것 같아. 내가 무서워."

주인 여자는 사흘 동안 기다란 방에서 잠만 잤다. 주인 남자를 경찰에 신고한 게 수애도 아니고 그녀도 아니고 딸아이라는 것에 충격을 받은 듯했다. 남편이 피아노를 부숴버린 것보다도, 딸이 아버지를 신고했다는 사실이 주인 여자를 괴롭히는 모양이었다. 반듯하게 잘 키우고 싶었는데 그래서 이혼을 하고 싶어도 참자, 이애들이 다 크고 나면 그때 하자, 생각하며 살았는데 그애에게 씻을 수 없는 상처를 입혔어, 주인 여자는 생각할수록 서러운지 소리를 내지 않고 자주 울었다. 아침마다 수애나 그녀가 밥상을 차려놓고 나갔으나 돌아와 보면 그대로였다. 그나마 주인 여자에게 요거트나 우유나 쑥차 등을 먹게 한 건 수애였다. 얼굴의 상처에 약을 발라주며 수애가 요거트를 떠먹이거나 물을 끓여 쑥차를 진하게 타주면 주인 여자는 힘겹게 그것들을 입에 대었다. 아이들에게 엄마가 기다란 방에 있다고 말해준 건 그녀였다. 둘째와 막내는 엄마에게 올라와 머물다 갔지만 큰딸아이는 기다란 방에 올라오지 않았다. 일주일을 밤낮없이 기다란 방에서 누워 지내던 주인 여자는 더는 그러고 있을 수가 없었는지 딸아이들을 데리고 대구로 내려갔다. 주인 여자는 대구 친정으로 내려간다는 메모를 남편에게가 아니라 수애에게 남겼다. 구월이 되었는데도 주인 여자는 돌아오지 않고 있다. 주인 남자도 어디에 갔는지 기척이 없다. 집은 그녀들이 살고 있는 기다란 방만 제외하고는 불타거나 텅 비어 있다.

기다란 방에서 내다보이는 거리를 지나오면 다시 노란 은행

나무 길이 펼쳐진다. 햇볕을 많이 받은 은행잎이 노랗게 물들
때까지 그늘진 곳의 은행잎들은 파랗다. 기다란 방 창문에서 내
다보이는 곳의 은행나무엔 은행잎이 없다. 은행잎들이 노랗게
물들기 시작하면서 수애는 새벽에 눈을 뜨면 맨 먼저 창을 열어
보곤 했다. 아직 밤이면 여름 벌레가 달라붙는데도 수애는 방충
망까지 활짝 열어젖히고 도로변에 즐비하게 늘어선 은행나무
를 바라보며 깊은 숨을 내쉬곤 했다. 어느 날 새벽잠에서 깨어
난 수애는 창문을 열다 말고 어마, 세상에! 소리를 질렀다. 수
애가 창을 열었을 때 다른 날과는 다른 냄새가 훅 끼쳐와 그녀
도 그쪽으로 고개를 돌렸던 참이었다. 생나뭇잎 냄새였다. 이
제 막 노랗게 물들기 시작한 은행잎뿐 아니라 아직 파랗던 잎들
도 간밤에 다 떨어져 있었다. 청소부들이 장대로 후려쳐서 한꺼
번에 다 떨어뜨린 거였다. 귓가에 비질 소리가 들려 얼굴을 내
밀어보니 거리 아래쪽으로부터 청소부 두 사람이 은행잎을 쓸
어오고 있었다. 제대로 물들지도 못하고 떨어진 생잎들이 수두
룩이 빗자루에 쓸리고 있었다. 수애는 잠깐 놀랐을 뿐, 곧 잘 잤
니? 오른쪽 창틀에 놓여 있는 허브와 비너스 눈썹에게 눈인사를
건넸다. 하긴, 매일 청소하는 일도 고역일 거야, 하면서. 이제 무
성하게 자라 기다란 방의 창가를 가득 채우고 있는 허브. 수애
는 밤이 깊으면 찻물을 끓여 허브 잎을 따 넣어 우려서 마시곤
했다. 수애가 그렇게 우려놓은 걸 그녀가 아침에 한 잔 따라 마

시곤 했다. 혀끝이 싸아하게 아려오지만 마시고 나면 머리가 좀 맑개지는 것 같기도 했다. 어느 날부터인가 다시 수영장에 나가지 않는 그녀를 향해 옷을 챙겨 입고 그럼 화원에서 만나…… 하며 문을 열고 좁은 계단을 타고 아래로 내려간 수애가 은행잎 사이를 걸어가며 그녀를 향해 손을 흔드는 걸 이제 볼 수 없다.

그녀는 걷다가 자주자주 은행나무를 올려다본다. 기다란 방에서 내다보이는 거리 쪽만 은행잎들을 쳐냈을 뿐 다른 은행나무들은 아직 무사하다. 광화문으로 접어들 때까지 도로의 양쪽엔 노랗게 물든 은행잎들이 나무에 매달려 찰랑거리고 있다.

지하도를 건너고 다시 버스 정류장 앞을 지나고 세종문화회관 쪽으로 건너가는 그녀. 아직 문 닫힌 가게들을 풍경처럼 지나친 뒤 문 닫힌 화원 앞에 서 있다. 그녀는 긴 한숨을 내쉬고는 화원 셔터를 올리고 화원으로 들어간다. 물뿌리개 속에 작은 바이올렛 화분을 담아 들고 나온다. 가로수 밑을 걸어간다. 새문안교회와 구세군회관 건물도 스쳐지나간다. 봉주르 다방에서 흘러나와 코끝에 머무는 커피 냄새 속을 그녀, 걸어간다. 고등학교가 있던 자리에 들어선 미술관 자리를 지나쳐 간다. 이른 아침, 지금 그녀가 움직이지 않고 서 있는 곳은 그 남자가 근무하고 있는 사무실 맞은편, 미술관과 연결된 빈터이다. 공사중인 빈터엔 여기저기 흙무더기가 쌓여 있다. 간밤에 누가 발로 걷어찼는지 공사중이라고 쓰인 바리케이드가 쓰러져 있다. 존재하는 것이면 무엇이든 파헤치거나 뒤집거나 먹어버릴 듯이 아가리를 커다랗게 벌린 포클레인이 쓰러진 바리케이드 옆에 버티고 서 있다. 멀찌감치 나무들이 서 있을 뿐 황폐한 공사장. 산더미같이 쌓여 있는 굵은 모래와 채석장에서 옮겨온 크고 작은 돌더미와 파헤쳐진 흙더미가 불규칙하게 쌓여 있다. 그래서 흰색과 보라, 노랑과 분홍의 스무 송이도 넘는 바이올렛이 둥근 원을 그리며 심어져 있는 빈터의 꽃밭은 누구나의 눈에 쉽게 띈다. 아침 바람이 일렁일 적마다 흰빛과 노랑, 보랏빛이 어울려 한쪽으로 쏠린다. 얼핏 보기엔 시청이나 구청에서 무슨 행사를 하기 위해 모아놓은 것처럼 보인다. 그녀는 물뿌리개 속에서 흰빛과 보라가 섞인 바이올렛 화분을 꺼내 바닥에 내려놓고 다른 바이올렛 사이의 흙을 파고 심는다. 손바닥으로 흙을 꾹꾹 눌러준 뒤 물뿌리개를 들고 수돗가에서 물을 받아온다. 새벽바람 속에서 산들거리고 있는 바이올렛들의 꽃과 줄기를 젖힌 뒤 뿌리에만 닿게 물을 주는 그녀의 행동은 정성스럽고 간절하다. 그녀, 물뿌리개를 들고 선 채로 그 남자가 일하는 맞은편 빌딩을 올려다본다. 아무래도 그녀는 그 남자가 사무실에서 이 빈터를 바라다본다고 생각하는 것 같다.

지난여름의 어느 밤, 전혀 예기치 않게 거리에서 그 남자를 만났던 밤.

그 남자로부터 갑자기, 당신을 처음 봤을 때 내 가슴이 얼마나 뛰었는지 알아? 당신 내 카메라 앞에서 눈 내리깔고 있을 때, 이 세상에 저렇게 아름다운 눈썹도 있구나, 내내 생각했지. 내 마음 몰랐지요? 라는 고백을 들었던 그 밤 이후로 그녀는 그 남자로부터 단 한 순간도 자유로울 수가 없다.

갑자기 사랑이라니?

그날 이후, 아침에 눈을 뜨자마자 맨 먼저 그 남자의 환영이 보였던 그날 이후, 그녀는 그 남자와 함께 하루를 보내고 있는 중이다. 그 남자는 그녀의 환영 속에서 어제도 그제도 오늘도 그녀가 차를 마시면 함께 차를 마시고 밥을 먹으면 함께 밥을 먹곤 했다. 어떤 순간에도 그녀는 그 남자로부터 헤어 나올 수가 없었다.

그 남자의 명함은 그날 이후로 그녀의 주머니 속에 늘 간직되어 있다. 그 남자가 여름이 지나 가을이 되는 동안 그녀 안에서 점점 커다랗게 자리를 잡아갈수록 그녀의 마음은 걷잡을 수 없이 밑바닥으로 가라앉았다. 그녀는 마음이 저 안쪽으로 미끄러지려 할 때마다 이곳으로 걸어와서 그 남자가 근무하고 있을 법한 사무실을 올려다보다 가곤 했다. 그러다가 가을이 될 무렵부터 그녀는 그 자리에 바이올렛을 심기 시작했다.

바이올렛을 다 심은 그녀, 빈터를 걸어나온다. 출근하는 사람들 속에 섞여 그녀, 신호등 앞에 서 있다. 수도 없이 이 길을 오갔지만 그 남자를 다시 볼 수는 없었다. 어느 날인가는 그 남자의 사무실이 있는 건물 안으로 들어가 '월간 꽃세상'이라고 쓰여 있는 사무실 출입문 앞까지 갔어도 그 남자와 마주친 적은 없었다.

사람들에 떠밀려 그녀가 길을 건너고 있다. 이 거리에도 노랗게 물든 은행잎들이 아침 바람에 찰랑이고 있다. 그녀는 먹먹한 마음으로 고갤 숙이다가 다시 고갤 들어 은행잎들 사이로 달려오는 버스를 바라본다. 버스가 멈추고 넥타이를 맨 사람들이 우르르 정류장으로 내려서는 모습을 바라본다. 그러다가 순간 그녀는 몸을 확 돌린다. 혹, 저 사람들 속에 그가 섞여 있다면? 하는 생각이 들었나보다.

무엇인가로부터 도망치거나 내쫓긴 듯 그녀의 걸음걸이는 황급하다. 마주 걸어오던 사람들은 슬쩍슬쩍 그녀를 피하거나 비켜선다. 어떤 순간을 모면하려는 듯 서둘러 걷는 그녀의 걸음걸이는 거칠기까지 해서 어떻게 자칫 그녀와 어깨라도 부딪히면 코라도 깨질 것 같기 때문이다. 저 여자가 왜 저럴까? 싶은지 그녀가 시야에서 사라질 때까지 뒤에서 바라보고 있는 사람도 있다.

그렇게 서둘러 그 남자가 근무하는 빌딩으로부터 멀어지던 그녀는 어느 순간 맥이 탁 빠지고 걸음걸이가 한없이 느려진다. 우연이라도 마주칠까 싶어 그 남자 가까이에 가지만 진짜 마주치게 될까봐 도망을 친다. 화원을 향해 터벅터벅 걷고 있는 그녀와 마주 걸어오던 사람들은 이제 좀전과는 반대 이유로 그녀를 슬쩍 피하거나 비켜 걷는다. 자칫 어깨라도 닿으면 금세 쓰러질 것같이 힘이 없어 보이므로.

점심시간에 그녀는 또 그 남자가 근무하는 사무실이 건너다보이는 길목에 하염없이 서 있다가 화원으로 돌아간다. 어딜 다녀오느냐는 수애의 질문에 대답하지 않는다. 점심은 먹었느냐는 질문에도 대답을 하지 않는 그녀를 수애가 꽃그늘 진 이마를 숙여 물끄러미 바라본다.

오후 네시쯤이었을까.

가방에서 노트를 꺼내 옆구리에 끼고 화원 문을 밀고 바깥으로 나가려는 그녀를 수애가 붙잡는다.

"어딜 가는 거야?"

"바람 좀 쐬고 올게."

"날마다 왜 그래?"

"……"

"계속 머리가 아프면 병원엘 가봐야지…… 이렇게 허둥거리며 거릴 쏘다닌다고 나아?"

"찬바람 좀 쐬고 나면 괜찮아."

아무것도 보고 있지 않은 그녀의 눈에 눈물이 일렁이자 수애는 붙잡았던 팔을 놓는다. 한사코 나가지 못하게 하면 그녀는 나가지 않을 것이다. 하지만 그런들 뭐가 나아지나, 수애는 근심스럽게 비척비척 걷고 있는 그녀의 뒷모습을 바라본다. 그녀는 무엇에 홀린 사람 같다. 한편으론 너무 순해져서 뭐라고 화를 낼 수도 없다. 뭔가를 따져보려고 하면 그녀는 그러니? 하면서 더이상 대꾸를 않는다. 어딘가를 향해서 휘청휘청 걷고 있는 그녀를 걱정스럽게 바라보던 수애는 잠시 망설이는 듯하더니 아무도 없는 화원을 그대로 둔 채 그녀를 뒤따라간다.

거리, 시립 미술관이 들어선 곳에서 그녀가 걸음을 멈추었을 때 수애도 그녀의 뒤에서 걸음을 멈춘다. 그녀가 미술관을 향해 걷는 듯하다가 텅 빈 공터 앞에 놓여 있는 나무 의자에 주저앉는 걸 수애는 지켜본다. 바람이 나무 의자에 앉아 있는 그녀의 치맛자락을 펄럭이며 지나간다. 무슨 일이기에 그녀가 요즘 넋을 놓은 표정으로 헤매고 있는 건지 알 수 있을까 싶어 그녀를 뒤따라왔던 수애는, 나무 의자에 앉아 있기만 하는 그녀를 뒤쪽에 서서 지켜보며 난감해진다.

정말 바람을 쐬러 나온 것인가.

수애는 그녀 몰래 그녀를 뒤따르고 있다는 것이 미안해진다. 그녀가 앉아 있는 나무 의자 뒤로 은행나무가 서 있다. 하염없이 나무 의자에 앉아 있기만 하는 그녀를 지켜보다가 수애가 막 화원 쪽으로 몸을 돌리려 했을 때 그녀는 의자에서 일어서서 흥화문이 서 있는 쪽으로 걸어간다. 그만 화원으로 돌아가려던 수애는 잠시 망설이다가 그녀를 뒤따라간다. 그녀는 흥화문을 돌아나와 삼성병원으로 올라가는 비탈진 언덕 바로 앞에 있는 건널목에서 걸음을 멈춘다. 신호등이 바뀌어도 길을 건너지 않고 그 자리에 선 채 앞 빌딩을 올려다보고 있다.

무엇을 보고 있는 것일까.

수애도 그녀가 바라보는 곳을 바라본다. 빌딩과 빌딩이 있을 뿐이다. 거울 같은 빌딩에 하늘이 비치고 맞은편 건물이 비치고 있을 따름이다. 투명한 하늘의 푸른 구름도 되비치고 있다. 그녀가 무엇을 보고 있는지 궁금하여 수애는 그녀보다 더 열심히 맞은편 빌딩을 살펴본다. 붉은 글씨가 쓰인 현수막이 바람이 불 적마다 펄럭일 뿐 그곳에 다른 무엇이 있는 것 같지 않다.

언제까지고 그 자리에 그렇게 서 있을 것 같던 그녀가 건널목을 건넌다.

수애도 서둘러 그녀의 뒤를 따라 길을 건넌다. 그녀가 얼핏 뒤돌아보는 것 같아 수애는 흠칫했지만 그녀는 사람들 속에 수애가 섞여 있는 걸 알아보지 못한 채 고갤 돌린다. 맞은편에서 바라보고 서 있던 빌딩 맨 아래층은 거리를 향해 통창이 나 있는 카페다. 그녀는 잠시 망설이는 것 같더니 그 안으로 들어간다. 누굴 만나려는가 싶어 수애는 카페 바깥에서 카페 안의 그녀를 지켜본다. 카페는 사람이 별로 많지가 않아 테이블이 여기 저기 비어 있다. 그녀는 창가 쪽으로 자리를 잡고 앉아 있다. 그녀 뒤쪽의 카페 벽엔 두 여자가 헐렁한 민소매의 흰 원피스를 똑같이 입고 물이 짙푸른 바닷가를 달리고 있는 그림이 걸려 있다. 두 여자의 손은 닿을 듯이 가깝고 굵은 팔뚝과 탄탄한 종아리는 어디까지라도 달릴 수 있을 듯 힘차 보인다. 바닷바람에 자유롭게 뒤로 젖혀진 검은 머리의 바닷가 여자들을 배경으로 그녀는 앉아만 있다. 이따금 카페로 들어가는 사람들이 눈에 띄나 그녀가 앉아 있는 맞은편 의자에 앉는 사람은 없다.

카페 바깥에서 카페 안의 그녀를 지켜보고 있던 수애는 잠시 잊고 있던 비워놓고 나온 화원이 걱정이 되기 시작한다. 문을 열어놓고 여기까지 따라오다니. 지치고 피로한 기색의 그녀에게 종업원이 차 주문을 받으러 온다. 그녀가 커피를 주문했는지 조금 있다가 종업원은 그녀 앞에 머그잔을 내려놓고 간다. 그녀는 차를 마실 생각도 하지 않고 그저 거리를 내다보며 앉아만 있다. 얼마가 지나 그녀가 내내 옆구리에 끼고 있던 노트를 탁자에 펼친다. 머그잔 안의 커피를 한 모금 마시는 것 같던 그녀는 역시 움직임이 없다. 수애는 그녀를 지켜보는 걸 포기하고 화원으로 돌아가기 위해 다시 왔던 길을 되짚어간다.

이제 그녀를 지켜보는 눈은 어디에도 없다.

그 남자에 대한 걷잡을 수 없는 욕망이 그녀의 내면에 흐르기 시작한 순간부터 그녀 자신을 관찰하던 그녀 자신의 내부에서 탄생한 또하나의 시선도 지금은 사라지고 없다. 뭔가를 슬퍼하는 것 같은데도 곧잘 웃음을 터뜨리곤 하던 그녀도 사라지고 없다. 어떻게 해서든지 그 남자와 소통해보려던 그녀의 의지도 사라지고 없다.

다만 뭔가에 사로잡힌 측은한 여자, 마른 우물 밑바닥에 웅크리고 앉아 있는 듯이 보이는 조그만 여자가 그 남자가 근무하는 사무실이 세 들어 있는 빌딩의 카페에 누구도 거들떠보지 않는 사물처럼 앉아 있을 뿐이다. 숙인 고개를 천천히 드는 그녀의 눈동자가 불안스럽게 흔들린다. 지금으로서는 그녀 눈동자의 불안스런 흔들림만이 그나마 그녀 존재를 일깨워주고 있는 형국이다.

그녀, 탁자 위에 펼쳐놓은 노트에 뭔가를 적으려고 한다. 하지만 그뿐, 펜을 쥔 채 유리창 바깥의 거리만 응시하고 있다.

얼마 후 그녀, 안간힘을 쓰듯 노트 앞에 몸을 수그린다.

지난여름……

그녀는 노트 한 장을 다시 넘기고 펜을 쥔 손가락을 움직인다.

지난여름, 그 무위 속에서도 비교적 선명하게 영상으로 떠올랐던 그것은 미나리밭이었다. 어쩌면 그곳은 밭이 아니라

저절로 생긴 야생 미나리 군락지였을지도 모른다. 그 속에 등
장하는 여자아이 둘의 나이가 아홉 살이거나 열 살 어쩌면 여
덟 살이었다는 것으로 미루어 보아, 그리고 그 두 여자아이
중의 한 아이는 내 어린 시절이었으니 한없이 거슬러올라가
야 하는 그때에, 더구나 그 지방의 농사짓는 사람들의 농작
물 선호도로 보아, 일부러 미나리를 가꾸지는 않았을 것이라
는 생각이, 영상 속의 그곳이 미나리 야생지였을 거란 쪽으로
기우는 것이다. 하지만 야생지라고만 보기에는 영상 속의 미
나리지는 너무 넓었다. 끝도 없는 초원지대 같은 그런 미나리
지를 바라보고 있었다는 기억. 어쩌면, 그래 어쩌면 진짜로는
몇 평 안 되는데 내 영상이 그 땅을 끝도 없이 넓혔는지도 모
르겠다. 그만큼 나는 골똘히 그 미나리지를 생각하곤 했으니
까. 그곳에 파란 미나리들의 허리가 반쯤 물에 잠겨 있었다.
삼월이거나 사월이거나 오월. 포근한 햇살이 또 거기에 있었
다. 여자아이 둘은 파란 미나리지를 바라보며 뭘 하고 있었을
까? 도대체 뭘 하고 있었기에 옷을 벗기 시작했을까? 그 미나
리지 둑 밑으로 도랑이 흐르고 있었으니, 그 여자아이들은 장
난을 치다가 혹시 그 물속으로 빠졌던 건 아닌지. 젖은 옷을
말리기 위해 옷을 벗었던 건 아닌지. 왜 옷을 벗었는지는 모
르겠는데 그애 등의 푸른 점은 선명하다. 둑의 돋아오른 풀
위에 드러누워 있던 터라, 처음에 나는 풀물이 묻어 있는 줄

알았다. 파란 풀에 휩싸여 하얗게 엎드려 있던 그애의 작은 몸. 내 기억 속에는 그애의 몸만 있다. 그애에겐 어쩌면 내 몸만 있을 것이다. 하지만 지난여름 무위 속에서, 용케도 그 미나리지를 사진으로 찍어내면서, 나는 내가 봤던 그애의 몸과 그애가 봤을 내 몸을 동시에 만들어 넣었다. 아름다운 쪽은 그애다. 나는 그앨 사랑했으니까. 훗날엔 어땠을지라도 그 순간엔 그애도 나를 사랑했기를. 만약 그렇다면 내 지난 여름날처럼, 그애가 혹시 그 미나리지를 생각해낸다면, 그애의 영상 속에선 내가 더 아름다울 것이다. 사랑이란 그런 것이다. 처음에 여자아이들은 그 파란 미나리지를 바라보며 손으로 턱을 받치고, 엎드린 채로 발을 허공에 뻗어대며 흔들었다. 공중에서 둘의 복사뼈가 부딪히지만 않았더라도, 나는 그애의 어리고 부드러운 몸을 보지 못했을 것이다. 그앤 그대로 엎드린 채로 팔을 뻗어 자신의 발을 동그랗게 끌어당겨 복사뼈를 매만졌는데, 나는 끌어당기는 대로 타원형으로 구부러지는 그애의 몸이 신기해서 내 아픈 곳을 만지다 말고 그앨 바라봤다. 하얀 그애 등의 푸른 점도 부드럽게 구부러져 있었다. 내 손바닥이 그 점으로 뻗어갔으나 그 푸른 점을 다 덮지는 못했다. 내 손바닥은 작았고 그애의 푸른 점은 넓었다. 지난여름, 그 무위 속에서 나를 버티게 해준 건 바로 이 푸른 영상이다. 나 혼자만 간직한 푸른 영상을 침묵의 무더위 속에서 생각하고 있으면, 어떤 희열이 시원하게 나를 감싸오곤 했다. 하지만 내게 이 영상을 글로 옮겨보게 만든 것은 그 보드라운 희열이 아니다. 영상 속에서 그애의 푸른 점을 덮었던 내 손바닥은 그 점 위에 머물러 있지만은 않았다. 내 손바닥은 그대로 그애의 목덜미 쪽으로 올라갔고, 엎드려 있던 그애는 간지러운지 돌아누웠다. 그애의 눈, 잉크빛 하늘이 담겨 있던 눈동자. 하얀 목, 밋밋한 가슴, 도드라져 있던 분홍색 젖꼭지. 그애가 눈을 찡긋거리면서 내 뺨에 입술을 댔다. 나는 떨었을 것이다. 그러면서 그애의 메마른 입술에 내 입술을 포갰을 것이다.

영상은 여기에서 끝난다. 영상이 끝난 자리엔 야생 미나리 군락지도 벗은 여자아이 둘의 몸도 없다. 그 자리엔 내 쓰라린 상처와 그애의 차가운 멸시가 남아 있다. 풀밭에 벗어놓은 옷을 입으면서 나는 생각했었다. 너를 나 자신보다 더 사랑할 거야. 하지만 그앤 나와 반대였나보았다. 그앤 다시는 나와 함께 그 미나리지에 가지 않았고 내가 부르거나 찾아가면, 소리를 쳐서 겁을 주었다.

봄이 가고 초여름이 다 되었을 무렵에야 그 야생 미나리 군락지가 바라다보이는 다리 위에서 나는 그앨 만날 수 있었다. 내가 이름을 부르자 그앤 도망쳤다. 그러다가 되돌아 달려와서 주먹을 꽉 쥐고 내 뺨을 제 힘껏 때렸다. 그 영상의 희열

뒤에 남는 이 아픔……

그녀의 글은 군데군데 눈물에 얼룩이 져서 글씨가 번진다.
'야생 미나리 군락지' '나 혼자만 간직한 푸른 영상' '메마른
입술' '어떤 희열' '그애의 푸른 점' '너를 나 자신보다 더 사랑
할 거야' '영상이 끝난 자리' 등등에. 그녀는 얼룩이 진 글씨들이
마르길 기다렸다가 노트를 덮는다. 다 식어버린 커피를 한 모금
마신다. 메마른 입술에 갈색 커피물이 번진다. 화원으로 다시
돌아가야 한다는 생각을 겨우 해냄으로써 의욕을 되찾으려던
그녀의 시선이 갑자기 한곳에 정지된다. 놀랍게도 그녀는, 그
남자의 얼굴을 볼 수 있게 된다. 노트에 떨어진 눈물 자국이 말
라가고 있을 무렵, 빌딩 안에서 그 남자가 걸어나왔던 것이다.
그녀는 한눈에 그 남자를 알아본다. 그 남자 옆에는 한 여자가
서 있다. 그 남자의 어깨에는 카메라가 매달려 있다.
  그녀는 손바닥을 유리창에 갖다댄다.
  그 남자가 카페 유리창 건너 빨간불이 켜져 있는 신호등 앞에
선 채로 얘기를 주고받고 있다. 그 남자가 어느 순간 몸을 돌려
카페 안을 보는 것 같아 그녀의 가슴은 두근두근거린다. 그러나
그 남자는 그녀를 보지 못한다. 무심히 카페 안을 스쳐가던 그
남자의 시선은 그녀도 스쳐지나갈 뿐이다.
  신호등이 바뀌었는데도 그들은 길을 건너지 않는다.

그 남자 곁에 서 있던 여자가 갑자기 그 남자에게 어깨에 메고 있던 가방과 손에 들고 있던 책을 맡기는 듯하더니 다시 빌딩 속으로 들어간다.

유리창 안에서 혼자 거리에 서 있는 그 남자를 바라보고 있는 그녀의 얼굴이 일순 긴장된다. 유리창 바깥 거리에 서 있는 그 남자에게 붙박여 있는 그녀의 시선은 그 남자가 자신의 얼굴을 알아보기를 간절히 원하고 있다. 그 남자가 정말 그녀를 본 듯할 때 그녀는 일부러 시선을 피하기까지 하나 그 남자의 시선은 그보다 먼저 그녀를 스쳐지나간 뒤다. 그 남자가 무심히 다시 카페를 바라봤을 때 그녀는 그 남자의 시선이 그녀의 얼굴에 고정되었다고 느끼는 것 같다. 일순 뺨에 홍조가 어린 걸로 보아. 하지만 그 남자의 시선은 무심히 또 한번 그녀를 스쳐갈 뿐이다. 다시 한번 신호등이 바뀌고 길을 건너오는 사람들을 피해 그 남자가 카페 유리문 바로 앞으로 걸어왔을 때 그녀는 숨이 멎는 듯하다. 하지만 그 남자는 두 번, 혹은 세 번씩 그녀의 얼굴을 보면서도 그녀를 못 알아보고 지나칠 뿐이다.

매번 그 남자의 시선이 그녀를 알아보지 못해서였을 것이다.

이제 그녀는 그 남자를 향해 반듯이 얼굴을 쳐들고 있다. 내가 여기 있다고 간절히 그 남자를 부르고 있다. 그렇게 그 남자를 부르고 나니 그 남자와 매우 친밀한 느낌이 들어 그녀는 수줍어진다. 그 남자를 향해 나예요, 라고 말할 수 있다면 참 행복

할 것이다, 라는 소망이 움트기도 한다. 이렇게 단절된 채 혼잣소리가 아니라 저 남자를 향해 다정한 얼굴로 나예요, 라고 말할 수 있다면.

거리에 서 있는 그 남자의 몸놀림은 무료해 보인다.

카메라 가방을 열고 안을 들여다봤다가, 빌딩 안쪽을 흘깃거렸다가, 밀려오고 밀려가는 버스 따위를 쳐다봤다가, 쓸데없이 구두로 곁의 가로수 아랫둥치를 탁탁 쳐보았다가, 주저앉을 듯 무릎을 비틀거리기도 한다. 처음엔 자신과 눈이 마주친 듯싶은데 알아보지 못하고 스쳐지나가는 그 남자가 야속했던 그녀의 창백했던 뺨은 혼자 남은 그 남자의 무료하기도 하고 어린애 같기도 한 몸짓을 지켜보는 동안 분홍 물이 든다.

노트를 덮을 적만 해도 암담했던 마음이 지금 유리창 바깥에 서 있는 그 남자로 하여 사라지고 없다. 그러던 것이, 바로 눈앞에 두고도 그녀를 못 알아보는 그 남자를 향한 야속함이 슬픔을 불러오는가 싶더니 지금은 그것조차 사라지고 없다. 그 남자의 몸짓을 혼자서 지켜보는 충만감으로 인해 뺨이 발그레해진 그녀의 눈이 다시 정지한다. 좀전에 그 남자에게 가방을 맡기고 빌딩 안으로 들어갔던 여자가 다시 그 남자 곁에 서 있다. 여자는 그 남자에게서 가방을 찾아 어깨에 메더니 그 남자에게 흰 봉투를 내민다. 그 남자를 거리에 두고 다시 빌딩 안으로 들어가서 가져온 것이 아마도 그 봉투인 모양이다. 봉투를 받아든 남자는 안에 무엇이 들어 있는지를 확인하지도 않고 흰 봉투를 카메라 가방 안에 넣는다.

두 사람은 이제 길을 건너려는 양으로 똑같이 뒷모습을 보이며 신호등 아래에 서 있다. 그들을 가만히 지켜보고만 있던 그녀는 갑자기 가슴이 두근거리기 시작한다. 의자를 박차듯이 서둘러 가방을 챙긴다. 의자가 밀리며 뒤 탁자와 부딪히는 것도 지금 그녀에겐 아랑곳없다. 계산하는 것도 잊고 막 카페의 문을 밀고 나가려는 그녀를 카페 종업원이 아가씨, 하고 부른다. 아가씨, 아가씨…… 세 번이나 호출을 당한 후에야 그녀는 종업원을 돌아다본다. 종업원은 손가락으로 계산대를 가리킨다. 허둥거리며 커피값을 치르는 그녀의 몸은 벌써 반은 카페 문 밖으로 나가 있다. 신호등이 바뀌면 그 남자는 길을 건널 것이고 그런 뒤엔 그 남자는 시야에서 사라질 것이다. 그 남자를 지켜보고 싶다, 지금 그녀의 마음속엔 오로지 그 생각뿐이다.

그녀가 커피값을 치르고 거리로 나왔을 때 그 남자와 여자는 길을 건넌 뒤다. 길을 건넌 그들은 삼성병원으로 이어지는 언덕길을 오르고 있다. 그녀가 막 길을 건너려 할 때 신호가 바뀐다. 정지선을 밟고 있던 택시가 그냥 길을 건너려는 그녀를 향해 클랙슨을 울린다. 택시 기사는 창문을 열고 그녀를 향해 미쳤어! 냅다 소리를 지른다.

그녀의 눈은 안타깝게 그들의 뒤를 쫓고 있다.

그날, 소매가 없는 자주색 실크 블라우스 아래 좁쌀만한 소름이 돋은 채로 얌전하게 놓여 있던 그녀의 팔은, 추운가보군, 무심한 그 남자의 한마디로, 무심한 그 남자의 쓰다듬음으로, 그랬다, 욕망을 품게 된 것이다. 야릇한 건 그날 현실 속의 그녀는 분명 자줏빛 실크 블라우스가 아니라 농원에서 일을 마치고 나온 터라 팔을 걷어올린 흰색 셔츠 차림이었는데도 그녀는 한사코 자신이 그날 자줏빛 실크 블라우스를 입고 있었다고 기억하는 것이다.

이윽고 다시 신호가 바뀌고 사람들 사이를 헤치고 재빠르게 길을 건넌 그녀는 그들이 사라진 삼성병원으로 이어지는 언덕길을 단숨에 오른다. 한길에서 벗어나자 여자가 그 남자의 팔짱을 낀다. 간혹 그 남자의 얼굴이 여자의 귓불에 가 머문다. 그들의 뒷모습을 바라보는 그녀의 이마가 창백하다. 헛발을 디뎌 휘청했다가도 그들을 놓칠세라 긴장한 탓에 손에 땀이 촉촉하게 배어 있다.

어디로 갔을까.

언덕을 올라서 삼성병원 앞을 지나와보니 양옆으로 빼곡히 식당이 들어차 있다.

삼겹살집과 해물탕 전문집, 갈치찜 전문집과 죽집 등 종류도 다양한 식당들의 간판이 휘황할 뿐 그 남자의 자취는 간 곳 없다. 늘 무언가를 주의깊게 응시하는 것 같으나 실은 아무것도 바라보고 있지 않던 그녀의 눈이 휘둥그레져 여기저기를 옮겨 다닌다. 그 남자가 앞질러 갔음직한 길목을 샅샅이 뒤져 바라보나 그녀의 눈은 그 남자를 찾지 못한다.

어디로 갔을까.

그녀는 이제 뛰기 시작한다.

종로장과 곰마루 식당과 슈퍼를 지나 기상대를 지나 그녀는 숨가빠하며 그 남자의 자태를 찾아 뛴다. 광화문 스튜디오. 숨이 턱까지 차오른 그녀는 걸음을 멈춘다. 그 남자는 보이지 않고 길이 두 갈래로 갈라진다.

광화문 스튜디오.

계속 이어지고 있는 길과 갈라지는 길 앞에서 망설이던 그녀는 광화문 스튜디오로 올라가는 길로 접어든다. 스튜디오로 올라가는 길이 지금 그녀가 서 있는 곳에서는 보이지 않기 때문이다. 저만큼 앞이 내다보이는 길에서는 그 남자로 보이는 사람의 자태를 찾을 수 없다. 그러니 급히 스튜디오 쪽으로 접어드는 그녀의 선택은 당연하다. 스튜디오로 올라가는 길 쪽에서도 그 남자의 흔적을 찾을 수 없자 그녀는 이제 숨가쁘게 올라갔던 길을 다시 뛰어내려온다. 사직터널과 금화터널로 갈라지는 길로 접어든다. 그 남자가 막 사직터널 쪽으로 돌아가는 것이 그녀의 시선에 잡힌다. 그들은 사직터널 위로 올라가고 있다. 그녀가 그들을 뒤따른다. 사회과학도서관으로 연결되는 언덕길로 올라간 그들이 다시 사직공원 쪽으로 내려간다. 언덕엔 파란 아카시아 잎사귀가 바람에 팔랑거리며 바닥에 그늘을 만들고 있다. 그들은 공원으로 들어가지 않고 그 사잇길로 들어선다. 사무실에서 멀어진 그들은 이제 자연스럽게 서로의 몸을 밀착한 채 걷는다. 그들 앞으로 인왕산 그늘이 펼쳐져 있다. 그들을 부지런히 뒤따르나 그녀는 또다시 그들의 자취를 놓친다. 사직도서관으로 연결되는 언덕길을 천천히 걸어올라가던 그들은 간 곳이 없다. 그녀가 언덕 아래에 서서 사방을 휘둘러본다. 햇살 아래 멀리 활터와 만둣집과 카센터와 여행사와 붉은 기와지붕의 여관 간판이 그녀의 시선 속으로 들어왔다가 멀어질 뿐이다. 여름 태양 아래 나무들의 그림자가 도서관과 북악스카이웨이로 이어지는 산길에 짙은 그늘을 드리우고 있을 뿐 그녀가 찾는 그 남자는 보이지 않는다.

12. 쉿!

지금 그녀는 기다란 방으로 돌아가는 버스를 타려고 박물관 건너편 버스 정류장에 서 있다. 평소엔 걸어다니는 거리나 이젠 더 걸을 수가 없을 정도로 피로에 절어 있다. 화원 앞에서 광화문을 가로질러 여기까지 걸어온 것도 힘에 부친다. 살갗이 벗겨진 뒤꿈치가 한 발짝 뗄 때마다 상처 난 곳에 모래를 뿌릴 때처럼 쓰라리다.

밤 아홉시.

어딜 그렇게 쏘다닌 것일까.

그 남자를 쫓던 발걸음을 산길에서 돌려 그녀는 몇 시간을 이 거리 저 거리를 쏘다녔다. 발뒤꿈치에 물집이 잡힐 지경이 될 때까지. 마음을 수습해 화원으로 돌아왔을 땐 이미 수애가 화원 문을 닫은 뒤였다.

가족사진을 전문으로 찍는 사진관 '란'에서 노란 불빛이 흘러나온다. 그 앞을 오가는 사람들은 그 불빛에 이끌려 걸음을 걷다가 사진관 진열장을 바라본다. 진열된 사진 속의 가족들은 모두들 한결같이 멋진 차림으로 밝게 웃고 있다. 우리는 행복해요, 라고 말하고 있는 듯하다.

사진관 조금 아래의 버스 정류장에 그녀는 서 있다. 버스가 오기를 기다리는 동안 혼미해지는 정신을 가다듬으려 이따금씩 건너편 박물관을 응시하거나 안락의자가 놓여 있는 카페 팔레트 쪽을 보기도 한다.

그녀 앞에 오토바이 한 대가 멈춰 선다.

"어디까지 가시오?"

그녀가 오토바이 위에 앉아 있는 사람을 본다.

정복 차림의 경찰관이다. 그는 오토바이를 그녀 바로 곁에 세워놓고 웃고 있다. 눈이 작고 덩치가 큰 남자다.

"순찰중이오. 저기까지 가면 타시오."

경찰관은 손을 뻗어 저기 앞쪽을 가리킨다. 그녀에겐 관심도 없이 버스를 기다리는 사이 서로 각자 휴대폰으로 통화를 하고 있던 여학생 둘이 그때서야 오토바이 위에 앉아 있는 경찰관과 그녀를 바라본다. 그녀가 어떤 선택을 하는지 구경할 모양이다.

"가는 길이니 타려면 타시오."

망설이는 게 아니라 아직도 상황 판단을 못한 그녀를 경찰관은 재촉하는 듯 빤히 쳐다본다. 경찰관의 눈매나 입매에서 선의를 느낀 듯 그때까지 무슨 일인가 했던 그녀가 경찰관을 향해 웃으려 애쓰고 있다. 피곤에 지친 탓에 입은 웃으려는데 이마는 찡그리고 있다.

"타요."

기다란 방은 그녀가 서 있는 곳에서부터 버스로 두 정거장이다.

"순찰 돌러 가는 길이니까."

그녀는 두 여학생의 의아해하는 시선을 받으며 순간적으로 오토바이에 올라탄다. 오토바이로 가면 일 분도 안 걸릴 거라고, 생각하면서.

"허리를 꽉 잡아요."

그녀가 오토바이에 올라타자마자 경찰관은 속도를 낸다. 그 바람에 가로수용 은행나무 밑에 떨어져 있던 은행잎들이 휘익 날아올랐다가 가라앉는다.

그렇게 백 미터나 갔을까.

갑자기 오토바이가 속도를 확 줄여 그녀는 경찰관 등에 얼굴을 부딪힌다. 코끝이 닿은 옷에서 땀냄새가 맡아진다.

화랑들이 늘어선 거리를 지나 진선 북카페가 보이는 삼거리 앞에서부터 차량이 밀집해 있더니 곧 속력을 전혀 낼 수 없다.

그녀는 얼른 경찰관의 등에서 얼굴을 떼고 자세를 반듯이 한다. 경찰관이 혀를 끌끌 찬다. 오토바이가 헤집고 들어갈 틈도 없이 버스와 트럭, 그 사이 택시와 개인 자동차들이 빼곡하다. 길이 언제 뚫릴지 예상할 수도 없을 지경으로 차량들은 도로 위에 서 있다. 신호 탓인가 싶어 그녀는 경찰관의 등뒤에서 고개를 옆으로 내밀어 앞을 내다본다.

그 순간, 오토바이는 정독도서관으로 이어지는 도로 옆길로 접어든다.

"어디 가요?"

그녀가 놀라 경찰관에게 묻는다.

"길이 이렇게 막혀서 되겠소. 이 길로 가면 감사원 뒷길로 통하니까."

감사원 뒷길?

여태 방심하고 있던 그녀는 찬물이라도 뒤집어쓴 듯 정신이 번쩍 든다.

"좀 천천히 가요."

"허리나 꽉 잡으시오."

경찰관은 도로 옆길로 접어들자마자 오토바이 속력을 높인다. 저절로 경찰관의 허리께 옷자락을 잡은 그녀의 손아귀에 힘이 간다. 최욱환 치과, 큰마당 한식집, 예공방, 길목 분식…… 그녀는 여기가 어디인가 싶어 바람 속에서 간판들을 읽는다. 여기 사는 동안 이 길목으로는 한 번도 오간 적이 없다. 여학생들이 삼삼오오 웃음을 터뜨리며 지나간다. 간혹 어떤 사람들은 경찰관의 오토바이 뒷자리에 앉아 있는 그녀를 쳐다보기도 한다.

"너무 빙 돌아가는 거 아네요?"

"걸어가는 것보다야 빠르겠지."

순찰중이라던 경찰관은 마치 그녀를 기다란 방에다 태워다주려고 나타난 사람처럼 말한다. 길가 양편에는 불법 주차된 자동차들이 빼곡하다. 오토바이가 속력을 내 달리니 앞에 걸어가던 사람들이 그 자동차들 사이로 몸을 피한다. 오토바이가 지나간 뒤에 침을 뱉으며 경찰이면 다야! 소리를 지른다.

다시 사거리에 이르자 오토바이는 선재미술관을 뒤로하고 정독도서관을 옆에 끼고 낯선 골목으로 접어든다. 도서관에서 나온 듯한 청소년들이 몇, 오토바이를 피해 옆으로 비켜선다. 골목 여기저기에 들어차 있는 분식집에서 끓이는 라면 냄새와 오뎅 국물 냄새가 골목을 점령하고 있다. 도서관 옆벽을 지나오자 길목은 점점 좁아진다. 일찍 지기 시작한 낙엽들이 여기저기서 뒹굴고 있을 뿐 왁자하던 인기척이 끊기고 없다.

"그냥 여기서 내려주세요."

"여기서 말야?"

"내려주세요."

"조금만 참아. 다 왔는데."

대체 길이 어떻게 연결된 것일까.

좁은 골목을 벗어나자 길이 약간 가팔라진 뒤 어떻게 된 셈인지 산길로 이어진다. 여기에 이렇게 호젓한 길이 있었나, 싶을 지경이다. 양쪽 철책 너머는 잡목 숲이다. 어둠 속에 나무들이 우뚝우뚝 서 있다. 여기가 대체 어디일까.

오토바이는 점점 더 속력을 내며 산길로 올라간다.

오토바이가 속력을 낼수록 그녀의 머릿속은 복잡해진다. 두어 달 전에 읽었던 신문기사의 내용이 선명하게 되살아났기 때문이다.

'오토바이 납치범 극성. 최근 들어 떼를 지어 다니는 오토바이족들 주택가까지 침입. 어젯밤 아홉시경 퇴근하던 오퍼레이터 홍모양을 집 오십 미터 앞에서 납치해 어린이 놀이터에서 폭행하고 도주. 뒤늦게 발견된 홍모양 급히 병원으로 옮기던 중 사망.'

잡목 숲 사이로 야경이 휙휙 스쳐지나간다.

오토바이 소리가 요란할 뿐 산길엔 어떤 인기척도 없다. 그녀는 마음을 차분히 가지려고 애쓰며 경찰관 남자의 허리께 옷자락을 쥐고 있는 손아귀에 힘을 준다.

철책 너머 어둠 속의 나무들이 구경꾼들 같다.

오목하게 들어간 길 쪽으로는 그녀와는 상관없이 태연히 나무 의자가 놓여 있다. 도심에 이런 길이 숨어 있었다니. 오르막

길이 끝이 나고 평평한 산길이 이어질 때쯤 경찰관 남자가 오토바이의 속력을 확 줄인다. 그 통에 그녀는 다시 경찰관 남자의 등에 얼굴을 부딪힌다.

"야경이 아주 좋은데 잠깐 내려서 구경하다 갈까?"

경찰관 남자는 아예 그녀에게 말을 낮추고 있다.

그녀의 이마에 식은땀이 솟는다. 내가 어쩌다가? 그녀는 버스 정류장에서의 자신이 이해가 되질 않는다. 아무리 타라고 한다고 해도 그렇지 어떻게 이 생면부지의 경찰관 남자의 오토바이에 올라탔단 말인가. 경찰관이라 방심했었는가. 그 남자를 뒤쫓다 그의 모습을 놓친 후 내내 건물과 건물 사이 골목과 골목 사이를 헤매다니던 그녀를 점령했던 피로는 어느새 사라지고 없다.

경찰관 남자가 오토바이의 발판에서 한 발을 내려 산길에 딛는다.

어머니.

그녀는 마음속으로 자신도 모르게 어머니를 부른다. 도와주세요, 어머니. 너무나 겁이 나니 차라리 마음이 차분해진다. 이제야 그녀는 지난 여름밤 그 남자와 광화문 카페에서 재회하기 이전의 그녀로 돌아가 있다. 그 남자라는 환영에 이끌리기 전의 조용하고 침착한 그녀로.

"잠깐 내리지."

어떻게 해서든 이 산길에서 내려가야 한다. 그때까지는 절대 이 오토바이에서 내려서는 안 된다. 그녀는 마음을 다잡으며 경찰관의 허리께 옷자락을 잡은 손에 더욱 힘을 준다.

"그냥 가요, 아저씨."

그녀는 자신이 긴장해 있다는 걸 들키지 않으려고 아저씨— 길게 내빼며 끝에 웃음을 매단다.

"야, 정말 야경이 끝내주네요. 세상에 서울에 이런 곳이 있었네요. 근데 다른 날 다시 와봐야겠어요. 지금은 몸살이 나려는지 추워서…… 빨리 집에 가서 뜨거운 걸 좀 마셔야겠어요."

"몸이 아파?"

"네."

"혼자 살아?"

"네."

그녀는 수애를 생각하며 네, 라고 힘주어 대답한다.

지금 그녀의 머릿속은 오로지 이 경찰관 남자를 안심시켜야 된다는 생각뿐이다. 이 경찰관 남자의 비위를 건드려선 안 된다는 생각. 이 경찰관 남자를 잘 설득시켜 일단 이 산길에서 내려가야 한다는 생각.

"아 참!"

그녀는 경찰관 남자의 허리를 꽉 붙잡으며 뭔가 생각난 듯이 중얼거린다.

"아저씨, 내 방에 가서 차 한잔하구 가세요…… 지리산에서 햇차가 나와서 사다놓고 아직 뜯지도 않은 게 있거든요. 이렇게 고마운데 인사는 해야죠. 오늘 햇차 개봉하게 생겼네."

그녀는 호들갑스럽게까지 구는데 경찰관 남자는 묵묵부답이다. 그녀는 경찰관 남자의 허리를 껴안듯이 당겨 앉으며 속삭이듯 말한다.

"어서 가요, 아저씨."

"……"

"산길 내려가면 금방 제 방이에요."

"그래도 아깝잖아…… 저렇게 야경이 좋은데."

"……"

"잠깐만 내렸다가 가자."

경찰관이라고 방심하고 달싹 오토바이를 타다니. 경찰관이라 더 위험할 수도 있는데. 아니다. 그녀는 격해지려는 마음을 달랜다. 이 경찰관 남자는 계획적으로 이러는 것이 아니다. 순찰을 도는 중이었을 것이다. 그 거리를 지나는 버스는 104번 한 대뿐이고 종점이 삼청동이라는 것도 알 것이고 기껏 두 정거장 남아 있는 거리이니 선의로 태워다주려 했던 것이라고, 그녀는 애써 마음을 달랜다. 저 야경이 이 경찰관 남자의 마음을 잠시 흩뜨리고 있을 뿐이다, 고.

산길에 차를 세워놓고 데이트를 하던 사람들이었을까.

어둠뿐으로 어떤 기척도 없던 맞은편 산길에 자동차의 헤드라이트 불빛이 천천히 오토바이를 향해 오고 있다. 흰 자동차의 헤드라이트 불빛이 오토바이를 환하게 비추며 내려오기 시작하자 야경을 구경하자며 그녀를 오토바이 뒷자리에서 내리게 하려던 경찰관 남자는 오토바이를 출발시킨다. 싸늘한 밤공기가 그녀의 뺨을 후려치듯 지나간다.

　그녀는 경찰관 남자의 허리를 꽉 붙잡는다.

　흰 자동차와 오토바이가 서로 스쳐간다.

　"정말 아가씨 집에서 차를 타줄 거요?"

　"그럼요."

　경찰관 남자의 등뒤에서 상냥하게 그럼요, 라고 대답하는 그녀의 뺨은 잔뜩 일그러져 있다.

　오토바이가 굽은 산길을 돌아가자 저만치 그녀에게 낯이 익은 삼청공원과 그 아래로 갈라지는 길이 보인다. 그토록 조용하고 인적이 드문 그 산길이 어떻게 여기와 연결되는 것일까. 그녀의 입에서 저절로 깊은 숨이 토해진다. 이젠 됐다, 싶은 안도와 함께 온몸에서 맥이 탁 풀린다.

　"내려주세요."

　여기저기 불빛들이 보이고 오가는 사람들이 눈에 띈다. 공영주차장에 즐비하게 자동차들이 줄 서 있다. 허름한 식당의 간판에서도 불빛이 흘러나온다.

"내려주세요."

"아가씨 왜 그래?"

"빨리 내려줘요!"

그녀가 오토바이 위에서 소리를 치게 되면 난처해지는 사람은 경찰관 남자다. 경찰관은 비탈진 길 위에서 오토바이를 세운다. 그녀가 내려서자마자 경찰관 남자는 오토바이 속도를 높이며 비탈길을 내려간다.

오토바이가 시야에서 사라지자마자 그녀는 길거리에 털썩 주저앉는다. 오가는 사람들이 그녀를 쳐다본다. 조그만 생수병을 손에 들고 마시며 걸어가던 여학생이 그녀에게 다가와 괜찮으세요? 물으며 생수병을 내민다. 그녀는 생수병을 받아 입에 대고 벌컥벌컥 물을 들이마신다. 그녀가 생수병을 돌려주려고 하자 여학생이 피식, 웃는다. 그녀가 물을 다 마셔버린 생수병은 비어 있다.

"미안해."

여학생은 괜찮아요, 하며 뭐, 도와줄 일 없어요? 묻는다. 그녀가 길바닥에서 힘을 내서 일어서자 그녀의 팔을 잡아 부축해준다. 그녀가 한 발짝 한 발짝 공원 앞까지 걸어와서 공중전화 부스로 들어가 동전 투입구에 동전을 넣는 걸 보며 여학생은 제갈 길로 간다.

서너 번 벨이 울리고 수애의 목소리가 들릴 때 그녀는 무릎이 푹 꺾인다.

"나 좀 데리러 올래?"

"왜 그래? 무슨 일 있어?"

"여기 삼청공원 앞 공중전화 부스!"

무슨 일이 있느냐고 더 물으려던 수애는 알았어, 곧 갈게, 하며 전화를 끊는다.

오 분쯤 지났을까.

어둠 속을 달려온 수애가 공중전화 부스 안에 주저앉아 있는 그녀를 어처구니가 없다는 듯 바라본다. 이따금 둘이 삼청공원 안의 약수터로 물을 길러 가던 길목이다. 무슨 일이야? 묻지도 않고 수애는 일단 그녀를 일으켜세운다. 어떻게 해서든 몸을 일으켜보려던 그녀는 제풀에 꺾여 허수아비처럼 풀썩 주저앉는다. 바닥에 발을 디디고 있을 힘이 없다. 그녀를 들쳐업어보려 하지만 그녀보다 키가 작은 수애는 일어서질 못한다.

저만큼 주차장에서 막 시동을 걸고 있는 남자에게 뛰어가는 수애. 기다란 방은 빠른 걸음으로 오 분도 안 걸리는 곳에 있지만 수애 혼자 맥이 빠져 주저앉아 있는 그녀를 데리고 갈 방법은 없다. 차창을 사이에 두고 가끔 주저앉아 있는 자신 쪽을 쳐다보며 대화를 나누고 있는 수애와 자동차 안의 남자를, 그녀는 어둠 속에서 먹먹하게 바라보고 있다. 이윽고 그녀 앞으로 다가온 자동차의 문이 열린다. 수애는 그녀에게 다가와 그녀가 자동차에 오를 수 있게 부축해준다.

"고맙습니다."

기다란 방으로 올라가는 계단 앞에서 먼저 내린 수애는 운전
자에게 인사를 하고는 자동차에서 내리고 있는 그녀의 허리를
붙잡아준다. 대구에서는 언제 돌아온 것일까? 기다란 방 주인
여자가 막 안채로 통하는 미닫이문을 밀고 들어가려던 그녀와
수애를 보고 서 있다.

"어디 아파요?"

수애가 그녀의 팔짱을 끼고 계단을 오르니 정말 그녀가 환자
같다. 아무 대답도 하지 않는 그녀와 수애를 한번 더 쳐다보던
주인 여자는 안으로 들어간다.

"대체 어떻게 된 거야?"

참을성 있게 그때껏 아무 말도 묻지 않던 수애는 기다란 방에
도착하자마자 나무라듯 그녀에게 묻는다.

"물 좀 줘."

걷잡을 수 없는 갈증이 엄습한다. 식도가 타버릴 듯이 물이
그립다. 그녀는 수애가 따라주는 물을 세 잔이나 연거푸 얻어마
시고도 갈증이 가시지 않은 듯 물을 더 달라고 한다.

메마른 입술은 갈라져서 피가 맺혀 있다.

물을 더 마신 그녀는 드러누워 눈을 꼭 감아버린다. 누워 있
는 그녀를 응시하던 수애는 이번에만은 무슨 일인지 꼭 알아야

겠다는 듯이 한사코 그녀가 눈뜨길 기다린다. 얼마 후에 그녀가 눈을 뜨자, 수애는 무슨 일이야? 똑바로 묻는다. 그녀로부터 버스 정류장에서 경찰관의 오토바이를 타게 되었던 순간부터 산길까지 가게 된 경위를 참을성 있게 듣고 있던 수애가 얘기가 끝나자마자 속사포로 그녀를 책망한다.

"대체 왜 그래? 네가 어떤 위험에 처해 있었는지 아직도 모르겠어? 그런 정신 상태로 어떻게 오토바이에서 안 내릴 생각은 했대? 상대는 그냥 오토바이를 탄 사람이 아니고 신분이 확실한 경찰관이야. 게다가 네가 얼굴을 똑똑히 봤는데 널 가만뒀겠어."

기가 막힌 듯 그녀를 힐난하던 수애는 얼굴 똑똑히 봤지? 알아볼 수 있겠지? 그녀에게 확인한다. 수애는 이리저리 전화를 걸어보더니 하긴, 선의로 오토바이로 집까지 바래다주려던 것뿐이었다 하면 그만이지, 중얼거리더니 그녀에게 담요를 덮어주고는 분이 나서 견딜 수 없다는 듯 방문을 쾅 닫고 나가버린다.

모두가 잠든 깊은 밤중, 어쩌면 신새벽일지도 모르겠다.

기다란 방에서 몸을 일으킨 그녀, 어둠 속에 앉아 있다. 허브와 비너스 눈썹이 우두커니 앉아 있는 그녀를 내려다보고 있다. 경찰관과 산길에서 벌인 실랑이들이 떠올랐다가 가라앉고 가라앉았는가 하면 또다시 떠오른다. 돌아누워도 다시 엎드려봐도 마찬가지다. 머리가 지끈거리고 목에서는 신물이 올라와 더이상 누워 있을 수조차 없다. 비너스 눈썹은 기다란 방을 온실 삼아 날벌레들을 유인해 잡아먹으며 나날이 기름져가고 있다.

그녀, 스륵스륵 일어나더니 가방을 챙겨들고 수애가 잠 깨지 않게 문 여는 소리, 발소리를 죽이며 좁은 계단을 내려온다. 출입문을 닫고 총리공관 옆담을 지나가다가 그녀는 턱에 걸려 넘어지려 한다. 그녀, 터져나오려는 고함을 참아내며 천천히 걷기 시작한다. 찬바람이 그녀의 목덜미와 종아리를 휘감는다. 이따금 택시가 지나가지만 그녀는 아랑곳없이 침묵에 잠긴 은행나무 가로수 밑을 걸어간다. 인적이 없는 도시의 도로를 걸어 화원에 도착한 그녀는 셔터를 올리고 화원 통로 쪽의 불을 밝힌다.

밀폐된 공간을 떠돌던 식물들의 익숙한 냄새가 희미한 어둠 속에 가득차 있다. 그 냄새를 맡자 잠을 자면서도 찡그리고 있던 그녀의 이마가 한순간 주름살 없이 펴진다. 그녀는 깊은 숨을 내쉬며 식물들이 내뿜는 냄새 속에 서 있다. 철제 책상 위에 가방을 내려놓고 그녀가 화원 전체에 불을 밝힌다.

여름날 뜨거운 태양을 닮아 강렬했던 글록시니아와 은방울, 꽃치자가 물러간 자리를 가을꽃이 메우고 있다. 보라색 꽃을 피워 올린 용담과 붉은빛의 익소라, 오렌지빛의 란타나를 그녀는 눈으로 둘러본다. 강기슭을 닮은 야생 국화종인 감국의 줄기 끝에도 작은 꽃이 노랗게 피어 있다. 좁은 통로에 밀어놓은 물통

266

속엔 보랏빛 해국이 가득 담겨 있다.

그녀는 의자를 끌어당겨 식물들 곁에 앉는다.

식물들은 화원 천장을 향해 이중 삼중으로 들어차 있다. 소철과 가지마루, 관음죽을 둘러보던 그녀는 의자를 더욱 초록빛을 내는 식물들 쪽으로 끌어당긴다.

얼마나 지났을까.

의자 위에서 가만히 일어선 그녀가 화원 안의 불을 끈다.

화원 안이 어두워진다.

어둠 속의 의자 위에서 그녀가 울기 시작한다. 처음엔 조용히 흐느끼더니 곧 그녀의 울음소리는 격해진다.

여름이 지나도록 아무 일도 없었던 그녀의 심연에 그를 향한 욕망은 한순간에 시작되었다. 아무 연대감도 없는 그 남자에게로의 이끌림은, 가끔 한밤중에 잠이 깨었을 때, 그녀 가슴을 훑고 지나가던 참담함, 그 불안을 막아주던 식물들의 위로, 칠흑 같은 밤중에도 뿌리들은 흙속에서 키를 키우겠지 싶어 허리가 짜부라질 것 같은 피로에도 불구하고 다시 이 화원으로 달려오게 만들던 그 위로까지도 뛰어넘어 지금 그녀를 길게 울게 하고 있다. 어떤 통로도 없이 그를 향해 점점 부풀어만 가는 욕망은 그녀로 하여금 모든 일에 방심케 했다. 그녀의 그 남자에게로의 이끌림이 지난여름부터가 아니라 수천 년 전부터 똬리를 틀고 있다가 터져나온 것만 같이. 추억이 되지 못하고 파릇파릇한 슬픔으로 전이된 욕망. 그녀는 그 욕망을 껴안고 귓불이 붉어진 채 어둠 속의 화원 안에서 길게 울고 있다. 이 울음소리를 처음 듣는가. 수 세기 동안 전해내려오는 배려받지도 표현되지도 못한 이 울음소리를.

13. 수녀

지금 그녀는 소읍의 그녀가 다녔던 초등학교 앞에 서 있다. 그새 그녀의 긴 머리는 짧게 커트되어 있다. 화장을 하지 않던 그녀의 눈엔 보라색 아이섀도가 그려져 있고, 입술엔 붉은 립스틱이 칠해져 있다. 사뭇 그녀는 다른 사람 같다. 소읍의 기차역에 내려 그녀가 맨 처음 한 일은 미용실에 들어가 머리를 자른 일이다. 소읍 미용사의 가위질은 서툴렀다. 커트된 머리는 자연스럽지가 않고 뒷덜미나 옆머리에 가위 자국이 드러나 있다. 그러나 미용사는 자신의 솜씨를 믿고 있는 것 같았다. 어때요? 이미지가 확 달라졌죠? 하면서 그녀의 눈썹을 밀어내고 새로 그려 넣기까지 했다. 그녀가 물끄러미 보기만 하자 미용사는 그녀의 눈에 그녀의 입술에 아이섀도와 립스틱도 칠해놓았다.

기억 속엔 초등학교로 들어가는 길에 성공회가 있었고 조금 더 지나 교문 앞 문방구집이 있었다. 그 문방구집에서는 거위 두 마리를 길렀었다는 기억. 그녀는 소읍의 오거리와 사거리 시장통과 우회도로를 끼고 돌거나 헤매다가 다시 길을 묻고 물어 초등학교를 찾아내었다. 학교 교문이 보이는 백 미터 전부터 길 양쪽에 낮은 슬래브집들은 사라지고 고층 아파트들이 들어서 있어 그녀는 바로 교문이 저기 보이는데도 여기가 아닌가, 싶어 주춤거린다. 학교 뒷산도 사라지고 아파트들이 들어서 있어 학교가 아파트에 에워싸여 있는 꼴이다. 학교 안으로 들어가려면 문방구집의 노란 부리를 가진 흰 거위 두 마리가 곧 달려들 듯했는데.

그녀는 마치 그때의 거위를 피하듯 문방구를 흘깃거리며 교문 앞에 서 있다.

하늘을 향해 늘어선 포플러. 그 옆의 그네와 미끄럼틀을 둘러본다. 붉은 벽돌의 학교 건물과 마주치니 그제야 그 학교라는 생각이 든다. 교무실이 있던 건물 옆으로 새 건물이 들어선 것이 낯설 뿐 수돗가까지 그대로다. 그 옆으로 동상이 몇 개 새로 세워져 있을 뿐.

수업중인지 운동장은 인기척이 없이 적막하다.

월요일에 조회가 있을 때면 교장선생님이 올라가 훈시를 하던 단상이 운동장 중앙에서 쏟아지는 햇살과 바람을 받고 있을 뿐이다. 그 햇살과 바람에 후문 쪽까지 이어지는 포플러 잎사귀들이 뒤집어지며 반짝거린다. 그녀는 사학년이나 혹은 오학년 때의 교실이 있던 쪽을 쳐다보기만 할 뿐 학교 안으로 들어가지는 않는다. 문방구집에서 중년 여자가 고개를 빼고 교문 앞에 어정쩡하게 서 있는 그녀의 등을 바라보곤 한다. 이제 거위 따위는 없다.

그녀가 문방구 옆으로 난 사잇길로 접어든다.

그 마을로 가는 지름길이다.

그 마을은 아직도 이씨 성을 가진 사람들이 주류를 이루며 살고 있는지. 주변 농지나 임야의 소유주였던 이씨들. 서로 고모거나 작은어머니이거나 당숙이었던 이씨들.

그 마을에 아직 남애가 있을는지.

남애가 마을을 떠났다고 해도 누군가에게서 소식은 들을 수 있을 것이다, 생각한다. 어디에 살고 있는지 정도는 알 수 있을 거라고. 그러면 남애를 찾아 한 번만 만나볼 것이다, 생각한다. 한 번만. 어머니를 따라 읍내로, 뒤이어 수원으로 나온 뒤엔 한번도 가본 적이 없는 마을을 찾아 그녀는 터벅터벅 길을 걷는다. 아이들 서넛이나 자전거가 한 대쯤 지나갈 수 있었던 좁은 흙길이 이젠 시멘트가 칠해진 넓은 길이 되어 있다. 떠나온 후 잊혀졌던 길. 그 길 끝에 대문이 없는 낡은 집이 보이지 않았다면 그녀는 그 길이 아니라고 생각했을 것이다. 그 낡은 집을 돌아가면 곧 신작로로 이어질 것이다.

낡았지만 마당에 늘 아이들이 북적대었던 집.

길에서 들여다보면 밥상을 마주하고 있거나 우물에서 물을 긷거나 빨랫줄에 빨래를 널던 사람이 있었다. 그 집 앞은 바로 경지정리가 안 된 계단식 다랑이논들이 펼쳐져 있었는데…… 그녀의 눈빛 속에 여기가 거기 맞는가 싶은 의아심이 실린다. 다랑이논들은 간데없고 학교 뒷산에서부터 이어지던 아파트들이 다랑이논이 있던 자리까지 내려와 있다.

그녀는 낡은 집을 마치 오래된 습관처럼 들여다본다.

집의 골격만 겨우 갖추고 있을 뿐 누구도 살고 있지 않은 듯 황폐한 기운이 감돈다. 처마와 마당을 가로지르고 있는 빨랫줄 위에 참새 몇 마리가 앉아 있다가 그녀의 기척에 포르르 날아간다. 하굣길에 갈증이 나면 두레박으로 물을 퍼올려 마시고 가던 우물이 있던 자리를 더듬어본다.

저쯤인가.

그녀는 누가 떠밀기라도 하는 듯 황폐한 낡은 집 안으로 들어선다. 우물이 있던 자리라고 여겨지는 곳으로 뒤를 돌아보며 걸어간다. 다랑이논 대신 우뚝 선 아파트들이 그녀의 뒤에 서 있다. 낡은 집은 인기척이 끊긴 지 오래인 듯하다. 우물가는 바짝 말라 있고 여기저기 잔돌이 쌓여 있거나 바람에 쓸려온 듯 지푸라기와 나뭇잎들이 아무렇게나 깔려 있다.

사람은 간 곳이 없고 우물만이 집을 지키고 있다.

그녀는 숨소리를 죽이며 우물 턱에 팔을 고이고 우물을 들여다본다. 모든 흔들림이 정지된 검은 물. 그 위에 어른거리는 하늘. 검은 물 위의 하늘. 처음엔 아련하더니 조금 지나자 우물에 그녀의 얼굴이 비친다. 그녀는 고개를 저어본다. 검은 물 위의 얼굴이 흔들린다. 그녀는 미동도 없이 뚫어져라, 우물 속의 얼굴을 바라본다. 그 얼굴도 그녀를 뚫어져라, 바라본다. 그녀는 갑자기 오싹 소름이 돋는다. 누가 떠밀어 이 낡은 집으로 들어온 듯했던 그녀는 이제 누가 떠미는 듯 낡은 집의 우물가에서 뛰어나온다. 어찌나 서둘렀는지 우물 턱에 걸려 넘어질 뻔한다. 숨이 턱에 차오르도록 빠른 걸음으로 낡은 집의 뒤를 돌아 큰길을 찾아 나온다.

그녀는 마을에 가려면 산을 하나 넘어야 한다고 생각했지만 넘을 산이 사라졌다. 산을 넘기 전에 다리를 지나야 한다고 생각했지만 건너야 할 다리도 사라졌다. 다리를 지난 후엔 아카시아나무 숲을 지나야 한다고 생각했지만 아카시아나무 숲도 사라졌다. 누가 먼저 다리까지 뛰어갈 수 있는지, 누가 먼저 늪 속의 진흙을 파올 수 있는지 내기를 걸며 걸어다녔던 구불구불하거나 먼지 나는 신작로가 사라지고 반듯하게 아스팔트가 뻗어 있다.

여기였을까.

남애 어머니의 묘지.

술에 취하면 항아리 속에 들어가 노래를 부르는 아버지를 가졌던 남애와 귀를 기울이며 엎드려 있었던 무덤. 그땐 신작로였던 것이 이젠 아스팔트길로 바뀌어 사방이 낯선데도 그녀는 아스팔트길 아래 논과 밭으로 이어지는 틈새에 아직도 잡초 속에 버려진 듯 남아 있는 무덤을 알아본다. 그 곁에 새 무덤이 하나 더 생겼는데도. 그녀가 묘지 곁으로 가보려고 밭둑으로 내려서자 그녀 무릎에 닿을 만큼 무성한 잡초들이 그녀의 종아리를 휘감는다. 억센 잡초에 휘감긴 그녀의 종아리가 쓰라리다. 쇤 개망초들이며 질경이와 산매발톱 들을 피해보려 하나 너무 무성하다. 앞이마로 머리카락이 흩어져내린다. 묘지 옆에서 그녀는 씁쓰레 웃는다. 남애와 둘이 마을 아이들의 가방을 나눠 들고 고행자들처럼 이 길을 걸을 때 너는 왜 저애들처럼 앞서 가지 않아? 라고 묻던 남애의 목소리가 떠올라서. 쓰라린 종아리와 일렁이는 바람 속으로 스쳐가는 기억들. 내가 졌는데 왜 내 걸 나눠 지는 거야? 잊고 있던 남애의 목소리. 내가 좋아? 라고 묻던 그 목소리. 왜? 왜 내가 좋아? 세월이 흘러 지금, 느닷없이 당신을 이렇게 마음에 품게 된 이유를 설명할 수 있으면 좋겠어요. 중얼거리는 그녀의 입술은 메말랐다. 그녀는 가방을 내려놓고 묘지 위에 올라가 납작하게 엎드린다. 불편한 자세를 고쳐 귀를 기울이듯 얼굴을 묘지에 갖다댄다. 무슨 소리를 간절히 원

274

하고 있는 자세다.

얼마나 지났을까.

묘지에서 내려온 그녀는 가방을 챙겨들고 걸음을 서두른다.

남애가 있을까. 남쪽 도랑둑을 중심으로 펼쳐진 야생 미나리 군락지가 있던 그 마을에. 마을은 조용하다. 아스팔트길은 마을까지 이어진다. 마을로 들어와 옆길로 들어서도 아스팔트길은 마을을 관통하고도 끝도 없이 이어진다. 신작로를 사이에 두고 있던 집들이 이젠 아스팔트길을 사이에 두고 있다. 집집의 감나무 그림자가 골목까지 길게 드리워져 있을 뿐 아무도 살지 않는 마을처럼 인적이 없다. 그녀는 잠시 집들을 바라보며 서 있다가 남쪽 도랑둑을 중심으로 펼쳐져 있던 야생 미나리 군락지를 찾아보려 여기저기를 기웃거린다. 어쩌면 마을보다도 더 먼저 생겼을지도 모를 드넓은 야생 미나리 군락지는 눈에 띄지 않고, 구획이 반듯하게 된 논들이 드넓게 펼쳐져 있다. 그 논에 누렇게 익어가고 있는 벼들이 그녀의 시야를 가득 메운다.

그녀는 두리번거리며 야생 미나리 군락을 찾는다.

봄이 되어 야생 미나리가 진흙 속에서 푸른 줄기를 돋워내기 시작하면 마을은 마치 초원을 끌어안고 있는 것 같았다. 독특한 향을 풍기며 미나리가 왔다가 가고 나면 마을 사람들은 누가 시키지 않아도 두엄이나 닭똥을 미나리지에 뿌려주었다. 칠월이 지나 팔월쯤에 미나리 줄기에 흰 꽃이 피기 시작하면 푸른 미나리 군락엔 눈이 내린 듯하였다. 바람에 미나리 흰 꽃이 일제히 흔들릴 때면 종소리를 듣는 듯하였다. 미나리가 살이 찔 무렵이면 타지 사람들도 장화를 신고 마을로 건너와 미나리 줄기를 꺾어갔다. 간혹 거머리가 붙어 있어도 사람들은 즐거이 미나리를 꺾어갔다. 초파일이 되면 인근의 절 사람들도 마을로 내려와 미나리를 뜯어갔다. 첫돌을 맞이한 아이들의 돌상에 그 군락지의 미나리는 수명이 길라는 뜻으로 데쳐져 오르곤 했다.

생미나리를 뜯어다 김치에 넣었던 어머니.

하굣길에 비를 맞고 아픈 그녀에게 그 미나리지에서 생미나리를 뜯어와 찧은 물을 마시게 하던 어머니.

사람들은 다 어디 갔을까.

어머니가 마을 최초로 이혼녀가 된 후 문간방을 얻어 살았던 집을 찾아낸 그녀는 대문을 밀고 집안을 들여다본다. 빈집의 빨랫줄에 흰 빨래들이 널려 있다. 담장 곁의 대추나무에 수천 개의 푸른 대추들이 매달려 햇빛을 받고 있다. 대추가 너무 많이 열려 대추나무 가지에 지줏대를 해놓았다. 대추나무 곁의 모과나무도 마찬가지다. 모과들이 너무 열려 가지가 바닥으로 휘어져 있다. 그녀는 누구라도 마주칠까 싶어 다른 집을 기웃거려보지만 사람은 없다. 마루 가까이에 엎드려 있는 개도 그녀를 응시할 뿐 짖지 않는다.

그 골목을 빠져나오는 동안 그녀는 이 집 저 집을 들여다본다.

골목을 어슬렁거리던 개들은 그녀를 바라볼 뿐 짖지 않는다.

그녀는 할 수 없다는 듯이 새터로 걸음을 옮긴다.

지금, 그녀의 발걸음은 그 옛날, 어머니와 할머니가 싸우는 날에 남애를 만나지 못하면 푸른 미나리 군락지를 향해 터벅터벅 걸어갈 때의 그 발걸음이다. 미나리가 지고 늪만 남아 있을 때도 거기 둑 위에 혼자 앉아 있곤 했던 그녀. 새터의 끝에 있던 그녀가 태어난 집은 사라지고 없다. 집이 사라진 자리엔 농협 창고가 들어서 있다. 그녀가 태어난 집뿐 아니라 그 옆집도 허물고 새로 지은 모양으로 농협 창고는 드넓다. 그녀는 코스모스가 한들거리는 창고 앞에 서서 철길 위로 생긴 아치형의 고가를 올려다본다. 고가가 생겼으니 차가 지나가면 차단기를 내리던 망대집이 남아 있을 리 만무한데 그녀는 고가 밑을 유심히 본다. 기차가 지나갈 때면 차단기를 내린 뒤에 기차가 사라질 때까지 거수경례를 하고 서 있던 망대지기를 떠올리며.

농협 창고 앞에서 몸을 돌리는 그녀.

남애의 집은 남아 있을는지.

어머니의 손에 쥐어져 있던 가위가 곧 할머니를 향해 날아갈 듯이 섬뜩했던 날. 그 긴장을 참지 못하고 홀로 집을 나와 단감나무 줄기가 넘어와 있는 담벽에 대고 이마를 흔들어대던 날. 담벽에 긁힌 이마에 맺힌 핏방울이 뺨을 타고 흘러내리던 그날. 미나리지를 향해 뛰며 생각했었다. 아주 멀리 갈 수 있었으면 좋겠다고. 돌아올 수 없으면 더 좋겠다고.

그런데 이렇게 돌아와서…… 그녀의 입가에 회한의 미소가 번진다. 여기쯤이라고 생각하며 이 집 저 집을 살펴보던 그녀의 눈에 와락 반가움이 실린다. 남애의 집이 그대로다. 파란 대문도, 낮은 담장도, 기왓장이 허술하던 지붕도.

대문을 밀고 가만히 안을 들여다본다.

담벽에 세워져 있는 항아리. 우물가. 마루 밑.

길들이 모두 변했는데 그녀가 태어난 집은 아예 사라지고 창고가 되었는데 남애의 집은 시간이 정지한 것같이 그대로다. 담벽을 따라 심어져 있는 석류나무도 여전하고 부엌으로 들어가는 나무로 된 문도 여전하다. 이 소읍에 들어섰을 때부터 알아볼 수 없게 변한 것들과 마주쳐온 그녀는 지금 전혀 변하지 않은 남애의 집을 들여다보고 외려 당황하고 있다. 어떻게 이렇게 그대로일까, 싶은 모양이다.

그날, 잘라진 채 나뒹굴던 닭의 목까지도 지금 바로 눈앞에 있는 것만 같다. 닭의 몸통을 끌어안고 나자빠져 있던 남애. 어스름 속에서 항아리와 담벼락과 우물에 튀던 붉은 핏방울. 주춤주춤 뒤로 물러서다가 비명을 지르며 신발을 신은 채로 마루로 뛰어올라 방으로 들어가선 문을 잠그던 남애.

그녀는 대문을 밀고 마당으로 들어선다.

"남애야."

망설이던 것과는 달리 안으로 한 발짝 성큼 들어서며 그녀는 안의 기척을 살핀다. 남애를 부르는 그녀의 목소리만 공명음을 낼 뿐 조용하다. 개미 한 마리도 지나가는 기척이 없다. 귀를 기울이고 있어서인지 남애의 집에 가득차 있는 적막을 견디기가 벅차 그녀는 남애야, 부르며 마루까지 성큼성큼 걸어가본다. 금세 방문이 열리고 누군가 나올 것만 같은데 아무 기척이 없다. 닫혀 있는 방문을 향해 다시 한번 남애야, 하고 부르고 서 있는 그녀.

"누구요?"

닫힌 방문 쪽이 아니라 그녀가 방금 대문을 열고 들어온 뒷골목 쪽에서 누군가 그녀를 향해 묻는다. 돌아보는 그녀의 눈에 단추가 두 개쯤 풀린 체크무늬 남방에 통이 큰 밤색 바지를 입고 머리에 밀짚모자를 쓴 여인의 모습이 들어온다. 그녀는 남의 집에 너무 깊이 들어와 있다는 생각이 들어 대문가로 걸어나온다.

아이를 가졌는가.

여인이 입고 있는 체크무늬 남방 앞자락이 둥글게 부풀어 있다.

"빈집인데…… 누굴 찾으요?"

"여기 남애네 집 맞지요?"

"남애는 없는디."

"어딜 갔나요?"

"누구요?"

그녀는 자신을 뭐라 설명할 수가 없어 잠시 먹먹해져 있다가 고개를 떨구며 남애 친구예요, 대답한다. 여인은 그러냐는 투로 고갤 끄덕이며 손으로 남애의 집 안쪽을 가리키며 아무튼 지금 저 집엔 아무도 없다는 말을 반복한다.

"어딜 가야 남앨 만날 수 있나요?"

"아버지 죽고 남애는 마을을 떠났는디요."

여인은 힘겨운지 손으로 허리를 받치고 이마를 찡그린다. 금 방이라도 돌아설 태세이다.

"어디루요?"

"나는 잘 모르겠소."

여인의 눈 밑에 갈색 기미가 퍼져 있다. 무슨 말인가 더 하려 다가 여인은 입을 다문다. 여인이 손을 올려 밀짚모자를 매만지 고 체크무늬 남방을 아래로 끌어내리며 가려 한다.

"누구한테 가야 남애가 지금 어디 있는지 알 수 있나요?"

"산밭에 남애 고모가 있던디 지금은 이 집에 그이가 사요."

"산밭은 어떻게 가나요?"

"여수란 쪽으로 가면 바로 길가에……"

여수란?

이제 서 있기조차 힘에 겨운 듯 여인은 여수란으로 가는 길을 겨우 설명해주고는 그녀의 인사도 받지 않고 가던 길로 걸어간다. 여인이 설명해준 대로 새터를 지나 여수란 쪽으로 가려 하니 그녀가 태어난 집 자리에 생긴 농협 창고를 다시 지나게 된다. 물리쳐볼 수 없는 거대한 것을 바라보듯 창고를 한 번만 바라보고는 그녀는 걸음을 빨리한다. 산밭으로 오르는 언덕에도 농협 창고 앞처럼 만발해 있는 코스모스가 그녀를 휘감을 듯 흔들거린다. 흰색 분홍색 선홍색 들이 햇살에 뒤섞여 바람에 흩날리다가 다시 모아지곤 한다. 코스모스 뒤로 무성하게 우거져 있는 갈대들도 그녀의 뺨이라도 후려칠 듯 흔들거린다. 그녀는 코스모스와 갈대를 피해 걷고 있다. 밭두둑의 묘지 위의 가을 햇살도 그녀의 얼굴을 할퀴어놓을 듯 강렬하게 내리쬔다. 이곳의 야생식물들은 지금 그녀에게 호의적이지 않다. 묘지를 지나 조금 더 올라가 뒤돌아보자 아래아래의 논들엔 이삭이 패기 시작한 벼들이 가득이다. 그녀는 갓 이삭이 패기 시작한 벼들이 일제히 자신을 향해 달려들 듯싶은 환각에 숨이 가빠진다.

산밭의 고구마 줄기 사이에 머리에 수건을 쓴 여인이 엎드려 있다. 아직 뽑지 않은 고춧대엔 벌레를 먹거나 혹은 덜 자란 채 가을을 맞은 고추들이 말라비틀어진 채 매달려 있다. 고구마 줄기 사이에 앉아 있는 여인이 남애 고모라는 확신도 없는데 그녀는 필사적으로 그 여인 가까이로 비틀거리며 걸어간다. 고구마 넝쿨들이 넘실거리며 그녀의 팔을 옭아매는 것 같고 고춧대들이 회초리가 되어 그녀의 팔을 후려치는 듯하다. 그녀의 이마에 진땀이 배어 있다. 고구마 순을 꺾어 옆의 바구니에 담으며 한두 번 무심히 밭둑을 걸어오는 그녀를 살펴보던 여인은 점점 자신에게로 다가오는 그녀가 누군가? 하고 고구마 순을 꺾던 손짓을 멈추고 바라본다.

밭의 여인에게로 다가가는 동안 순간순간 그녀에겐 산밭에 심어져 있는 고구마 줄기가 미나리로 보이기도 한다. 그때마다 어린 시절의 한순간이 밀물처럼 그녀의 가슴에 밀려오곤 한다. 좁은 콧마루를 지니고 있던 여자애. 신발을 벗어 둑 위에 놓고 물장구를 치기 시작했었지. 바닥에서 올라온 흙으로 물이 더러워지고 수초들이 뒤엉키며 출렁였어. 바닥이 미끄러워 넘어질 뻔하다가 일어나곤 하던 너의 잉크처럼 파래지던 입술, 검은 눈동자, 조그만 어깨까지 내려와 있던 땋아내린 머리, 물기가 마른 작은 뺨. 작은 등에 푸른 풀물이 들어 있던 여자애. 그 풀물이 어찌나 부드럽게 작은 등을 감싸고 있던지 무심코 손을 뻗어 손바닥을 대보다가 마주친 너의 화들짝 놀란 눈, 심상찮았던 목소리. 등의 푸른 점을 나에게 들킨 너는 분해서 눈에 눈물이 고일 지경이 되어 나를 노려보았지. 아무에게도 보여주기 싫었다고 울먹거렸지. 아름답구나, 나는 생각했어. 어째 그리도 사방이 조용했는지. 길이 텅 비어 있었어. 도랑도 텅 비어 있었어. 오로지 푸른 미나리들만이 넘실거렸지.

그녀는 잠시 걸음을 멈추고 손을 허리에 갖다댄다. 일제히 꽃을 피워 올린 들국화들이 소리를 지르며 그녀에게 달려드는 듯하다. 그녀는 낮은 들녘의 야생화나 잡초들 앞에서 숨이 막힌다. 이곳의 나무와 풀은 그녀에게 적의를 품고 있는 듯 완강하다. 조금만 틈을 주면 다리가 넝쿨에 휘감길 것 같고, 줄기에 뺨을 얻어맞을 것만 같다.

몸을 둥글게 말아 아픈 복사뼈를 어루만지던 너.

둑 위에서 남애를 깊이 껴안았을 때의 감촉이 그대로 되살아난다. 그 순간, 햇살에 따스해진 어린 살갗들이 서로 닿았던 그 순간에 그녀가 평생 지녀야 하는 고독이 발생했었다. 엉거주춤 서로를 껴안은 채 서로의 눈을 들여다보았던 그때에.

여인은 아직도 그녀가 누군가 바라보고만 있다. 손에는 여전히 고구마 순을 든 채로.

철길과 논두렁과 고추밭을 지나온 바람이 고구마밭에도 일렁인다.

"누구시우?"

점점 자신에게로 다가오는 그녀를 향해 머리에 노란 수건을 쓴 여인이 묻는다. 여인 뒤로 밭두둑엔 갈대가 흔들리고 그 뒤로 멀리 철길이 보인다.

"남애 고모님이세요?"

"그런디……"

밭두둑의 쇠무릎과 뚝갈과 뚜껑덩굴을 피해 그녀는 여인을 향해 다가간다.

"그쪽은 누구요?"

"남애 친군데요."

수건을 쓴 여인이 뜨악하게 그녀의 얼굴을 쳐다본다. 다시 바람이 지나가고 푸른 고구마 순이 한쪽으로 몸을 누이며 일렁일 때 그때껏 고구마밭에 앉은 채로 그녀를 바라보고 있던 여인이 몸을 일으켜세운다.

"혹시 산이 아녀? 저기 새터에 살던?"

뜻밖에 여인이 그녀를 알아본다.

"어디 딴 디서 만나면 몰라보겠네."

여인이 선뜻 그녀의 손을 잡는다. 그녀는 남애의 고모라는, 머리에 노란 수건을 쓰고 있는, 밭일 논일에 거칠어진 손으로 그녀의 손을 잡아주는 여인의 얼굴이 기억나지 않는다. 반갑게 손을 잡았으나 그녀가 자신을 몰라보는 것 같자 여인은 그녀의 손을 슬며시 내려놓으며 이상한 일이네, 중얼거린다.

"지난봄엔 자네 오메가 왔었지 않은가."

어머니.

"여기 와서 자네를 찾더니만."

"……"

"여기 뜨고 한 번도 발걸음을 안 하던 모녀가 봄가을로 찾아오네. 무슨 일이 있는가?"

"......"

"자네 오메는 많이 아프더만. 지금은 좀 나았는가?"

"......"

"걸음도 지대로 못 걷드마는."

밭 너머 갈대 너머 논 너머로 보이는 철길로 광주나 목포를 향해 가는 기차가 철커덕거리며 지나간다. 기차가 다 지나간 후, 여인은 다시 밭에 앉으며 다시 고구마 줄기를 잡아당겨 하나하나 따서 바구니에 담는다.

"남애는 어디에 있나요?"

남애 소식을 묻는 그녀를 남애 고모는 고구마 순을 뜯던 손길을 멈추고 잠시 물끄러미 바라본다.

"고등학교 졸업하던 해에 수녀가 된다고 가서는 한 번 안 오네."

수녀.

갑자기 폭포 앞에 서 있는 것처럼 그녀의 귓속에 쏴아, 하니 물소리가 가득찬다. 수녀가 되었다고? 물소리가 지나간 뒤 먹먹해진 그녀는 남애 고모를 바라보며 붙박인 듯 서 있다.

그녀는 손깍지를 낀다.

수원의 어머니에게 가고 싶은 마음을 피해 찾아온 곳이라고만 생각했다. 새벽에 화원에서 나와 서울역에서 기차표를 끊고 기억을 더듬어 이 마을에 온 건 네가 수녀가 되었다는 소식을 들으려고 그랬던 게지. 기차가 수원을 지날 때는 차창 바깥에 쓰여 있는 수원이란 이정표를 보지 않으려고 그녀는 아예 고갤 숙였다.

"허긴 여기를 뭣하러 오겄어. 애비 때문에 지지리도 고생만 헌 곳을. 형제가 있나 뭣이 있나."

"주소도 없나요?"

"죽은 듯이 소식이 없네 쯧쯧."

남애 고모는 마치 여태 그녀와 산밭에서 함께 고구마 순을 뜯었던 사람처럼 고만 가세, 말하며 밭에서 일어나 흙을 털고 바구니를 옆구리에 끼고 앞장서서 걷는다. 쇠비름이나 갈대나 개갈퀴에 위협을 느끼며 그녀도 여인의 뒤를 바짝 따라 걷는다.

"저기가 자네 집이었재?"

새터에 접어들었을 때 농협 창고를 바라다보며 남애 고모가 생각난다는 듯이 한마디 툭 던진다. 그녀가 남애 고모가 바라보는 농협 창고를 따라 바라본다. 피로의 기색이 역력하다. 눈밑이 푸르스름할 지경이다.

"미나리밭은요?"

"미나리밭? 아이구. 이젠 미나리 따윈 없네."

태어나 살았던 집이 사라지고 그 자리에 농협 창고가 들어서 있는 것을 처음 봤을 때 문득 어쩌면 이젠 이 마을에 미나리밭은 없을지도 모른다는 생각을 했으나 막상 남애 고모로부터 이젠 미나리 따윈 없네, 라는 말을 듣게 되자 그녀의 가슴이 먹먹해진다.

남애 고모는 새터를 지나 낡은 슬레이트 지붕 집들을 서너 채 지나간다. 마을은 텅 빈 듯 사람의 기척이 없다. 어느 밭두둑엔 경운기만 버려지듯 놓여 있다. 도랑을 지나고 팽나무 곁을 지나간다. 팽나무의 푸른 잎사귀엔 주홍색 팽이 매달려 있다. 그녀는 두 손바닥으로 얼굴을 쓰다듬는다. 팽나무에 달린 주홍색 팽들이 소리를 지르며 그녀의 얼굴에 떨어지는 것만 같다.

남애 고모가 어느 논 앞에 서서 팔을 뻗어 멀리 다른 논을 가리킨다.

"미나리밭은 저그였재."

그녀, 눈을 들어 남애 고모가 가리키는 곳을 바라본다. 그 드넓었던 푸른 미나리가 자라던 땅이라고 짐작되는 곳은 없다. 막 이삭이 패기 시작한 벼들이 가을 햇살 아래서 그녀의 시야를 가득 메우고 있을 뿐이다. 물길까지 바뀌었는가. 도랑조차도 보이질 않는다.

"몇 해에 걸쳐 경지정리를 했잖어…… 미나리밭이 저렇게 말짱한 논으로 변했지."

남애 고모는 심드렁하게 중얼거린다. 그녀는 손을 뻗어 이삭이 패기 시작한 벼를 손으로 잡아당겼다가 놓는다. 탄력에 의해

퉁겨지는 벼. 마을에 사람은 보이지 않고 논에 벼들만 익어가고
있다. 손깍지를 끼는 그녀의 메마른 입술이 실룩거린다. 가슴이
옥죄어드는 것 같은 고통과 함께 그 남자의 얼굴이 스쳐지나가
서다. 그 남자의 얼굴이 떠오르자 마을의 아카시아며 소나무며
떡갈이며 잣나무 들이 그녀에게 우르르 달려드는 것만 같다. 눈
을 들어 낮은 산들을 올려다보는 그녀의 시선이 흔들리고 있다.
야생식물들의 뿌리가 땅속으로 스륵스륵 뻗어와 그녀의 발부터
목까지 엮어놓을 것만 같다. 그녀는 자신을 착착 휘감는 넝쿨
을 내치기라도 하는 듯 손을 내젓고 내젓는다. 그 남자를 마음
에 품을 수 있었을 뿐 그에게 다가가지 못했던 건 그 남자가 그
의 동료 말처럼 바람둥이여서도 아니고 그 남자가 그녀와는 다
른 계층에 속하는 사람이어서도 아니었다는 걸 그녀는 깨닫는
다. 어젯밤, 턱, 하니 오토바이에 올라타게 할 정도로 그녀를 방
심하게 했던 마음의 가장 밑바닥엔 어린 시절 남애로부터 갑자
기 내팽개쳐졌던 고독이 불타고 있었음을. 긴 세월 동안 그녀의
무의식 속에서 가지를 치고 자라난 그 고독은 타인에게 마음을
열고 다가가기 전에 먼저 그로부터 가버려, 가버리란 말야, 하
는 외침을 듣게 했다.

이젠 돌아가야지, 생각하는 그녀.

새벽에 화원을 나와 어머니가 아니라 이 마을을 찾아온 건 남
애를 향해 가슴을 뚫고 올라오려는 말이 있어서였다. 남애를 만

나기만 하면 똬리를 틀고 있던 말들이 쏟아져나올 것 같았다. 남애에게 가슴을 뚫고 올라온 말들을 쏟아놓고 나면 느닷없이 그녀의 심연에 들어앉은 그 남자, 누구하고도 소통되지 않는 말을 그 남자하고만 나누고 싶은 욕망도 이룰 수 있을 것 같았다. 그런데 이 마을엔 아무것도 남아 있지 않다. 태어난 집도 야생 미나리 군락지도 남애도.

"안녕히 계세요."

남애 고모는 작별인사를 하고 있는 입술이 메마른 그녀를 불안하게 바라본다. 돌아서는 그녀를 남애 고모가 붙잡는다.

"밥이나 먹고 가."

"……"

"이렇게 소식이 없을 줄 알았더라믄 가기 전에 따순 밥이라도 한끼 멕여 보내는 것인데…… 꼭 남애를 보는 것만 같네. 여기까지 찾아온 사람을 그냥 보내는 것도 도리가 아니고 밥이나 먹고 가소."

고구마 순이 담긴 바구니를 옆구리에 끼고 우두커니 서 있는 그녀를 지나 앞장서 집 쪽을 향해 걸어가는 남애 고모. 늦은 오후의 가을 빛이 사방에서 어른거린다. 그녀가 따라오는 기척이 없자 남애 고모는 뒤돌아서서 어서 오라고 손짓을 한다. 마냥 서 있기도 어설퍼진 그녀가 걸음을 떼자 남애 고모는 다시 걷는다. 들판을 등뒤로 하고 걷고 있어 그녀의 앞으로 마을의 지붕들이, 팽나무들이, 신작로로 나가는 고샅길이 보인다. 텅 빈 집에 도착할 때까지 남애 고모는 앞에 걷고 그녀는 뒤에 따라가고 있다. 간격이 조금도 좁혀지질 않는다. 그녀가 처음 마을에 도착해서 혼자 남애의 집을 기웃거리며 서 있었던 것을 알지 못하는 남애 고모는 대문 앞에서야 걸음을 멈춘다. 그녀가 가까이 다가가자 여기가 남애 집이었네. 지금은 내가 살어. 기억나는가? 묻는다.

대문 안으로 들어간 그녀는 아직도 담벽에 세워져 있는 항아리를 먼저 바라본다. 마루에 고구마 순이 담긴 바구니를 내려놓고 남애 고모는 서둘러 부엌으로 간다. 잠시 미적거리다가 그녀도 남애 고모를 따라 부엌에 들어간다. 바깥에서 보면 남애네 집은 변한 것 없이 예전 그대로인데 부엌은 입식으로 바뀌어 있다. 아궁이가 사라진 자리에 가스레인지가 놓이고 물항아리가 있던 자리에 한 단짜리 낮은 싱크대가 놓여 있다. 벽엔 선반을 달아놓았고 그 위엔 양념통이 가지런히 놓여 있다. 주홍색 고무장갑이 개수대 위에 걸쳐 있고 검은 비닐봉지가 몇 개 바닥에 떨어져 있다. 뒷문을 열고 나가 쌀을 퍼오던 남애 고모가 바닥에 떨어진 검은 비닐봉지를 집어 개고 있는 그녀에게 우물에 가서 손을 씻고 방에 들어가 있으라고 한다. 피곤할 테니 쉬고 있으라고. 빨래나 좀 걷어줄 텐가? 하면서.

담장 곁에 심어져 있는 석류나무가 노려보고 있는 듯해 그녀

는 석류나무를 피하듯 등을 돌리고 우물에 가서 손을 씻고 빨랫
줄에 걸려 있는 수건을 걷어 물기를 닦는다. 빨랫줄에 걸려 있
는 옷가지를 마저 걷어들고 마루 밑에 신발을 벗어놓고 방으로
들어간다. 빨랫줄에서 걷어온 푸른색 셔츠, 분홍과 흰색 양말
두 켤레, 수건 두 장을 개어 밀어놓고 아랫목 벽에 등을 대고 앉
는다. 그러고 있으니 부엌에서 나는 소리가 선명하게 귀에 들려
온다.

쌀 씻는 소리, 물 받는 소리, 밥솥 뚜껑 여는 소리, 남애 고모
가 종종종거리며 걸어다니는 소리. 잠시 조용하더니 곧 도마
에 대고 뭔가를 어슷하게 썰고 있는 소리가 들린다. 칼을 거꾸
로 쥐고 마늘을 찧는 소리, 행주 짜는 소리, 수저가 바닥에 떨어
지는 소리. 아랫목 벽에 기대어 부엌에서 들려오는 아련한 소리
를 듣고 있던 그녀는 벽에서 등을 뗀다. 여느 날과는 다르게 아
침에 부엌에서 밥을 짓느라 유난히 부산한 소리를 내고 난 다음
이면 어머니는 그녀를 떠나갔다. 쌀밥과 미역국과 살진 굴비를
구워 밥상에 올려주는 것, 그것은 어머니가 그녀를 남겨두고 또
떠나겠다는 뜻이기도 했다. 그녀가 조용히 방문을 열고 마루에
놓여 있는 가방을 챙겨들고 신발을 꿰신는다. 밥을 짓고 있는
부엌의 남애 고모에게 인사도 없이 가만히 대문을 나선다. 대문
을 빠져나와 신작로로 향하는 그녀의 발걸음은 누가 내쫓기라
도 하듯 빠르다.

신작로로 나온 그녀는 읍내 반대쪽에서 버스가 오나 쳐다보다가 곧 낭패한 얼굴이 된다. 그녀는 버스를 기다릴 마음의 여유가 없는지 다시 한번 버스가 와야 할 쪽을 바라보고는 기다리지 않고 서둘러 읍내 쪽으로 걸어간다. 사라진 미나리지 앞에서 피로에 젖어 비척거렸던 걸음걸이가 아니다. 어서 여기에서 떠나야겠다는 듯 마을을 뒤로하고 빠른 걸음을 걷고 있다. 지금 그녀의 움직임은 이 소읍에 도착한 이후로 가장 눈에 띈다. 마을로 들어오는 다리 근처까지 그렇게 빠른 걸음으로 걷기만 할 뿐 단 한 번도 뒤돌아보지 않는다.

다리를 건넜을 때쯤 버스가 오는 소리에 뒤를 돌아보는 그녀.

버스가 서는 곳도 아닌데 그녀는 버스를 향해 손을 쳐든다. 그냥 지나가는 것 같던 버스는 그녀 조금 앞에 멈춰 선다. 가방 끈을 잡고 달려가 버스에 올라탄다.

해 저물 녘이어서일까.

읍내로 가는 버스는 맨 뒷자리에 노인이 한 사람 앉아 있을 뿐 텅 비어 있다. 뒷자리로 가지 못하고 그녀는 버스 기사 바로 뒤에 무너지듯 주저앉는다. 버스 기사가 룸미러를 통해 그녀를 살펴본다. 의자에 주저앉아 깊은 숨을 내쉬던 그녀는 버스가 산길을 돌려고 할 때쯤에야 마을 쪽을 한번 뒤돌아본다.

이제 그녀는 소읍의 기차역에 서 있다.

열차 시간표를 올려다보고 손가락으로 시간을 짚어보더니 가방에서 돈을 꺼내 매표구에 돈을 밀어넣고 서울역, 이라고 말한다. 표를 손에 쥐고 역 대합실에 사십 분쯤 고개를 숙인 채 미동도 없이 앉아 있던 그녀는 기차가 도착한다는 안내방송을 듣고는 그때야 몸을 일으킨다. 계단을 내려간 그녀가 건너편 플랫폼에 서 있다. 플랫폼의 의자가 비었는데도 앉지 않고 서 있다. 칠 분쯤 후 여수 쪽에서 들어온 기차에 그녀가 올라탄다. 좌석을 찾아 앉자마자 그녀는 곧 잠에 빠져든다. 절대 깨어나지 않을 것처럼.

14. 바닷가에 갔었어

깊은 밤중 화원 앞에 서 있는 그녀.

셔터를 올리고 화원 문을 따고 안으로 들어간다. 불을 켜지도 않고 철제 책상에 가방을 내려놓고 그 곁 의자에 앉아 엎드린다. 기차 안에서 서울역에 도착할 때까지 줄곧 잠을 잤는데도, 철제 책상에 엎드린 자세가 불편한데도, 그녀는 깊은 늪 속으로 가라앉듯 곧 잠 속으로 빠져든다.

새벽 참에 질긴 식물들의 뿌리가 목을 휘감고 있는 것 같은 느낌에 잠에서 깨어난 그녀는 눈만 떴을 뿐 엎드린 채로 목덜미를 매만진다. 여기가 어디인가. 헤아려보는 눈치다. 괴괴한 어둠 속에 쌕쌕 숨을 쉬고 있는 식물들로 인해 지금 자신이 엎드려 있는 곳이 화원임을 깨닫는다. 안도의 깊은 숨을 내쉰 뒤 조용히 등을 일으킨다. 의자를 뒤로 쭉 밀고 일어서서 벽 스위치를 눌러 불을 켠다. 어둠 속에 놓여 있던 식물들이 일제히 빛을 받으며 그녀를 쳐다본다.

아직 신새벽인데 벌써 화원 문을 열 생각인가. 그녀가 일어서서 화원 문을 따고 셔터를 올린다. 좁다란 통로에 놓여 있는 소철이나 벤자민을 뒤로 밀어놓으려 한다. 관엽들의 잎사귀가 자신에게 달려드는 것 같은 환각을 애써 피하며 코발트의 용담이 담긴 작은 화분들은 화원 바깥에 내놓는다. 흰색 진열대를 들어 용담 옆에 놓고 진열대 위에 감국이며 흰색의 물매화 화분을 올려놓고 깊은 숨을 내쉰다. 지금, 그녀의 내면에 두려움이 일렁이고 있다. 늘 친밀하게만 느껴왔던 식물들이, 지금 손에 닿는 용담이며 물매화며 짧은 털이 달린 노란 감국 들이 낯설어 손닿는 자리마다 찔리는 것 같은 고통이 느껴진다. 부지런히 몸을 움직이던 그녀는 푸른 물통 속에 담겨 있는 윤기 나는 해국들을 가만히 응시한다. 해국은 오래전부터 물통 속에 담겨 있었는데 그녀는 처음 본다는 표정이다. 두꺼운 잎이 달린 줄기 끝에 청보랏빛으로 핀 청초한 꽃들이 물통을 뒤엎고 목을 조일 것만 같다. 그녀는 푸른 물통 속에서 해국을 들어내고 물통 속의 물을 바닥에 붓고 새 물을 받고 난 뒤 다시 해국 무더기를 물통 속에 담근다. 꽃들을 매만질 때면 그녀의 입가에 번지곤 하던 미소가 지금은 사라지고 없다.

이른 새벽, 화원 바깥의 거리에 행인들이 눈에 띄기 시작한다.

무슨 화원이 이렇게 일찍 문을 열었나, 싶은지 바쁘게 걸어가다가 화원 안을 기웃거리는 이도 있다. 아침식사용으로 빵과 수프를 파는 파리바게뜨가 문을 열자 그녀는 화원 문을 닫아놓고 빵집으로 건너가 빵과 우유를 사온다. 막 우유를 한 컵 따라 마시려는데 수애가 화원 문을 발칵 열고 들어온다.

수애의 기세에 놀라 그녀는 입가에서 우유 잔을 뗀다.

수애는 머리를 커트한 그녀를 보고 뭐라 말하려다가 멈추고 안으로 탕탕탕 소리가 나게 걸어들어가더니 입고 나왔던 체크무늬 치마 대신 화원에서 주로 입는 품이 넓은 카키색 작업복 바지로 갈아입고 나온다. 뭐라고 변명도 않고 우유 잔을 철제 책상 위에 내려놓는 그녀를 수애는 바라보지도 않는다. 수애는 덴드로븀의 포기를 나눌 모양인지 물이끼와 핀셋 가위를 챙긴다. 지줏대까지 챙겨 화원 안쪽에 놓여 있는 앉은뱅이 의자에 쭈그리고 앉는다. 덴드로븀이 자라고 있는 분 옆면을 빙 돌아가며 주먹으로 두들겨 틈이 생기게 하더니 헐렁해진 분 안에서 덴드로븀을 쑥 꺼낸다. 뿌리를 헤쳐 핀셋으로 썩은 뿌리를 집어낼 뿐 수애는 그녀를 바라보지조차 않는다. 꽃이 피었다가 진 자리의 꽃대를 따내는 것에 열중하고 있을 뿐이다.

수애의 등뒤에 서 있는 그녀.

다른 때 같으면 아름다운 꽃을 보기 위해서는 뿌리를 충실히 해주어야 한다고, 햇볕을 충분히 받게 해주고 바람을 쐬게 해주어야 한다고, 물을 좋아한다고 항상 물에 젖어 있게 하면 도리어 해가 된다고, 물을 계속 주게 되면 정작 꽃눈이 생기지 않는다고, 쉴새없이 말하고 있을 수애. 지금은 침묵 속에서 익숙하게 썩은 뿌리를 조심스럽게 집어내고 나머지 잔뿌리를 정리한 뒤에 줄기와 뿌리가 상하지 않게 조심하며 가위로 포기를 가르고 있을 뿐인 수애. 그녀가 물이끼를 수애의 손 닿기 좋은 곳에 갖다놓지만 수애는 저만큼 떨어져 있는 물이끼를 집어 반으로 나누어진 뿌리를 감싼다. 옆에 있는 그녀의 존재를 없는 사람으로 여기겠다는 태세다. 다른 분에 덴드로븀을 심고, 손으로 꼭꼭 눌러가며 물이끼를 채운 후 쓰러지지 않도록 지줏대를 세우고 철사로 묶어놓는 동안에도 단 한 번 그녀를 바라보지 않는 수애. 그녀가 수애의 등을 바라보며 웅얼거린다.

"바닷가에 갔었어."

"……"

"기차를 타고 또 버스를 타고 갔었지. 아니야. 바닷가가 아니었는지도 모르겠어. 사방에 온통 붉은 꽃이 피어 있는 곳이었어. 아니야. 바닷가야. 딴딴한 잔모래가 드넓게 펼쳐진 백사장이 있었지. 결이 거칠지만 재질이 좋은 나무로 만든 기다랗고 넓은 탁자가 푸른 바닷물 앞에 놓여 있었지. 너도 보았으면 감탄했을 거야. 지금까지 단 한 번도 본 적이 없는 단단하고 아름다운 책상이었어."

누구에게 말하는 것인가.

두 개로 나누어진 덴드로븀의 분에 정성껏 물을 준 뒤 들고 나가 얼마 전에 그녀가 끌어다 내놓은 진열대 위에 올려놓던 수애는 그제야 수척해진 그녀의 얼굴을 응시한다. 그녀가 저렇게 긴 문장의 말을 하는 걸 수애는 처음 본다.

"꽃을 꺾어 책상의 네 귀퉁이를 장식했지. 넘실거리는 바닷물 앞에 놓여 있는 책상 위에 올라가 온종일을 보냈어. 얼마나 자유로웠는지 몰라. 내 몸을 꽁꽁 묶고 있던 쇠사슬이 스르륵 다 풀리는 것 같았다니까. 바닷가 마을의 조그만 여자아이들도 몰려와서 탁자 위에서 놀다 갔지. 지나가던 사람들이 이따금 꽃을 집어가는 대신 먹을 것을 놓아두고 갔단다. 그래서 배가 고프지 않았어. 며칠을 그렇게 놀았는지 몰라. 깜박 잠이 들었는데 눈을 떠보니 조그만 여자아이들은 모두 돌아가고 나 홀로 책상과 함께 바다 한가운데에 떠 있었어. 이상도 하지. 조금도 두렵지 않았어. 바닷물은 부드럽디부드러웠어. 막힘없이 바람이 불어 파도가 일렁이면 탁자 위로 물이 튀어올라 손등과 발등을 간질이곤 했어. 어느 땐 파도가 허리를 감싸고 목덜미를 껴안곤 했지. 귓속으로 눈 속으로 바닷물이 들어오는 것도 같았단다. 하지만 두렵지 않았어. 바닷물은 그렇게 단단하고 아름다운 책상 위에 나를 태우고 아주 먼 곳으로 데려가는 중이었어."

혼자 웅얼거리는 듯한 그녀의 말을 듣고 있던 수애가 일어서서 안으로 들어가 가방 안에서 담배와 라이터를 꺼내들고 나온다. 한없이 말을 이을 것 같던 그녀가 입을 다물어버린다. 화원 안에서는 절대로 담배를 피우지 않는 수애가 담배 한 개비를 입에 물고 불을 붙인다.

"이애!"

수애가 담배 연기를 내뿜으며 공동 속에 앉아 있는 듯한 그녀를 흔든다. 눈썹을 왜 저렇게 밀었을까. 수애는 달라진 그녀의 모습을 물끄러미 본다.

"괜찮아?"

"……"

"괜찮아?"

"응."

"어제 어디 갔었어?"

"……"

"바닷가에 갔던 거야?"

그녀는 고개를 젓는다.

"그럼 어디 갔었는데?"

"……"

"온종일 어디에 있었냐구?"

"미안해. 나 여기 그만둘게."

그녀와 대화를 나눠보려던 수애가 더는 견딜 수 없는 듯 신경질적으로 손가락에 끼우고 있던 담배를 바닥에 던져버린다. 물청소를 해놓은 젖은 바닥에 담뱃불이 치직 소리를 내다가 꺼진다. 수애가 다시 안으로 들어가 벽에 걸어놓았던 가방을 챙겨들더니 작업복 차림으로 나가버린다. 어찌나 화원 문을 세게 닫는지 문이 부서지는 소리가 난다.

그렇게 나간 수애는 점심시간이 지나도 돌아오지 않는다. 손님에게 해국을 팔며, 전화로 개운죽 스무 개를 주문받으며 틈틈이 수애가 오나 싶어 거리를 내다보는 그녀. 거리엔 자동차와 오가는 사람들과 이젠 완연히 무르익은 가을 햇살이 그림자를 만들고 있다. 세종문화회관 옆벽에는 오페라 공연 안내 벽보가 붙어 있다. 그녀는 텅 빈 공중전화 부스를 바라보다가 다시 광화문 쪽의 거리를 내다본다. 수애는 보이지 않는다.

점심시간이 막 지난 후에 구파발 농원에서 전화가 걸려온다. 농원의 청년은 농원 주인 남자가 전화를 걸어 별일 없는지 물어보라고 했다, 전한다. 그녀는 네, 하고 대답한다. 농원 청년은 수애를 바꿔달라고 한다. 농원 주인 남자가 전할 말이 있는 모양이라고. 수애가 지금 없다고 하자 어디 갔느냐 묻는다. 뭐라 대답해야 할지를 몰라 더듬거리고 있는데 농원의 청년은 어제 수애가 화가 많이 났던데 뭣 때문에 그러나 알고 있는지 농원 주인 남자가 물어봐달란다고 전한다. 대답을 못하는 그녀에게 농원 청년은 농원 주인 남자가 수첩에 썼을 문장들을 읽는다. 수애와 잘 지내라고 하시네요. 수애가 사람을 그처럼 따르는 것을 처음 봤다고요.

그만 전화를 끊으려는 수화기 저편의 구파발 농원 청년을 향해 그녀는 저기…… 하고 말을 건넨다. 수화기를 내려놓으려다 다시 붙들었을 농원 청년이 무슨? 그녀에게 되물어온다.

"가지마루는 잘 자라요?"

화원을 그만두겠다고 농원 주인 남자에게 전해달라는 말을 하려던 참이었는데 엉뚱한 말이 새어나온다. 잠깐 긴장하고 있었던 농원 청년의 목소리에 웃음이 물린다.

"그럼요…… 잘 자라고 있어요. 보고 싶으면 놀러와요."

더 하고 싶은 말은 없느냐는 듯 농원 청년은 수화기를 들고 있다가 그럼, 하면서 수화기를 내려놓는다. 구파발 농원 안쪽 천변 아래 나란나란 줄을 서서 햇살을 받던 가지마루의 푸른 잎사귀들. 그때의 바람이 일렁이는 것처럼 그녀 눈앞에 한쪽으로 출렁이며 여름 햇살에 마음껏 잎사귀를 뒤집던 가지마루의 푸르름이 밀려온다. 그 사이를 천천히 걸어가던 새끼를 밴 고양이. 자루에 담아 차에 태우고 자유로를 지나 일산을 지나 통일동산 근처의 어느 다리 밑에 버리고 왔는데 사흘 후에 다시 농원을 찾아왔다는 얼굴이 얽은 고양이. 가지마루 속에 섞여 들어왔다던 파파야 야자수. 나란히 서서 똑같이 일곱 장의 나뭇잎을 달고 소년같이 파랗던 파파야 야자수. 신기하지 않아? 씨앗 두 개가 따라와서 이렇게 자라다니. 지들끼리 말이야. 이렇게 나란히 서서. 꼭 친구 같지?

오후 세시가 되도록 수애는 화원으로 돌아오지 않는다.

더 할 것도 없는 바닥 청소를 다시 하고, 난에 물을 주고 이따금 들어오는 손님들에게 해국과 장미 다발을 팔면서도 그녀는 화원 바깥으로 나와 수애가 올까 하여 광화문 쪽이나 세종문화회관 분수대 쪽을 내다본다. 모르는 사람들의 뒷모습에서 수애를 찾아보려고 애를 써보지만 허사다. 수애가 전화를 걸어주길 바라며 이따금 수화기를 바라보지만 벨은 울리지 않는다. 꽃 가꾸는 일이 손에 익으면서 식물이 가져다주었던 커다란 위로. 뿌리들을 분에 심어주고 비료를 주어 땅에서처럼 분 속에서도 자라게 해주는 일은 즐거웠다. 식물들은 이미 희미해진 꿈 조각이나 실타래같이 엉킨 기억들까지 일깨워주려는 양 늘 푸르게 웃자라주었다. 뿌리를 분에 심어주고 돌아온 날 밤에 다시 이 화원으로 돌아와 불을 켜고 앉아 있었던 날들. 그 위로가 지금은 사라지고 있다. 그녀는 얼굴에서 거미줄을 걷어내듯 관엽의 잎사귀를 일일이 만져본다. 이 화원에 처음 온 날의 그녀의 모습은 어디 갔을까. 꽃과 나무들 사이를 오가며 구석의 푸른 순이나 여태 알지 못한 나무를 새로 볼 때면 입술이 조금 벌어지곤 했던 첫날의 그녀. 책상 밑에서 연장통까지 꺼내 진열장 뒤켠에 못을 박고 물뿌리개를 걸어놓던 그녀. 마음이 충만해져 뺨이 발그레해졌던 그녀. 그녀는 손길이 닿는 대로 벤자민, 소철, 난 잎사귀들을 하나하나 짚어가며 정성껏 닦는다. 수애가 써서 화분 안에 꽂아놓은 종이 팻말도 뽑아 일일이 다시 꽂는다. 이끼들이 모자라는 화분에 차례로 이끼를 덮어주는 그녀의 손길은 정성스럽지만 고즈넉하다. 이미 쇠락한 잎사귀들을 하나하나 화분 속에서 집어낸다.

소철 앞에서 허리를 펴고 일어난 그녀가 철제 책상 앞으로 간다. 서랍을 열고 메모지, 머리빗과 핀 따위 그녀의 소지품들을 비닐봉지에 담는다. 그 남자가 던져놓고 간 월간『꽃세상』잡지를 가방에 챙겨넣는다. 바닥으로 떨어진 명함을 엎드려 줍는다. 명함통 속에 넣어두려고 손을 뻗다가 잠시 그 명함을 들여다본다. 언제나 그녀만 보면 예뻐 죽겠다는 표정을 지으며 습관처럼 데이트를 청하곤 했던 최의 명함이다. 무심히 최의 명함을 가방에 밀어넣는다. 그녀는 수애가 화원 문을 열고 들어오는 줄도 모른 채 맨 마지막 서랍을 열어 땀이 말라붙은 손수건을 꺼내 비닐봉지에 담고 있다.

수애가 뭐하는 거야? 퉁명스럽게 묻는다.

"미안하다."

비닐봉지를 묶으며 미안하다, 라고 말하는 그녀 앞에 수애가 흰 스티로폼 도시락을 내려놓는다.

"점심 안 먹었지? 초밥이야."

"……"

"화낸 거 미안해."

"그럴 만했어."

"정말 그렇게 생각하면 초밥 먹어."

"……"

"응?"

"……"

"네가 지금 여기에서 책상 정리하면 나도 지금 방에 가서 내 짐 정리해야 되는 거야?"

"그거와 이건 다르잖아."

"뭐가 다른데?"

"……"

"너는 이 화원을 좋아해. 나는 식물을 좋아하는 사람과 함께 있고 싶어. 이 화원은 나에게 삼촌 대신이야. 앞으로 하고 싶은 일도 많아. 너와 함께했으면 좋겠어."

"……"

"무슨 생각을 하고 있는지 서로 말하고 지냈으면 좋겠어. 그래야 위로도 하고, 부추기든지 말리든지 할 거 아냐!"

"……"

"또 화내는 꼴이네…… 그래 우선 초밥이나 먹고 다시 생각하자."

수애가 그녀가 초밥을 먹길 기다리는데 그녀가 고갤 쳐든다. 붉은 핏방울이 그새 인중을 타고 흘러내린다. 수애가 얼른 휴지를 뽑아 피를 닦아낸 뒤 휴지를 돌돌 말아 코피가 흐르는 쪽 코를 막아놓곤 수건에 물을 적셔 그녀의 이마에 얹어놓는다.

"안 되겠어. 집에 가서 쉬어."

그녀가 아니라고 손을 내젓자 수애가 제발 그러지 마! 버럭 소리를 지른다.

"집에 가서 쉬어. 내일부턴 나도 안 봐줄 거야."

코피가 멎었을 때쯤 수애는 그녀의 가방과 초밥 도시락을 챙겨 그녀의 손에 쥐여준다. 화원에서 내쫓듯 그녀를 돌려세우는 수애.

"푹 자고 나면 괜찮아질 거야."

버럭 소리를 지르던 모습은 간 곳 없고 할 수 없이 떠밀려 화원을 나서는 그녀를 배웅하는 수애의 얼굴에 근심이 어려 있다. 화원을 나서자마자 가을 햇살이 그녀의 눈을 찌른다. 파리바게뜨에서 새 빵을 구워내는 시간인지 따스한 햇살 속에 갓 구워낸 고소한 빵냄새가 흘러다닌다.

"어서 가."

두어 걸음 걷다가 뒤돌아보는 그녀를 향해 손을 흔드는 수애.

그녀가 가방을 메고 초밥이 담긴 도시락을 들고 광화문 쪽으로 몇 걸음 옮기자, 수애가 산이야! 그녀를 부른다.

"내일부턴 안 봐준다!"

뒤돌아보는 그녀를 향해 수애는 함빡 웃으며 연신 손을 흔든다. 그녀가 힘겹게 다시 돌아서자 수애의 얼굴은 곧 어두워진다. 그녀가 시야에서 보이지 않을 때까지 수애는 화원 앞에 서 있다.

지하도로 내려가는 첫 계단에 발을 내딛으려다가 무슨 생각에선지 그녀가 돌아선다. 하루 사이에 핼쑥해진 뺨 위의 눈꺼풀이 파르르 떨리는 것도 같다. 교보문고로 통하는 지하도로 들어가는 바로 옆엔 나란나란히 공중전화 부스가 놓여 있다. 전화를 걸 요량인가. 그녀, 방향을 돌려 공중전화 부스 속으로 들어간다. 가방 안 수첩 속에서 공중전화카드를 꺼내 투입구에 넣고는 버튼을 누르려다가 멈추고 그냥 서 있다.

잠시 후 공중전화 부스에서 나온 그녀의 손엔 수애가 들려준 초밥이 담긴 도시락 봉투가 없다. 어깨에 멘 가방 끈만 꼭 쥐고 있다. 기다란 방으로 돌아가는 지하도로 내려가지 않고 광화문에서 서대문으로 들어가는 큰길로 들어선다. 구두점과 커피집 약국과 바지 전문점을 지나치던 그녀가 다시 바지 전문점 앞으로 되돌아온다. 주택은행과 바지 전문점 사이에 끼어 있는 서점 진열장을 들여다본다. 잡지들이 꽂혀 있는 진열장 아랫자리에 월간『꽃세상』도 꽂혀 있다. 서점 안으로 들어간 그녀가 월간

『꽃세상』을 뽑아 들여다본다. 표지엔 해바라기밭이 찍혀 있다. 이 해바라기도 그 남자가 찍었을까. 그녀는 표지 안쪽을 들여다본다. 표지사진이라고 쓰인 자리에 그 남자의 이름이 표기되어 있다. 서점 점원이 포장해드릴까요? 물어올 때까지 그녀는 그 남자의 이름을 들여다본다.

수애가 챙겨준 초밥을 잃어버린 그녀의 손에 이제 종이봉투에 담긴 월간 『꽃세상』이 들려 있다. 육교 옆을 지나 봉주르 다방을 지나 고등학교가 있던 자리에 새로 들어선 미술관 터로 들어선다. 미술관 언덕 위에 들어선 은행나무들이 노랗게 물들어 있다. 석조 계단이 끝나는 공터 쪽은 여전히 공사가 진행중이다. 땅을 뒤집고 흙을 파내고 있는 포클레인 소리 때문인지 드문드문 놓여 있는 벤치엔 사람이 없다.

터벅터벅 걷기만 하던 그녀가 빈 벤치에 주저앉는다.

무엇에 이끌린 것일까. 그녀가 입 벌린 공룡처럼 여전히 땅을 파먹고 있는 포클레인을 조종하는 사람의 움직임을 끈질기게 주시하고 있다. 목이 뻣뻣해지도록 포클레인을 바라보고 있다. 휴식시간인 모양이다. 뿌옇게 일어나는 먼지 속에서 머리에 붉은 모자를 쓴 한 무리의 인부들이 그녀 쪽으로 다가온다. 그녀가 앉아 있는 옆 벤치와 그 곁 노란 철책에 자리를 잡은 인부들이 음료수를 따라 마시며 포클레인을 하염없이 주시하고 있는 그녀를 뭐야? 하는 시선을 주고받으며 힐끔거린다.

"뭘 보고 있는 게야?"

"정신이 나간 거 같은데?"

"촌닭이구만 뭘."

"발랑 되바라진 것들보단 훨 낫지."

"또 시작이네."

인부들 중 누군가 크하, 웃음을 터뜨린다.

그들이 웃든 말든 그녀는 포클레인을 바라보고 있다. 어쩌면 옆 벤치나 노란 철책에 기대어 그녀를 향해 농을 해대고 있는 인부들 중에 포클레인 기사도 섞여 있을 것이다. 흙을 파내는 행위를 멈추고 날카로운 이빨 같은 아가리를 공중에 세워놓고 있는 포클레인 위로 가을 햇살이 쏟아지고 있다.

그녀는 겨우 시선을 돌려 포클레인이 서 있는 맞은편 미술관 공터를 쳐다본다. 무릎 위까지 올라간 짧은 진 치마를 입은 여자 둘이 배드민턴을 치던 자리에도 지금은 가을 햇살만 튀고 있다. 공사장 인부들이 주고받는 농 섞인 말들과는 아랑곳없이 앉아만 있던 그녀가 몸을 일으켜 공터를 가로질러간다. 그 남자가 근무하는 빌딩이 바라다보이는 빈터를 일구고 그녀가 심어놓은 바이올렛. 그 남자, 에 대한 욕망으로 얼굴이 붉어질 때마다 한 송이씩 심어놓은 바이올렛. 꽃들이 시들었다. 잎사귀마저도 시들어 투명한 햇살 아래 힘겹게 놓여 있다. 그녀, 사방을 휘둘러본다. 찾는 것이 눈에 띄지 않는지 곧 시무룩해진다. 미술관 수돗가로 걸어가려던 그녀가 뭔가 생각난 듯 발걸음을 돌린다. 미술관을 빠져나와 거리의 가판대에서 일 리터짜리 생수 두 병을 산다. 다시 빈터의 바이올렛 앞으로 돌아온 그녀는 생수병의 꼭지를 따고 병을 기울여 시든 바이올렛에 물을 준다. 기진한 잎사귀 하나씩을 일일이 손가락으로 펴보지만 손을 놓으면 바이올렛은 이내 축 처져버린다. 생수 두 병의 물을 마지막 한 방울까지 쏟아부은 뒤 그녀는 느릿느릿 미술관 수돗가로 걸어가 생수병에 물을 가득 받아와 이미 말라비틀어진 바이올렛에게도 물을 준다. 그녀의 손길은 간절하고 정성스럽지만 힘이 없다. 물을 다 준 그녀가 빈터에 주저앉아 시들어가는 바이올렛을 물끄러미 보고 있다. 그러다가 간혹, 그 남자가 근무하는 빌딩을 올려다보기도 한다. 어느 순간 그녀의 손에서 생수병이 미끄러져 구른다. 그녀가 뭘 하려는지 보려고 그녀의 뒤를 좇아가던 인부들의 시선이, 그녀가 종내는 아무 짓도 안 하고 바이올렛 앞에 앉아 있기만 하자 지루하게 떠돈다.

어느 순간 그녀가 무슨 급한 볼일이라도 생긴 듯 화다닥 일어선다. 미술관 공터를 휘적휘적 걸어, 나무 밑을 지나, 다시 거리로 나왔을 때, 그녀의 손엔 좀전에 서점에서 사서 들고 있던 월간 『꽃세상』이 들어 있는 종이봉투가 들려 있지 않다. 어깨에 가방만 겨우 매달려 있다. 누가 떠밀기라도 하는 듯 한곳을 향해 휘적휘적 걸어가던 그녀가 걸음을 멈춘 곳은 또다시 그 남자가 근무하는 회사가 있는 빌딩 맞은편이다. 늘 망설이던 때와는 달리, 그녀, 신호등이 바뀌자 사람들 속에 섞여 성큼성큼 길을 건넌다. 거리를 향해 커다란 유리창이 나 있는 카페의 문을 열고 서슴없이 들어간다. 창가 자리에 가방을 내려놓고 수첩 속에서 전화카드를 꺼내 곧장 화장실 입구에 세워져 있는 공중전화 부스 안으로 들어간다. 카드를 밀어넣고 그 남자의 전화번호를 망설이지 않고 누른다. 벨이 울리고 여보세요, 수화기를 타고 그 남자의 목소리가 흘러나온다.

"여보세요?"

"저, 오산이인데요."

"네?"

"지금 사무실 아래 카페에 와 있는데 잠깐 볼 수 있을까요?"

"누구시라고요?"

"오산이라고 해요."

"……기다려주세요. 하던 일 정리 좀 해놓고 내려가겠습니다…… 그런데 오산이씨라고 했나요?"

"네."

"……잠시만 기다려주세요."

그녀는 수화기를 내려놓고 먼저 가방을 내려놓았던 자리에 와서 앉는다. 전화를 걸면 그 남자가 자신을 멸시할 거라고 생각하며 망설이던 어제까지의 그녀의 모습은 간 곳이 없다.

이십여 분 후에 그녀 앞에 그 남자가 서 있다.

"혹시, 오산이씨?"

그녀가 일어선다. 그 남자가 맞은편에 앉자 그녀가 다시 자리에 앉는다.

아아.

그 남자는 그녀를 전혀 알아보지 못한다.

"죄송하지만 무슨 일로 저를 찾아오셨는지……"

그 남자가 자신을 못 알아보고 있다는 걸 알자 그녀의 눈이 참담함에 휘둥그레진다. 그 남자의 표정에 당황의 빛이 서린다. 이 여자가 누구인지를 서둘러 생각해보지만 도통 기억이 나지 않는 눈치다. 점점 더 참담해지는 그녀의 눈. 지난 여름밤 인생에서 중요한 것을 발견했다는 듯 그녀를 그윽이 들여다보며 나, 할말이 있어. 이런 말 하는 사람이 아니지만 솔직히 말하자면 지난번 그놈의 바이올렛 때문에 당신을 처음 봤을 때 내 가슴이 얼마나 뛰었는지 알아? 당신 내 카메라 앞에서 눈 내리깔고 있을 때, 이 세상에 저렇게 아름다운 눈썹도 있구나, 내내 생각했지. 내 마음 몰랐지요? 라고 말했던 그 남자.

그 남자는 할 수 없다는 듯, 계속 그러고 있다가는 더 실수할지도 모른다고 생각한 듯, 자세를 바로 하고 그녀를 향해 묻는다.

"그런데 무슨 일로 저를?"

순간 그녀, 물컵을 밀어내고 햇살이 소복한 탁자에 엎드려버린다. 그 남자가 자신을 전혀 알아보지 못하는 것에 대한 놀라움으로 인해 눈물이 솟구친다. 우는 것을 들키지 않으려 어깨만은 들썩이지 않으려 했지만 곧 그녀의 어깨는 파도치듯 들썩여지고 흐느낌 소리가 새어나온다. 참으려고 무진 애를 쓰기 때문에 새어나오는 소리는 더욱 격렬하다.

주문을 받으려고 메뉴판을 들고 오던 종업원이 그냥 뒤로 물러간다. 당황한 그 남자가 이봐요, 이봐요, 그녀의 어깨를 두드린다. 그럴수록 그녀의 어깨는 더욱 격렬히 들썩인다. 이봐요, 말을 해봐요. 다짜고짜 이렇게 울기부터 하면 사람들이 나를 어떻게 보겠소. 몇 번 더 그녀를 달래보려고 하던 그 남자는 상황이 나아지지 않자 잠시 그녀의 어깨를 내려다본다. 어떻게 해야 되나? 싶은지 잠시 통유리창 바깥 거리를 내다보던 그 남자는 도통 무슨 영문인지 알 수가 없다는 표정을 짓고는 카페를 나가버린다.

얼마 후 그녀는 다시 거리에 있다.

탁자에 엎드려 울고 난 자국이 역력하게 눈이 부풀어 있다. 아직도 자신을 알아보지도 못하는 그 남자에게서 받은 충격이 마음에 풀기를 세우고 있는 듯 걷다가 소스라치게 놀라곤 한다.

그날, 그녀는 끈질기게 자신이 그날 소매가 없는 자주색 실크 블라우스를 입고 있었다고 생각한다. 소매가 없는 자주색 실크 블라우스 아래 좁쌀만한 소름이 돋은 채로 얌전하게 놓여 있던 그녀의 팔은 추운가보군, 무심한 그의 한마디로, 무심한 그의 쓰다듬음으로, 그랬다, 내내 욕망을 품어왔던 것이다. 추억이 되지 못한 욕망은 여름 내내 너무 파릇파릇하거나 격렬하게 불타올라 그녀를 방심 상태로 이끌어가곤 했다. 소통되지 않는 욕망으로 인해 슬픔에 사로잡힌 자신의 육체를 바라보고 있는 것만으로도 가슴이 벅찼다. 하지만 바로 눈앞에서도 그녀를 알아보지 못하고 누구신지? 하고 물었던 그 남자로 하여 지금 그녀는 야릇해져 있다.

이제 그녀는 또다른 카페에 들어가 전화를 걸고 있다.

사진기자인 그 남자가 아니라 화원 단골 최에게 걸고 있다. 전화를 걸고 있는 그녀의 손엔 최의 명함이 들려 있다. 최는 언제나 그녀가 예뻐서 못 견디겠다는 표정을 짓곤 했다. 그녀는 수화기에 매달려 자신이 있는 위치를 최가 혼동하지 않도록 설명하고 덧붙인다.

"일이 있어 지나가다보니 이 앞이잖아요. 그래서 차나 한잔할까 하구요."

전화를 끊고 자리로 돌아온 그녀는 최에게 전화를 건 것을 금세 후회하는 빛이 역력하다. 이 마음의 이중. 그녀는 우울하게 손깍지를 깊게 낀다.

잊었을까, 그는? 그날 밤, 내 팔을, 소매 없는 자주색 실크 블라우스 밑에서 찬 밤바람에 오소소 소름이 돋은 채로 떨고 있던 내 팔을?

그녀는 최가 들어와 맞은편에 앉는 것을 전혀 모르는 듯 깊게 낀 제 손깍지만 보고 있다. 최가 팔을 뻗어 그녀의 어깨를 짚는다. 가만히 짚었을 뿐인데 그녀는 거의 무너졌다가 일어난다.

"머리가 왜 그래? 몰라볼 뻔했잖아."

최의 흰 와이셔츠 주머니에 잉크가 한 방울 묻어 있다. 자신의 얼굴에서 곧 시선을 돌려 잉크 떨어진 자국을 바라보는 그녀 때문에 최도 새삼스럽게 자신의 와이셔츠 주머니를 내려다본다.

"이거? 글씨가 잘 안 써져서 만년필을 흔드는데 잉크가 튀었어. 하필이면 여기에 튀었담."

그녀가 하아, 웃자, 최는 곧 명랑해진다.

"웃으니까 더 이쁘네, 우리 뽀뽀 한번 할까?"

"흥!"

"흥이라니! 코 나올라."

그녀는 정말 코라도 나오는 듯이 자신의 코를 손바닥으로 쓱 문지른다. 최는 예의 그 예뻐 죽겠다는 표정을 지으며 담배를 꺼내 문다. 화원에서만 보다가 다른 장소에서 마주앉아 있으니 최가 다른 사람 같다.

"그런데 웬일? 이런 적이 없었잖아. 저녁 한번 함께하자고 그렇게 보채도 반응이 없더니…… 오늘 저녁은 어때?"

"배드민턴 치러 가야 돼요!"

그녀의 입에서 엉뚱한 대답이 튀어나온다. 배드민턴이라니? 자신이 말해놓고도 그녀는 놀라 눈이 휘둥그레진다.

"배드민턴?"

최가 입에 문 담배를 내려놓지 않고 배드민턴? 반문을 하는 통에 입술에 물려 있던 담배가 탁자에 떨어져 데구루루, 구르더니 바닥에 팽개쳐진다. 최가 담배를 주우려고 몸을 굽히고 고개를 숙이는데 흰 주머니에 튄 잉크 방울이 형편없이 구겨진다.

맞은편에 앉아서도 그녀를 알아보지 못하고 죄송합니다, 누구신지? 라고 묻던 그 남자. 죄송해요. 제가 워낙 기억력이 둔한 데다 시력까지 나빠서…… 참담함에 휘둥그레지는 그녀의 눈을 멀끔히 들여다보던 그 남자.

울었던가.

그녀는 입술을 지그시 깨문다.

그런데 무슨 일로? 저를? 이라고 묻던 그 남자 앞에서 물컵을 밀어내고 엎드려 울었던가.

강렬한 햇살과 푸른 식물들 속을 뚫고, 그 누구에게도 방해받지 않는 널찍한 방과 그 방에 널찍한 탁자를 가지고 싶은 꿈조차 밀어내고 시작되었던 예기치 않았던 남자에게로의 이끌림. 아무 연대감도 없는 그 남자에게로의 이끌림은 가끔 한밤중에 잠이 깨었을 때, 가슴을 훑고 지나가던 이 세상에 홀로 버려졌다는 상실감까지도 물리치며 시작되었다. 어린 시절 야생 미나리 군락지 앞에서의 남애와의 한순간도 물리치며, 텅 빈 공허의 자리를 자욱하게 메우며.

그녀가 혼자서 쌓아올린 모래성은 조금 전 바로 눈앞에서도 그녀를 알아보지 못하고 누구신지? 하고 묻는 그 남자의 한마디로 한순간에 무너졌다.

그녀는 최에게 전화를 건 것은 잘못한 일이라는 걸 이제야 확실히 깨닫는다. 참을 수가 없어져서 발딱 일어나 재빠르게 최에게서 달아난다. 하지만 곧 뒤따라 나온 최에게 그녀는 팔목을 억세게 붙들리고 만다. 최는 그녀가 한 번도 본 적이 없는 사나운 표정으로 그녀를 노려보고 있다.

"잘못했어요!"

"뭘?"

그녀는 정신이 번쩍 든다. 최가 뿜어내는 사나움을 그녀는 용케도 알아낸다.

"네가 뭘 원하는지 나는 알아!"

"아니에요, 틀렸어요!"

최는 그녀를 끌고 지하 계단으로 내려간다. 그녀는 버둥거리지만 최의 힘은 완강하다. 어떻게 해서든 도망쳐야 한다고, 최의 사나움을 달래야 한다고 마음을 먹지만, 숨소리만 높아질 뿐 그녀는 버둥거리는 것조차도 힘이 든다.

"제발…… 나를 놔줘요, 제발."

"왜 나를 찾아왔지? 그런 나른한 표정을 짓고서 말이야. 그러구선 지금은 놔달라고? 사람을 잘못 봤군. 내가 그래줄 것 같은가? 자 자. 긴장을 풀라구. 너무 긴장하면 재미없어. 여긴 비상구야. 엘리베이터가 고장이 나지 않는 이상은 아무도 여기에 오지 않아. 또 한두 사람쯤은 어때? 관객이 있으면 더 재밌지 않겠어?"

최는 그녀를 계단 모서리로 몰아붙이고 그녀의 치마를 확 들춰올린다. 그녀가 놀라 최의 어깨를 물어뜯자, 최는 주먹을 쥐고 그녀의 뺨을 후려친다.

"제발 이러지 마!"

그녀도 있는 힘껏 그의 뺨을 올려치지만, 최는 재빠르게 그녀의 손을 붙잡아 등뒤로 억세게 돌려놓는다. 그녀는 눈을 질끈 감는다. 지하 계단의 천장과 벽이 괴로운 숨을 몰아쉬며 좁혀든다. 힘이 빠진 그녀를 최는 조금 느슨하게 풀어준 뒤 그녀의 입술을 더듬는다. 그녀는 입술을 꽉 다문다. 아무리 열려고 해도 열리지 않는 그녀의 입술에 화가 난 최는 다시 힘을 가해 그녀를 벽으로 밀어붙인다. 그녀의 치마는 이미 벗겨져 바닥에 흘러내려 있다.

"여기서 이러지 말아요…… 방으로라도…… 방으로라도 데려가줘……"

"네가 달아나지만 않았다면 그럴 양이었지. 우선 향기로운 저녁을 먹고, 술을 한잔 곁들이고, 강변이 내려다보이는 곳으로 춤을 추러 가고, 그렇게 부드럽게 순서를 밟을 양이었지. 하지만 네가 급해 보여서 말야. 이렇게 거칠게 바뀌어버렸구나. 이것도 괜찮잖니. 조금만 협조해준다면 더 좋겠는데…… 오늘은 이렇게 반항해도 내일은 너 스스로 전화할걸. 여기에서 나를 기다리겠다고 말야…… 니 얼굴에 쓰여 있어. 난 죄 없어. 네가 말 못하는 걸 내가 알아서 해주는 것뿐이야…… 자, 그러니 좀 얌전히 굴어."

최의 입김을 필사적으로 피해 얼굴을 돌려보지만 그녀의 얼굴은 다시 최의 눈앞에 놓이고 만다. 목덜미에 와닿는 최의 입술을 피해보려 하지만 그럴수록 더 최에 의해서 옥죄어질 뿐이다. 최의 손은 거침없이 그녀의 가슴을 찾아 쥐고 있다. 최의 입술이 그녀의 입속을 비집고 들어오고 있다. 그녀의 어떠한 저항도 힘이 센 최에 의해서 제지당한다. 그녀, 어느 순간 고갤 떨구어버린다.

다시 거리에 그녀는 놓여졌다.

정신을 온통 무엇인가에 내맡기고 있어서 그녀는, 헛껍데기다. 거리의 그 어느 누구도 그녀가 외로이 그들 속에 섞여 있다는 것을 주의깊게 보는 것 같지 않다. 그저 어떤 여자가, 윗옷 단추가 느슨하게 풀어진 것도 모르고 가는구나, 할 것이다. 조금 더 주의깊게 본 사람이라면 최에게서 얻어맞을 때 터진 그녀의 귀가 뺨 쪽으로 퉁퉁 부어올라서 갸름한 그녀의 얼굴형이 야릇 해진 것쯤은 보았을 것이다. 어쩌면 또 어느 누구 하나쯤은 그녀의 창백한 얼굴빛을 보고 사람의 얼굴이 저렇게 파리해질 수도 있다니…… 어디쯤에서 쓰러지나, 싶어 호기심으로 한 번쯤 그녀를 돌아다봤을지도 모른다. 하지만 더이상은 그녀에 대해 관심 없이 사람들은 그녀를 앞질러 가거나 마주쳐 지나간다. 그녀의 옷 앞자락을 겨우 한곳에 모아놓고 있는 단추는 곧 땅바닥에 떨어질 것이다. 하지만 그때도 그녀는 그걸 모르고 걸어갈 것 같다. 그래도 지금은 그렇게라도 매달린 단추 때문에 그녀의 옷 앞자락은 모아져 있다. 그녀가 걷는 대로 단추는 따라 움직이면서 그녀의 감춰진 아픈 가슴을 어루만지고 있다. 그녀가 건물 사이사이를 걸을 때 단추는 때때로 햇빛을 받아 황금색이 되기도 한다. 넋이 나간 듯했지만 그래도 자연스러웠던 그녀의 걸음걸이가 어느 순간 뻣뻣해지기도 한다. 그럴 때면 그녀는 몹시 오한이 나는 듯 멈춰 서서 오들오들 떨다가 다시 걸음을 옮긴다.

그녀가 걸음을 멈춘 곳은, 그녀가 화원으로나 기다란 방으로 영원히 돌아가지 않겠다고 마음먹은 곳은, 미술관 앞이다. 이제 어둠이 내려 있는 미술관 앞의 공터는 괴괴하다. 노란 철책에 기대어 담배를 피우던 인부들도 가고 없다. 다만 땅을 깊게 파먹은 포클레인이 여전히 공룡의 형상으로 공터로 내려서는 허깨비 같은 그녀를 지켜보고 있다. 그녀는 지난 오후에 앉아 있던 나무 의자 곁을 지나, 인부들이 피로한 목소리로 농을 늘어놓던 노란 철책 밑으로 쏠리듯 걸어가고 있다. 철책 밑에서 그녀는 담배꽁초 하날 줍는다. 이걸로 뭘 하지? 어리둥절한 표정이던 그녀는 잠시 후 꽁초를 입에 물고 피곤한 듯 철책에 기대어 담배 연기 내뿜는 시늉을 해본다. 농원에서 담배를 맛있게 피우던 수애의 얼굴이 스쳐지나간다. 저기였지. 그녀는, 지난여름 한낮에 짧은 진 치마를 입고 햇살 아래서, 인부들의 시선을 의식하며, 여자들이 힘껏 배드민턴을 치던 자리를 슬픈 눈으로 더듬는다.

슬픔 때문에 죽을 수도 있다고 생각한 또렷한 기억이 그녀에겐 있다. 나를 사랑하느냐고 묻기도 전에 다가온 그애의 돌연한 멸시를 갚아주기 위해서는, 죽을 수밖에 없다. 내 죽음만이 그애의 마음을 돌이켜놓을 것이다. 언젠가 죽어야 한다면 지금 여기서 죽으리라. 그녀는 그 푸른 영상 속의 야생 미나리 군락지 앞에 쪼그리고 앉아서, 여기서 어느 날이든 죽으리라, 너의 마음을 돌이켜놓기 위해서라면, 돌이켜놓을 수만 있다면 난 죽으리라, 매일매일을 그 생각으로 버티었다.

담배 피우는 시늉을 하고 있던 그녀가 뭔가에 놀란 듯 담배꽁초를 버리고 일어선다. 포클레인이 그녀의 빈터 앞에 서 있다.

천천히 포클레인을 향해 걷는 그녀. 그사이 포클레인은 땅을 많이도 헤쳐놓았다. 퍼올려진 흙더미들이 여기저기 수북하게 쌓여 있다. 깊숙이 땅을 파헤친 포클레인이 그녀가 일구어놓은 꽃밭 자리에 포만한 짐승처럼 서 있다. 그녀가 얼른 포클레인 밑의 땅바닥을 내려다본다. 바이올렛들은 흔적이 없다. 생수병 하나가 그녀의 발에 챌 뿐이다. 그녀가 한 포기 한 포기 심어 둥근 원을 만들어놓은 바이올렛은 단숨에 포클레인에 뒤집혀 사라져버렸다. 그녀가 아아— 악, 단말마의 비명을 내지른다. 그녀의 비명이 흙더미와 미술관과 가로수들 사이를 뒤흔드나 그 누구도 그녀가 내지르는 소리를 듣지 못한다. 어둠을 뚫고 미술관 벽에 부딪힌 그녀의 비명소리가 울림이 되어 그녀에게 되돌아올 뿐이다. 그때마다 최에게서 얻어맞아 부어오른 뺨이 터질 듯하다. 가슴이 먹먹해질 때면 무슨 소리인가를 들어보려고 귀를 기울이곤 하던 그녀의 귓속엔 되돌아온 그녀의 비명만이 넘쳐흐른다. 바이올렛, 바이올린, 바이올런스, 바이올레이터…… 그녀, 힘껏 손톱으로 포클레인 몸체를 긁어본다. 포클레인은 긁히지 않는다. 열 손톱을 세우고 긁어대나 포클레인은 완강하고 그녀의 손톱만 부서져 달아난다. 그녀가 두 주먹을 쥐고 포클레인을 내리친다. 그녀의 손마디에 피가 맺힐 뿐이다. 그녀, 이번엔 눈을 질끈 감고 얼굴로 포클레인을 들이박는다. 코뼈가 깎일 뿐이다. 바이올렛, 바이올린, 바이올런스, 바이올레이터…… 그

녀가 이제 포클레인의 아무 곳이나 몸으로 밀어보고 있다. 미는
게 아니라 부딪쳐보고 있다는 표현이 맞을 것이다. 몇 발짝 떨
어져서 힘껏 달려들고 다시 몇 발짝 떨어져서 더 힘껏 달려든
다. 포클레인은 꿈쩍도 안 한다. 그녀의 저항으로는 조금도 손
상되지 않는다. 오히려 그녀를 피투성이로 만들고 있을 뿐이다.
그녀는 어마어마한 곳을 쳐다보는 양, 포클레인 아가리를 쳐다
보더니 신발을 팽개치고 낑낑대며 포클레인 위로 올라가기 시
작한다. 그녀의 어깨에 매달린 가방이 대롱거린다. 정강이가 쇠
붙이에 부딪혀 깨지는 소리가 나고 기어가느라고 엎드린 몸을
펼 때는 포클레인 모서리에 그녀의 가슴살이 패어 찢겨진다. 터
진 입술에서 흘러내려 입안으로 고여드는 피를 삼키는 그녀의
팔꿈치가 포클레인 모서리에 으깨진다. 그런데도 그녀는 별로
고통스럽지 않은 모양이다. 공격적이고 완강한 포클레인 몸체
에 매달려서 다만 위험스럽게 아가리 쪽으로 한 땀 한 땀 바느
질하듯, 한 뼘씩 좁혀가고 있다. 최가 사납게 다루어 실밥이 뜯
겨져 있던 치마의 호크가, 어디쯤에서 마저 뜯겨져, 주르륵 치
마가 흘러내린다. 그동안 간신히 그녀 앞자락을 여미어주던 단
추도 떨어져나가 그녀의 윗옷이 벌어진 채 펄럭거린다. 가위 자
국이 나 있던 검은 머리채도 어지럽게 헝클어져 있다. 포클레인
아가리 속엔 지하에서 떠낸 흙이 반쯤 차 있다. 그녀는 후욱, 숨
을 몰아쉬며 포클레인에 패어 핏방울이 맺혀 있는 두 발을 흙속

에 묻는다. 뭔가 안심이 된다는 표정이다. 자꾸만 흙을 퍼올려 자신의 무릎을 묻고 허벅지를 묻고 엉덩이를 묻던 그녀는 무슨 생각이 났는지 호오, 웃기까지 한다.

당신은 잊었지?

그날 밤 내 소매 없는 자줏빛 실크 블라우스 밑의 팔뚝에 돋아 있던 좁쌀만한 소름들, 그걸 쓰다듬어주었던 일을 당신은 잊었어. 내가 어떻게 해야 당신이 나를 기억할까.

그녀는 더이상 자신을 매장할 흙이 없어 손짓을 멈추고 밤별들을 눈으로 올려다본다. 누구신지? 묻던 그 남자를 생각하자 다시 격렬하게 어깨가 들썩여지려 한다. 하지만 그뿐이다. 이어 최의 얼굴이 떠오른다. 이제, 어제까지가 아니라 오늘 아침의 자기 자신에게로도 돌아갈 수 없게 되었다고 생각하자 그녀, 산이는 이제야 자신의 육체가 자신의 것인 양 느껴진다.

그녀가 도시의 미술관 공터 포클레인 아가리에 들어앉아 있다.

수애의 얼굴이 잠시 별들 속에 섞여 피어났을 때 잠깐 그녀 눈 속에 한순간 생기가 도는 듯했다. 그러나 곧 다시 초점이 없어진다. 너무 짧은 공허한 빛남. 지금 그녀는 넋을 잃었을까? 그녀는 아무 짓도 안 하고 끄덕끄덕 졸고만 있다. 흠칫, 어깨를 떨며 소스라치기는 한다. 가슴살이 찢겨나갈 때 스며든 피, 그 피비린내가 바싹 말라갈 때쯤이었을 것이다. 꼭 한 번 그녀가 힘껏 눈을 떠보는 것도 같았다. 그때, 이 포클레인 위에서 내려갈 수만 있다면 이제 어머니를 찾아갈 수도 있으리라, 생각하는 것도 같았다. 가엾은 어머니. 당신이 얼마나 불행한 사람인지 알고 있었어요. 이제는 당신이 원하는 대로 해드리겠어요. 그러나 그녀는 허공에 떠 있는 포클레인 아가리 속에서 더는 움직일 엄두를 내지 못한다. 으깨진 상처에서 흘러나오는 피냄새가 밤바람 속에 섞여 괴괴한 미술관으로 흩어진다. 다시 힘겹게 눈을 뜨는 것 같으나 곧 감겨버린다. 찢긴 이마의 피가 눈물처럼 뺨 위로 흘러내리다 말라붙어 있다. 밤별이 질 무렵, 포클레인 무덤 속에서 그녀가 마지막으로 한 일은, 으깨진 팔꿈치를 감싸며 옆구리에 붙어 있는 가방을 열고 꾸물꾸물 노트를 꺼내 아무 장이나 펼치고서 뭔가 꾹꾹 적어넣을 양을 하다가는, 그마저 힘이 팽기는지 눈물 젖은 얼굴을 푹, 수그리는 일이었다.

15. 어두워지기 전에

    십이월이 되자 프라자 호텔 앞 시청 광장엔 대형 크리스마스트리가 세워졌다. 여섯시도 되기 전에 크리스마스트리에 매달린 반짝등은 일제히 불이 켜진다. 덕수궁 앞길에서부터 경복궁에 이르기까지 길 양편의 은행나무에도 일제히 반짝등이 장식되어 있다. 세밑의 수많은 인파들이 신호등 앞에 서 있다가 신호가 바뀌자 길을 건넌다. 점심시간이나 저녁이면 일식당이나 레스토랑이나 카페 들에도 사람들이 북적인다. 창가의 자리들은 대부분 예약이 되어 있다. 그녀들이 드나들었던 뽀모도로에도 마늘빵과 스파게티를 먹으려는 사람들이 줄을 이었다. 그녀, 산이가 생일날 헤어밴드를 샀던 노점은 이제 헤어밴드 대신 식탁이나 현관 앞 베란다 근처에 내놓으면 알맞을 트리를 팔고 있다. 푸른 트리에는 금종이나 은종이로 만든 별들이 붙어 있고 붉은 모자를 쓴 산타클로스 인형이 매달려 있기도 하다. 자세히 보니 뽀모도로 옆에 포도주 전문 가게가 생겼다. 포도주 가게의 유리문에는 특별가격이라는 붉은 글씨 아래 프랑스산 레드와인 2병 29900원이라고 쓰여 있다. 외투에 손을 집어넣고 추운지 입술이 파랗게 질려 있는 여자가 붉은 글씨를 읽고는 포도주 가게 안으로 들어가기도 한다. 뽀모도로에 영향을 받았을까. 물만두를 아주 작고 맛있게 빚던 오래된 옛날 자장면집은 간판을 내리고 내부가 개조되어 지오라는 이름의 스파게티집이 되어 있다. 바깥으로 낸 창문에도 트리가 놓여 있다.

그런 세밑의 어느 날이다.

사진기자인 그 남자가 지난여름 어느 날 바이올렛을 찍었던 카메라를 어깨에 걸치고 화원으로 들어서는 게 보인다. 화원도 지난여름과는 달라져 있다. 늘 세종문화회관 주차장을 향해 바깥에 놓여 있던 푸른 물통이 안에 들여져 있다. 물통 속에 안개꽃과 붉은 장미, 백합과 카네이션이 가득 꽂혀 있다. 투명한 반짝등이 매달려 있는 화원 유리창. 농원 주인 남자가 혼자 있다가 사진기자인 그 남자를 일어나서 맞는다. 화원 안의 라디오 채널은 89.1에 맞춰져 있다. 〈부에나 비스타 소셜 클럽〉이란 영화 보셨습니까? 영화를 보기 전에 음악을 먼저 들으신 분도 많이 있을 겁니다. 우리말로 해석하면 '환영받는 사교클럽', 이렇

게 되겠는데 음반 제목이 '환영받는 사교클럽'이라니 좀 특별
하죠.

사진기자인 그 남자는 이번엔 잡지의 표지사진으로 수선화를
찍으러 온 모양이다. 이미 얘기가 되어 있는 듯 사진기자인 그
남자가 카메라 가방을 열고 사진 찍을 준비를 하는 동안 농원
주인 남자는 물통 속에서 수선화 다발을 꺼내 매듭을 풀고 풍성
한 한 다발로 만들고 있다. 그 남자는 흰 눈과 가장 잘 어울리는
꽃이 수선화라니 그게 왜죠? 농원 주인 남자를 향해 묻는다. 농
원 주인 남자는 그 남자를 향해 글쎄요? 하는 표정을 짓기만 할
뿐, 침묵 속에서 사진이 잘 찍히도록 수선화를 이 각도 저 각도
로 놓아준다. 기다란 유리 화병을 꺼내 물을 받고 수선화를 가
득 꽂아놓기도 한다. 사진 찍을 준비를 하고 있던 그 남자가 불
현듯 무슨 생각이 난 듯 화원 안을 둘러본다. 누군가를 찾고 있
는 것 같다. 그 남자의 시선이 소철과 가지마루, 벤자민, 관음
죽 사이를 떠돈다. 마치 그 사이에 누가 있기라도 한 듯. 지난여
름 바이올렛을 찍으러 이 화원에 왔을 때가 떠올랐는가. 아무래
도 그 남자가 찾고 있는 건 지난여름 침묵 속에서 눈을 내리깔
고 바이올렛을 잘 찍을 수 있도록 도와주던 그 여자 같다. 속눈
썹이 특별했던 그 여자. 그 여자의 나직하며 조용했던 움직임.
사프란, 연복초, 파초일엽 사이를 떠돌던 그 남자의 시선이 아
련해진다. 문득 지난가을 초입의 어느 날 사무실 밑 카페에 찾

아와 탁자에 얼굴을 묻고 울음을 터뜨리던 어떤 여자가 생각난 것이다. 카페에서 울음을 터뜨리던 낯설기만 했던 여자와 바이올렛을 잘 찍을 수 있도록 도와주던 속눈썹이 특별했던 그 여자의 얼굴이 이제야 중첩된 것이다. 그 여자가 그 여자라면 그 여자는 왜 갑자기 나를 찾아와 울음을 터뜨렸을까. 그 남자는 카메라를 다시 가방에 내려놓고 철제 책상 위에 놓여 있는 볼펜과 메모지를 끌어당겨, 농원 주인 남자에게 쓴다.

"여기에 있던 여자는 어디 갔습니까?"

수선화를 내려놓고 그 남자의 손에서 볼펜을 받아들고 그 남자의 글씨 옆에 농원 주인 남자가 답을 쓴다.

"휴가 갔습니다."

그 남자가 또 쓴다.

"이 겨울에 휴가를 갑니까?"

농원 주인 남자가 잠시 머뭇거린다. 뭔가 쓰려고 하다가 그만둔다. 그 남자는 또 쓴다.

"그 여자 이름이 어떻게 됩니까?"

농원 주인 남자가 그 남자의 글씨 옆에 이수애입니다, 내 조카입니다, 라고 쓴다. 그 남자가 아, 그렇습니까? 몰랐습니다, 라고 쓴다. 다시 카메라를 작동시켜보려던 그 남자가 카메라를 내려놓고 다시 쓴다.

"그런데 휴가를 어디로 갔는지 아십니까?"

잠시 생각에 잠겨 있던 농원 주인 남자가 천천히 다시 쓴다.

"사실은 휴가가 아닙니다. 그앤 이따금 이렇게 어딘가를 쏘다닙니다. 오래된 습관입니다. 불쌍한 아이입니다. 온 가족이 여름날 계곡에 피서를 갔다가 폭우가 쏟아지는 통에 저 혼자만 살아남았습니다. 격렬하고 냉정한 척하지만 사실은 예민하고 연약한 아이랍니다. 가끔씩 쏘다니다가 돌아온답니다. 하긴 이태를 안 돌아온 적도 있었지요. 지금은 그렇지 않아요. 사오 일쯤 그러다가 돌아오지요. 이번엔 어째 좀 길어지는군요. 벌써 일주일이 지났는데…… 돌아올 겁니다. 그애는 이 화원을 아주 사랑하거든요. 그런데 수애를 잘 아십니까?"

그 남자가 쓴다.

"아니요. 잘 알진 못합니다. 지난여름에 바이올렛을 찍을 때 신세를 져서 늦었지만 인사나 할까 했었습니다."

농원 주인 남자가 의아한 표정으로 그 남자를 쳐다보더니 잠깐 고갤 숙이고 있다가 쓴다.

"수애가 아니라 그 여자 말이군요."

그 남자는 그 여자라니요? 되묻는 표정으로 농원 주인 남자를 응시한다.

"지난여름에 이 화원을 돌보던 여자요. 그때 바이올렛을 찍는 일을 도와줬던 여자는 수애가 아니라 다른 사람입니다. 그 여자는……"

볼펜을 쥔 채로 써야 할지 어쩔지 모르겠다는 듯 잠시 상념에
잠겨 있던 농원 주인 남자는 깊은 숨을 내쉬며 쓴다.

"여자에게 안 좋은 일이 생긴 모양입니다. 어느 날 수애랑 함
께 살던 기다란 방을 나가서는 돌아오지 않는다는군요. 옷가지
도 노트도 책도 가방도 다 그냥 두고서요."

아직 삼청동, 그녀가 살았던 기다란 방에 감금되어 있는 그녀
의 흔적들, 아무것도 아닌 것들. 식충식물들, 말라죽은 허브 잎
사귀들, 노트나 몇 권의 책, 가방 그리고 찻잔이나 만년필이나
머리핀들. 단색의 옷가지들, 굽 낮은 구두, 그리고 이 화원에 처
음 채용되던 날 밤, 얼굴에 즐거운 빛이 퍼지며 탁자 대용으로
노트를 올려놓고 푸른 글씨를 꾹꾹 눌러쓰던 미니 냉장고. 그녀
가 사라진 후 도착한 뜻지 않은 편지 한 통.

"무슨 일이 있었습니까?"

"글쎄, 자세히 이야기하긴 힘든 일이군요. 그 내막을 나 자신
잘 모르고 있기도 하구요. 어느 날 사라져서는 돌아오지 않습니
다. 침착하고 일도 열심히 했고 마음 씀씀이도 괜찮은 여자였는
데. 그 여자가 있는 동안엔 수애가 참 좋았는데. 어디 쏘다니지
도 않았고 화원 일도 열심히 했는데…… 이제 새 사람을 구해야
지요."

"그 여자 이름이 뭡니까?"

"오산이, 라고 했습니다."

두 남자 사이에 잠시 침묵이 흐른다. 침묵 속으로 라디오에서 흘러나오는 진행자의 목소리가 섞여든다. 어떻습니까. 참으로 아름답고 서정적인 노래지요? 빔 벤더스와 라이 쿠더가 만든 〈부에나 비스타 소셜 클럽〉 속에 수록된 곡 중에서 한 곡 들었습니다. 가슴이 뭉클하죠? 이제는 노인이 된 거장들이 음악에 보여주는 집중력은 대단합니다. 누구에게 들려주기 위해서가 아니라 그들 스스로가 즐기며 노래를 부르기 때문에 가능했겠지요. 음악이 삶이며 삶이 음악이었던 사람들. 방금 들으신 노래 가사를 한 구절 소개시켜드릴게요. 나는 꽃들에게 내 아픔을 숨기고 싶네. 인생의 괴로움을 알리고 싶지 않아. 내 슬픔을 알게 되면 꽃들도 울 테니까.

오산이.

그 남자가 아련한 표정으로 잠시 화원 바깥, 주차장을 내다본다. 지난여름 그녀가 유리문에 물을 뿌리며 늘 내다보던 그 자리다. 바이올린 독주회가 있는 세종문화회관의 주차장엔 만차 표시가 되어 있다. 생각난 듯 그 남자는 카메라 가방 여기저기를 뒤적거린다. 한참 만에 구석진 곳에서 오래 지니고 다닌 듯한 봉투 하나를 꺼낸다. 코닥필름이라 박힌 사진 봉투 속에서 그 남자가 사진을 꺼낸다. 그녀, 산이다. 그 남자에 대해 욕망을 품기 이전의 그녀이다. 불현듯 그녀에 대한 기억이 되살아나는지 사진기자는 그녀의 사진을 뚫어져라 들여다본다. 지난여름의 어느 날, 그 여자가 눈을 내리깔고 바이올렛을 들여다보고 있다. 지금 그 남자는 비가 지나가고 난 뒤의 햇살이 화원 안에 환하게 들이닥쳤던 그날, 순간적으로 바이올렛을 찍는 행위에 권태를 느꼈던 자신을 상기하고 있다. 그때 발견한, 그 여자의 눈에 짙은 그늘을 이루며 가만히 놓여 있던 그 여자의 속눈썹. 카메라 렌즈에 제대로 자태를 드러내지 않는 바이올렛에 대한 실망을 누그러뜨리지 못하고 있던 터에 그 여자의 속눈썹은 물방울이 튕겨오는 것 같은 신선함을 느끼게 해주었다. 꽃에 대한 실망 때문에 그 여자의 속눈썹을 찍어두었던 지난여름. 하지만 지금도 그 남자는 가을 초입의 어느 날 자신이 근무하는 사무실 아래의 카페에 찾아와 훅, 눈물을 쏟던 그 여자가 바로 사진 속의 이 여자인지 확신이 서지 않는 눈치다.

그 남자는 사진을 철제 책상 위에 내려놓고 쓴다.

"그 여자를 만나게 되면 전해주세요."

그 남자가 노란 수선화를 찍는 동안 사진 속의 그 여자는 철제 책상 위에 놓여 있다. 이제 그 여자는 그토록 열망했던 그 남자와 이토록 가까운 거리에 놓여 있다. 깨우지 마라 모두 잠들었네. 글라디올러스와 흰 백합. 내 슬픔을 꽃들에게 알리고 싶지 않아. 내 눈물을 보면 죽어버릴 테니까. 수선화를 다 찍었는지 그 남자가 카메라를 다시 가방에 정돈해 넣는다. 그 남자가 농원 주인 남자와 인사를 나누고 화원 문을 열고 나온다. 세밀의 찬바람에 화원에서 나온 그 남자의 옷이 펄럭인다. 화원 안에 남은 농원 주인 남자가 사진 봉투에서 사진을 꺼내 들여다본다. 속눈썹을 아래로 내리고 바이올렛을 들여다보고 있는 앞면의 그녀, 측면의 그녀, 막 눈을 위로 치뜨려는 순간의 그녀, 다시바이올렛을 들여다보고 있는 그녀, 그만 찍어요, 손을 내젓고있는 그녀. 농원 주인 남자는 여러 장의 사진 중에서 측면의 그녀를 오래 들여다본다.

사진기자인 그 남자가 바람 속에서 옷깃을 단단히 여미고 화원 앞을 몇 발짝 걸어가는 것 같더니 천천히 다시 화원 유리문앞으로 돌아오고 있다. 반짝등이 달린 화원 유리문에 조그맣게붙어 있는 '꽃을 돌볼 아르바이트생 구함'이란 글씨를 물끄러미 바라보고 있다. 누군가 그 글씨를 바라보고 있는 그 남자의어깨를 치며 화원 안으로 들어선다. 최다. 농원 주인 남자가 그녀의 사진들을 다시 봉투에 넣어 철제 책상 서랍 속에 집어넣는다. '꽃을 돌볼 아르바이트생 구함'이란 글씨를 뒤로하고 그 남자가 화원 앞을 떠날 때 최는 화원 안에서 세밑 행사장에 보낼나무를 고르고 있다. 리본에 쓸 문장을 농원 주인 남자의 메모지에 적고 있다. 묵묵히 걷던 그 남자는 거리로 창이 난 카페로들어간다. 창가 쪽 의자에 앉아 카메라 가방을 탁자 위에 내려놓고 커피를 주문하고 담배에 불을 붙인 뒤 물끄러미 회색 거리를 응시한다. 카메라 가방을 어깨에 멘 그 남자가 다시 어스름이 내리고 있는 거리에 서 있다. 거리는 인파로 북새통이다. 그 남자는 이제는 주류백화점으로 변한 논장서적 앞을, 옷가게와 시계점을 지나간다. 지난여름 어느 밤에 그 남자와 그녀가 우연히 다시 만났던 고려슈퍼 건너편의 라 뮤즈의 간판이 사람들과 어깨를 부딪히며 지나가고 있는 그 남자를 내려다보고 있다. 지난여름 그녀, 산이가 그 남자를 생각하며 숱하게 오고갔던 거리는 그녀의 발자국을 지워버리려는 듯 여기저기 달라져 있다. 홍화문 옆에 주차장이 생겼으며 그 사잇길로 들어서면 미르라는 이름의 간장게장 전문 식당도 생겼다. 봉주르 다방은 레스토랑으로 간판이 바뀌어 있고 흥국생명 빌딩 지하엔 씨네큐브라는 예술영화 전용관이 생겼다. 일층엔 리시안이라는 이름의 프렌치 레스토랑이 문을 열었다. 빌딩 앞엔 조그만 분수대가 있고 나무 의자가 있고 대나무도 몇 그루 심어져 있다. 무엇이라도 다 헤쳐놓을 듯이 위압적으로 포클레인이 서 있던 미술관 옆 공사장에도 새 건물이 들어서 있다. 수많은 창문이 달린 신축 건물로 인해 그녀가 생수병에 물을 받아 나르던 수돗가는 이제 육안으론 보이지 않는다. 당연히 그녀가 흰빛 노란빛 보랏빛 분홍빛의 색색의 바이올렛을 심었던 공사장의 빈터는 어디쯤이었는지 짐작조차 가지 않는다. 수척한 모습의 휴가병이 거리의 문구점에 서서 새 수첩을 고르고 있다. 초로의 남자가 구세군 냄비에 만원짜리 지폐를 떨어뜨리고 있다. 성바오로딸 서점과 창덕 여자중학교로 빠지는 정동 길에 있는 영화관에서 한 무리의 젊은이들이 어두워지는 세밑의 회색 거리로 쏟아져나온다. 일행을 놓친 한 여자가 반짝등이 켜지는 거리를 두리번거리고 있다. 새문안교회 앞을 지나 흥화문을 지나던 그 남자가 육교 밑에서 카메라 가방을 한번 추스르고는 손바닥으로 얼굴을 비비며 걷더니 삼성병원 앞 신호등 앞에 선다. 신호가 바뀌자 그 남자가 길을 건넌다. 그 남자의 모습은 곧 밀려오고 밀려가는 사람들에 휩싸여 보이지 않는다.

이제 이 거리에 그녀는 없다.

다시, 또, 다시, 쓰여지는 이야기

신수정 (문학평론가, 명지대 교수)

시간을 거슬러

오산이에 대해서 다시 이야기할 기회가 올 줄 몰랐다. 영어판 발간과 더불어 다시 세상에 선보이게 된 『바이올렛』 개정판을 교정지로 누구보다 먼저 접하며 새삼 감회에 젖지 않았다면 거짓일 것이다. 2001년 초판본이 간행되었으니 어느덧 이십여 년의 시간이 흘렀다. 이 소설의 모태가 된 단편 「배드민턴 치는 여자」가 발표된 1990년대 초반으로 거슬러올라가면 무려 삼십 년이라는 시간이 흘렀다고도 할 수 있겠다. 누구에게나 그러하겠지만 이삼십 년은 결코 간단한 시간이 아니다. 우리의 주인공 오산이에게도, 작가 신경숙에게도, 그리고 이렇게 다시 해설을 맡게 된 나 자신에게도. 많은 일이 주마등처럼 스쳐간다. 그 시간이 어제와 같다고 하면 둔하고 게으른 자의 변명일까. 물론 우리는 안다. 시간은 항상 우리보다 먼저 우리 자신에게서 멀어진다는 사실을. 시간 앞에 영원한 것은 아무것도 없다. 누가 시간을 되돌릴 수 있으랴. 그러나 돌이켜보면 시간은 또한 늘 놀라운 방식으로 우리가 미처 예상하지 못했던 어떤 것을 선보이는 것도 사실이다. 나는 지금『바이올렛』의 주인공 오산이와 같은 존재를 염두에 두고 있다. "조그만 여자애"(7쪽), 태어난 순간부터 축복과는 거리가 멀었던 어떤 존재, "수 세대에 걸쳐 이유도 없이 존엄성을 무시당한 여인들이 떳떳지 못한 대우로 고통받다가 낯선 방에서 죽어가는 일"(11쪽)이 허다한 이 세상에서 홀로 견뎌야만 했던 여자아이, 그 미미하고 하찮게 여겨지던 존재가 이삼십 년의 세월이 흐른 지금 과거와 달리 당당히 자신의 자리를 요구하는 사회적 존재로 거듭나고 있다는 사실은 시간의 연금술이라고 할 만하다.

어쩌면『바이올렛』이 그 마법을 이끄는 촉매 가운데 하나였다고 할 수도 있지 않을까. "오해 많은 세상에 이 여자를 내보내려 하니 미안해 죽겠다. 제대로 맛있는 것도 먹이지 못했고, 좋은 옷도 입히지 못했으며, 종내는 꿈과 욕망조차 바스러지게 했으니 이 여자의 어미나 되는 듯 마음이 쓰리다. 이 여자를 통과해가는 시선 속에서 이 여자가 새로 부활하기를 바랄 따름이다"

(369쪽)라는 초판 '작가의 말'이 아니더라도 우리는 지금 『바이올렛』 이후의 여성소설 속에서 오산이가 새로 부활하는 장면을 여럿 확인할 수 있다. 익명의 존재들이 자신의 이름을 찾아가는 과정, 그 첫머리에는 언제나 우리의 오산이, 그녀를 닮은 그녀의 분신들이 자리하고 있다. 그녀들은 서로 닮은 듯 미묘하게 조금씩 달라지고 또 전혀 다른 성격의 새로운 인물로 거듭나며 오늘날 우리 소설의 가장 중요한 흐름을 형성하는 주축이 되었다. 아프게 스러진 오산이라는 존재가 없었다면 그녀들의 출현을 보기 위해 우리 소설사는 아마 조금 더 많은 시간을 기다려야 했을는지도 모른다. 그런 의미에서 『바이올렛』은 그녀들을 우리에게 불러내는 초대장 같은 작품이었다고 해도 좋겠다. 개정판 『바이올렛』을 다시 읽는 작업이 시간의 더께를 거슬러 우리가 미처 제대로 돌보지 못했던 그녀들의 원형을 되찾고 그녀의 꿈과 욕망을 애도하는 과정이라고 할 수 있는 것은 그 때문이다.

그녀는 누구인가

『깊은 슬픔』의 '이슬어지'를 기억하는 사람들에게 『바이올렛』의 '미나리 군락지'는 다소 낯설 수도 있겠다. 그 여자, 오산이의 태생지인 미나리 군락지 마을은 은서와 완, 세의 고향이었던 이 슬어지의 훼손되지 않은 낙원 이미지와 무관하다. "얼핏 보기에 한마을 같지만" 이 마을은 "안마을 사람과 새터 사람이 갈린다" (8쪽). 성씨는 마을의 경계를 형성하는 확실한 기준이다. "이씨 가 아닌 사람이 마을의 중심을 이루는 안마을에 사는 경우란 없 다."(같은 쪽) 이 지표에 따라 해야 할 일과 하지 말아야 할 일, 할 수 있는 일과 할 수 없는 일 등이 구분되고 나뉜다. 다른 이유 는 없다. 다만 "이씨 성을 가진 아이들은 이씨라는 이유 하나만 으로 마을에서 기득권을 갖는다"(16쪽). 오산이는 성씨에서 확 연하게 드러나듯 마을의 실세인 이씨가 아니다. 사옥이, 귀순이 등, 이름으로만 불리는 이씨 성을 가진 아이들과 달리 꼭 이름 앞에 성이 붙어서 불리는 새터 마을의 아이들은 언어 속으로 침 투된 이 차별을 당연한 것으로 받아들이도록 길들여진다. 호명 자체가 이미 구별의 표지다.

따지고 보면 그녀의 태생부터 '축복'과는 거리가 멀다. 그녀 의 어머니는 이제 막 태어난 그녀를 "보려 하지 않고 눈을 질 끈 감아버린다"(7쪽). 그녀의 아버지는 분명 그녀의 어머니에 게 "누군지 모를 타인의 아이를 배고 있다고 해도 상관이 없었 을 만큼 한눈에 반했"(11쪽)던 적도 있었을 것이다. 그러나 그 의 사랑은 그녀가 태어남과 동시에 멀어지고 산모의 우울증은 심해진다. "마당을 어지럽히던 꽃이 다 졌을 무렵의 아침에 여느 날과 마찬가지로 오토바이를 타고 J시로 간 그녀의 아버지는 이후 구 년이 지나도록 돌아오지 않는다."(같은 쪽) 그는 그녀를 '버린다'. 그녀는 그에게서 버림받은 여자애에 불과하다. 이후 엄마의 잇단 가출과 재혼으로 아비의 자리를 차지하게 되는 양부들도 마찬가지다. 그들은 그녀에게서 엄마를 '빼앗아'간다. 그녀는 그들에게 엄마를 빼앗기고 그녀의 그림자를 지우기를 공공연하게 강요당한다. 그런 의미에서 그녀에게 아버지라는 이름은 폭력, 기만, 탈취, 폐기와 동의어다. 아버지는 주기보다 빼앗는 데 익숙하고, 포용하기보다 내팽개치기 일쑤다.

그녀에게 '아버지'란 '부재'를 대신하는 말일 뿐이다. 그것은 한갓 오토바이의 굉음이나 포마드 기름 또는 가죽 장갑이나 점퍼 등 몇 가지 이미지로 환유되는 대상에 불과하다. 오산이는 '아버지'의 호명을 받지 못한 존재라고 할 수 있다. 그녀에게는 누구보다도 많은 수의 아비가 '있다'. 그러나 단 한 명의 아버지, 그녀에게 '이름'을 부여해주고 상징적 질서의 안쪽으로 끌어당겨줄 유일한 존재로서의 아버지는 '없다'. 이 절대적인 아버지의 부재가 그녀를 하나의 '잉여' 혹은 그와 정반대의 텅 빈 '결여'로 만든다. 아버지의 이름으로 구성되는 상징적 의미 체계속으로 진입하지 못한 그녀는 다만 "아무것도 아닌 것"(330쪽)일 뿐이다. 우리는 그녀를 모른다. 그녀는 아버지의 언어로는 포착되지 않는 '타자'의 영역에 속하기 때문이다. 우리는 간혹

"하굣길에 어느 밭둑 건너에 있는 묘지 위에 엎드려 귀를 기울이고 있는 그녀, 주인집 마당의 닭과 오리들을 멀거니 응시하고 있는 그녀, 미나리지가 바라다보이는 둑 위에 오래도록 혼자 앉아 있는 그녀"(31쪽)를 '볼' 수 있을 뿐이다. 그녀는 항상 우리들의 관음의 대상이다(그녀에게 사랑의 환멸을 가르쳐준 '그 남자'가 사진기자라는 사실 역시 이와 무관하지 않아 보인다). 우리는 그녀에게서 우리가 보고 싶은 것만 보고 그것이 전부라고 생각한다. 그러나 우리가 본 것은 다만 그녀의 이미지일 뿐 그녀의 실체는 여전히 오리무중이다. 그녀를 잘 알게 되었다고 생각하는 순간, 그녀는 다시 저 해독할 수 없는 기호, 완전한 불가사의, 영원한 수수께끼의 세계로 되돌아가버린다.

어떻게 하면 우리가 그녀를 알 수 있을 것인가. 그녀의 입을 열고 그녀로부터 자신의 이야기를 풀어내게 하는 힘은 무엇인가. 『바이올렛』은 이 간절한 욕망에서 출발한다. '아무것도 아닌 것'으로 치부되는 익명의 존재 오산이에게서 폭력적인 차별의 그물을 걷어내고 그녀의 흔적을 뒤좇아 그녀가 누구인지 드러내고 그녀의 목소리를 복원하고자 한다. 굳어버린 그녀의 혀가 내지르는 조용한 비명에 귀를 기울이고 그녀의 이야기를 되살려내고자 한다. 이 작업이 쉬울 리 없다. 그러나 말이 끊어진 곳에서 다시 시작하고 다시 시작한 말을 또 의심하는 이 소설의 간절한 글쓰기 역학에 동참하는 순간, 우리는 알게 될 것이다.

어디선가 "아직 가보지 않은 외진 해변의 자갈들이 이 초여름 햇빛을 받고 있"(51쪽)다는 것을. 어디선가 우리가 "아직 밟아보지 않은 산길이 지나가는 바람 한 점 없이 견고한 침묵을 견디며 황토를 드러내고 있"(같은 쪽)다는 것을. 또한 우리가 "모르는 사람이 누군가와의 소통을 원하며 고독하게 새끼손가락을 깨물고 있"(같은 쪽)기도 하다는 사실을. 『바이올렛』은 그 미지의 타자에게로 다가가는 조심스러운 발걸음이다. 이제 우리가 그들의 견고한 침묵에 응답할 차례다.

부재의 흔적: 그녀에게 가는 길

오산이는 매일 총리공관 쪽으로 향한 길과 삼청터널로 향한 길이 갈라지는 좁은 골목의 '기다란 방'에서 나와 세종문화회관 뒤편의 '화원'까지 걸어서 출퇴근한다. 『바이올렛』은 서울 시내의 공간지지학空間地誌學이라 불러도 좋을 정도로 그녀가 지나다니는 이 일상적인 거리를 꼼꼼하게 묘사한다. 이를테면, 이런 식이다. 화원에서 나와 방으로 돌아가기 위해 그녀는 "교보문고로 통하는 지하도를 건너서 광화문을 바라보며 걷다가 한국일보 쪽으로 방향을 튼다"(58쪽). 다시 지하도를 통해 박물관 정문으로 나온 그녀는 "신호가 풀리자 길을 건너 104번 버스가

서 있는 버스 정류장을 한번 바라보더니 현대미술관 길을 따라 걷는다"(59쪽). 미술관을 지나면 넓었던 길이 어느새 좁아진다. 좁은 골목은 가파른 축대로 이어지고 "축대로 된 인도를 걸어오면 어느 쯤에선가 기다란 방 창문이 보인다"(60쪽). 그리고 다음날 아침이 되면 그녀는 이 길을 되밟아 다시 화원으로 출근한다. 이 거리 곳곳에서 그녀는 머리를 노랗게 물들이고 힙합바지를 바닥에 끌며 각자 다른 음악을 듣는 남자아이들을 만나기도 하고 고궁 벽에 붙어서 있는 한 쌍의 연인들을 보기도 한다. 언제나 한결같은 자세로 서 있는 경비경찰을 만나는 것도 이 거리에서다. 서울 시내의 지리가 눈에 익은 사람이라면 그녀의 움직임을 따라 이상한 형태의 곡선으로 이루어진 도형 하나를 그릴수도 있을 것이다.

그러나 그녀의 동선이 그리는 이 궤적은 그 극대화된 사실감으로 인해 오히려 가장 비사실적으로 보이기도 한다. 사물을 사진보다 더 정확하게 재현해내는 하이퍼리얼리즘이 그러하듯 '교보문고'니 '세종문화회관'이니 '한국일보'니 '삼청터널'이니 하는 고유명사는 그 명확한 지시성으로 인해 오히려 리얼리티를 상실한 채 이제까지 우리가 알고 있던 것과 전혀 다른 어떤 것을 환기하는 기호로 차용된다. 우리는 그것을 오산이의 욕망의 지도로 바꿔 읽어볼 수도 있을 것이다. 신경숙은 고정된 일상의 언어로 미처 포착할 수 없는 그녀의 욕망, 그녀의 관능을 포착하기 위해 그녀의 말 대신 그녀의 몸이 움직이고 그려내는 도시 공간 속의 흔적trace에 주목한다. 사실 신경숙의 대표작 「풍금이 있던 자리」가 말해주듯 부재의 흔적을 포착해내는 이 작가의 문체는 그것 자체로 소설이 무엇인가라는 질문에 관한 하나의 답변이라고 할 만하다. 그녀에게 있어 소설은 말해질 수 없는 것, 존재할 수 없는 것들을 향한 필사적인 흔적 찾기다. 그것은 줄거리로 요약되는 이야기에 저항하며 단 하나의 목소리, 유일무이한 진실을 경계한다. 신경숙에 따르면 진실은 여기저기 흩뿌려져 있다. 우리는 다만 소설을 통해 그 산포된 진실이 순간적으로 현현하는 에피파니의 현장에 동참할 수 있을 뿐이다.

5장 '생일' 대목은 이 사실을 가장 잘 보여주는 사례라고 할 만하다. 스물세번째 생일을 맞이한 오산이는 생일을 함께 보내기를 원하는 수애의 요청을 뿌리치고 그녀가 사준 케이크를 든 채 정처 없이 거리를 방황한다. 뚜렷한 목적지가 정해지지 않은 그녀의 발걸음은 세종문화회관에서 시작해 제일은행 본점을 지나 종각, 종로서적으로 이어지며 복합상영관에서 상영되는 영화를 보고 난 후 다시 대학로로 연결된다. 이 기나긴 행로는 애초의 출발지였던 세종문화회관 뒤편 화원에 이르러서야 그 대단원의 막을 내린다. 결국 그녀는 원점으로 되돌아온 것뿐이다. 그녀가 이 여정을 통해 확인한 것은 그 거리의 어디에도 그녀가 있을 곳, 곧 그녀의 자리가 없다는 사실이다. 그녀의 욕망은 한

없이 지연된다. 백만 관객을 돌파했다는 영화를 보아도, 미친
듯한 열기로 가득한 카페에 들러도 마찬가지다. 오산이의 욕망
은 정확한 대상을 찾지 못한 채 한없이 미끄러지기만 한다. 이
충족을 모르는 욕망의 끝에 '어머니'가 있다.

　　지하철 철커덕거리는 소리가 귀에 가득찬다.
　　어떤 얼굴이 떠오르려다가 밀려난다. 얼굴을 높이 쳐들고 걷
곤 했던 어머니. 자칫 상대에게 당신이 뭘 알아? 냉소를 보내고
있는 듯하던 차가운 눈동자. 어머니가 새살림을 차려 점잖은 부
인이 되어가는 걸 보는 일은 나쁘지 않았다, 고 그녀는 생각한
다. 그러나 곧 얼음판 위에서 빙빙 돌았던 팽이처럼, 뒷산에서 날
렸던 흰 연처럼, 좁은 부엌을 조용히 차지하던 작은 양은그릇들
처럼 어머니의 형체도 흩어져버렸다. 부분부분 남아 있는 것들
이 눈을 감고 있는 그녀의 의식 속에서 고단하게 떠다닌다. 이마,
혹은 뺨, 머리 냄새, 손가락, 무릎 밑의 흉터, 뒷가르마 밑의 점,
상실할 수밖에 없는 것들. 어머니의 차가워 보였던 눈만은 사무
친다고 지금 그녀는 생각하고 있다. 주변에는 어울리지 않았지
만 어느 옷이나 잘 어울렸던 어머니만이 가질 수 있는 눈이었다
고.(124~125쪽)

　　철커덕거리는 지하철의 리듬에 맞춰 오산이의 자유연상은 드

디어 어머니에 이른다. 그토록 정처 없이 떠돌았던 그녀의 기나긴 행로는 자신을 버린 어머니에게 다가가기 위한 혹은 그 어머니를 망각하고 회피하기 위한 순례에 다름 아니었던 것이다. 그녀가 어머니를 떠올리게 되기까지의 여정을 꼼꼼하게 기록하고 있는 이 장은 결국 어머니에 대한 오산이의 사랑과 갈망을 공간적으로 재현하는 데 많은 것을 할애한 셈이다. 생일이 어머니에게서 와서 어머니에게로 가는 삶을 기념하는 의식 가운데 하나라면, 그녀의 정처 없는 헤맴은 그녀 안에 존재하는 어머니를 발견하기 위한 여정이었다고 할 수도 있다. 이 장의 소제목이 '생일'이라는 사실은 이와 무관하지 않을 것이다. 철커덕거리는 지하철의 리듬 속에서 어머니를 떠올렸을 때, 그녀는 비로소 다시 태어난다. 자기 안의 어머니를 발견함으로써 그녀는 드디어 '그녀'가 된 것이다. 그러나 '그녀'를 제대로 알기란 얼마나 지난한가. 어머니의 이미지는 의식 속에서 고단하게 떠다니기만 할 뿐 형체도 없이 손쉽게 '흩어져버린다'. 어머니에 관한 한 그 어느 것도 명확하게 표명되지 않는다. 아무것도 확정 지을 수 없다. 어머니는 '……고 생각한다'라고 반복되는 문장이나 이마 혹은 뺨 등 부분부분으로만 재생되는 파편화된 기억, 그리고 말줄임표 속에 숨어 언뜻언뜻 자신의 부재를 드러내고 있을 뿐이다. 이 부재를 그리기 위해 신경숙은 오산이에게 광화문에서 출발하여 종로를 거쳐 대학로를 돌아 다시 세종문화회관에 이르는 오랜 우회와 시행착오의 여정을 요구했던 것인지도 모른다. '그녀'에 관한 진실이란 대개 이러하다. 그것은 많은 망설임, 엉뚱한 착란 끝에 어느 한순간 에피파니처럼 겨우 얻어지는 '부재'의 흔적이다.

좁고 기다란 방과 농원

굳이 『외딴방』을 예로 들지 않더라도 신경숙의 소설에서 '방'은 중요한 메타포 가운데 하나다. '방'은 '집'이 아니다. 그것은 차고 달던 우물물, 파릇파릇한 싹이 돋던 텃밭, 마당가를 한가롭게 거닐던 오리와 닭들, 새카맣게 익어가던 장독 속의 간장 등이 사라진 공간, 즉 '집'으로부터 한껏 멀어진 존재의 처소다. 원초적 상실의 형이상학적인 징후이자 현대 도시의 실존에 관한 가장 함축적인 메타포라고 할 수도 있을 것이다. 미나리 군락지를 떠나 도시로 온 오산이에게 허락된 공간 역시 이러한 의미의 방에서 멀지 않다. "그녀는 은행나무가 있는 거리에서 창문이 올려다보이는 기다란 이층 방에 산다."(39쪽) 가파른 축대 끝에 있는 기형적일 정도로 기다란 방. '좁고' '가파르며' '기다란' 이 방의 외양은 당연히 확 트인 대로나 고른 평지, 그리고 네 귀가 잘 맞는 안정감 있는 형태와 여러모로 대조적이다. 그곳은

팔루스적 상징으로 가득찬 세계의 끝이자 변방이다. 그리고 그
런 만큼 가장 가혹한 폭력이 생산되는 곳이기도 하다.

　　주인 내외는 자주 당장 내일 이혼이라도 할 듯이 싸우곤 했다.
그녀는 이 기다란 방으로 이사를 와서 그들이 싸우는 걸 처음 보
았을 때 너무 무서워서 이불을 뒤집어썼다. 딸아이들이 울음을
터뜨리면 주인 남자는 아가리 닥치지 못해! 소릴 질렀다. 그럴수
록 더 높아졌던 딸들의 울음소리. 고성을 지를 때의 주인 남자는
그 집의 가장이 아니라 침입자로 보였다. 딸들이 계속 울어대면
어디에도 쓰잘데기 없는 계집애들이! 라고 나무랐다. 목욕탕에
데리고 갈 사내자식 하나 없다고, 이 집구석의 계집애들 때문에
숨이 막힐 지경이라고 소릴 질렀다.(90쪽)

　　아들 없음을 타박하는 주인 남자의 가정폭력은 이 방의 세계
가 무엇으로 이루어져 있는지 보여주는 상징적 장치다. 주인 남
자에 따르면 '계집애'들은 '쓰잘데기'가 없으며 자신의 숨을 막
히게 하는 존재들일 뿐이다. 그는 무용한 딸들만 출산한 아내를
향해 폭력을 행사하기를 망설이지 않는다. 폭력의 주재자인 가
장은 침입자와 구분되지 않는다. 이 남자의 폭력성은 오산이에
게 조만간 닥칠 또다른 형태의 폭력의 징조이기도 하다. 서양에
서 '이오의 눈'으로 불리기도 한다는 바이올렛violet은 언제나 폭

력violence과 무관하지 않다. 바이올렛의 탄생 설화부터 그러하다. 그리스신화 속 천하의 바람둥이 제우스는 강의 신 이나코스의 딸 이오에게 반해 그녀를 먹구름으로 덮어버리고 덮치려 하지만 심상찮은 기미를 눈치챈 아내 헤라가 다가오자 그만 이오를 흰 소로 만들어버린다. 흰 소로 변해버린 이오는 강의 신인 아버지에게 자신을 알리려 하지만 목에선 소 울음소리만 나올 뿐 말이 나오지 않는다. 어떤 누구도 이오를 도울 수 없다. 잡초를 뜯어먹게 된 이오를 가여워한 제우스가 그녀의 눈동자를 본떠 꽃을 만들어 위로할 뿐이다. 이 이야기가 암시하는 바는 비교적 분명하다. 조만간 오산이에게도 이오와 마찬가지의 폭력이 가해지리라는 것. 우리는 그 전말을 소설의 마지막 대목에서 확인하게 된다.

오산이의 직장인 '화원'은 이런 폭력적 세계와 구별되는 새로운 세계로 가는 건널목과 같다. "세종문화회관의 주차장과 옆벽을 마주하고 있는 이 거리에서 잠시 불현듯 만나지는 이 화원은 이 거리를 지나는 사람들에게 느닷없이 자동차 소리를 잊게 해주는 장소이다."(32쪽) 다소 낭만적이기까지 한 이 화원이 '자동차 소리'를 잠재울 수 있는 거리의 비상구라면 '구파발 농원'은 이 화원의 모태이자 대안적 상상력의 한끝이라고 할 만하다. 농원의 주인이 벙어리 남자로 설정되어 있는 것부터 상당히 암시적이다. 그는 목소리가 '거세'된 자다. 이 세계는 아내와 아기를 잃은 인도네시아 남자(이방인), 새끼를 밴 회색 점박이 고양이(상처 입은 모성), 나란히 자라나는 파파야 야자수 두 그루(동성애), 삼촌을 향해 사랑을 불태우는 조카(근친애) 등으로 구성된다. 모든 이질적이고 비-정상적인 것의 공동체로서 이 농원은 팔루스적 상징과 완전히 대척된다고 할 만하다. 거리의 '폭염'이나 깎아지른 듯 솟아 있는 축대 끝 기다란 방의 '폭력'은 이 세계와 멀다. 이 세계는 오로지 관용과 사랑, 자발적 복종과 연민, 그리고 자연스러운 관능의 발산만 알고 있을 뿐이다. 우리는 이 공간을 폭염과 폭력의 상처를 지우는 치유와 재생의 세계로 이해해도 좋을 것이다.

비닐하우스 주변은 천변이다. 풀이 우거진 천변을 향해 잘 자란 판다고무나무와 가지마루가 윤기 나는 푸른 잎을 햇볕 아래 드러내놓고 찰랑찰랑거리고 있다. 수애는 바람이 일렁일 때마다 일제히 흔들리는 푸른 잎들을 눈부시게 쳐다본다. 푸른 잎사귀들이 아아, 소리를 지르고 있는 것 같다. 비닐하우스 안에서 싹을 틔워 저만큼 자라게 하려면 얼마만큼 시일이 걸릴까.(150쪽)

오산이의 방 맞은편 '레크리에이션 사무실'의 청년을 죽음의 유혹으로 몰고 가는 '불'이나 언제나 '시뻘겋게' 파헤쳐져 있는 공터의 흙과 달리 농원은 천변의 '물'과 '풀'의 싱그러움으로 가득찬 공간이다. 온통 '푸른색'으로 찰랑거리는 농원의 물과 풀은 생명의 근원이기도 하다. 특히 물이 함축하고 있는 의미는 이 소설에서 절대적이다. 오산이는 거리에 바싹 붙어 앉은 화원이 불현듯 갑갑하게 여겨질 때면 미친듯이 식물들에게 물을 준다. 푸른 기운을 띠는 물은 붉은 불의 파괴력을 치유하는 묘약인 셈이다. 이 물의 이미지가 여성적인 것과 깊은 관련을 지니고 있음은 말할 것도 없다. 물은 스스로 사라짐으로써 다른 것을 채운다. 그것은 모든 생물에게 생명을 전하는 약수이자 스스로에게는 아무것도 허여하지 않는 무한한 은총이다. 그것은 "누가 시키지 않아도 자발적으로 솟아오르며, 저절로 움직인다. 조그만 틈도 뚫고 들어갈 수 있으며, 단단한 바윗덩어리도 뚫을 수 있다. 얼음처럼 단단해지기도 하고, 수증기처럼 부드러워지기도 한다"(김혜순, 「연인, 환자, 시인, 그리고 너·2」, 『문학동네』 2000년 여름호, 431쪽). 모든 생명의 기원인 '어머니'의 존재 방식 역시 이와 같다. 『바이올렛』은 이 물의 이미지에 기대 상처를 치유하고 폭력를 정화할 수 있기를 욕망한다. 오산이를 데리고 농원에 도착한 이수애가 흙속에 섞여 나오는 거름 냄새를 맡으며 다음과 같이 이야기하는 것은, 그러므로 너무나 자연스럽다. "여길 떠나 있는 동안에 이 냄새가 해 저물 때 엄마들이 부르는 소리처럼 나를 부르더라구. 아무렇지도 않다가 이 냄새가 맡아지면 여기로 돌아오고 싶어 가슴이 저리더라니까."(155쪽)

치유와 정화, 그것은 우리들 기억 속 '엄마들이 부르는 소리'에 의해서만 가능한 것인지도 모르겠다.

관능, 연대, 글쓰기

바이올렛은 어디에나 흔하게 피어 있어 어찌 보면 풀처럼 하찮게 여겨지기도 하는 꽃이다. "푸른 잎도 작고 보랏빛 꽃도 작다."(141쪽) 대개 '제비꽃'으로 널리 알려진 이 꽃은 『바이올렛』의 세계로 들어가는 열쇠 구실을 한다. 잡지 표지를 위해 꽃을 찍으러 온 '그 남자'는 그녀가 건네주는 바이올렛 화분을 들여다보며 대체 이 꽃이 뭐가 예쁘다는 거냐고 투덜거리다가 그녀와 눈이 마주친다. 그러고선 바이올렛을 들여다보고 있는 그녀의 사진을 찍는다. 그녀와 바이올렛은 하나다. 그런데 그 남자가 이 꽃의 진가를 알아보지 못했다는 사실은 중요한 복선이라고 할 수 있을 것이다. 그는 끊임없이 이 꽃이 예쁘지 않다고 타박한다. 그것은 촬영을 지켜보던 화원 앞 구경꾼들도 마찬가지다. 그들 역시 "이 보잘것없는 꽃을 무엇하러 이렇게 정성 들여 찍는가, 하는 표정들이다"(143쪽). 그들에게 바이올렛은 '꽃'이 아니라 '풀'과 같은 존재일 뿐이다. 흥미로운 것은 '꽃'을 '풀'로 치부하는 이 남자가 소설 전편을 통틀어 그녀의 욕망을 추동하는 가장 강력한 기제로 작용하고 있다는 점이다. 그는 비록 카메라 렌즈를 통해서지만, 그리고 이 점이 그 남자의 한계이기는 하지만, 송글송글 땀이 맺힐 정도로 그녀, 오산이를 열심히 사진 속에 담는다. 어쨌든 그는 어느 순간 그녀의 아름다움을 '알아본' 유일한 남자라고 할 수 있긴 하다.

신경숙 소설에서 '알아본다'는 것은 상당히 중요한 메타포다. 「풍금이 있던 자리」의 '그 여자'는 위로 오빠 셋만 있는 집의 여자아이를 "알아봐줬던 것"이고 '그 남자' 역시 "처음 만난 그날, 느닷없이 내리는 비를 맞고 버스를 기다리고 있는 여러 여자들 중에서 감기를 앓고 있는 여자"가 바로 그녀라는 사실을 "알아줬던 것"(『풍금이 있던 자리』, 문학과지성사, 1993, 29쪽)이다. 망각을 되살리려고 과거로 거슬러올라가는 『기차는 7시에 떠나네』의 하진에게 얼굴을 '알아본다'는 것은 잃어버린 시간을 되찾는 것만큼이나 의미심장한 일이다. 그들은 서로 "이젠 나를 알아보겠니?"(『기차는 7시에 떠나네』, 문학과지성사, 1999, 234쪽)라고 되묻는다. 알아봄에 대한 희구는 신경숙 소설 전체를 관통하는 강력한 소통 의지의 변형이다. 알아봄은 '너'와 '나' 사이의 결속을 요구한다. 서로를 알아보는 행위를 통해 그들은 타자에게서 자신을 본다. 그 순간 그들 사이에는 아무런 틈도 없다. 그들을 갈라놓던 그 어떤 경계도 그 어떤 금지도 이 순간에는 무력해지는 것이다. 그런 의미에서 이 '알아보기'는 익명적 존재의 '소리 없는 비명'과 같은 것이라고 할 수 있다. 그것은 '말 없는 말'이다. 말을 할 수 없을 뿐만 아니라, 말을 해도 이해받지 못하는 상태에 처한 존재가 자신의 전 존재를 집약시켜 '몸(눈)'으로 말한 흔적이 바로 그것이기 때문이다.

이 욕망은 동성애적 코드를 동반한 관능으로 드러나기도 하고, 모든 상처 입은 자들과의 연대로 확장되기도 하며, 또 때로는 붙잡을 수 없는 글쓰기에 대한 갈망으로 드러나기도 한다. 사정이 어찌되었든 이들 욕망은 다른 무엇보다도 폭력적 세계 안에서의 소통, 내가 너를 확인하고 네가 나를 알아보는 그 은밀한 하나됨의 연장선이라는 점에서 모두 동일한 기호라고 할 만하다. 우리는 이미 「딸기밭」이나 『외딴방』 등의 소설을 통해 이 욕망의 기호들이 뒤섞여 있는 양상을 은밀하게 확인한 바 있다. 『바이올렛』에서도 이 사실은 변함없다.

사실 오산이와 이수애의 관계를 단순히 우정의 카테고리 안에만 넣어두기에는 미묘한 지점이 적지 않다. 청감상의 유사성이 아니더라도 우리는 이수애가 미나리 군락지 마을의 서남애의 분신double임을 쉽게 알아차릴 수 있다(구파발 농원을 흐르는 천변에서 장난을 걸던 수애에게 버럭 소리를 지르던 오산이의 의식 속에 제일 먼저 떠오른 것은 미나리 군락지에서의 서남애다). 수애는 어딘지 모르게 남애와 닮아 있다. 이들은 모두 정상적인 핵가족 모델, 소위 '신성가족'의 이미지에서 멀리 벗어나 있다. 어머니도 없이 술에 취하면 항아리 속에 들어가 노래를 부르는 아비와 살던 서남애나 두 살도 되기 전 사고로 부모를 여의고 외삼촌에게 의탁해온 이수애는 편모 가정의 오산이와 마찬가지로 비정상적인 가족관계로 묶여 있는 존재들이다. 이들은 모두 "대열에서 낙오된 듯한 너, 그리고 나"(17쪽)들이라고 할 수 있다. 그런 점에서 그들 사이의 결속은 어쩌면 필연적이라고 할 수도 있을 것이다. 오산이는 "남애의 벗은 몸이 제 것과 똑같아서. 거울 속의 분홍색 살갗에 이마의 상처를 갖다대면 쓰라림이 가실 것도 같"(22쪽)아서 둑에 누운 채 물에 젖은 옷을 벗어 말리던 남애의 몸뚱이를 껴안았고, 이수애 역시 태어나 처음으로 누구랑 함께 잠들고 깨어나는 일을 해보았으며 오산이가 화원에 있는 동안은 어디 쏘다니지도 않은 채 열심히 일한다. 그들은 서로를 알아보고 서로를 필요로 하는 관계의 유대를 통해 그들의 상처를 공유함과 동시에 치유해준다.

이 대열에서 낙오된 자들, 이 세계의 안쪽에 자리를 배당받지 못한 자들의 관능은 때에 따라 그들을 넘어 그들과 유사한 다른 사람들과의 연대로 확장되기도 한다. "한낮에 에스컬레이터를 타고 있는 젊은 여자, 이력서를 들고 빌딩과 빌딩 사이를 헤치고 묵묵히 걷고 있는 청년, 새벽 지하철 속에 앉아 있는 샐러리맨" 등의 "슬픔인 것 같기도 하고 고독인 것 같기도 한 그 무엇"(70쪽)에 대한 공감은 그들이 서로에게서 확인하고자 했던 관능의 다른 이름이기도 하다. 오산이는 다른 어떤 이들보다 그들을 가장 먼저 '알아본다'. 그들에게서 자신을 보기 때문이다.

글쓰기 역시 마찬가지다. 오산이는 방안에 놓인 미니 냉장고를 책상 삼아 자신이 좋아하는 작가의 산문「낡은 셔츠에 대한 기억」을 필사하며 글쓰기에 관한 갈망을 키워나간다. 그녀는 "널찍한 방과 널찍한 탁자를 가지고 글을 쓰고 있는 자신을 생각할 때, 그때만큼은 어쩌면 인생은 살 만한 것인지도 모른다는 느낌을 가지곤 했다"(81쪽). 오산이는 아직 자신만의 언어를 알지는 못한다. 다른 작가의 글을 필사하거나 오퍼레이터가 되어 문서를 편집하겠다는 소박한 꿈만 지니고 있을 뿐이다. 때로 그녀는 "버스를 기다릴 때는 정류장의 나무에 열 손가락을 대고, 나는 버스를 기다린다, 라고 쳐보았고, 버스 안에서는 무릎 위에 손을 얹고, 나는 버스를 타고 달린다, 라고 치곤"(38쪽) 한다. 그러나 조만간 그녀는 자신의 언어를 발견하게 될 것이다. 물론 그것은 간신히, 간신히, 천신만고 끝에 겨우 얻게 되는 한 줌의 언어이긴 하다.

그녀의 검은 눈에 설핏 물기가 고였다가 사라진다. 그뿐이다. 이어 쓰고 싶은 욕구가 넘쳐흐를 뿐 더이상 진전되지 않는다. 끊어진 글쓰기를 다시 시도해보려고 몇 번이나 노트에 펜을 갖다 댈 뿐이다. 이마의 땀방울. 그녀, 끝내 문장을 이어 쓰지 못하고 노트 사이에 펜을 내려놓는다. (……) 그녀는 다시 만년필을 쥐고 필사적으로 새 노트 앞에 등을 구부리고 앉는다. 새 노트에 이마가 닿을 듯하다. 그녀의 눈가에 다시 설핏 물기가 고였다가 사라진다. 그림자같이 따라다니는 그의 환영을 피하기 위해 자신이 숨으려 드는 곳이 겨우 이 노트 속이라니.(219쪽)

욕망만 앞설 뿐 더이상 진전되지 않는 글쓰기, 몇 번인가 끊어졌다 다시 이어지는 글쓰기, 그 글쓰기를 향한 갈망은 그 남자를 향한 욕망의 대리보충supplement이다. 그녀를 '알아본' 그 남자가 '환영'에 불과하고 그에 대한 욕망이 좌절되더라도 그 남자를 대리하는 글쓰기는 결코 그렇게 되지 않는다. 글쓰기는 모든 은폐되고 금지된 욕망이 은밀히 숨 쉬다가 이제까지와는 완전히 다른 새로운 언어로 재생되는 공간이기 때문이다. 설혹 그녀가 사라지는 한이 있더라도 글쓰기의 흔적은 남아 그녀의 부재를 증언할 것이다. 그 남자에 대한 좌절된 욕망이 한순간 불러일으킨 최현리의 폭력으로 상처 입은 오산이가 밤별이질 무렵 도시의 미술관 공터 포클레인 '무덤'에 들어앉아 마지막으로 보여주는 행위 역시 글을 쓰고자 하는 안간힘이다. 그녀는 "으깨진 팔꿈치를 감싸며 옆구리에 붙어 있는 가방을 열고 꾸물꾸물 노트를 꺼내 아무 장이나 펼치고서 뭔가 꾹꾹 적어 넣을 양"(324쪽)한다. 이 결말은 글쓰기의 불멸성에 관한 오산이의 욕망을 극적으로 보여주는 대목이다. 그녀의 글쓰기는 부재를 몰아내고 그 자리에 자신의 욕망을 아로새긴다. 그러나 이 욕망은 어디까지 허용될 것인가. 이제 이 욕망이 어떻게 스러지게 되는지 그 참혹한 현장으로 가볼 필요가 있다.

여성의 욕망에 빗장을 지르는 자 누구인가

미나리 군락지의 도랑에 빠진 오산이와 남애는 옷을 벗어 물기를 짜고 둑 위에 말린다. 벗은 몸의 두 여자아이는 그 옆에 엎드려 다리를 흔들다가 서로의 복사뼈를 허공에서 부딪는다. 복사뼈를 어루만지며 아픔을 달래던 오산이는 남애의 등에서 부드러운 곡선을 이루고 있는 푸른 반점을 어루만지며 그녀에게 아무도 가지지 못한 걸 가졌다고 속삭인다. 그 순간 남애는 오산이의 상처 난 이마를 어루만지며 아프지 말라고 호오, 입김을 불어준다. 그들이 서로를 끌어안기에는 많은 시간이 필요하지 않다. 곧 "말랑한 입술들이 맞닿고 작은 손가락들이 엉키다가 풀어진다"(25쪽). 그러나 이 '맞닿음'과 '뒤엉킴'의 시간은 오래가지 않는다. 갑작스러운 몸의 겹침에 깜짝 놀라 소스라치며 둑에서 일어서려는 남애를 깊이 끌어당겨 안았던 오산이는 어느 순간 남애가 사라진 자리에 자신만이 혼자 남아 있다는 사실을 알아차린다.

정적.

두 여자애의 시야가 뿌옇다. 베어진 채 나뒹구는 닭의 목. 우물
가로 튄 핏방울들. 아직도 살아 꿈틀거리는 닭 몸통을 끌어안고
나자빠져 있는 남애의 혼비백산한 눈. 좁다란 코 밑에 튀어 묻은
닭의 피. 그녀는 쥐고 있던 칼을 떨어뜨리고 남애는 목이 잘린 닭
을 내팽개친다. 항아리와 담벼락과 우물 벽과 두 여자애에게 튀
는 붉은 핏방울. 주춤주춤 뒤로 물러서던 남애는 그녀를 향해 비
명을 질러대며 신발을 신은 채로 마루로 뛰어올라 방으로 들어간
뒤 문을 걸어잠근다.(29~30쪽)

이 대목은 『바이올렛』에 각인된 세계의 원초적 폭력을 극명
하게 보여준다. 서남애에 대한 오산이의 욕망은 금지된 세계
를 넘보는 불온한 충동이라고 할 만하다. 세계는 이 충동을 붉
은 핏방울과 참수되어 나뒹구는 닭의 목 이미지로 위협하기를
멈추지 않는다. 남애가 쥐여준 칼로 오산이가 닭의 목을 내리칠
때 그것은 자신을 참수하는 행위에 다름 아니다. 이후 오산이의
삶은 욕망의 솟구침과 참수 사이에서 끊임없이 동요한다. 욕망
이 있는 곳에 금지가 있고 금지가 있는 곳에 욕망도 있다.

붉은 모자(위협적인 붉은색!)를 쓴 공사장 인부들이 노란색 철

책에 기대어 담배를 피우고 있는 곳 저 멀리엔 언제나 도발적 젊음으로 팽만한 '배드민턴 치는 여자'들이 있기 마련이다. "배드민턴 치는 여자들의 날씬한 다리는, 물고기들이 물살을 차내듯이 미술관 뜰의 잔모래들을 사삭, 차내며 명랑하게 움직인다. 바닥에 떨어진 공을 주울 때 짧은 진 치마는 더욱 아슬히 올라간다. 어쩌면 엉덩이가 보일 듯하다."(208쪽) 미끈한 다리를 자랑하는 배드민턴 치는 여자들의 욕망은 금지를 모른다. 그것은 언어로 포착되지 않는 영역, 현실적 규정력의 저편, 아니 그 모든 것이 무화된 전의식의 단계, 순수한 욕망 그 자체라고 보아도 좋다. 일종의 '열기'에 해당하는 이 욕망은 어느 순간 현실 속으로 솟구쳐오른다. 그리고 이제까지 '자연'으로 인식되어온 금지의 체계를 뚫고 그것을 '인위적 규율'에 불과한 것이라고 폭로한다.

이 폭로를 막기 위해 경찰이 오토바이(오산이의 아버지가 타고 다니던 것도 오토바이였다) 굉음을 울리며 달려온다. 그는 순찰을 돌던 중이라고, 너를 구하러 왔다고, 어서 오토바이에 올라타라고 속삭인다. 그러나 경찰의 유혹적인 위무는 강력한 위협의 다른 이름이다. 그는 아무리 부드럽고 따뜻하더라도 '경고'를 잊지 않는다. 오산이를 집에 데려다주겠다던 경찰은 갑자기 달리던 오토바이 속도를 줄이며 말한다. "야경이 아주 좋은데 잠깐 내려서 구경하다 갈까?"(258쪽) 그녀는 이 뻔뻔한 유혹 앞에서야 겨우 그녀를 사로잡고 있던 욕망에서 벗어나 "그 남자와 광화문 카페에서 재회하기 이전의 그녀", 즉 "그 남자라는 환영에 이끌리기 전의 조용하고 침착한 그녀"(같은 쪽)로 되돌아온다. 그는 그녀의 욕망에 빗장을 질러버렸다. 다시는 현실로 귀환할 수 없도록. 그녀의 욕망을 관리하고 그것의 분출을 막는 것이 경찰의 임무라고 할 수 있다.

"네가 달아나지만 않았다면 그럴 양이었지. 우선 향기로운 저녁을 먹고, 술을 한잔 곁들이고, 강변이 내려다보이는 곳으로 춤을 추러 가고, 그렇게 부드럽게 순서를 밟을 양이었지. 하지만 네가 급해 보여서 말야. 이렇게 거칠게 바뀌어버렸구나. 이것도 괜찮잖니. 조금만 협조해준다면 더 좋겠는데…… 오늘은 이렇게 반항해도 내일은 너 스스로 전화할걸. 여기에서 나를 기다리겠다고 말야…… 니 얼굴에 쓰여 있어. 난 죄 없어. 네가 말 못하는 걸 내가 알아서 해주는 것뿐이야…… 자, 그러니 좀 얌전히 굴어."(318쪽)

오산이를 끌고 지하 비상계단으로 데려가 욕을 보이며 최현리는 자신에겐 죄가 없다고 말한다. 반항하는 그녀의 몸을 억누르며 오늘은 이렇게 반항해도 내일은 그녀가 스스로 전화하리라고 이야기하는 그의 목소리는 확신에 차 있다. 그는 그녀가 말하지 못하는 것을 '알아서' 해줄 뿐이라는 것이다. 어떻게 보면 그는 오산이를 비롯한 '그녀들'의 욕망에 관한 가장 '상식적'인 견해를 대변한다고도 볼 수 있다. 그녀들의 불온한 욕망은 '그들'의 상식적 언어에 의해 '너는 (욕구 충족에) 급해 보인다'와 '너는 (나의 방식을) 좋아할 거다', 그리고 '너는 (너의 욕망을) 말하지 못한다' 등으로 수렴되고 번역된다. 그들은 '그녀'에 관한 한 모르는 게 없다는 투다. 그러나 위에서 요약된 몇 가지 정보단위는 모두 '……라고 나는 생각한다'에 불과하다. 그녀의 욕망이 사라진 자리를 차지하는 것은 거대하게 부풀어오른 최현리의 욕망뿐이다. 그것은 페니스가 말하는 것 혹은 생각하는 것이지 그녀의 것이 아니다. 그녀는 어디에도 없다. 그녀의 욕망은 여전히 한 번도 제대로 '이야기'되지 못한 상태다. 우리는 금지의 형태로 그녀의 욕망을 뒤따를 수 있을 뿐이다. 그녀는 말을 할 수도 없고 해서도 안 된다. 만약 '말'을 하려고 든다면, 목이 잘릴 수도 있다!

우리는 이 사실을 13장 '수녀'에서 다시 확인할 수 있다. 오산이에게 자신에게 다가오지 말라고 소리치던 서남애는 세속과 절연하고 신성의 세계로 입문하고야 말았다는 소식이 전해진다. 잘라진 채 나뒹구는 닭의 목을 보고 주춤주춤 뒤로 물러서며 비명을 질러대던 어린 시절의 그녀가 신발을 신은 채 방으로 들어가 문을 걸어잠그며 자신을 지키려 애쓰던 것처럼. 이젠 서남애에게는 어떤 욕망도 깃들일 자리가 없다. 팔루스적 상징체계는 그녀의 본능에도 빗장을 질러버렸다. 아마 그녀는 그들에게 강요된 금지를 가장 극단적으로 내면화한 유형이라고 할 수 있을 것이다. 그러나 어쩌면 이 극단적인 내면화를 통해 그녀는 역설적으로 세계 속에 자신의 자리를 유지할 수 있게 되었는지도 모른다. 살던 집이 허물어진 오산이와 달리 그녀가 살던 집은 여전히 그녀의 친척에 의해 '관리'되는 상황이 이를 방증한다.

다시 쓰여지는 이야기

그렇다면 오산이에게는 어떤 길이 남아 있는가. 우리는 이미 이 질문의 답을 일부 살펴본 바 있다. 소설의 결말 부분, 최현리에게 폭행을 당한 그녀는 흐트러진 옷매무새로 지난여름 배드민턴 치는 여자들이 발랄하게 뛰어놀던 한밤의 공터에 이른다. 그리고 한구석에 놓여 있는 포클레인에 기어오른다. "포클레인은 땅을 많이도 헤쳐놓았다. 퍼올려진 흙더미들이 여기저기 수북하게 쌓여 있다. 깊숙이 땅을 파헤친 포클레인이 그녀가 일구어놓은 꽃밭 자리에 포만한 짐승처럼 서 있다."(321쪽) 포클레인은 '땅(어머니)'을 훼손한다. 포클레인의 횡포에 그녀가 심은 '바이올렛'이 '흔적'도 없이 사라졌다. 아무런 흔적도 없이. 이 흔적 없는 부재에 대항하기 위하여 그녀는 포클레인의 아가리 속으로 기어들어가 그 속에 남아 있던 흙으로 자신의 몸을 덮어나간다. 그리고 그 '무덤' 속에서 마침내 그토록 대면하기를 연기했던 '어머니'를 떠올린다. 불쌍한 어머니. "이 포클레인 위에서 내려갈 수만 있다면 이제 어머니를 찾아갈 수도 있으리라, 생각하는 것도 같았다."(323~324쪽) 그러나 정작 그녀가 한 일은 포클레인에서 내려오는 것이 아니라 우리가 이미 살펴본 대로 노트를 꺼내 '뭔가를 꾹꾹 적는 시늉'이다. 이제 그녀는 사라졌다. 포클레인이 바이올렛의 흔적을 감쪽같이 지워버린 것처럼. "이제 이 거리에 그녀는 없다."(335쪽)

그러나 그것은 부재가 아니다. 그녀가 마침내 자기 안의 '어머니'를 찾아내고 글을 쓰기 시작했기 때문이다. 글은 그녀의 부재를 넘어 그녀의 욕망을 지시하고 그녀를 되살려낸다. 글이 남아 있다면 그녀는 언제나 그녀를 닮은 그녀의 후배, 그녀의 딸과 손녀에 의해 다시 '발견'될 것이다. 그리고 그녀에 관한 이야기는 다시 쓰여질 것이다. 그 이야기의 시작은 다음과 같을 것이다. "조그만 여자애./장맛비가 후둑이는 칠월의 어느 날, 문이 닫힌 집, 어두운 방안에서 갓 태어나 할머니 손에 들려진 이 여자애를 그녀의 어머니는 가슴에 꼭 끌어안고 쓰다듬는다······" '잊혀도 좋을 이야기'는 이리하여 이제 잊혀도 좋겠다. 우리는 이 바람이 바람에 그치지 않고 이미 현실이 되었음을 알고 있다. 신경숙 이후의 여성 작가들, 『바이올렛』 이후의 여성 소설들은 마침내 다시 쓰여지는 오산이의 이야기로 가득하다. 어떤 누구도 이 이야기들을 거부하기 쉽지 않을 것이다. '바이올렛'을 '알아본 자'들의 유대가 세상을 푸르게 만드는 시간이 도래했다. 그 시간 속에 『바이올렛』이 있다.

초판 작가의 말

오산이.

이 여자에게 이름을 지어준 지가 꼭 일 년이 되었다. 오산이
는 내 단편 「배드민턴 치는 여자」의 분신이다. 이 여자를 바로
세상에 다시 내보내려 했는데 다른 작품에 밀려 이제야 이루었
다. 빚어지지 못한 채로 내 마음속에서 십여 년을 함께 산 셈이
다. 오해 많은 세상에 이 여자를 내보내려 하니 미안해 죽겠다.
제대로 맛있는 것도 먹이지 못했고, 좋은 옷도 입히지 못했으
며, 종내는 꿈과 욕망조차 바스러지게 했으니 이 여자의 어미나
되는 듯 마음이 쓰리다. 이 여자를 통과해가는 시선 속에서 이
여자가 새로 부활하기를 바랄 따름이다.

광화문의 씨네큐브에서 〈부에나 비스타 소셜 클럽〉이란 영화를 보고 나올 때의 기분을 뭐라 표현할까. 마음이 너무나 얼얼해서 한동안 아무 말도 하지 않았다. 며칠, 책을 읽는다거나 다른 영화를 본다거나 노래를 듣는다거나 하는 일도 하지 않았다. 얼얼한 마음 위에 다른 것들을 겹쳐놓고 싶지 않아서였다. 대신 이 여자로 하여금 그 음악을 듣도록 배려해주었다. 그 정도의 권리는 있을 것 같았다.

시간과 공간을 초월해 오늘 여기에 있는 나를 일깨우는 영화를 보거나 노래에 귀를 기울이거나 글을 따라 읽을 때면 새삼스럽게 역사의 지층 속에 사장된 익명의 존재들이 지녔을 슬픔이나 고독을 생각하게 된다. 뿌리깊은 소외와 단절을 겪으면서도 헤아릴 수 없는 거리와 도저한 시간을 헤치고 오늘 나를 방문해서 나의 가슴에 파문을 일으키는 것들 속에는 그들의 영혼이 스며 있다고 생각한다. 잊혀진 그들이 끊임없이 걸어오는 말에 귀기울이고 그들이 미처 하지 못한 말들을 이끌어내 새로운 세계를 이루는 것이 영화이며 노래이며 소설이기도 하다고 나는 생각한다. 그러므로 내가 무엇을 상징으로 내세우든 어떤 장치를 작품 속에 배치시키든 어떤 은유나 비유로 직설을 대변하든 나의 글쓰기는 결국 이미 사라진, 지금 있는, 앞으로 탄생할 미미한 존재들과의 쓸쓸한 조우에 불과할 것이다. 그럼에도 불구하고 내가 깊은 밤중에 읽는 몇 줄의 아름다운 문장에 마음이 흔들리듯이 누군가 내 소설 속의 익명의 존재로 인해 이 고독한 현실 속의 인간의 심연을 들여다보게 되고 바스러진 과거를 껴안게 되고 타인에게 한 발짝 다가가고 싶은 충동으로 마음이 흔들린다면 작가로서 그보다 소망스러운 일은 없겠다.

작품을 교정보는 어느 밤은 내내 비가 내렸다.

새벽에 산에 들어가보니 물이 넘쳤다. 신발을 벗어 양손에 들고 물을 건너고 또 건너보았다. 그렇게 한없이 가다가는 어디 내가 모를 낯선 곳에 이를 것도 같았다. 흥분이 되면서도 두려움이 일었다. 물속의 길을 맨발로 되돌아오는 동안 찰박거리는 물소리와 함께 여러 얼굴들이 스쳐지나갔다. 엇나감으로, 부재로, 권태로, 혹은 어쩔 수 없음으로 만날 수 없게 되었거나 만나도 어색하게 되어버린 사람들. 지금은 이리 되었다. 그러하나…… 함께했던 시간들이 있어 나는 글을 쓸 수 있는 것일 게다. 고맙게 생각한다.

2001년 여름
신경숙

돌아온 '조그만 여자애'를 위하여

책장에서 『바이올렛』을 꺼내서 다시 읽습니다. 이 작품을 쓰
던 때의 젊은 내가 떠오릅니다. 송곳으로 찌르는 듯한 두통 때
문에 잠이 깨서 두통약을 먹는 것으로 하루 일과를 시작하곤 하
던 때였습니다. 정치적으로는 민주주의 상징으로 추대받던 분
이 대통령으로 집권중이었으나 서울 거리를 걷다가 보면 매일
시위대와 부딪히던 시절이었어요. 지금도 그렇지만 그때는 더
욱더 제도적으로나 일상적으로나 여성의 지위나 여성의 언어들
이 가차없이 차별받던 때이기도 했지요.

어느 날 두통을 달래느라 산책을 하다가 도심 한가운데의 미
술관 벤치에 앉게 되었습니다. 공터에서 두 젊은 여성이 배드민
턴을 치고 있었어요. 배드민턴을 치는 여성들 뒤쪽은 공사장이

었고 흙을 잔뜩 퍼담은 포클레인이 위협적으로 서 있었습니다. 한낮의 햇살이 눈을 찔렀어요. 내 눈에 들어온 공사장의 포클레인은 매우 폭력적으로 보였어요. 벌린 아가리가 그 여성들을 집어삼킬 듯했지요. 기묘한 마음으로 그 풍경을 보고 돌아왔던 날이 소설을 구상했어요. 나는 이 소설의 첫 문장에 등장하는 '조그만 여자애'를 도시 한가운데의 꽃집에서 일하게 할 계획을 세웠습니다. 그녀와 함께하기 위해 나무와 꽃을 기르는 구파발의 농장에서 아르바이트를 시작했고 그게 육 개월 동안 이어졌습니다. 신기하게도 농장에 나가 부지런히 흙일을 하며 이 소설을 쓰기 시작하자 두통이 사라졌던 기억이 납니다.

이 소설의 첫 문장은 "조그만 여자애"입니다. 누구에게도 축복받지 못한 채 작은 시골 마을에서 태어나 어린 시절에 겪은 상처로 사랑에 대한 트라우마를 지니고 있는 이 조그만 여자애의 내면엔 언젠가는 글을 쓰는 사람이 되겠다는 꿈이 식물처럼 자라고 있습니다. 이 소설은 자신이 속하는 사회에 제대로 편입되지 못한 젊은 여성이 어느 날 갑자기 찾아온 잘못된 사랑의 욕망에 부서지는 이야기이기도 하고, 야멸찬 도시 한가운데에서 소통되지 않는 사랑의 욕망을 품은 대가로 모르는 남성에게 폭력을 당하고 가뭇없이 사라져가는 이야기이기도 합니다. 이 소설을 다 쓰고 난 후에 〈부에나 비스타 소셜 클럽〉이라는 영화를 극장에서 혼자 봤던 기억이 나는군요. 이 소설과 그 영화가 어떤 연관성이 있는지를 분명하게 설명할 수는 없지만 나는 그때 운명처럼 그 영화를 봤고 내 책상으로 돌아와 출간을 앞둔 이 소설의 말미를 수정했습니다. 어디론지 사라진 이 조그만 여자애가 다시 돌아올 수 있기를 바라면서요.

바이올렛은 아주 작은 식물이죠. 자세히 보지 않으면 그냥 잡초로 여길 수 있는 꽃입니다. 바이올렛이라고 이 소설 제목을 정한 이유이기도 합니다. 우리 주변에 조용히 존재하는 한 여성, 어디서나 볼 수 있는 별 특징 없는 익명의 존재, 그녀는 나일 수도 있고 당신일 수도 있죠. 관심을 갖지 않으면 아무도 들어주지 않을 그 여성의 목소리를 귀 기울여 듣고 부활시키고 싶었던 내 욕망이 담긴 소설이 이『바이올렛』입니다. 나는 이 여성을 잔인한 도시에서 사라지게 했지만, 그 대신 바닷가에 갔었어, 라는 열네번째 챕터를 써서 그녀가 두 눈을 부릅뜨고 우리를 지켜보고 있음을 암시했습니다. 이 여성이 폭력을 당한 후 부서진 육체를 끌고 찾아간 장소는 공사장의 포클레인 위입니다. 조용한 삶을 살고 있던 익명의 한 여성이 처참하게 으깨져도 꿈쩍없는 폭력을 정면으로 응시하게 하려는 장면이었습니다. 작가로서 내가 이 여성에게 할 수 있는 일은 그 고통 속에서도 노트를 꺼내 글을 쓰게 하는 것이었습니다. 그렇게 해야만 다시 이 여성의 서사가 다른 뜻을 품고 우리 곁으로 돌아올 수 있다고 생각했기 때문에.

　이제 나는 이 작품을 쓸 때와 같이 젊지 않습니다. 그러나 이 소설 속의 조그만 여자애는 오랜 시간을 실종되었다가 이렇게 돌아와 여러분 곁을 찾아갑니다. 이 소설의 영어판 출간 작업을 함께한 번역가는 이 소설을 번역하면서 울었다고 내게 말했습니다. 나는 그 순간 가슴이 뭉클했습니다. 왜냐면 나도 오래전에 이 소설을 쓰면서 어느 밤에 울었거든요. 이 조그만 여자애의 내면에 잠겨 있는 말을 누가 건져내줄까? 싶어서요. 부디 이 조그만 여자애가 독자들의 이해를 받기를 바라봅니다. 그리하여 고독하고 외로웠던 소통의 부재 속에서, 그리고 폭력 속에서 이제 걸어나오기를요. 그래서 그녀가 사라졌던 거리에서 그녀를 다시 조우할 수 있기를요.

2022년 봄
신경숙

문학동네 장편소설
바이올렛
ⓒ 신경숙 2022

1판 1쇄 2001년 8월 9일
1판 21쇄 2020년 2월 24일
2판 1쇄 2022년 4월 22일

지은이 신경숙
책임편집 정은진 | 편집 황예인
디자인 김현우 최미영
마케팅 정민호 이숙재 한민아 김혜연 이가을 안남영 김수현 정경주
브랜딩 함유지 함근아 김희숙 정승민
제작 강신은 김동욱 임현식 | 제작처 상지사

펴낸곳 (주)문학동네 | 펴낸이 김소영
출판등록 1993년 10월 22일 제2003-000045호
주소 10881 경기도 파주시 회동길 210
전자우편 editor@munhak.com | 대표전화 031) 955-8888 | 팩스 031) 955-8855
문의전화 031) 955-3579(마케팅) 031) 955-2675(편집)
문학동네카페 http://cafe.naver.com/mhdn | 트위터 @munhakdongne
북클럽문학동네 http://bookclubmunhak.com

ISBN 978-89-546-8600-6 03810

www.munhak.com

이 책에 쏟아진 찬사

『바이올렛』은 슬픔과 그리움에 대한 애절한 소설이다. 작가는 어린 시절을 벗어나 여성으로 성장하며 정체성을 찾는 한 인물의 삶에 드리운 폭력을 능숙하게 탐구한다. (…) 당장 이 책을 읽어라!
_크리스털 하나 김, 『당신이 나를 떠난다면 If You Leave Me』의 저자

어둡고 아름다운 이 작품은 세상으로부터 버림받은 한 젊은 여성의 끊임없는 소외를 탐구한다. (…) 작가는 사회적 박탈의 잔혹성과 위험, 그리고 그에 따른 절망의 소용돌이에 대해 말한다.
_프랜시스 차, 『내가 너의 얼굴을 가졌더라면 If I Had Your Face』의 저자

신경숙의 시선은 사회적 외양이라는 매끄러운 표면을 관통하여 그 아래에 있는 연약하고 모호한 심리적 공간까지 다다른다. 그 안에서 작가의 인물들은 내면에 대한 깊은 통찰을 겪으며 아파한다. 자신의 욕망을 추구하는 절박함을 이토록 능숙하게 포착한 책을 내가 읽은 적이 있었던가.
_알렉산드라 클리먼, 『태양 아래 새로운 것 Something New Under the Sun』의 저자

미묘하고 깊고 독특한, 진정한 문학작품.
_데프네 수먼, 『세에라자드의 침묵 The Silence of Scheberazade』의 저자

작가는 고립된 젊은 여성을 바라보는 충격적이고 훌륭한 시각을 보여준다. 소설은 타인과 연결되고자 했던 주인공의 비극적인 실패를 선명하게 포착한다. 손에서 놓을 수 없는 작품. _퍼블리셔스 위클리

마음을 단단히 먹고 읽어야 하는 작품이다. 맨 아시아 문학상 수상자인 작가는 이 소설을 통해 위기에 처한 고립된 젊은 여성에 대한 또하나의 정교하고 잊지 못할 인물화를 그린다. _북리스트